杉田俊介

# 戦争と虚構

作品社

# はじめに

今年の春のこと、大学院の非常勤講師の仕事で市ヶ谷に向かうとき、北朝鮮のミサイル発射のニュースを受けて、東京メトロが運転見合わせになった。

現実感がなかった。出来の悪いB級映画の世界にふと迷いこんだかのように思った。その日の講義では、中国の留学生たちともに、押井守の『機動警察パトレイバー2 the Movie』（一九九三年）の映像を観たのだった。映画の中では、戒厳令が敷かれ、東京の中心に戦車やヘリが行き交う。それでも普通に学校や会社に通う人々。日常の光景がそのまま、マジカルな祝祭のようになっていく。戦争と平和、現実と虚構の、何重ものねじれ。けれども、映像の外側にある私たちの現実は、魔法のように美しいものではなく、どこか滑稽で、嘘っぽくて、出鱈目だった。

東京メトロはその後、Jアラート（国の全国臨時警報システム）の作動時のみ、車両の運転を見合わせると発表した。そういえば二〇一五年の春、石垣島や竹富島、西表島など八重山諸島を家族で旅したときも、ミサイル発射の知らせがあって、島民や観光客の携帯やスマートフォンが一斉に鳴りはじめた。水上バスからPAC3（地上配備型地対空誘導弾）の影がみえた。島の住人たちは諦観や静かな怒りを込めてそれらを笑い飛ばしていたけれど、ひるがえって、虚構のテロや戦争を怖れる東京近郊の私たちはどうだろう。私たちの薄ら笑いには、腹からの哄笑の力がなく、不健全に気の抜けたガス漏れのようだった。

その後、北朝鮮のミサイル報道も常態化し、Jアラートもすっかり馴染み深くなった。しかしそれらは現実の米朝開戦時の国内の被害や死者数を冷徹に計算するようなリアリズムを欠いていた。B－29に竹槍で立ち向かうのと大差ない。これはどこまでが現実であり、どこまでが妄想やマンガやアニメの世界の話なのだろうか。何より、現実《リアル》と虚構《フィクション》のメビウス的なねじれを論じる言葉自体が、どうしようもなく薄っぺらく、手応えがなく、現実の核心を捉え損ねていると思えた。

＊

本書『戦争と虚構』は、時評的な性格が強い。より正確にいうと、作品論的な批評と社会時評（状況論）の中間的な形という感じだろうか。目の前の作品にまっすぐ対峙する。底の浅い皮相な解釈で事足れりとするのではなく、あるいは状況の地図を小器用にチャート化するのでもない。一つの作品の深みへと沈潜していくこと。沈潜していくことによって、時代の空気を捉え、今現在の総体をも記録しようとすること。暗中模索の道だから、そこに正解はない。のちに振り返ったら、真実や正解からは遠く離れているかもしれない。そのような意味で、本書は時評であろうとし、時評的な批評集であろうとした。私にとってはじめてのタイプの本になる。

二〇一〇年代という一〇年間《ディケイド》は、どんな時代なのだろうか。

二〇一〇年代の前半は、東日本大震災と福島第一原発公害事故の「後」の混乱した時間だった。未曾有の災害があり、破局的な現実があり、無数の傷やトラウマがあった。戦後的な価値観の基礎を決定的に揺さぶられた。そしてその震災後の空気が、徐々に、近い将来にやってくるだろう破局的事態の「前」の空気へとスライドし、地滑りしつつある。そこにあるのは新たな「戦前」――その場合の「戦争」が何を意味するかはいまだ不透明であるとはいえ――の空気であり、災厄の予兆に満ちた気配である。

　そうした不穏な殺伐さを覆い隠すために、二〇二〇年開催予定の東京五輪が未来の輝かしい「ニッポン＝東京」のエンブレムとして強調され、北朝鮮や中国の存在が「外敵」として扇情的に名指され、日本国憲法の改定が究極目標として設定される。何かが根源的に崩れ落ちようとしている。「後」と「前」の時間感覚が混在する二〇一〇年代という時代。つまり本書は、震災後から新たな戦前へという転換期のディケイドをめぐる時評集である。

　本書の半分以上を占めるⅠ章の「戦争と虚構――『シン・ゴジラ』『君の名は。』『この世界の片隅に』『ガルム・ウォーズ』」（書きおろし）では、二〇一六年に一斉に公開された、この国の文化的な歴史を更新するような（広義の）アニメーション作品たちを論じている。驚くほどの傑作が出揃い、それが矢継ぎ早に繰り出され、流星群のように次々とやってくる。二〇一六年は、そんな奇蹟の一年だった。そのディープインパクトを受け止め、批評の言葉によって食らいついてみたかった。

　Ⅰ章「戦争と虚構」は、構成その他から、『シン・ゴジラ』＞『君の名は。』＞『この世界の片隅に』＞『ガルム・ウォーズ』という価値序列があると思われるかもしれない。しかし、よく読んでもらえれば、それほど単純な構成にはなっていないはずだ。むしろ各々の作品が緊張感をもって対立し、不協和音を奏でながら、互いを弁証法的に高めていく、そうした構造を意識している。どんなに批判的で辛辣に見えても、そこには、現代文化の土壌に対する根本的な肯定《イエス》の気持ちがあり、否定や批判を通した愛があるはずである。

　後半のⅡ章～Ⅴ章として収録した四つの文章は、近年、文芸誌の『すばる』『新潮』に掲載した批評文から、時評的性格の強いものを選んだ。本書はⅡ章がいちばん新しく書かれ、Ⅴ章がいちばん古く書かれている。それらを発表順の逆に並べた。書き下ろしのⅠ章をあわせて、時間を遡るような構成になっている。全体を読み返してみると、私自身にとっても意外なほど、近年のモチーフには連続性があった。

この国の近代化／戦後が強いるジレンマに対峙し、それを継承しながら、芸術と政治、消費と倫理、戦争と平和の狭間を縫っていくこと。私たちの生の欲望を更新し、新しい人間になっていくということ。人類が積み上げてきた技術や知識に感謝しながら。そのような連続的なモチーフがあった。日本の近代化の限界を超え、戦後的な理念の限界をさらに超えていくとは、どういうことだろうか。新たな国際社会／東アジアの平和にふさわしい人間になっていくとは。

ただしそれは、戦後的理念やリベラルな価値観をリセットして、国際平和に貢献する自称「積極的平和主義」（じつは対米従属を強化するためのスリップストリーム型軍事国家主義）を声高に主張する、ということではない。むしろ、戦後的なものの矛盾と欺瞞を率直に認めながら、戦後というぼろぼろの理念を継承し、継ぎ接ぎし、それを蘇生して、この国の未来を見つめていくことである。理念と現実、瓦礫と悪夢のあいだを縫いながら。くよくよしたり、ふらふらしながらの、頼りない弱虫の歩みであっても。

それならば、平和にとってフィクション作品とは何か。

虚構は戦争に抗することができるのか。

そういうことを愚直に考えてみたかった。

こうして一冊の本にまとめることで、それぞれの時局のもとで書いた原稿に、星座のように新しい意味が生まれてくれればいいと思う。

＊

それにしても、状況の進み行きが想像以上に早く、悪い。Ⅱ章以降の原稿は、当時はかなり不穏なことを書いたつもりだったが、今読み返すと、現状から決定的に遅れており、まだまだのんきで、牧歌的な感じすらしてしまう。五感をとぎすませて、時代の空気に沈潜することで、ありうべき最悪の道筋を先取りし、それに抵抗するための道を発見する。それが時評の意味だろう。もうまもなく、というか本書が刊行される頃には、本書で書いたような事柄が、夢のように美しくありえた時代の証言に感じられているのだろうか。

暗い時代である。暗すぎる、と言ってもまだ足りない。しかし、破局的な危機の時代においてこそ、人類の芸術や思想、批評はその力を発揮してきた。そうやって未来の人類を豊かに底上げしてきた。今後もしていくだろう。ファシズムや全体主義や独裁体制が永続した時代はなかった。極右化やポピュリズムだってそうだろう。近代化やデモクラシーや平和思想はこの地球上で少しずつ陣地を増やし、低い呟きによって勝利し続けてきた。それを忘れないことだ。政治的人間であらざるをえないときにこそ、芸術的人間でもあろうとし、生活をよりよきものたちで満たしていくことだ。

来るべき戦争や災厄や破局が実際にどんな形をとるのか、それはまだはっきりとはわからない。かつての全体主義やファシズムや軍国主義の反復となり、戦前回帰になるのか。もっと別の、予想外の異様な形になるのか。日々の暮らしの中で想像力をとぎすましていくしかない。

なだれおちていく時局に対する戦いや抵抗の形も、政治的かつ芸術的なフィクションのあり方も、自己と社会を同時変革していくための道も、何もかもが手探りであり、五里霧の中であり、私たちは時代の空気と泥沼の中を生きながら、粘り強く試行と錯誤、暗中と模索を続行するよりほかにない。

実際、今こうしているあいだにも、北朝鮮とアメリカの軍事的緊張が変転し、生々しく高まっている。何が起こるかは少しもわからない。ふとしたことで何かのボタンが押されそうな、不安と狂気が充満した空気がある。国難や危機を煽るのは、政治不信や支持率低下から目をそらすために「敵」を捏造しているだけであり、情動的な政治広告であり、プロパガンダだ、でそれが片づくとは思えない。日米北のみならず、韓国や中国、ロシアなどの利害も複雑に絡んでいるだろう。本書が刊行される頃に、戦争と虚構の関係を批評すること自体が無意味化しているのではないか、という恐れも正直消せない。だがそれでも。あるいはだからこそ。文化と虚構の力に賭けること。戦後的平和の矛盾を継承しつつ、日米安保体制（体系）を維持強化する自称「積極的」平和主義ではなく、友好的なアジア関係と普遍的な国際関係に基づく、新世紀の世界平和を目指していくこと。フィクションがその絶頂において平和のための力になると信じること。今こそ。そして批評もまた。

# 戦争と虚構　目次

# 戦争と虚構

かつてホメロスにあってはオリンポスの神々の見物の対象だった人類は、いまや自己自身の見物の対象となってしまった。人類の自己疎外は、自身の絶滅を美的な享楽として体験できるほどにまでなっている。

——ヴァルター・ベンヤミン『複製技術の時代における芸術作品』野村修訳

# I

## 戦争と虚構——『シン・ゴジラ』『君の名は。』『この世界の片隅に』『ガルム・ウォーズ』

# 0　はじめに――来るべき政治＝芸術的な批評理論のために

## 二〇一六年のポリティカル・フィクション

二〇一六年、日本国内で公開されたアニメ系・特撮系のフィクション映画たちは、ほとんど異様に思えるほどの圧倒的な傑作たちだった。

まず、並べてみよう。

二〇一六年四月二三日（日本公開）『ズートピア』（ウォルト・ディズニー・ピクチャーズ製作）
二〇一六年五月二〇日（日本公開）『ガルム・ウォーズ』（押井守監督）
二〇一六年七月一六日（日本公開）『ファインディング・ドリー』（ピクサー・アニメーション・スタジオ製作）
二〇一六年七月二九日『シン・ゴジラ』（庵野秀明総監督・脚本＋樋口真嗣監督・特技監督）
二〇一六年八月二六日『君の名は。』（新海誠監督）
二〇一六年九月一七日（日本公開）『レッドタートル　ある島の物語』（マイケル・デュドク・ドゥ・ヴィッ

ト監督、スタジオジブリ初の海外との共同製作）
二〇一六年九月一七日『聲の形』（山田尚子監督）
二〇一六年一一月一二日『この世界の片隅に』（片渕須直監督）

二〇一六年は、間違いなく、この国の文化的な歴史にその名を刻むだろう、記念碑的な一年になった。またここ数年の関連事項として、二〇一三年に宮崎駿と高畑勲がそろって長編作家からの引退を宣言したこと（その後、宮崎は引退を撤回）、スタジオジブリの映画製作部門の停止、二〇一四年三月に日本公開されたディズニー作品『アナと雪の女王』の大ヒット、二〇一五年の細田守監督（スタジオ地図）の新作『バケモノの子』の公開などもあった。

　これらの驚くべき豊饒な傑作たちが二〇一六年に一斉に花開き、咲き乱れたのは、なぜなのだろうか。それらが熱狂的に観客たちに受け入れられた要因は何か。その辺りはすでに映画研究やマーケティングの専門家たちの手で、様々な分析が行われてきた。ただ、今の私にとって重要なのは、次のことである。『シン・ゴジラ』のキャッチコピー「現実《ニッポン》対虚構《ゴジラ》。」に象徴されるように、これらのフィクション作品は、政治問題や社会問題と大衆的なエンターテイメント性をきわめて高い次元で融合させ、現実と虚構が互いに反転しあうような循環構造をあらかじめ組み込んでいた。

　しかもそれは、たんに二〇一一年の東日本大震災や原発公害事故、差別問題などを作品内に取り入れている、というだけではない（それだけなら従来の社会派的な作品と変わらない）。そこには、ＳＮＳなどによって政治性や社会問題の描き方などが観客・ネットユーザーの議論や話題や論争を呼び、それがさらに作品の価値を——その娯楽性や快楽、享楽の強度を——高めていく、という構造があった。そして明らかに、これらの現実と虚構、政治と芸術、作品と観客の相互強化的なあり方は、近年指摘されている「ポストトゥルース的な政治」「情動政治」「ポピュリズム」などの国際的なモードとも切り離せない。

その中でも、本章が批評的に切りこんでみたいのは、いわば「ニュータイプの（無意識の）国策的な作品」「マジョリティたちの不安を慰撫し、社会的な分裂をなかったことにし、歴史修正的な欲望を満たすための物語（ワカイ系の想像力）」「アニメ的でマジカルなファシズム」等々と形容すべきポリティカル・フィクションの存在感が徐々に目立つようになってきた、という事実にある。

ここでいう「ポリティカル・フィクション」とは、政治的なモチーフや社会的・国家的な問題を積極的に扱うフィクション作品の総称である。たとえば政治小説や社会派ＳＦ、軍事シミュレーション系のエンタメ、ディストピア／ユートピアものなどを含む。

実際に『シン・ゴジラ』や『君の名は。』などは傑作であり、異様なまでの映像的な快楽があり、観客の日常的な鬱屈を吹き飛ばしてくれる崇高さすらある。破壊のスペクタクル。非人間的で残酷な自然の姿……。それらはたんなる美的な感動や共感の域を超えている。そしてまさにそれゆえに、それらの作品はマジョリティとしての日本人や東京人たちを慰撫し、自分たちはこれでいいんだ、日本人はまだやれるんだ、という前向きな気持ちを与えてくれたのだった。震災以降の分裂した現実を、あるいはグローバルな変革期の困難を忘れさせ、不安や鬱屈を忘れさせ、消し飛ばしてくれる。そのような意味での「歴史修正的なフィクション」――実存と秩序のあいだの亀裂や矛盾を都合よく埋めてくれる「ワカイ系」の作品――としての側面があったのだ。

これは『シン・ゴジラ』『君の名は。』『聲の形』などの虚構作品に限らない。リオオリンピック・パラリンピック閉会式のいわゆる「安倍マリオ」の映像、街頭やネット上で繰り広げられる攻撃的なヘイトスピーチ、ネトウヨや日本会議系の人々の歴史修正主義（神武天皇は存在した云々）、相模原障害者殺傷事件の犯人によるナチスの戯画的な反復、等々……が形作る星座が示すように、私たちが生きているこの国の政治的・社会的な現実は、すでにどこか、虚構や妄想や神話のゾーンと不気味に相互浸透し、モザイク化を起こしている（ヒトラーとリーフェンシュタールとチャップリンのあいだに「映画を用いたドイツ国民の神話化」をめぐる戦いがあったことを思い出そう。あるいはエイゼンシュテイン、バフチン、ベンヤミンなどのことも）。

たとえばこれは小さなケースにすぎないが、私が『シン・ゴジラ』公開直後にTwitter上で「『シン・ゴジラ』は一番作っちゃいけない作品だったのでは」「『シン・ゴジラ』は、ニュータイプの国策映画の時代のはじまりを告げる記念碑的な作品」云々と批判的な書きこみをしたことに対し、ネット上で炎上が起こった。それらの批判の中にはまっとうな批評や意見もあったし、私の早とちりや認識の誤りもあったが、それにしても批判やバッシングの物量が膨大であり、その攻撃性が凄まじかった。私の個人アドレスに直接攻撃的なメールを送ってくる人々や、Amazonの私の著作すべてに☆一つを付けるなど、現実的な報復行動（？）も繰り広げられた。

燃やされた私の側からは、ネトウヨとオタクが手を組んで、無意識の共同戦線をなしているようにすら見えた。まさに『シン・ゴジラ』の中で、官僚・政治家・自衛隊たちとオタクたちの想像力が弁証法的に互いを強化しあっていたように。これはつまらない事例にすぎないが、ただの被害者意識とも思えない。ネットと現実、言論と報復の境界線が融解していく現代のリアリティを象徴するものだった。個人的な生活を侵食されて、あらためてそれをわがこととして痛感したのである。

そうした意味における現代的な「政治性」（政治と芸術のモザイク化）を分析することなしには、あるフィクション作品に対峙し、解釈や批評を試みることができないのではないか。そのように感じるようになった。

## 四つの背景

では、そうしたポリティカル・フィクション的な性格をもつアニメ的作品たちが二〇一六年に大きな社会的・文化的現象を巻き起こしたこと、その現実的な背景には何があったのか。あらためて考えてみたい。様々な角度から分析できるはずだが、本章ではそれを以下の四つの観点から考えてみたい。それらの要素が複合的に絡まりあっているのではないか、と。

①現代的な映像環境の変化と、それに伴う政治的なものの変化
②二〇一一年の東日本大震災の「ポスト」（以後）の空気という問題
③日本的な「戦後」の歴史的な特殊事情
④グローバリゼーションに伴う多文化主義に対する、バックラッシュ・反動・ヘイトという流れ

それぞれ見ていこう。

### ①現代的な映像環境の変化と、それに伴う政治的なものの変化

近年、私たちを取り囲む映像環境／視覚文化は根本的な変革期を迎えている（たとえば石岡良治『視覚文化「超」講義』、渡邉大輔『イメージの進行形――ソーシャル時代の映画と映像文化』、限界小説研究会『ビジュアル・コミュニケーション――動画時代の文化批評』などの著作を参照）。それは簡単に言えば、映像のデジタル化／マルチメディア化／ネットワーク化（ソーシャルメディア化）／モバイル化である。二〇世紀が「映画」の時代だったとすれば、二一世紀は「映像」の時代なのである。

二〇世紀的な芸術を支えてきたフィルム（メディウム）自体がすでに消滅しつつあり、映画のデジタルシ

ネマ化（DCP上映）が進んでいる。そして映画を映画館やテレビで視聴する、という視聴形態も自明ではなくなった。映像の視聴という経験はモジュール化（映画や映像作品の断片をYouTubeやニコニコ動画で閲覧する、などの脱映画館化＝脱文脈化）し、そこでは映画／映像、ハイカルチャー／サブカルチャーなどの優越関係も溶解している。たとえば手元のスマートフォンやタブレット端末の上で、古典的なハリウッド映画も、テレビアニメも、ゲームも、YouTubeやニコニコ動画の断片的な映画も、ゲーム実況も、ありとあらゆる映像たちがフラット化し並列化されていくのであり、あるいは「複数の窓」を開いて、それらをマルチに、同時的に視聴することもできる。

こうした状況は、「情報技術革命以後」「Web2・0」「ポストメディウム」「ニューメディア」「デジタルメディア化」等とも呼ばれている。

こうした環境の中では、映画、ネット動画、携帯動画、監視カメラなどの、様々なタイプの映像たちがモザイク状に継ぎあわされ、混在するようになる。それはもちろん、映画というジャンルのあり方にもフィードバックされている。たとえば、二〇〇一年のニューヨーク同時多発テロのあと、ハリウッド映画では、手持ちのビデオカメラによる手振れ映像、監視カメラの映像、監視衛星からの映像などを織り交ぜながら、虚構と現実が重層的に入り乱れていく擬似ドキュメンタリーの手法が用いられるようになった（『クローバーフィールド』など）。

さらにこうした状況を、この世界のリアリティそのものの「アニメ化」として分析する論者たちもいる。理論家・アーティストのレフ・マノヴィッチの有名な著作『ニューメディアの言語――デジタル時代のアート、デザイン、映画』（原著二〇〇一年）は、デジタルコンピュータの普及によって生じた変化のことを「ニューメディア革命」と呼んでいる。私たちは「ニューメディアによる革命の真っ只中にいる」のであり、そこでは「文化がことごとく、コンピュータを媒介にしてなされる」ようになる。

これまで、映画とは、カメラによって物理的な現実を撮影し、それを映像として記録するものである、という前提があった。しかし現在では、3Dコンピュータ・アニメーションの力によって、現実のような映像を、直接コンピュータ上で作り出すことができる。そこでは実写とアニメの関係が反転していく。「アニメーションから生まれた映画は、アニメーションを周辺に追いやったが、最終的にはアニメーションのある特殊なケースになったのである」。たとえば『スター・ウォーズ／エピソードI』（一九九九年）は、その九五パーセントがコンピュータ上で作られている。伝統的なセット撮影はわずか六五日で終了したが、ポストプロダクションには二年以上かかったのである。

マノヴィッチによれば、映像のデジタル化によって、映像を撮る主体／撮られる客体という区別は消え去り、あらゆる映像は一元的なデータの束になった。これは「データ一元論」と呼ばれる。古典的な意味での映画こそが、現代においては広義のアニメーションの「部分集合」にすぎなくなるのだ。「こうして、映画撮影が3Dコンピュータ・アニメーションに従属させられるのである」。かつて一九三〇年代に「世界が映画そのものになった」とすれば、二一世紀の現代においては「世界がアニメそのものになる」のかもしれない、とはそういう意味である。

たとえば本章で取り上げる押井守もまた、すでに二〇〇〇年前後頃には、「すべての映画はアニメになる」とはっきりと預言していた。押井によれば、それは次のようなことを意味する。従来の意味での映画であれば、監督やスタッフによってはけっしてコントロールのできない風景や背景、あるいは無意識のうちに捉えた細部などが画面の中に映りこむことがある。そのことが映画の豊かさを支えてもきた。しかし、アニメの場合、キャラクターも風景も細部も、画面に映るすべての物事は「意図的に描かれたもの」である。押井はそこに、狭義の映像経験だけではなく、私たちの世界観や世界像そのもののラディカルな変化を予感していたのだ。

## ②二〇一一年の東日本大震災の「ポスト」(以後)の空気という問題

この国の二〇一六年のポリティカル・フィクションたちが、二〇一一年の東日本大震災の「ポスト」の空気の中で製作されていることも重要だろう。

東日本大震災と福島第一原発の公害事故によって、原発政策の是非、政府報道やメディアや科学技術の信用性、中央と地方の非対称性、情報の真偽、民主主義のあり方など、これまでの「戦後」が自明のものとしていた土台が大きく揺るがされた。あるいは死者をいかに弔うかという問題。左派的な運動や権力批判の暴走や限界。真実と虚構、善と悪などの決定不能……。

そんな中で大ヒットした『シン・ゴジラ』や『君の名は。』の物語は、震災をめぐる様々なトラウマ(心的外傷)をなかったことにしたい、というマジョリティの無意識の欲望を満たしてくれるものでもあった。もちろんそれがすべてだとは思わない。しかし疑いなく、そのような面があった。被災者やマイノリティをなるべく見ないことにし、多数派としての「私たち」(日本人/東京人)を中心として、ハッピーで安楽な未来を生きていきたい、という歴史修正的な欲望。

たとえば『シン・ゴジラ』は、明らかにポスト3・11の映画であるにもかかわらず、舞台は東京であり、被災者や犠牲者の姿もほとんど描かれない(カットされた部分にそれらの姿が描かれていたが、本編からはそれが削ぎ落とされたことは、かえってさらにその印象を強める)。あくまでも官僚や政治家や自衛隊の目線によって描かれている。日本人は根本的な自己変革や組織変革を行う必要は特になく、もともと優れたポテンシャルがある。国難を前にして、みなが自分の役割に覚醒し、合理的に分業体制を作りなおせば、日本人はまだまだやれる。暴走した原発もちゃんと冷温停止できるし、国際社会を味方につけて、アメリカとの外交も賢くタフに立ち回って(東アジア諸国はひとまず無視して構わない)、すべてがうまくいくだろう……。

他方で『君の名は。』においては、一二〇〇年に一度地球に接近する彗星の破片が落ちてきて、飛驒にある糸守町の住人が五〇〇人以上、死亡あるいは行方不明になる。しかし主人公は過去に遡って、歴史を改変し、死んでいたはずの好きな女の子を救出し、町民の避難誘導にも奇跡的に成功し、その結果死亡者はほぼゼロとなる。『シン・ゴジラ』がありえたかもしれない原発処理の物語だとすれば、『君の名は。』は、ありえたかもしれない震災の犠牲者をゼロにできた歴史を描いた物語なのである。

『シン・ゴジラ』がシャカイ系の歴史修正フィクションであるとすれば、『君の名は。』はさしあたり、セカイ系的な歴史修正フィクションである、といえるのかもしれない（「セカイ系」などの言葉の意味については、後述する）。

震災のトラウマや震災後に露出した政治のひどさなどをぜんぶなかったことにしたい、という歴史修正的な欲望と、マジョリティである「自分たち」（日本人、東京人）の人生を明るく美しく、普通に当たり前に、幸せなものとして自己肯定したい、という近年のアニメーション的な想像力が、危うい形で合流し、シンクロしてしまった。ファクトとフィクション、リアルと妄想が入り乱れていくポストトゥルース的な状況を、二〇一一年の東日本大震災のディープインパクトが、先駆的かつ過激な形でブーストさせてしまったのかもしれない。その後イギリスのEU離脱やアメリカ合衆国のドナルド・トランプ旋風が吹き荒れたときに、「日本の極右的な政権やポピュリズム的な自治体などがむしろグローバルスタンダードであり、この世界の最先端だったのではないか」というような倒錯的な感慨があったのは、そのためでもあるだろう。

各作品についてはこれから詳しく見ていく。どれも単純には批判も肯定もできない複雑さをもった作品ばかりであり、『シン・ゴジラ』や『君の名は。』がすばらしい傑作であることは私にも疑えない。しかしこれらの作品の前提としてそのような「空気」の問題があり、危うい欲望の問題があったことは最低限、踏まえておくべきだろう。

たとえば『シン・ゴジラ』の物語においては、巨代不明生物＝ゴジラという未曾有の国家的危機へと対処することを口実にして、超法規的な国家権力の行使が決断されたが、それは近年のこの国の現実ともパラレルなものである。地震や津波などの自然災害をショック・ドクトリン的なステップボードにして、一連の戦争法案（解釈改憲による集団的自衛権の行使容認、国家緊急権／緊急事態条項、テロ等準備罪／共謀罪／治安維持法、目前に迫った憲法改正など）が正当化されてきたのだ。それはそのまま近年の「中国」や「北朝鮮」に対する敵視へとつながってきた。ガバナンスの機能不全を憂慮し、それを乗り越えるためには緊急事態条項が不可欠である、と宣伝すること。「敵」に対峙して主体的・決断的に危機を乗り越えて、国家を新たな段階へと押し上げる、ということ……。

現安倍政権の憲法改正草案の中では、緊急事態とは「我が国に対する外部からの武力攻撃、内乱などの社会秩序の混乱、地震などによる大規模な自然災害その他」と定義される。国家の危機（例外状態）においては、国家権力は通常の民主的手続きをスキップし、いわば戒厳令を敷いて、憲法停止や国民の人権の制限なども含め、超法規的な力を行使することができる。むしろ、緊急事態において独裁的な主権を決断的に発動できること、法律や憲法を超えた決断を行い、味方／敵の境界線を画定できること、それこそが国家が国家であるための条件なのである——カール・シュミットが言うように、主権者とは歴史的な決断を下すと同時に、何が例外状態であるかの境界線を画定する権限をもつのだ。危機的状況における決断によってこそ、国家は本来の意味での主権者でありうる。

震災という危機から政治的な右傾化（新たな戦前）へ——。

震災後のこの国の「空気」は、日々の不安を解消したい、怖いものを避けたい、幸福になりたい、という大衆感情に根差しているがゆえに、きわめて強力で根深いものである。善悪や真偽の問題よりも、多数派としての自分たちの日々の「気持ちよさ」を優先したい、という欲望。そうした感情や気分の問題をないがしろにすることはできない。「感情や情動を重視することは反知性主義である、だから、啓蒙してみんなで成熟し、民度やリテラシーを上げましょう」というリベラルな対処法だけでは、おそらく、根本的に届かないものがある。

### ③日本の「戦後」の歴史的な特殊事情

現実と虚構の関係の変容は、この国の戦後史の総体とも関わっている。つまり、日米の従属構造のもと、正義と平和に関する根本的な欺瞞を抱えこみ、「虚構のなかでもう一つの虚構を作る」ような「ごっこの世界」(江藤淳)の中で豊かなサブカルチャーを繁茂させてきた、この国の戦後史そのものと深く関わっている。

第二次大戦後、日本という国は、憲法九条のもと、戦争放棄を宣言した。自衛隊は組織したものの、集団的自衛権を行使せず、集団安全保障にも参加せず、ひたすら自国の経済的繁栄を追求してきた。しかし、こうした日本の戦後的平和のあり方には、独特の居心地の悪さ(無理)がつきまとってきた。ストレートに「戦争反対、平和が大切」「憲法九条を守ろう」と口にすれば、たちまち、何もかもが嘘っぽくなってしまう、そんな居心地の悪さが。

戦後日本の起点には、様々な矛盾があり、根本的な「ねじれ」(加藤典洋)があったからだ。(1)日本国憲法の自主/押しつけの矛盾。(2)日本国憲法九条/自衛隊の存在の矛盾。(3)民主主義/象徴天皇の矛盾。(4)戦死者に対する歴史認識の、国内/アジアの矛盾。(5)軍事基地や原子力関連施設に関する、中央と地方のあいだの非対称性(犠牲の論理)。

こうした居心地の悪さ、ねじれがあるために、私たちの現実認識や歴史観はしばしばどうしようもなく歪んでいく。そして矛盾に耐えきれなくなると、歴史修正主義（主体的な責任を回避するために、歴史を都合よく修正し、捏造する）もしくは自虐史観（現実の複雑さを見ずに、ひたすら謝罪や自己批判を続ける）へと走ってしまうのである。

たとえば押井守の一九九三年の作品『機動警察パトレイバー2　the Movie』では、次のような会話がなされる。

荒川　警察官として自衛官として、俺たちが守ろうとしているものって何なのかな。前の戦争から半世紀。俺たちは戦争なんてものは経験せずにすんできた。平和。俺たちが守るべき平和。だがこの国の、この街の平和とはなんだ？　無数の戦争によって支えられてきた血塗れの経済的繁栄。それが俺たちの平和の中身だ。正当な対価を、他所の国の戦争の対価を払って成り立つ、そのことから目を逸らし続ける〈不正義の平和〉。

後藤　そんなきな臭い平和でも、不正義の平和だろうと、正義の戦争よりよほどマシだ。

荒川　だが、あんたは知ってるはずだ。不正義の平和と正義の戦争の違いは明白じゃない。忘れる、忘れたつもりになる。欺瞞……いずれ罰が下される。

後藤　誰が？　神様か？

荒川　この街では人はみな神様みたいなもんさ。

あるいは、宮崎駿は、アカデミー賞名誉賞のスピーチ（二〇一四年一一月八日）の場で、次のように述べている。

私の家内が、お前は幸運だとよく言います。一つは、紙と鉛筆とフィルムの最後の時代の50年に、私がつきあえたことだと思います。

それから、私の50年間に、私たちの国は一度も戦争しませんでした。戦争でもうけたりはしましたけれど、でも戦争をしなかった。そのおかげが、僕らの仕事にとっては、とても力になったと思います。

日本は敗戦後、長いあいだ、戦争に直接的にはコミットしなかった。軍事費ではなく、生活の繁栄のために予算を使った。そのために、技術も文化も、高度に発達した。吉田茂首相の軽武装＋親米路線が、軍事支出を抑えて戦後の豊かさを実現した、とも評される。宮崎はそれを「そのおかげが、僕らの仕事にとっては、とても力になった」と言った。しかしそれは、同時に、朝鮮戦争から湾岸戦争まで、日本が間接的にコミットしてきた「無数の戦争によって支えられてきた血塗れの経済的繁栄」にすぎなかった。そこに、押井や宮崎の言葉の屈託があり、鬱屈がある。確かにそれは「正義の戦争」(いわゆる正戦論)よりはマシなのかもしれない。しかしやはり、戦後的平和は「不正義」なのであり、「不正義の平和と正義の戦争の違いは明白じゃない」。

宮崎や押井の言葉には、独特の屈託やねじれがある。それは、戦後日本のサブカルチャーが置かれてきた特殊な条件を(彼ら自身が抱えこんできたねじれ、居心地悪さとともに)はっきりと指し示すものである。

そしてそうした屈託やねじれこそが、日本のサブカルチャーを、芸術・文化として、非常に高度なレベルへと押し上げてきた。少なくとも、この国の作家たちの多くが、そのようなものとして、自分たちがそこに属して生きざるをえない戦後史の矛盾(不正義の平和)を受け止めようとしてきた。

鉄腕アトム、ゴジラ、機動戦士ガンダム、宮崎駿、押井守、大友克洋の『AKIRA』……。この国の代表的なサブカルチャーやアニメーションは、戦後的な戦争と平和、現実と虚構のねじれたあり方自体を高度なフィクションとして表現してきた。近年の庵野秀明や新海誠や片渕須直や細田守もまた、それらの文化的な伝統をいかに継承し更新していくか、という自覚的な使命感をそれぞれの形で強くもっている。本章が対峙する二〇一六年のポリティカル・フィクションたちは、日本という国における戦争と平和、現実と虚構の重層的な関係にいかに対峙するか、そして戦後的な臨界点のさらに先を開くか、という呪いのようなモチーフを抱えこんでいる。

### ④グローバリゼーションに伴う多文化主義に対するバックラッシュ・反動・ヘイト

近年のディズニー映画やピクサー作品がリベラルな多文化共生や、政治的な公正さ《ポリティカル・コレクトネス》を物語の中に取りこんでいることはよく知られている。『アナと雪の女王』や『ズートピア』などはその顕著な例だろう。[1] 日本でもたとえば細田守の作品には明らかにそうしたリベラル・アニメーションの傾向が見られるし、[2]『シン・ゴジラ』『聲の形』などにもリベラルなもの、ＰＣ的なものへの自覚や配慮が色濃くある。国際的なポピュリズムや排外主義の台頭によって、エンタメ産業の世界が今後どのような方向へ舵を切るのかは、まだわからないとしても。

私たちは極右化と排外主義の時代を生きている。それらはこれまで人類が積み重ねてきたグローバルな多元主義・リベラルの達成に対する、バックラッシュや反動という側面をもっている。社会的な中間層・下層の階級脱落の不安が、そのまま権威主義的パーソナリティに絡め取られていく、というのはエーリッヒ・フロムなどが二〇世紀の大衆社会論のパターンとして論じてきた。しかし二一世紀の現在、そこにはグローバリゼーションの新たな段階という問題が加わっている。

グローバリゼーションの進展に伴って、これまでの国家や地域共同体の枠を超えて、世界中の人・商品・サービス・情報がより緊密に結びつくようになった。その結果、資本と労働が流動化し、金融の投機化、労働者の非正規化なども進んだ。二〇世紀的な階級史観や第三世界論における貧困とは異なるような、貧困の多元性や複雑さ、見えにくさが指摘されるようにもなった。それは社会的排除と呼ばれたり、「新しい貧困」と呼ばれたり、新しい社会的リスクとも呼ばれたりもしている。こうしたグローバリゼーションの流れには両義性があり、それを単純に否定することも肯定することも無意味である。

この世界は近代化や国際化の進展に伴って、それなりにリベラルな価値観を獲得し、多文化共生や多元主義の価値観も——少なくとも理念の上では——成熟してきた。しかし注意すべきは、多文化共生や多元主義が理念的に主張されるからこそ、逆に、構造的な非対称や差別が見えにくくなっていく、という現実もあることだ。たとえば同じ身体障害の中にも様々な種類や特性があったり（先天的な脳性マヒ者と後天的な脊椎損傷の人では考え方がかなり違うなど）、「女性＋障害者＋在日コリアン」などの複合差別の実態や、アイデンティティの複数性やモザイク化もデフォルトになってきた（マイノリティの多様化・複合化・個別化）。その結果として、わかりやすい社会批判や差別批判の言葉が多数派の人々に響きにくくなってしまっている（おそらく本章が論じる中でそのジレンマにもっとも自覚的だったのは『聲の形』と『この世界の片隅に』である）。

民族・女性・障害などにとどまらず、動物解放論や自然の権利、未来世代の他者に対する倫理なども当然のように考えねばならなくなった。そうした近代化と国際化の成熟や進歩に応じて、リベラル疲れ・PC疲れ等とレッテルを貼られる事態が生じてきたし、社会の複雑さや多様さに耐えられずに反動的な保守化やバックラッシュに走る流れもあちこちに出てきた。それをポストモダンと呼ぶにせよ、ポストマイノリティ的な多元主義と呼ぶにせよ、それは人類が歴史的に積み上げてきた進歩や成熟の結果であり、私たちはむしろ新しい段階に進みつつある、ということなのかもしれない。

## 〈政治＝芸術〉を高次元で批評していくために

それでは、こうした歴史的背景の中で、ポリティカルなフィクションに対峙し、それを批評するということは、どういうことなのか。[3]

私たちはすでに「作品の表現の新しさや技術に注目するべきであり、映画の思想的内容や政治性はカッコに入れ、中立を守るべきだ」というタイプの作品解釈や鑑賞の仕方に自堕落に眠りこむことをゆるされていない。それらは欺瞞的であるばかりか、無自覚な暴力に加担することである。研究／批評という区別も無意味である。もはや次の視点は最低線であり、デフォルトである。

> むしろ、「政治に無関心」で「美にしか関心がない」ような人間が動員されてしまうことこそが、プロパガンダの本質だと考えるべきだろう。同時に、これは感情の動員に対して、単なる「無関心」や「美学」が抵抗になりえないことをも示している。
> （堀内進之介『感情で釣られる人々』）

「現実か虚構か」「政治か芸術か」などの二元的なアングルは無意味であり、なぜならば、現在はむしろ、現政権を翼賛する人々や保守的・極右的勢力、そしてネトウヨと無邪気に結託したオタク的な勢力が、「芸術を政治的に利用するべきではない」「芸術は政治的に中立である」という言い方——政治的中立というメタ的な政治言説——によって、彼らに対して批判的な勢力（左派やリベラル）を嘲弄し、無力化しようとしているからだ。イデオロギーはつねに、科学的で理論的な「中立」を装う。しかし現実的には非中立的であり、政治的・経済的な〈力〉にスリップストリームしているのである。

もちろん、だからといって、かつての教条的なマルクス主義批評のように、特定の政治的な立場やイデオロギーによって、作品の芸術的価値や豊かさを裁断したり、全否定すべきである、ということでもない。

そうではなく、作品の内容の必然性と形式の必然性が絡みあい、高めあっていくような〈芸術性＝政治性〉の次元こそが重要なのである。

高次元の〈芸術性＝政治性〉としての美的な快楽、政治的なよろこびとは何か。そしてそのような第三の次元に食いこむような批評の言葉とは、どんなものか。

つまり、次の三つの水準を本書では区別したい。

①低次元の芸術性（作品の形式や技術的新しさのみに注目すること）
②低次元の政治性（作品を特定のイデオロギーによってのみ解釈すること）
③高次元の政治＝芸術性

「この作品は政治的には間違いだが、形式的には新しい」というタイプの擁護の仕方は、その作品のことを、たんに低次元の芸術的な価値や快楽によって擁護しているにすぎない。それはむしろ、その作品に内在するはずの③の高次元の政治＝芸術性を毀損し、捉え損ねてしまっているのだ。そして結果的に、芸術の中立性や形式的・技術論的な新しさばかりに目を向けるタイプのメタ政治的な芸術論は、最悪の意味での「イデオロギー」として社会的に機能してしまうのである。

## 「新しい観客」へ向けて

リオデジャネイロオリンピック・パラリンピックのフラッグ・ハンドオーバー・セレモニーのいわゆる「安倍マリオ」をテレビで視聴しながら、私は何度となく『シン・ゴジラ』のことを思い出していた。

リオの閉会式は、現地時間の二〇一六年八月二一日（日本時間では二二日）。そこでは東京にオリンピック旗・パラリンピック旗を引き継ぐフラッグ・ハンドオーバー・セレモニーが行われた。小池百合子都知事が出席し、セレモニーのあとには東京２０２０大会（東京五輪）を紹介するための八分間のプレゼンテーションが公開された。プレゼンテーションを中心的に企画したのは、椎名林檎（歌手）、佐々木宏（クリエイティヴ・ディレクター）、菅野薫（電通のクリエイティヴ・テクノロジスト）、ＭＩＫＩＫＯ（Perfumeの振り付けや「恋ダンス」を手掛けたコリオグラファー）の四人である。

最初に東日本大震災に際しての世界からの支援への「復興・感謝」が述べられ、そのあとは東京の夜景、オリンピック選手の映像、そして女子高生たちが登場し、さらにキャプテン翼、ハローキティ、ドラえもんなどの日本のマンガ・アニメ的なキャラクターたちが画面を飛び回った。そこへ映像内の安倍晋三首相がスーパーマリオに変身し、ドラえもんのひみつ道具を使って地球の裏側にあるリオデジャネイロへとテレポートすると、フィールド中央に置かれた土管から、実在の安倍首相が登場する、という仕掛けだった。

フィールド内ではライゾマティクス（Rhizomatiks）の真鍋大度によってＡＲが駆使され、三三種類の競技をイメージしたアニメーションが投影された。さらに青森大学男子新体操部によるスポーツの動きをモチーフにしたダンス。光のフレームを用いた東京大会のエンブレム。東京の街並みや富士山の影絵。土管から出現するスカイツリー。「SEE YOU IN TOKYO」の文字。赤と白のダイナミックな花火。音楽には中田ヤスタカの楽曲や、かつて椎名林檎が野田秀樹の舞台『エッグ』のために作曲した音楽などが用いられた。

アニメ・ゲーム・オタク的な想像力と、現政権のネトウヨ的な政治性が、そこでは見事なまでに融合していた。そう、現代の日本文化と、美と、政治と、最先端の科学技術と、魔法的な魅惑とが、完璧な形でフュージョンしていたのだ。

一つの臨界点がここにある、と思えた。

おそらく『シン・ゴジラ』にもまた同質の想像力があり、崇高な享楽がある。各分野の一流の芸術家やクリエイターの力を結集して、国家的な顕揚をも取りこみながら、「中立」の名のもとに（メタ的な）政治的イデオロギーを総合芸術として目の前に顕現させること。現実と虚構、美と技術、政治と妄想が火花を散らして混在しながら、壮大な芸術作品として浮かびあがっていく。現代を代表するクリエイターたちがその危うさをどこまで自覚しているのか、たんに無意識の欲望に従っているだけなのか（自発的隷従＝忖度？）はわからないとしても。

これが歴史的な分岐点となって、新しい魔法とアニメの時代になり、ニュータイプの総動員体制が加速していくのではないか……（本章ではそれを「二一世紀のアニメ的でマジカルなファシズム」と呼ぶ）。

特に椎名林檎の才能には、瞠目すべきものがあった。近年出演している年末の紅白歌合戦のパフォーマンスもすばらしいが、考えてみれば、彼女には庵野秀明と資質的にも似たところがある。内面的には空っぽで、引用の寄せ集めであるにもかかわらず、技巧的には天才的——。椎名林檎の歌やパフォーマンスには、ロマン主義的な実存と古典主義的な技巧のせめぎあいがつねにあり、現代において三島由紀夫的なジレンマを誠実に生きてきた人なのである。

かつて椎名林檎が曲を書き下ろした野田秀樹の戯曲『エッグ』は、オリンピックが権力者によって国威高揚と戦争に利用されていくことがモチーフとなっており、オリンピックに対して批判的であるように思える。しかしそのように野田がオリンピックの危うさを批判する意図を込めた作った戯曲のための曲を、なぜ、あの文脈で椎名林檎がわざわざ使ったのか。そのアイロニーが不気味だった。椎名林檎はそれについてさらりとべつに「意図はないです」と言うが、いったい何が本気なのか、そもそも本心があるのか。それすらわからないのである。

かつてスラヴォイ・ジジェクやスローターダイクが言っていたように、何かをあえてアイロニーとして用いているつもりが、気づけばそれがそのまま愚直でベタなイデオロギーになっていく。「これはフィクションであって、現実とは違う」と述べていたのに、いつのまにか現実の体制翼賛へと加担していく。それは歴史的に散々反復されてきたパターンなのであり、シニカル理性の持ち主たちの末期症状なのである。

＊

ならば、安倍マリオや『シン・ゴジラ』などの圧倒的な影響力をもつ総合芸術作品を批評するとは、どういうことなのか。現実とフィクション、文化と政治がパッチワーク化していく状況の中で、現在的な文化を批評するとは。私たちはそのことを原理的（理論的）に問いなおさねばならない。現在の私たちがどんなに個人による芸術批評や文化評論の無力さ、虚しさに苦しめられているとしても。

美的・芸術的な作品と広告やネット上の政治的プロパガンダのあいだに、明確な線を引くことはすでにできない。フィクションや文化活動に権力への造反有理やレジスタンスを期待することも、もはや自明ではなくなった。今さら「国家権力・資本制企業vsサブカルチャー」という図式も無意味である。

二〇二〇年の東京五輪という国家と民間と市民が手を携えた究極の総合芸術に対し、いかに批判的な視座を保ち、対抗していくことができるのか。それに向きあう批評の機能や役割もまた、当然のように、現実の変動の中で自らを更新し、ゴジラのように形態変化し続けていくしかない。

そもそも批評行為はすでに一部の職業批評家や評論家たちの特権ではない。SNSなどで匿名の感想を呟くことと、一冊の評論集を刊行することのあいだに、それほどの違いはない。それらの批評の言葉にどんな現実的な「力」が宿っているのか、そうしたみもふたもない事実が問われるだけだ。

しかしその上で、たんに瞬間風速的に話題になった書きこみや発言だけが「正しい」わけでもない。問われているのは、こうした状況の中でそもそもフィクションを批評するとは何か、今なお批評にはどんな意味があるのか、ということなのである。

＊

映画批評家の平倉圭は、『ゴダール的方法』という著作の中で次のように述べている。映画監督としてのゴダールは、他人の映画を引用したり、ビデオ／DVD／ネット動画の引用・再編集を行うことを辞さない人である。それならば、デジタル編集台の上で映画を操作・変形しつつ制作されたゴダールの映画を、私たち観客もまた、デジタル編集台の上で操作・変形しながら読み解かねばならないのであり、そのことによって高解像度の「新たなる視聴」の可能性を目指さねばならない、と。つまり、映画批評の使命とは、目の前の映画が開いた多重性を感じとれるような、新たな視聴覚を観客たちの中に覚醒させていくことであり、むしろ彼自身が「新しい観客」になっていくことなのである。

それならば、デジタル映像時代において新しい観客になっていくこと、「解放された観客」（ランシエール）になるということ、そのために新しい視聴覚を覚醒させていくということは、どういうことなのか。

何よりも、二〇一六年の豊饒な傑作群たちは、それにふさわしい新たな美学的かつ政治的な批評の言葉を発明することを、私たちに求めている。君たちは解放された新次元の「観客」――本章ではそれをゴジラ的人間、ロマン的な革命主義者、ポストヒューマン等々と呼び換えていくだろう――になっていかねばならない、と。

これから考えてみたいのは、そういうことである。

# 1　『シン・ゴジラ』――アニメ的でマジカルなファシズムに抗して

## 臨界的なポリティカル・フィクションとしての『シン・ゴジラ』

『シン・ゴジラ』は、近年稀にみる傑作である。のみならず、日本という国の現代的な空気を象徴する政治的享楽に満ちた作品であり、近年のポリティカル・フィクションたちの中でも一つの臨界点を示している。

まずは、あらためて追ってみよう。

＊

『シン・ゴジラ』の物語は、大きく三段階に区別される（完成台本のAパート、Bパート、Cパート）。物語の実質的な主人公は、内閣官房副長官（危機管理担当）の矢口蘭堂（長谷川博己）である。

冒頭、東京湾羽田沖で、無人のまま漂流するプレジャーボートが発見される。

その直後、東京湾横断道路アクアトンネルで、謎の崩落と浸水が発生。関係省庁から危機管理担当要員たちが首相官邸へと集結する。東京湾・浮島沖には、巨大な水蒸気の煙があがり、近隣住民への避難勧告が出される。内閣総理大臣・大河内清次（大杉漣）も官邸に駆けつけ、原因究明の会議がはじまる。海底火山のマグマ水蒸気爆発が疑われる中、矢口蘭堂は、会議の空気を読まず、海底に「巨大不明生物」がいるという可能性を口にする。矢口の進言は相手にされないが、やがて東京湾に巨大な生物が出現し、会議の参加者たちは驚愕する。

これらの冒頭近くでは、東日本大震災と福島第一原発事故のあとの、政府広報や報道メディアなどの映像をカット&リミックスしたような演出が行われている。

そしてAパートでは、何よりも、未知の危機を前にして、政治家（国会議員）や官僚（中央省庁の国家公務員）たちが延々と、目の前の問題を先送りにし、責任をなし崩しにするための不毛な「会議」を続ける、というシーンが描かれていく。

多くの人がすでに論じ、また庵野も明言しているように、ここには『日本のいちばん長い日』（一九六七年）などを監督した岡本喜八の影響が強くうかがえる。劇中に直接的には出てこない牧博士の写真には、岡本監督の写真が使われている。

日本型の行政官僚のシステム的な特徴としては、しばしば言われるように、縦割り行政が機能せずに、関係者らが責任をなすりつけあい、何もかもがぐずぐずになっていく、という無責任の体系がある。岡本喜八の作品には、非常事態を前にしても動かない行政官僚たちの姿を日常そのものとして描く、というテーマがあった。[4]

巨大不明生物は東京湾内に出現し、多摩川河口に侵入、東京都大田区の呑川を遡上する。河は濁流となり、船舶がおし流され、橋や沿岸道路が破壊される。やがてその巨大不明生物は蒲田へと上陸する（この時点でゴジラは第二形態に移る）。人々が逃げ惑う中、その生物は建物を破壊しながらひたすら前進していく。時おり、エラの間から体液が大量に流れ落ちる。

官邸ではようやく閣僚会議が終わり、緊急災害対策本部が設置される。警察や消防などが対応しようとするが、指揮系統の遅れから後手後手に回らざるをえず、被害はみるみる拡大していく。秘書官たちは呟く。「形式的な会議は極力排除したいが、会議を開かないと動けない事が多すぎる」「効率が悪いが、それが文書主義だ。民主主義の根幹だよ」。

巨大不明生物は大田区から品川区方面へと移動していく。住民に死傷者も出て、ようやく自衛隊法に基づく治安出動が検討される。しかし自衛隊法では、自衛隊による防衛出動が行われるのは、「国または国に準ずるもの」の「武力攻撃」に対応するため、と決められており、自衛隊以外には現実への対処が不可能であるのに、議論は一向にまとまらない。前例のない事態を前に、総理はやがて災害対策基本法に基づく「災害緊急事態」の布告を宣言し、国会の承認を事後に回し、超法規的な措置として、戦後初となる自衛隊の防衛出動を命ずる。しかも市街戦となれば、逃げ遅れた住民を戦闘事態に巻きこむ覚悟が必要となる。日米安保条約はあるが、在日米軍はあくまで日本を支援するという立場にあり、まずは日本政府と自衛隊が動くしかない。矢口らは国民を守るために決断を、と総理に迫る。

巨大不明生物は北品川から品川湊へと至った辺りで、いったん動きを止める。そして急激に二足歩行形態へと変化し、空へ向けて咆哮する（第三形態）。生物はゆっくりと二足歩行をはじめるが、まだ足元がおぼつかない。八ツ山橋方面へと移動し、京急北品川駅を破壊する。陸上自衛隊の攻撃ヘリが現着するが、目標付近に人影（中年男性が老婆を背負って踏切の上を歩いている）が見えたため、攻撃することができない。躊躇し、迷った挙句、大河内総理は攻撃の中止を命ずる。「自衛隊の弾を国民に向ける事は出来ない」。

巨大不明生物はさらに京浜運河から東京湾へと移動したのち、海の中にいったん姿を消す。

＊

台本上ではここからがBパート（第二フェーズ）となる。

巨大不明生物がいったん姿を消してから一夜。死者は一〇〇名を超え、東京は大きな被害を被ったものの、火災などもおおむね鎮火されていた。その後は束の間の小康状態になる。いつ再び海から現れるかわからない相手を前に、監視体制が強化される。

官邸に新たな専門の調査団が設置される。それが『シン・ゴジラ』の中心となる巨災対（巨大不明生物特設災害対策本部）である。矢口蘭堂が事務局長に任命される。巨災対は実力主義の組織であり、様々な部門から変わり者たちが集められる。巨災対での活動は今後の人事査定にはいっさい影響がなく、役職・年次・省庁間の縦割りを気にせず、自由に発言することが許される。「そもそも出世に無縁な霞が関のはぐれ者、一匹狼、変わり者、オタク、問題児、鼻つまみ者、厄介者、学会の異端児、そういった人間の集まりだ。気にせず好きにやってくれ」。

彼らの調査でやがて、巨大不明生物が放射性物質を撒き散らしていることが判明する。しだいにアメリカも日本政府に注文をつけはじめる。まもなく米国大統領次席補佐官がひそかに来日し、総理との極秘会談を行うことになる。その会談のために同行した米国国務省のエージェントにして上院議員の長女、カヨコ・アン・パタースン（石原さとみ）が矢口にコンタクトを取ってくる。

カヨコは矢口に、巨大不明生物の存在を数年前から予言していた牧博士についての調査を依頼する。異端の老教授、牧博士は、日本から追い出されるようにアメリカの研究機関に移籍すると、生物学者でありながら、エネルギー関連の研究を続けていたという。

牧博士はその生物に「ゴジラ」という名前を与えていた。牧博士の調査によれば、各国が無差別に海洋投棄した放射性廃棄物を餌として、放射線に耐性をもつ生きものへと急速に変化した生命体、それがゴジラである。ゴジラは「この星でもっとも進化した生物」であり、「世代交代ではなく一個体のまま、劇的な進化を続けている」ような「人知を超えた完全生物」であるという。

官邸では関係者たちによるゴジラ対策の作業が不眠不休で続く。しかしついにゴジラが相模湾に出現し、鎌倉から再上陸を果たす。このときゴジラの姿はさらに巨大化しており、前に姿を消したときの二倍の大きさになっている（第四形態）。ゴジラは神奈川県釜利谷、横浜市磯子区洋光台、戸塚、川崎市川崎区扇町を通過し、またもや東京へと向かう。

大河内総理は市ヶ谷に連絡し、自衛隊による市街地での陸上戦を決断する。徹底的にやれ、必ず都内侵入を阻止せよ、と（タバ作戦）。陸上自衛隊は多摩川河川敷を防衛線とし、総力を結集して川崎方面から東京へのゴジラの上陸を防ごうとする。

ちなみに、平成以降の怪獣映画では、自衛隊の協力を仰ぐ場合、劇中で航空自衛隊機が撃墜されるシーンを撮影することが禁止されていたという（金子修作『ガメラ監督日記』）。『シン・ゴジラ』のタバ作戦では、自衛隊がゴジラを攻撃するまでの段取りのシーンに時間をかける、という演出が行われた。どんなに攻撃されても、ゴジラは微動もせず、反撃すらしない。それによってかえって、ゴジラの強大さ、無敵さ、畏怖すべき神々しさが観客に印象づけられる（切通理作「私たちの今日と『シン・ゴジラ』」、『ユリイカ』「総特集Ω『シン・ゴジラ』とはなにか」二〇一六年一二月臨時増刊号）。

自衛隊が総力を結集した攻撃によってもゴジラには傷一つつけることができず、移動指令本部は機能を失い、作戦は失敗する。

ゴジラは悠然と多摩川を越え、東京中心部に向けて進行しはじめる。そこから大田区、世田谷区、目黒区へと移動。東京は大混乱に陥る。

ここにいたって米軍は、大使館防衛を理由に、ゴジラに対して空軍機による空爆を行う旨を日本政府に通知してくる。日米安保による駆除協力の名目ではあるが、実質的には日本にはそれを拒否することはできない。空爆は広範囲にわたり、甚大な被害や犠牲が出ざるをえないが（「無茶苦茶だ、ゴジラより大変じゃないか！」）、日本政府はそれでもアメリカの軍事力を頼みにするしかない。まさに日米安全保障条約が現実的に発動するわけである。

夜の東京の街をゴジラが進んでいく。東京の人々はパニックに陥る。警察官や消防隊員は、市民を地下鉄や地下街へと誘導する。ゴジラの攻撃と米軍の空爆を前に、総理官邸も捨てられることになり、巨災対の面々にも退避命令が出される。

予定より早く、米国空軍による地中貫通爆弾による攻撃がはじまる。ゴジラは頸椎部から大量に出血する。ゴジラは空を仰ぎ、激しく咆哮する。米軍機の爆撃によってゴジラは覚醒し、背中や尻尾が発光しはじめ、ついにその口や背中から超高熱放射性粒子帯焔（熱焔）を発する。熱焔によって米軍機は殲滅され、東京の中心部も焼きつくされる。辺りは火の海と化す。

このとき、総理官邸から特別輸送ヘリで脱出しようとした首相や閣僚たちが炎にやられ、全滅してしまう。エネルギーを使い果たしたらしいゴジラは、東京駅の近傍で再びその活動をいったん停止する。

日本政府はゴジラの前に無残に敗れ去り、東京は破壊され、国家存亡の危機に陥る。

＊

ゴジラによって焼きつくされ、高い放射性物質を撒き散らされ、壊滅的な打撃を受けた東京——。主要メンバーを失った政府の機能は、立川広域防災基地に移る。里見祐介農水大臣が総理臨時代理となる。

ここからがCパートである。

矢口は巨大不明生物担当相の特命担当大臣、そしてゴジラ統合対策本部の副本部長に任命され、事実上の行政執行者のリーダーとなる（失敗したときの「腹切り要員」として、ではあるが）。矢口は生き残った巨災対のメンバーを立川に呼び出し、「家族や友人、同僚を失った悲しみ」を抱えつつ、ゴジラ対策に全身全霊を傾ける。ここからは、すべての歯車がかみあい、人々はおのれの専門的な役割を遂行し、ゴジラ対策という目標のために一致団結し、組織が最大限のポテンシャルを発揮していく。

巨災対のゴジラ解析が進む。組織片を分析したところ、ゴジラは今後、無性生殖による個体増殖を行うかもしれないと判明し、「世界中へ鼠算式に個体が群体化すると予測」され、「有翼化し、大陸間を飛翔する可能性すらある」という。

アメリカは「その時は人類は終わりだ」と判断し、世界壊滅の危機を前にして、国連の名のもとに、多国籍軍による東京への核攻撃（人類の叡智の炎）によってゴジラを打ち倒すという決断をする。

カヨコは「祖母を不幸にした原爆を、この国に三度も落とす行為を私の祖国にさせたくない」と述べ、アメリカ側から矢口に協力することを決める。

しかし日本政府は、それを先延ばしにさせ、対米従属の屈辱を乗り越えて、あらゆる可能な外交手段を用いる。

フランスなどの海外からも日本支援の手が差し伸べられる。矢口蘭堂は、アメリカとのタフな交渉を行いつつ、国際的な味方をつけ、組織の人々の力をフルに発揮させ、ゴジラを撃退する、という困難なミッションを率いていく。

ゴジラの口腔から血液凝固剤＋細胞活動の抑制剤を投与し、ゴジラの動きを凍結させるための手段が確立する。日本各地の民間化学工場がフル稼働し、血液凝固剤が生産される。政治家や官僚たちもまた限りなく合理的に行動する。可能な限りの避難誘導＝疎開が行われる。いっけんとぼけた首相代理も、老獪でしたたかな役割を果たす。自衛隊員や民間企業の関係者は、命の危険を顧みず、ゴジラに立ち向かう。

そして舞台は整えられ、ついにゴジラ凍結のための日米合同の「ヤシオリ作戦」が発動する。

爆弾を積んだ無人運転の新幹線や、米軍の無人戦闘機による陽動作戦が行われる。高層ビルは次々と破壊されるが、しだいにゴジラはエネルギーを使い果たして弱っていく。高層ビルが倒れて、ゴジラの体に瓦礫が覆い被さっていく。動けなくなったゴジラにコンクリートポンプ車やタンクローリーなどの特殊建機部隊が接近し、口腔から凝固剤＋抑制剤を注入する。このチャンスを逃すまいと、無人在来線爆弾がゴジラに襲いかかる。多少の犠牲者が出るが、無事にゴジラの凍結に成功する。

アメリカの核攻撃は何とか回避され、ゴジラは冷温停止状態になり、東京と日本の破局的な危機は乗り越えられる。さらにゴジラが撒き散らした放射性物質の半減期が思いのほか短く、数年でほとんど影響がなくなることも判明し、東京都内の除染にも光明が見える（この辺りは物語上のご都合主義として、しばしば批判されもしたが）。「スクラップアンドビルドで、この国は伸し上がって来た。今度も立ち直れる」。

日本人も人類もゴジラと共存していくしかない。事態の収束まではまだ時間がかかるだろう。

しかし来るべき未来において、日本の矢口総理とアメリカのカヨコ大統領が誕生して、日米のあいだに新しいパートナーシップが生まれるのかもしれない。首都東京の徹底的な破壊の先に、理想的な〈日本〉が生まれなおすのかもしれない……（日本国家の第四形態？）。

＊

こうしてCパートでは、危機を前に日本人が一致団結し、的確にゴジラ問題に対処していく姿が描かれていく。Aパートの体たらくとは正反対に、「こうあるべきだ」「こうあってほしい」という理想の日本（人）たちの姿がヒロイックに表現されているのだ。ゴジラという未曾有の国難を前に、日本的官僚制の欠点がそのまま、ポジティヴな特殊日本的な優位性へと反転していく。日本人の欠点として自虐や嘲笑を呼び招く要素が、そのまま長所となり強みになっていくのだ。

政治家・官僚・自衛隊などの公務員たちだけではない。たとえば爆薬を積んだ無人新幹線&無人在来線をゴジラに突っこませる、という攻撃方法は――かつての特攻隊のそれとは異なって人間の犠牲者を出さない方法ではあるものの――、マニアやオタクたちの想像力に根差すとともに、製造業が強かった時代のニッポン、土建国家的・高度成長的な「強い日本」へのノスタルジーをも感じさせる。そのようにして、国家公務員たち＋コミュ障のオタク的な専門性＋土建国家的（田中角栄的）な技術力が弁証法的に統合される。それは震災後の日本人がいちばん見たい「夢」であり、ファンタジーだったのではないか。

こうした美的＋政治的な夢を前にして、私たち＝観客たちは、自分たちはこのままでいいんだ、潜在能力さえ発揮すればまだまだやれるんだ、という熱狂的な感動に巻きこまれていく。政治家や自衛隊員だけではない。いつもは爪弾きにされているオタクやマニアックな専門職の我々でも国民国家の役に立てるのだ、と。

## ゴジラの側から『シン・ゴジラ』の物語を見つめなおす

いったん視点を切り返して、人間たちではなくゴジラの側からも『シン・ゴジラ』について考えてみよう。

『シン・ゴジラ』の新しさは、ゴジラが次々と形態変化を遂げていくことにある。

第一形態のゴジラは、海中を移動するが、はっきりとした姿を現さない。断片的な映像の中で尻尾と背中だけが確認される。オタマジャクシのような形をしているらしいが、その全貌は明らかにならない。

第二形態のゴジラは、陸上でも活動できるように急速に進化し、魚類から両生類に近い形になる。ラブカという深海ザメがモデルだという。足が生えているが、手は未発達であり、蛇のように地面を這って移動する。移動とともに町を破壊し、人々の生活に甚大な被害を与えていく。エラから流れ出る血液のような赤い体液は、強烈な腐臭がし、放射性物質が含まれている（ファンのあいだでは「蒲田くん」と呼ばれた）。

さらに第三形態では両生類から爬虫類へ進化する。ついに二本足で立ち上がるが、まだ足元がおぼつかない。表皮は焼けただれたような茶褐色で、皮膚の内側は熱を帯び、赤熱化している。どうやら体内の冷却システムが進化に追いつかないらしい。おそらく体を冷やすために、いちど東京湾へと戻っていった。

第四形態のゴジラは、冷却システムを完成させ、陸上での活動に完全に適応した姿をしている。体高は第三形態の二倍以上の、一一八・五メートルにまで巨大化している。私たちが一般にイメージするゴジラの形態である。

そしてラストのカットでは、冷温停止状態のゴジラの尻尾に、第五形態の予兆が見られる。完成台本には「凍結されたゴジラの姿。／その尻尾の先端部分に、ヒトと同様の形をしたゴジラ第5形態が出現している」とある。第五形態は第四形態からの分離体であり、背びれや尻尾があるものの、人間に近い形をしている。

そしてその後明らかになったところによれば、作中の完成体（第四形態）はまだ進化のはじまりにすぎず、ゴジラは今後もさらに何段階もの形態変化を遂げ、進化していくのだという（第六形態〜）——不老不死。無限分裂。無限復活（細胞の一片からでも完全体に成長する）。永久機関の獲得（無尽蔵の核融合。水と空気は不要になる）。感情と痛覚の喪失。完全なる飛行能力の獲得（最終的には大気圏を越えて宇宙へ）。別の惑星に到達し、適応する……。

第四形態のゴジラもすでに、水や空気さえあれば、それを細胞の中で必要な栄養に変えられるようになっていた。ゴジラは「人類の存在を脅かす脅威」であると同時に「人類に無限の物理的な可能性を示唆する福音」でもある。

ゴジラの両義性はおそらく、人類の科学技術の進歩や発展に内在する矛盾それ自体のような矛盾である。実際にゴジラは伝統的に、二〇世紀の原子力という両義的な「力」の暗喩であり、さらに、原子力をすら超える次世代エネルギーの隠喩にもなってきた。

ゴジラの謎に迫るためのカギとなるのは、科学者の牧悟郎博士の存在である（多くの人が言うように、牧博士は『エヴァンゲリオン』シリーズの主人公・碇シンジの父親であるゲンドウの分身的な存在であり、庵野監督自身の分身でもある）。牧博士はゴジラを専門的に研究していた。映画の冒頭、東京湾を漂流する無人のモーターボートが発見されるが、牧博士はなぜか、ボートから海へと身を投げたらしい。博士はアメリカからの情報をもとにゴジラ研究を行っていたが、その研究成果をアメリカに渡さないようにしていた。無人のボートには、牧博士の遺留物として、宮澤賢治の詩集『春と修羅』と英文の書類封筒、折り紙の鶴が残されている。封筒に残されたメッセージはこうだった――「私は好きにした。君らも好きにしろ」。

謎めいた存在である牧博士については様々な解釈がなされてきたが、冒頭、海上で姿を消した牧博士は、その後じつはゴジラになり、亡き妻（放射性物質の何らかの被害者であるという）と一体化して、生物進化の新しい段階に入ったのではないか、という説もある。物語の中では次のようなセリフがある。「教授は、唯一の救いだった自分の妻を死に追いやった放射性物質を憎んでいた」。「そして、それを生み続けた人間そのものを憎んでいたんだろう。妻を見殺しにした、日本という国も」。

にもかかわらず、牧博士はゴジラ研究のデータを消去せず、あえて遺して、君たちの好きにしろ、と遺言したのである。

ならば彼は何を「好きにした」というのか。

＊

たとえば批評家の藤田直哉の『シン・ゴジラ論』の解釈によれば、ゴジラのあの尻尾は、死者たちの群れの凝集体であり、それは東北の震災の犠牲者や、原発事故の被害者たちの怨念を象徴する。「ここで断言する。『シン・ゴジラ』におけるゴジラとは、東北や福島の、首都に搾取され、送電させられ、貧困ゆえに、まるで娘を身売りするかのように土地を原発に売らざるを得なかった怨念の全てが篭もっている存在である」。「冷温停止したゴジラとともに生きるとは、原発の廃炉を延々としなくてはならないという意味だけではなく、この死者たち、犠牲者たちとともに生きるという覚悟を示してはいないか」。

ゴジラは、東北の被災地から東京へとやって来て、災害時に露呈したこの国の根本的な不公平や非対称性を是正しようとする。福島や各地方に原発を押しつけて、効率的に電力だけを吸い上げてきたお前ら東京人も、都心で冷温停止したゴジラとともにずっと生きろ、原子力の危うさとともに生きていけ。そして震災の死者たちを忘れるな。死者たちの無念とともに生きろ。

ゴジラとは、そのような存在なのではなかったか……。

とはいえ藤田の『シン・ゴジラ』論は、結局、ゴジラの存在は現代の日本的な宗教性（天皇＝国体の代理物）を支えるものだった、という話に帰着していく。つまり、ゴジラの存在はある種の消費可能な宗教的対象へと封じこめられる。ゴジラとは東日本大震災の死者や犠牲者たちを弔い、日本的ナショナリズムに回収するための靖国神社のようなものである。ゴジラとは現代の「国体」であり、日本人にとっての「神」である……。

しかしこの種の論理によっては、過剰な矛盾をはらんでいたはずのゴジラの存在が、たんに飼いならされた「象徴」の次元へと囲い込まれ、無害化されてしまっていないか。実際に、現実のネトウヨやオタクや安倍晋三たちは、『シン・ゴジラ』の物語を喜々として消費し、大はしゃぎで美的な快感を満足させていたのだった。さらにゴジラは「蒲田くん」などの萌えキャラとなり、かわいいイラストとして拡散され、グッズ化もされた。消費者／オタク／ナショナリストの融合体としての彼らの精神は『シン・ゴジラ』によって揺るがされることも、ラディカルな内省を強いられることもなかった。東北や被災地の象徴としてのゴジラは、消費者としての観客たちのほどよい消費の対象になり、「かわいい天皇」（大塚英志）と等価なものになり、ありえたかもしれないすばらしいニッポンのナショナリズムへと吸収されていったのである。

すると『シン・ゴジラ』という作品は、東北の犠牲者や死者たちの怨念や怒りによって東京を脅かすどころか、歴史修正者たちに都合のいい、靖国的な、死者たちの国家利用の、鎮魂《たましずめ》の媒体として機能してしまってはいないか。

繰り返すが私はそのことを特定の政治的立場から批判しているつもりはない。一貫して、政治と芸術の対立を超える新次元の「芸術」の強度を描くことがもっとも「政治的」である、「芸術は政治的に中立だ」も「芸術より政治が大事」もどちらもダメなのではないか、と言い続けている。

## アニメ的でマジカルなファシズム？

その後、多くの『シン・ゴジラ』に関する論考や論集、研究書などが刊行された。『シン・ゴジラWalker』（二〇一六年七月二二日）のほか、たとえば電子書籍の『「シン・ゴジラ」、私はこう読む』（日経BP社、二〇一六年一〇月二五日配信）、河出書房新社の論集『「シン・ゴジラ」をどう観るか』（二〇一六年一〇月）、『ユリイカ』「総特集Ω『シン・ゴジラ』とはなにか」（二〇一六年一二月臨時増刊号、青土社）、先ほど参照した藤田直哉の単著『シン・ゴジラ論』（二〇一七年一月、作品社）などである。

二〇一六年一二月二九日には庵野責任編集の分厚い公式記録集『ジ・アート・オブ・シン・ゴジラ』も刊行され、『シン・ゴジラ』制作の背景も詳しく見えてきた。二〇一七年三月二二日にはＤＶＤとブルーレイも発売。特にブルーレイの特別版三枚組には、現場メイキングや未使用テイク、ＮＧテイク、プリヴィズ映像などを収めた特典ディスクも付き、これも大きな話題となった。

すなわち、作中のゴジラや巨災対が何度も形態進化を遂げるように、映画作品としての『シン・ゴジラ』もまた、観客の感想やネットの評判、解釈や批評、関連グッズ、そしてメイキングの書籍や映像などを巻きこみながら、幾度となく形態変化し、さらに巨大な存在へと膨れあがってきたのである。その度に、解釈の幅も広がり、謎も深まっていく。それはもちろん従来からの庵野的な手法である。[5]

たとえば『ジ・アート』には、作中では最後にわずかに垣間見えた第五形態の、イラストや雛形などの様々なパターンが掲載されている。庵野と樋口が作ったコンセプトのもと、前田真宏がゴジラのイメージデザインをし、さらにそれを造形作家の竹谷隆之が立体造形化したものである。それを見る限り、もはやシン・ゴジラの形態は「ゴジラ」の範疇を超え、オブジェや現代アートのようになり、ほとんど『エヴァンゲリオン』の「使徒」のような異形の存在へと形態変化している。

また先ほども述べたように、『ジ・アート』の中には第六形態以降のゴジラの進化の行く末がメモされており、これは二〇一七年一一月一七日公開予定のアニメ版『GODZILLA』(脚本・虚淵玄)の物語へも何らかの形で継承されていくようだ。特撮・実写からアニメへ、という切り換えしが再び行われるわけだ。

では、それらの流れを踏まえた上で、今、『シン・ゴジラ』にいかに対峙し、これを解釈し、批評すればいいのか。

＊

いまの私の暫定的な答えをまずは述べておきたい。

『シン・ゴジラ』は、まさに、現代的な意味でのファシズム的なものの象徴(国体?)——アニメ的でマジカルなファシズムのシンボル——なのではないか。私は今あらためて、その思いを強くしている。

庵野秀明は引用の天才である、としばしば言われる。逆に言えばそれは、文化的に成熟しきった現代においては過去の作品の引用しかできない、それらを最善の形で組みあわせてパッチワークするしかない、という呪いを庵野が全身全霊で引き受けてきた、という意味でもある。実際に『シン・ゴジラ』は全体が引用の織物のような作品であり、ほとんどネット社会における「まとめサイト的」な映画であるといえる。

もともとゴジラは、戦後日本の大衆的な無意識のシンボルともいえる存在だった。時代ごとの願望や欲望が投影されるスクリーンになってきた。逆に言えば、統一感のない多義性、融通無碍さこそがゴジラの特徴なのでもある。

そして『シン・ゴジラ』は、震災後の政府報道やスペクタクル、SNSやニコニコ動画を連想させる映像などを複合的に取りこんで、まさに現代的なデジタル時代（ポストメディウム時代）の映像メディアの多様なコラージュとして組み立てられてもいた。『シン・ゴジラ』という作品は、ネットと現実が双方向的に繋がりあった現代社会の「全体的な喩」なのではないか、と評論家の加藤典洋は述べている（「シン・ゴジラ論」、『新潮』二〇一六年一〇月号）。『シン・ゴジラ』は実際に、上映後にたちまちTwitter、facebook、ブログ、2ちゃんねるなどの場で膨大な解釈と考察の渦を生みだしていったのである。

政治とネットの相互フィードバック的な融合。観客の欲望を呑みこみながら『シン・ゴジラ』が作り出した熱狂的な一体感は、たとえば批評家・哲学者の東浩紀が論じた「無意識民主主義」に近いものなのかもしれない。東は『一般意志2・0』の中で、情報技術の可能性を政治的に活用して、現在の代表制民主主義（専門家や審査会による熟議）の腐敗と暴走を食い止めるべきだ、と主張した。具体的には、情報技術によって定量的に収集され、可視化された人々の動物的な欲望のデータベース（一般意志2・0）をもとに、これを政治的な決定に反映させていくこと。それが東の考える「民主主義2・0」である。たとえば国会での政策審議の場にスクリーンを設け、ニコニコ生動画を介して、国民の意見をリアルタイムで流すこと。それが、専門家・官僚の支配でもポピュリズムでもなく、直接民主主義でも間接民主主義でもないような、「無意識民主主義」なのだと言う。しかしそれはまさに現代的なネット環境をステップボードにした「無意識のファシズム」のための理論でもある。

『シン・ゴジラ』という作品は、現代的な美学と技術と政治とメディアのすべてを作品の中に叩きこんで、そのポテンシャルを臨界点まで使い切ろうとした。そこには確かに、通常の美的な快楽を超えた崇高な享楽性があった。それは震災や津波、原発事故、被災地の廃墟の映像などのスペクタクルをも自在に「引用」するものでもあり、さらには近年注目されるポストトゥルース、ポピュリズム、右傾エンタメ、情動政治、SNSなどの社会的な力を余すところなく動員し、使い切ろうとするものだった。

私はそれを、「アニメ的でマジカルなファシズム」と呼びたい。

それは確かに、たんなる「上からの」国策映画やプロパガンダではない。上からの命令ではなく、国家と民衆と市場とネットの融合なのだから。そうした意味での、ニュータイプのファシズム（全体主義）なのだ。

＊

すでに多くの論者たちが、「映画」の時代から「アニメ」の時代へ――という時代のドラスティックな変化を予感するかのような発言をしている。私たちが生きている現実そのものがアニメーション化されつつあるのではないか、と。

グローバリゼーション&情報技術革命のポスト（後）の世界においては、人工物と自然物、現実と虚構が混淆し、ハイブリッド化していく。そこでは近代的な意味での「人間」の特権的なポジションもまた溶解していく。では、そのような世界の中で、私たちの美的な快楽（楽しさ）や倫理（正義）は、どのような変化を遂げていくのか。

たとえば『ワイアード』誌のライター兼編集者であるフランク・ローズは、『のめりこませる技術――誰が物語を操るのか』（原著二〇一一年）の中で、次のように述べている。現代的な過剰流動化や多元的な物語論的環境のもとでは、虚構と現実、制作者と消費者、エンターテイメントとコマーシャル、物語とゲームなどの境界線がはっきりしなくなっていく。

しかしそれは、特定の作者や企業によって、つまり「上から」の権力によって、一般の視聴者が操作され、管理され、コントロールされる、ということではない。視聴者とメディア、消費者と企業の欲望は、むしろ共犯関係にあるからだ。互いが互いを飲みこみ、飲みこまれながら、物語の力がますます大きくなり、拡張していく――「私たちは取りこまれたいのだ。そしてのめりこみたいのだ。物語に巻きこまれ、キャラクターの役を切り取って自分のものにしたいのだ」。

あるいはマーク・スタインバーグの『なぜ日本は〈メディアミックスする国〉なのか』（二〇一五年）によれば、近年のエンターテイメント作品が展開する戦略は「トランスメディア・ストーリーテリング」と呼ばれるものである。つまり、たんに一つの作品を作るのではなく、複数のメディアを超えて流通するような、総合的な物語世界の宇宙を構築し、それを商品にしていくのだ。二〇〇〇年の『マトリックス』以降、こうした戦略が特にはっきりとしてきた。かつてワーグナーは「全体芸術作品」という概念を示したが、現代のメディアミックスはそれを全面化し、新たな段階へと足を踏み入れた。近年の傾向は、強力な物語性とメディアミックスによる多宇宙的な総合芸術性にあるのだ。

さらにメディアアーティストの落合陽一『魔法の世紀』（二〇一五年）によれば、二〇世紀が「映像の世紀」だとすれば、二一世紀はコンピュータの世紀であり、「魔法の世紀」である。SF作家アーサー・C・クラークは「充分に発達した科学技術は、魔法と見分けがつかない」と述べた。近い将来、まさにマンガやアニメの『攻殻機動隊』シリーズが描いたような世界が技術的に本当にやってくるだろう。人間とコンピュータの区別がなくなり、それらを一体的に捉える自然観を落合は「デジタルネイチャー」と名づける。人工物と自然物、リアルとヴァーチャルの二分法を完全に超越し、「虚構はひとつの現実に吸収され、この世界自体が物語になっていく」。それが（パソコンやスマホのようなデバイスではなく）環境として水や空気のように当たり前になった時代が来る。これが「魔法の世紀」である。

そこでは人間とコンピュータの関係は、上下関係ではなく共生関係となる。逆に言えば、デジタルネイチャーにおいては人間もまた計算機で処理されうるコンピュータにすぎない。たとえば、生命の本質をコンピュータの計算結果として数値的に読み解き、それを３Ｄの次元にうまくプリントアウトすれば、自由に新しい生命を生みだすことができるかもしれない。人格（精神）すらもが複製可能になれば、原理的に生者と死者の区別も消滅する。落合は「その中で人間はより人間らしく、幸福に生きていく」と楽観的な技術肯定論を主張する。

かつての二〇世紀型のファシズムが映画的・神話的なものだったとすれば、二一世紀型のファシズムとはアニメ的でマジカルなファシズムになっているのかもしれない。

## ポピュリズム／インターネット／排外主義

あらためてそれはどういうことか。比較政治学者の水島治郎は、現代社会においては、日本での橋下徹率いる日本維新の会の躍進、イギリスのＥＵ離脱、アメリカ合衆国のトランプ大統領の誕生など、ポピュリズム（大衆迎合主義、人気取り政治）的な政治が世界各国で目立つようになり、二一世紀の世界はあたかも「ポピュリズムの時代」「ポスト・デモクラシー（デモクラシー以後）の時代」を迎えたかのようである、と論じている（『ポピュリズムとは何か——民主主義の敵か、改革の希望か』）。

ポピュリズムの特徴は、一般に、以下のようなものとされる。リベラルな価値の批判、外国人や移民を排斥する排外主義的な傾向、メディアを活用して（政党や議会などの間接民主主義をスキップして）大衆に直接的に訴える政治スタイル、エリート（エスタブリッシュメント）に対する批判、カリスマ的リーダーの存在……等々。

しかし水島によれば、ポピュリズムはデモクラシーの敵である、という単純な批判は通じない。なぜならポピュリズムはデモクラシーの矛盾それ自体から出てくるものであり、歴史的にも「解放の論理」と排外主義的な「抑圧の論理」というダイナミックな両面性をはらんできたからだ。ポピュリストたちは一般に、自分たちは民主主義の敵ではない、自分たちこそが「真の民主主義者」である、と自認するのが常道である。彼らがそこで一貫して批判しているのは、代表者を通じた民主主義であり、つまりは間接民主主義なのだ。

特に二〇世紀のラテンアメリカ諸国などでは、ポピュリズムは、少数の政治エリートによる独占的な支配を打ち崩し、多様な人々のデモクラシーを実現するための解放運動として登場したのである。しかし近年では、それが逆転し、奇妙な転倒を見せている。たとえばヨーロッパにおけるポピュリズムは、イスラム系の移民を批判する際に、〈イスラムは男女平等を認めていない、それは民主主義的な価値観と相容れない、ゆえに、イスラム移民を排撃すべきである〉というようなねじれた排外の主張を行っているからだ。

こうした奇妙に転倒した排外主義を伴いがちなポピュリズムの潮流には、しばしば言われるように、インターネットの存在が深く関連している。

インターネット的な空間では、客観的・歴史的な厚みをもつ「事実」よりも、フラットな「情報・データ」が重視されやすい。そして一般的に、ネットユーザーたちが優先するのは、実証的な客観性よりも、感情や気分、気持ちの次元である。だからネット上では「感情と結びついた情報・データ」が集団的に収集・拡散・シェアされやすくなる。ここには、ネットの普及によって日々受け取る情報の分量が増大し、情報の真偽を確定するためのコストが大きくなりすぎた、という認知限界の問題もあるだろう。日本のみならず国際的にすでに存在するネトウヨ的／オルタナ右翼的な勢力の増加には、ネットやSNSなどの環境が大きく関係していることもすでに広く知られている。❖6

こうして、インターネットという情報環境のもとで、感情を燃えあがらせるような情動政治的なポピュリズム＋排外主義が強化され、ポストトゥルース的な真偽の決定不能が加速していく。

ポピュリスト的な傾向をもつ政治家たちは、いち早くこうした現実の変化に適応し、対応してきた。現実の相対化や多元化が進み、うんざりするような疲弊——少なくとも有権者・大衆・人民はそう感じている——が募っていく。だからもう客観的な真偽や善悪なんてすっ飛ばして、感情的に共感できるものを手っ取り早く求めたい。スカッとしたい。ポピュリズムはそうした大衆的な疲弊や欲望の上に繁茂していくのだ。すでにある制度を改良主義的にチューニングしていく、というちまちました民主主義なんてもううんざりだ、頼むからこの息苦しい閉塞を変えてくれ。スカッとするスケールの大きな話をしてくれ……。娯楽性と社会意識を高次元で両立させようとする現代的なポリティカル・フィクションたちは、こうした政治的・社会的な現実＝空気をしっかりと取りこんで、吸収し、相互的なフィードバックを能動的に試みてきたのである。

そのことをはっきりさせたのは、やはり『シン・ゴジラ』だったように思われる。

たとえば安倍晋三首相は、二〇一六年九月一二日、自衛隊幹部との懇親会の場で次のように述べた。「このような現実の世界のみならず、今話題の映画『シン・ゴジラ』でも自衛隊が大活躍していると聞いています。私と官房長官は、短期間のうちに死亡するそうです。官房副長官は生き残っています。統合幕僚長以下、自衛隊員の皆さん、格好良く描かれているとうかがっています。このような人気もまた、自衛隊に対する国民の皆さんの揺るぎない支持が背景にあるのだと思います」。防衛庁長官・防衛大臣を歴任した石破茂も『シン・ゴジラ』に触れながら、災害や非常時のための「思考訓練」の必要性を述べていた。あるいは東日本大震災当時、民主党政権で原発事故収束・再発防止担当大臣を担当した細野豪志（『シン・ゴジラ』の主人公、矢口のモデルの一人ともいわれる）もまた、『シン・ゴジラ』の物語を自らの震災時の経験と重ねるような発言をしている。

ほかにもさまざまな霞が関官僚や軍事ジャーナリスト、保守派の人たちが『シン・ゴジラ』について論じながら、国防や危機管理の問題などを熱っぽく語り、観客や大衆たちに自分たちの主張を訴えてきた。

たんに虚構と現実、文化と政治の境界線が揺らいでいる、というだけではない。彼らが『シン・ゴジラ』の映像と物語を広告や宣伝として利用している、ということでもある。というよりも、『シン・ゴジラ』にはある種のプロパガンダ性を誘発し、煽り立てる面が――撮影協力として内閣府防災担当、国土交通省、海上保安庁、東京消防庁の名前が挙がり、また特別協力として電通の名前まで挙がっているのだから、それも当然であるが――あった、ということを意味する。もちろん、これもまたよくも悪くも、である。

政治的プロパガンダと企業広告の区別が不可能な状況の中で、ある芸術作品のイデオロギー的性格を単純に批判することができるはずもない。しかし重ねて言うが、芸術や文化の中に政治をもちこむな、というのも同じように無意味である。大衆的な無意識やネット領域を含めた現代的なプロパガンダ性、芸術と政治の重層的な絡みあい＝キアスムを認識することは、肯定や否定の前に、『シン・ゴジラ』のようなタイプの作品を鑑賞し、解釈するときのデフォルトにすぎない。特撮や怪獣映画では政府や自衛隊の協力はよくあることだ、目くじらを立てることはない、と嘲笑して通り過ぎるだけではすまないのである。

**プロパガンダ／情動政治／民主主義**

それでは『シン・ゴジラ』はどんな意味で国策映画であり、プロパガンダ映画であるのだろうか？

プロパガンダとは「政治的な意図に基づき、相手の思考や行動に（しばしば相手の意向を尊重して）影響を与えようとする組織的な宣伝活動」のことであり、かつてのナチス・ドイツ、現代では北朝鮮や中東の過激派組織「イスラム国」などが有名である。しかし『ふしぎな君が代』『日本の軍歌——国民的音楽の歴史』などで知られる辻田真佐憲は、「楽しさ」を通じて民衆をコントロールするタイプの「楽しいプロパガンダ」の存在に鋭く注目している(『たのしいプロパガンダ』)。

宣伝は何も、堅苦しく息苦しいもの、上から強制的に押しつけられるものとは限らない。民衆が楽しみながら、知らず知らず、自ずと影響を受けるようなものでもある。そのために、時代のあらゆる娯楽や最先端のメディア技術を活用していくこと。それは近代的なプロパガンダの常套手段だったのである。

政府や軍部が居丈高に、上から、退屈な教条主義をむりやり国民に押しつける、というようなものばかりがプロパガンダだったのではない。日本では第一次世界大戦をきっかけに、プロパガンダ先進地帯の欧米に学びながら、プロパガンダの研究がはじまっている。

一九二二年に誕生したソビエト連邦は、革命によって生まれた世界初のイデオロギーに基づく人工的な国家であり、共産主義の理想がいかに輝かしいものであるか、そのことを内外に積極的に宣伝しなければならなかった。ソ連という国はもともとプロパガンダ国家であることを宿命づけられていたのである。

たとえばトロツキーは「楽しみたい、気楽に暮らしたい、しばらくぼんやりしていたい、笑い興じたいといった願望は人間本性のきわめて当然の願望だ」「教育的監督や、無理強いして真理の道へむかわしめるのではなく、娯楽を集団教育の武器にすることができるし、しなければならない」と語り、そのための当時の時点での「なによりも卓越した武器」は映画であり、映画こそが「プロパガンダの最良の道具」であると語っている。レーニンもまた「我々にとって、すべての芸術のなかでもっとも重要なものは映画である」と述べていた(以上、辻田『たのしいプロパガンダ』第二章)。

初期ソビエト映画の代表作は、セルゲイ・エイゼンシュテインの『戦艦ポチョムキン』であり、これは共産主義のイデオロギーを宣伝するものであると同時に、複数のカットを組みあわせるモンタージュの方法を使うことによって、非常に優れた美学的な強度をもつ作品でもあった。ちなみにエイゼンシュテインは、特に第二次大戦前のウォルト・ディズニーを高く評価し、人間と動物の境界線が揺らぐ場を表現するアニメーションの技法（それを「原形質性」と呼んだ）から多くを学んでいた。

ナチス・ドイツの宣伝省の大臣を務めたゲッベルスは、『戦艦ポチョムキン』の映像のすばらしさをほめたたえ、これは比類のない映画芸術であり、それに対抗しうるだけの、国家社会主義のイデオロギーの宣伝となる映画を制作せよ、と映画関係者たちに命じている。ナチス・ドイツもまた、ヒトラーの熱狂的な演説、整然とした軍隊のパレード、親衛隊の制服、ゲッベルスの数々の天才的戦略など、ソ連のプロパガンダを批判的に乗り越えることを目論んだプロパガンダ国家だった。

そしてそのシンボルとなったのが一九三六年のベルリンオリンピックであり、そこではリヒャルト・シュトラウス作曲のテーマソング、オリンピック発祥の地ギリシャからの聖火リレーの採用など、様々な芸術的・美的な宣伝が導入されていった。その中でも、リーフェンシュタールによる記録映画の存在は、歴史的に輝かしいものとして大きな影響力をもつことになる。

リーフェンシュタールは一九三四年にニュルンベルクで開かれたナチの党大会を記録した『意志の勝利』（一九三五年）で評価され、ベルリンオリンピックの記録映画の監督に選ばれている。リーフェンシュタールは、ひたすら美しい映像を撮ることに激しい執念を燃やし、それを一九三八年に『民族の祭典』『美の祭典』として完成させる。しかしこれは大会後に選手たちを集めて撮りなおし、その映像を合成して、記録映画とフィクションのモザイクとして、完全な美のために作られたフィクションでもあった。

現代日本ではどうか。

二〇一五年六月、自民党の若手国会議員たちは「文化芸術懇話会」という勉強会を発足させた。その設立趣意書では、芸術家たちとの意見交換を通じて、国民の心を打つ「政策芸術」を作っていくことを目指す、と述べられている。その第一回目のゲストとして、『永遠の0』などのベストセラー小説を書き、ネトウヨ的な人物として知られる百田尚樹が呼ばれている。作家の石田衣良は、百田の『永遠の0』を「右傾エンタメ」と呼んで批判した。その後「愛国エンタメ」「萌えミリ」などの言葉も生まれるが、その代表作が、特攻隊の若者を描いた『永遠の0』である。

そうした想像力の流れの中には、『永遠の0』と同じ年に劇場公開され、同じくゼロ戦を描いた宮崎駿の『風立ちぬ』も位置づけられるだろうし（『風立ちぬ』については評価が分かれるが）、あるいは『艦隊これくしょん』『GATE　自衛隊彼の地にて、斯く戦えり』『ガールズ&パンツァー』などのエンタメ作品も関連するだろう。

つまり、プロパガンダの本質を知るには、官民協働のあり方に注目しなければならないのだ（辻田、同書）。しかもそれは、こと現代においては、権力や資金面の支援を後ろ盾に、特定のイデオロギーを「上から」押しつけている、という単純な話では割り切れない。

たとえば『ガールズ&パンツァー』は、宣伝活動をしたい自衛隊と、商品を売りこみたい民間企業がお互いのメリットを計算してコラボ＝協働したものであり、さらにオタク的なファンたちがその周りに自主的・自生的に集まり、そしてまた大洗の地元住民たちが地域おこしのために聖地巡礼の場として活用する……などの複合的な利害関係や相互作用の結果として、社会的なムーブメントになったのである。こうした流れは加速し、近年では若い自衛官の募集ポスターにアニメの絵（萌え絵）が使われたり、人気アイドルをヴィジュアルや音楽面で採用した広報なども行われている（二〇一四年七月には、AKB48の島崎遥香を起用した自衛官募集のCMが公開された、など）。

重要なのは、こうした情報戦略やプロパガンダ性は、そもそも、今や国民の目から隠されているわけですらない、ということである。これは右か左か、保守か革新か、というような表面的なレベルの話ではない。

自民党が大敗して政権を失った二〇〇九年夏の総選挙直後から、二〇一三年に政権を奪還するまでの四年間、自民党の「情報参謀」役を務めた小口日出彦は、情報分析のコンサルティングを手掛ける人物であり、政治における情報分析と情報表現の重要性がすでにデフォルトになったことを、その著書の中ではっきりと隠すこともなく語っている（『情報参謀』）。

彼らは、政敵の悪評を逆利用したり、政党CMの効果を最大化させたり、「尖閣ビデオ」の流出問題などに際しては二四時間体制で情報の危機管理を行うことをアピールしたりしながら、Twitterやニコニコ動画などの新しいメディアをフルに使って情報発信を行っていた。すでに政治とは、そのようなものなのだ。

小口によれば、自民党の政治情報分析の現場では、テレビ報道やネット上の情報（Twitterのつぶやきやfacebookの書きこみなど）を収集し、リアルタイムで定量的に分析していた。ネット検索で打ちこまれるキーワードの傾向や、ウェブサイトのアクセス量から、国民の発想や行動が浮き彫りになり、それらは政治情報の基礎として政党にフィードバックされ、政策に反映され、国家の方針に影響を与え、それが国民の暮らしへもフィードバックされていく。これは先ほど触れた東浩紀の言う「無意識民主主義」そのものだろう。

その中でも重要なのは、現在の国民を覆っている「不安」の感情であり、不安を解消するための情報戦略である、と小口は述べている。景気・雇用・社会保障の不安。あるいは、北朝鮮のミサイルや中国の東シナ海の動向、アメリカとの関係など、外交・安全保障面での不安。こうした国民の様々な不安を解消するためには、リベラル野党のように消極的な低成長と相互扶助の政策ではなく、たとえば小泉進次郎の「ほどほどの努力では、ほどほどの幸せもつかめない。一生懸命頑張って、一生懸命働いて、豊かな、イチバンの国を作りましょう」という言葉が端的に示すような、「積極的思想」が必要だったのではないか、と（同書「終わりに」）。

政治は理性のみで行われるわけではない、とラディカル・デモクラシーの提唱者の一人であるベルギー出身の政治学者シャンタル・ムフは述べている。「政治的な欲動には「個性と卓越性に向かうもの」とは反対に「群衆の一部として大衆と一体化する瞬間の忘我の境地」がある。人びとが政治的に行動するためには集合的アイデンティティと同一化できなくてはならず、政治の情動的次元は決定的に重要なのだ」（『政治的なものについて――闘技的民主主義と多元主義的グローバリズム秩序』）。

カール・シュミットは「政治的なもの」を、国家の友／敵を分割し、「我々」と他者の境界を確定する概念として考えたが、ムフはそれを再考し、「政治的なもの」を（友か敵か、という二元論ではなく）多元的な差異が争う闘技の場《アリーナ》として捉えなおした。それこそがラディカルな民主主義の根幹をなすのだ、と。そしてその場合、大衆の政治的な情動の次元をスルーして政治的なものの概念を語ることはできない。ムフはいわばラディカルな「左」の論者だが、こうした情動の重要性という認識はすでに「右」も「左」も等しく共有せざるをえないのだ。かつてプロパガンダの重要性を、共産主義国家ソ連と国家社会主義ナチスが鏡像的に分かちあっていたように。

人間は自由意志をもち、自分の意志や決定に基づいて行動している、と思いこんでいる。しかし、近年の脳科学や心理学などでは、人間は感情を理性によってコントロールしているというよりも、理性のほうが感情の奴隷である、という証拠が様々な形で発見されている。行動経済学などの分野でも、市場において人間は合理的主体として理性的に振る舞うだけではない、ということが明らかにされている。

下條信輔『サブリミナル・インパクト――情動と潜在認知の現代』によれば、人々の意識を決定しているものの一つとして、情報化社会としての現在、メディア上の情報が無視できない。人々の脳の意識構造を決定しているにもかかわらず、本人がそのことを自覚できない領域を下條は「潜在認知」と呼び、潜在認知を動かす原理は「情動」であると述べる。

注意しよう。これは資本やメディアが人々を一方的に操っている、という意味ではない。脳の構造の中には、報酬系の快感を重視するという仕組みがもともと備わっているが、人々の意識はそれを自覚できない、という意味である。すると資本主義的な広告や政治的なプロパガンダが、大衆的な情動や潜在認知に働きかけ、無意識の欲望や報酬系を誘導し、水路づけ、その効果を最大化しようとすることには、きわめて合理的な理由がある、ということだろう。

このような無意識的な情動の水準にアクセスする政治のあり方は「情動政治」などとも呼ばれる。政治的なメディア対策やプロパガンダは、当然のように、これらの最新の脳科学や認知科学、神経科学などの知見を利用・応用して行われているわけだ。人々の理性や意識のみならず、欲望や無意識のレベルへも影響を与えている。

もともとプロパガンダとは、「上」からの強制や押しつけの面だけではなく「下」からの自発的な欲望や楽しさを前提とし、複雑な官民協働の産物として機能してきたのであり、その時代ごとの最先端の技術やメディアを利用しつつ、政治と文化、倫理と快楽のいずれの領域へもアクセスしようとするものだったのだ。今や、メディアやネット上の人々の正義感や懲罰的な感情をうまく刺激し、情動を煽ってコントロールし、カスケード的な炎上政治を燃え広がらせていく、などの戦略も当然のように行われているわけである。

## ゴジラ的な倫理を確認する——宮澤賢治／ゴジラ／ナウシカ

ならば、アニメ的でマジカルな現代的なファシズムに対抗するとは、どういうことなのか。

ゴジラ的なものに内在する原理によって現代的な『シン・ゴジラ』の原理に抗するために、いったん、ゴジラの歴史を遡行することにしよう。

一九五四年に公開された初代の『ゴジラ』は、日本初の本格的な怪獣映画であり、田中友幸（プロデューサー）、本多猪四郎（監督）、円谷英二（特技・特撮担当）という黄金トリオによって制作された奇跡的な傑作だった。公開時の観客動員数は、九六一万人にも及んだという。

初代の『ゴジラ』は、次のような物語である。

ある日、太平洋上のある地域（小笠原諸島の南硫黄島の南方。当時はアメリカの軍政下にあり、日本の主権が及ばなかった）で貨物船栄光丸が原因不明の沈没事故を起こす。救助に向かった貨物船も、同じく沈没する。生き残りの乗組員は、近隣の大戸島の漁船に救助される。大戸島の老人によれば、島には古くから「呉爾《ゴジ》羅《ラ》伝説」があり、海に食べ物がなくなると島を襲ったとされ、島民は生贄を海に流したりしていた。現代も呉爾羅を祀る神楽が伝わっている。暴風雨の夜、巨大な怪物が大戸島を襲い、島内の村を破壊。山の向こうに巨大な姿を現す。

報告を受けた日本政府は、生物学者の山根博士を中心とする調査隊を島に派遣した。調査隊の中には、山根博士の娘である恵美子、恵美子の婚約者であり南海サルベージ所員の尾形らも含まれていた。調査後、東京に戻った山根博士は、国会の公聴会の場で、災害の原因は海底に生き延びていた古代生物であり、水爆実験の影響で姿を現したものだ、と主張する。恵美子は幼い頃から兄のように慕ってきた芹沢博士（戦争で重傷を負って、隠遁するかのように実験の日々を送っている）のもとを訪ね、博士の秘密の研究を知る。

その後政府は海上に爆雷攻撃を仕掛けるが、効果はなく、ゴジラは東京湾に出現。芝浦に上陸し、品川運転所を襲撃し、八ツ山橋を破壊。そのあと海に戻る。やがて再び芝浦に姿を現し、東京の街を襲撃する。ゴジラは田町駅、新橋、銀座、上野、浅草と進み、国会議事堂を破壊し、勝鬨橋も破壊し、海へ戻っていく。ゴジラの来襲によって東京は火の海となり、再び焦土と化していく。避難所には難民と化した被災者たちが溢れかえる。

その有様に耐えかねた恵美子は、約束を破って、芹沢博士の秘密の研究を恋人の尾形に伝える。芹沢博士はオキシジェン・デストロイヤー（水中酸素破壊剤）という、核兵器をも超える科学技術の開発に成功していた。恵美子と尾形は、ゴジラを倒すために、芹沢博士にその新兵器を用いることを懇願する。芹沢は自らの開発した兵器の威力におそれおののき、最初は彼らの申し出を断るが、逡巡と躊躇の末に、東京と日本を守るために（というより、己が愛した恵美子の幸福を祈って）、オキシジェン・デストロイヤーをゴジラに対して使用することを決める。

ゴジラという存在は、敗戦後から復興を遂げて経済成長へと向かっていく戦後日本の矛盾そのものを重層的に凝縮した存在だった。ゴジラは、ポリティカルにもフィクショナルにも、奇跡的に誕生しえた唯一無二の存在だった。

たとえばゴジラは、津波や台風などの自然災害そのものが具現化したような存在に思える（大戸島の島民たちにとってそれは自然の驚異の神格化であり、古来から生贄や神楽などの祀りの対象になってきた）。他方でゴジラは、第二次世界大戦で死んだ兵士たちの亡霊であるようにもみえる。あるいは、第五福竜丸の事件に象徴されるような、水爆実験の犠牲となった被曝者たちの恨みを抱えた怪物にも見える。つまり原子力という科学技術を玩ぶ人類への復讐を求めているかのように。さらにその一方でゴジラは、海の彼方＝「外」から襲ってくる外来的な他者であり、被災者たちの眼差しにとっては、あたかも東京を空襲するアメリカの軍隊の再来であり、第二次大戦の時はかろうじて回避された本土決戦がついに実行に移されたもののようにも見えただろう。とするならば、ゴジラに対峙するとき、日本人である私たちは被害者なのか、加害者なのか、容易には決定できない。

印象深いのは東京が炎上し焦土と化す光景ばかりではない。映画内では、度々、明るいネオンの光に照らされた夜の東京や、豪華客船の中で踊り享楽する戦後一〇年ほどの日本人の姿を映しだす。東京はすでに戦争を忘却し、復興し、明るい街になりつつある。ゴジラはあたかも、戦争を忘れるな、その被害も加害もまだ生々しくある、という事実を人々に告げ知らせているように見える。しかし、『ゴジラ』という映画は必ずしも、戦後の復興や繁栄の過程を全否定しているようにも思えない。芹沢は最後に愛する恵美子と尾形に向けて「幸せになってくれ」と言い残すのだが、それはおそらく、戦後の復興や繁栄の中を生きる幸福な庶民たちに向けても言われていたものだった。

つまり、被害と加害、快楽と恐怖、自然と人為、科学と原始、記憶と忘却、繁栄と戦死者、日本と米国、何もかもがねじれて、縺れあい、入り乱れていく。それらの複合的な矛盾の塊として、ゴジラは東京を襲い、自然災害と戦争の暴力を反復し、「たまたま回避されたが、ありえていたのかもしれない本土決戦」をフィクションとして実現してみせたのだった。それは「日本人にとって都合のいい歴史を夢見ること」としての歴史修正主義的な娯楽映画とはまったく異なる。戦後の歴史的な矛盾を、高次元のエンターテイメントによって、大衆の欲望を満たしながらもラディカルに問いなおしたのである。『ゴジラ』は歴史の忘却や修正ではなく、歴史への覚醒を観客たちに促す。だから逆に『ゴジラ』をたんなるイデオロギー的な「反戦映画」「反核映画」と見なすことも矮小化でしかないだろう。

人類を幸福にすると同時に不幸にし、啓蒙を目指せば目指すほど野蛮になっていく、という科学技術の矛盾。『ゴジラ』はその矛盾を深く思考する。では人類は何によってその矛盾を乗り越えられるのか。個体としての人間の自己犠牲によって――それがこの時点の『ゴジラ』の結論だった。すなわち、芹沢博士の自己犠牲的な特攻によって、日本人はようやく、科学技術のパラドックスを乗り越えて、ゴジラをこの世から抹消するのである。

しかし、それはどういうことなのか。

「東北学」を主導し、東日本大震災後は政府の復興構想会議委員なども務めた民俗学者の赤坂憲雄は、あらためて宮澤賢治の「グスコーブドリの伝記」（一九三二年）と特撮映画『ゴジラ』（一九五四年）とアニメ映画『風の谷のナウシカ』（一九八四年）を一挙に串刺しにするような想像力のあり方を提示している（『ゴジラとナウシカ――海の彼方より訪れしものたち』二〇一四年）。

それらの物語の中核には、科学的進歩の自己矛盾が物語の動力になり、共同体や国家を守るために個人がわが身を犠牲・捧げ物にする、というモチーフが埋めこまれてきたからだ。そこには原子力を動力とし、人間とロボットのあいだで矛盾に苦しみながら、最後は人類を守るためにわが身を捧げる鉄腕アトムの存在を付け加えるべきかもしれない。

赤坂によれば、『ゴジラ』の芹沢博士に対応する人物が、『ゴジラ』の三〇年後に公開された宮崎駿の映画版『風の谷のナウシカ』においては、政治的なリアリストとしてのクシャナである。クシャナは、古代兵器としての巨神兵の力を使って、自然の代理人としての王蟲《オーム》（海からやってくる非人間的な生命体としてのゴジラに似ている）の群れを焼き払おうとする。つまり、巨神兵とは、オキシジェン・デストロイヤーのような存在であり、原子力をも超える次世代の科学技術の象徴なのである。しかし、アニメ版『ナウシカ』においては、巨神兵の復活は十分ではなく、体が腐ってしまい、王蟲の撃退は失敗に終わる（オキシジェン・デストロイヤー的な近代科学によっては王蟲＝ゴジラを打ち倒すことができない）。『ゴジラ』の時代と比べて、『風の谷のナウシカ』では科学技術に対する楽天的な信念が解体されている。『ナウシカ』においては、テクノロジーではなく、ナウシカという一人の少女による宗教的な自己犠牲によって、人間と王蟲とのあいだにテレパシー的なシンクロが生じて、奇跡的に風の谷の人々は救われる。

赤坂が言うように、『ゴジラ』も『風の谷のナウシカ』も、フェーズのずれがあるものの、宮澤賢治的な主題を反復し、継承している。有名になりすぎたうらみもある「ほんとうにみんなの幸のためならば僕のからだなんか百ぺん灼いてもかまわない」（「銀河鉄道の夜」）や「世界がぜんたい幸福にならないうちは個人の幸福はあり得ない」（「農民芸術概論綱要」）などの言葉、あるいは「よだかの星」のような小説作品に代表されるように、自己犠牲の主題は賢治の生涯を貫くモチーフであり、その中でも一つの臨界点を示すのが、自伝的要素のある「グスコーブドリの伝記」である。

冷害や飢饉に度々襲われる世界の中で、両親から見捨てられ、妹も誘拐されて天涯孤独のブドリは、イーハトーブ火山局に勤め、科学者のクーボー博士のもと、近代科学を懸命に学んだ。そしてブドリが二十七歳の夏、大きな冷害が地球上を襲うことが予想され、人々を自然災害から救うために、ブドリは自らの命を犠牲にして、人工的にカルボナード火山を爆発させ、噴き出した炭酸ガスによって地球全体を温暖化させるのだ。

あらためて確認しよう。

自然災害に対し、人類の科学の叡智によって立ち向かうということ。ただし、人類は、科学技術の進歩によって幸福と同時に不幸をも強いられる、という啓蒙主義的なパラドックス（啓蒙の弁証法）に躓かざるをえない。戦後日本においてそれを極限的に象徴するのが、まさに核兵器であり、原子力だった。「原子力の平和利用」という言葉に込められた、被害と加害の捻転と、深すぎる自己欺瞞と、絶対平和へのぎりぎりの祈り。ならば、戦後日本人は、そうした科学技術のねじれをいかにねじ切れるのか。

上記のポリティカル・フィクションにおいては、それはかろうじて、自己犠牲という倫理的な行為によって、自らの命を人類（共同体）を救うための供物《サクリファイス》として捧げることによって、実現された。そこには近代以前からの神話的・物語的な構造が流れこんでもいるが、それだけではない。そこにはやはり戦後日本が置かれた政治的な特殊性が絡みついているのだ。たとえば『ゴジラ』の芹沢博士の自己犠牲による日本人の救済は、南洋の戦死者たちや特攻隊の若者たちの死とも重なりあっていくのであり、戦後的な繁栄と平和を生きる日本人たちに対する屈折した呪いとしても機能していく。

芹沢博士の科学者としての無私的な自己犠牲も、ナウシカの宗教的で神話的な自己犠牲も、確かに、戦後的な忘却と欺瞞の構造に対するぎりぎりの問いなおしを意味するものだったが、やはり、方法的な限界があった。呪いとしての自己犠牲の倫理それ自体が、戦後の矛盾的な構造の中に絡め取られ、むしろそれを維持強化してきたからだ。

ならば、啓蒙主義＋科学主義＋進歩史観の限界のみならず、倫理的な無私と自己犠牲という限界をも乗り越えていくには、どうすればいいのか。戦後日本のねじれに内在しつつ、それをねじ切るような成熟とは何か。啓蒙主義的な意味での大人へと成熟することはできない。しかし、永遠の子ども＝オタクにとどまり続け、政治的な領域から退却し、趣味の世界で遊び呆けることもできない。

『ゴジラ』シリーズは、私たちにそのような近代と戦後日本の矛盾そのもの、芸術と政治の臨界領域のあり方について、無限的な内省を強いるものだった。

## ゴジラ的な人間とは何か

近代人は科学技術の矛盾を科学技術自身によって乗り越えねばならない。そして日本人はこの国の戦後的な矛盾を戦後的な価値観によって内側から突破しなければならない。そのような近代化のアポリア。戦後日本的な弁証法。そしてそれらのアポリアと弁証法を文化的に凝集して表象するものとしての、ゴジラ……。

そこから考えてみたい。

それならば、私たちがゴジラのように生きるということ、つまりゴジラ的人間になっていくとは、どういうことなのか、と。

私たちは、科学技術の暴走や危険性を、その外側に立って（たとえば前近代的なものや未来のユートピアの視点に立って）裁くことはできない。経済成長や科学技術の進歩が生みだしていく矛盾と限界を、その内側から、弁証法的に、いわば永久革命的に更新していくしかない。その意味では、ゴジラとは――これもまた先ほど触れた藤田が『シン・ゴジラ論』の中で強調していたことだが――「諦めること」を人間たちにけっして許さない、という過酷な倫理性のシンボルでもある。人間は矛盾によって矛盾をたえまなく超えていく。そうした永久革命的な倫理によってのみ、人間はゴジラの脅威に立ち向かえるのである。

さらにいえば、そもそもゴジラ的な人間においては、自然災害や戦争や虐殺をすら楽しんで享楽してしまうような感覚と、どこまでも倫理的であり続けようとする粘り強い意志とが、渾然一体になっているのではないか。

ゴジラを美的かつ宗教的なシンボル（国体）として祭り上げて、享楽するだけでは足りない。かといって、ゴジラをほどよく消費したり、萌えキャラに閉じこめるだけでも足りない。倫理的であることと享楽的であること、タナトスとエロスが混ざりあっていくようなゴジラ的人間としての感覚を、いかにして解き放っていくか。人間的な感覚を拡張し、政治と芸術、真実と虚構が入り乱れていくこの現実を生き延びていくこと。『ゴジラ』や『シン・ゴジラ』の中には、その深い部分に、そうした非人間的な問いが潜在していなかっただろうか。

つまり、私たちは人間的な理性と感性の限界を超えて、ゴジラ的な人間（新しい観客、ポストヒューマン）になっていくことができるのではないか。たとえ完全な形では不可能だとしても、せめて、ゴジラ的人間を目指し続けていくべきではないか。

この場合、私にとってヒントになったのは、「一九六八年革命」の経験を重視する作家・評論家の笠井潔による『ゴジラ』の解釈である。

笠井は、初代『ゴジラ』の芹沢博士を「革命家」として解読している。すなわち芹沢博士は、オキシジェン・デストロイヤーという新技術の破壊力を恐れながらも、じつはその破壊力をより深い次元で享楽しようとしたのではないか、と（『テロルとゴジラ』）。笠井の考えでは、革命家としての芹沢博士は、東京人を守ってゴジラを自己犠牲的特攻によって殺害するのではなく、むしろゴジラ（的存在）と連帯し共闘して、革命的な本土決戦を遂行し、日本政府とアメリカ国家を同時に打倒するべきだったのだ。

ゴジラ的な人間。

それはおそらく、「新しい観客」としてのポストヒューマンに関わる。

東日本大震災のあと、多くの人々は、テレビやYouTubeやニコニコ動画で、繰り返し、地震や津波や原発爆発の映像を視聴したはずである。何度も何度も。浴びるように。それらの災害と破壊の光景もまた、大いなるスペクタクルであり、芸術作品のように感じられなかっただろうか。戦争や災害や虐殺の映像たちは、激しい恐怖や悲しみとともに、えも言われぬ快楽や享楽をもたらすのだ。それは映画や映像という芸術の原点にある感覚でもある。たとえば二〇〇一年の「9・11」の同時多発テロでは、ツインタワーを破壊した実行犯たちは、イスラム世界を侵略するハリウッド映画の想像力を逆用して、自分たちのテロリズムを崇高なスペクタクルへと昇華してみせたのだった。

軍事研究家のポール・ヴィリリオは、さらにはっきりと、そもそも「戦争は映画であり、映画は戦争なのだ」と言っている（『戦争と映画――知覚の兵站術』石井直志・千葉文夫訳、原著一九八四年）。人類の歴史の中では、兵器産業の革新と視覚映像の革新が、わかちがたく絡みあってきたのだ、と（本書「V　災厄のための映像論・序説」を参照）。

こうした芸術と暴力と技術と倫理の弁証法によって、人類は不可避に人類自身を疎外していく。その臨界点には、おそらく美をめぐる次のような自己絶滅的なジレンマがある——「かつてホメロスにあってはオリンポスの神々の見物の対象だった人類は、いまや自己自身の見物の対象となってしまった。人類の自己疎外は、自身の絶滅を美的な享楽として体験できるほどにまでなっている」（ヴァルター・ベンヤミン『複製技術の時代における芸術作品』野村修訳、原著一九三五年）。

芸術作品の究極の美的な快楽とは、人類が人類自らの絶滅を享楽することである——。

それはおそらく、次のようなことを意味する。

みもふたもない災害や戦争や虐殺の光景こそが、究極の崇高な享楽を私たちに与える。人間が人為的に作り出す芸術やフィクションは、永遠にそれに追いつけない。芸術作品は、戦争や災害や虐殺がもたらす美的な快楽（享楽）には永遠に敵わないのだ。ならば、フィクションは、それらの享楽に対して挑み、虚構的な戦争を仕掛けるしかない——そこに人類史的な美のジレンマがある。

『シン・ゴジラ』はもちろん、こうしたジレンマにある程度自覚的だったはずだ。『シン・ゴジラ』がもたらすのは、フィクショナルな破壊や炎上がもたらす美的な快感であるだけではなかった。それはそのまま、私たちの現実や歴史を焼きつくしていく享楽、メタ美学的な享楽でもあった。実際にそれは、震災以降の現実を焼きつくし、なかったことにし、お祭り騒ぎをし、震災を儀礼的に葬り去ることを観客たち＝国民たちに許したのだから。

ならば、現実や歴史を焼きはらわんとする『シン・ゴジラ』の享楽に対して、そこには道徳的な精神が足りない、PC的に間違っている、と批判するだけでは足りない。安全地帯から叩いても無駄である。観客を見惚れさせてしまう『シン・ゴジラ』の享楽の内側に入りこんで、それを内側から批評し、いっそうそれを燃え上がらせながら——冷温停止させて廃炉に追いこんでいくというよりも——、自分たちの側がたえまない自己変革を遂げていくのでなければ。

つまり、『シン・ゴジラ』に足りないのは、芸術的な快楽でもなければ、ＰＣ的な道徳性でもない。そこには、倫理的享楽が足りない。そのようにはっきりと言うべきである。享楽とともにあるような倫理性が足りない、と。だが、それはどういうことか。ありえたかもしれない倫理的享楽とともに、私たちが新しい観客＝ゴジラ的人間になっていくとは、何を意味するのか。

＊

私にとっての『シン・ゴジラ』の最大の物足りなさ――その美的享楽の強度に強く魅了されながらも、どうしても不十分に思えてしまうところ――は、巨災対の人間たちをゴジラに匹敵するものとして描けなかったこと、それに尽きる。

つまり、巨災対という組織を国民全体の有機的な融合（近代的なナショナリズムというより、むしろ、「ニッポン」というアニメ的でマジカルなファシズムのそれ）としてのみ描き、ゴジラの美的表象に対峙し、それを超えていくような人間たちによる倫理的享楽を作り出すことができなかったこと。ゴジラ的人間たちの政治的な連合＝協働を描けなかったということ。ゴジラの圧倒的な魅力に比べて、人間たちのあり方が物足りなく感じられたのである。この人間たちはゴジラの存在に匹敵していない、人間としても協働的な組織としても、と。

これが的外れの難癖だとは思わない。実際に『シン・ゴジラ』ではゴジラが四段階に形態変化していくが（さらに最後に一瞬映しだされる尻尾の先の姿が第五形態であり、『ジ・アート・オブ・シン・ゴジラ』によれば庵野はさらに第六形態以降をも構想していた、ということは前述した）、重要なのは、人間たちの組織の側も何段階かの変化を見せることであり、巨災対も形態変化し続けていくことだからだ。

たとえば辻田真佐憲は、『シン・ゴジラ』の日本人たちの組織のあり方をニッポン第一形態からニッポン第三形態までの形態進化として区分している（「ニッポン、この厄介な虚構」、『ユリイカ』二〇一六年一二月臨時増刊号）。辻田の議論を参照しつつ、ニッポン／巨災対の形態変化のプロセスを追ってみよう。

まずニッポン第一形態。物語の序盤では、日本的組織の無能さ、非効率性がひたすら戯画的に描かれていく。無責任で優柔不断であり、決定のできない政治家たち。縦割りと書類と出世にこだわる官僚たち。学者たちもまったく役に立たない。国民たちにも危機意識がない。全体としてちぐはぐな対応をしているあいだに、みるみる危機は大きくなっていく。この時点での巨災対はまだ大きな役割を果たすことができない。

次にニッポン第二形態。これは有事を前に、政治家や官僚たちがそれまでの無責任さを脱し、責任に目覚めていく段階である。それは近い将来の、ありうべき日本の姿かもしれない。自衛隊は超法規的な措置によって活動しはじめる。首相は、国民の生命や私有財産に一定の被害が出ることを怖れず、自衛隊に対して攻撃許可を下す。自衛隊は命令に従って整然と攻撃を行う。政治家の決断、官僚の協力、自衛隊の活躍。しかし、自衛隊の総攻撃にもかかわらず、ゴジラにはダメージを与えることができない。

そしてニッポン第三形態。これは臨時政府の立川移転以降の姿である。巨災対は第二形態からさらに進化し、ほとんど願望に近い虚構の領域へとテイクオフする。優れた若いリーダーのもと、バラバラだった組織や人々は今や一致団結し、共通の目的のためにフルスペックを発揮する。責任感と決断力のある政府。対米従属をしたたかに打ち破る外交。国家の危機を乗り越える技術力と生産力。命を懸けて国難に立ち向かう現場の人々。国民国家としての一体感。それはまさにこうあってほしいという理想的な日本国家の姿であり、「全体主義の理想状態」である。辻田によれば、第二形態が「より現実に近い虚構」だったとすれば、第三形態は「より願望に近い虚構」である。

『シン・ゴジラ』の組織論において重要なことがある。それは初代の『ゴジラ』や『風の谷のナウシカ』

とは異なって、特定の個人の自己犠牲（滅私奉公）によって災厄＝敵を退ける、という選択を完全に拒否していることだ。

組織のために滅私奉公して身を亡ぼすこと、それが日本的な組織の最大の欠点であり、最悪の因習であるからだ。それでは、悪しき因習的かつ情念的なメロドラマになってしまう。もちろん、『シン・ゴジラ』の中でも、家族のもとに帰る暇もないほど多忙な職員たちの姿は描かれるし、最終決戦のヤシオリ作戦において犠牲者が出ることにもなる。しかし、巨災対は特定の誰かに自己犠牲を押しつけたり、英雄的で宗教的な自己犠牲によって状況を乗り越えようとはしていない。この点こそが、『シン・ゴジラ』が初代の『ゴジラ』に対してもちえた最大のアドバンテージである。

しかしそのことの意義を深く認めた上で、それでもなお、『シン・ゴジラ』の人間と組織、国家の描き方には違和感が残る——優秀なリーダーがいさえすれば、対等な若者たちが互いの職分を果たすことで、組織としても国民としても、この国は最大のポテンシャルを発揮できる、とされていること。日本人にはポテンシャルがある、まだまだやれる、それさえあれば震災と原発事故、さらには来るべき危機に対して十分に立ち向かえるだろう、とされていること。そして官僚と政治家と民間企業、日本とアメリカと国際社会、土建国家的なものとオタク的なものが美しく協調し融合し、機能的に有機的に一つになって、未曾有の危機に立ち向かえるだろう、ということ。

これらのことは結局、自分たちはありのままでいい、自己変革の痛みを通過しないでいい、本来のポテンシャルに覚醒しさえすればすべてがうまくいく、ということであり、やはりそれは「おたくな観客たちの自惚れ鏡」（切通理作）にすぎないのではないか。それこそがマジカルなファシズム、アニメ的な全体主義の現在的な形態なのではないか。

そもそも『シン・ゴジラ』は、ゴジラ映画としても意図的にこれまでのゴジラシリーズの痕跡を抹消し、歴史修正を試みたものだった。たとえば『シン・ゴジラ』のゴジラの特徴としては、まず、初代のゴジラが人形＋着ぐるみだったのに対し、オールCGであることである（『シン・ゴジラ』のゴジラとはまさにアニメ的なゴジラであり、アニメこそが「真＝神＝シン」なのだ）。そして『シン・ゴジラ』の物語世界の中には、そもそもゴジラという存在は歴史的にいなかったことになっており、ゴジラとは正体のわからない「巨大不明生物」にすぎないのである。つまり『ゴジラ』の映画的・文化的な歴史自体を完全に消去し、いわば歴史修正し、ゼロから再構築している。

戦後／震災後の現実を歴史修正し、見ずにすまし、自己嫌悪や社会的な亀裂を埋めてワカイさせてくれるためのファンタジーを作り出すためには、ゴジラシリーズそのものの歴史修正が必要だった、ということなのだろうか。

## 庵野秀明は独裁者だったのか？

それならば、フィクションの中の巨災対に対し、現実に『シン・ゴジラ』を製作した庵野たちの組織はどうだったのか。彼らもまた巨災対的な組織だったのか。単純なようだが、これはやはり重要な問題である。実際にアニメの中ではしばしば、アニメーターたちの姿が映画内の労働のあり方としてメタ構造的に描かれてきた。

一つの映画作品は様々な人々の集団制作の産物であり、総監督や監督の所有物ではない。そのことを踏まえた上で、『シン・ゴジラ』には、やはり、庵野秀明という人の作家性が深く刻まれている点は疑えない。

『シン・ゴジラ』の物語内の組織論が肯定的に評価されてきたのに対し、『ジ・アート・オブ・シン・ゴジラ』などの関連資料を読んだ人々は、驚きの事実を突きつけられることになった。『シン・ゴジラ』の中で描かれた巨災対的な協働関係は、『シン・ゴジラ』の製作過程に対しては必ずしも当てはまらないものだったからだ。『シン・ゴジラ』を称賛した多くの人がその事実（作品内容と作品の作られ方のギャップ）を前に、少なからず当惑し、困惑したのである。

もっとも、『ジ・アート』を熟読してみれば、『シン・ゴジラ』は、必ずしも庵野のトップダウン式の「独裁」のような形で製作されたわけではなかった。数多くのスタッフとの議論や対話、意見交換などを通して、たえまない試行錯誤を経て練りあげられていったことがわかる。

たとえばプロット・脚本には七〇以上のバージョンがあり、『ジ・アート』にはその中から三つのプロット、準備稿、決定稿、最終決定稿、完成台本が収録されている。[7] 同書にはほかにも、様々なスタッフや関係者の証言、メール、意見を書きこんだメモ用紙なども掲載されている。さらに東宝サイドとのやりとりには、予算の獲得も含めて、方向性や利害の対立（敵対性）が先鋭化する局面も多く、粘り強くタフな交渉がなされたようである。東宝側からは打ち合わせのたびに、要望が入ったという（放射能は出さないほうがいい、ヒューマンドラマや市井の人物をもっと足したほうがいい、など）。

その意味では、『シン・ゴジラ』は、既成の映画制作のあり方に対する挑戦という面があった。実際に、制作や撮影の現場には、『シン・ゴジラ』を作る過程それ自体が映画内の「巨災対」的なものである、という空気も流れていたらしい（『ジ・アート』）。映画を作る集団のメタ構造として映画内の組織を描く、というメタ映画的な手法は、庵野が関わった『王立宇宙軍 オネアミスの翼』や、『新世紀エヴァンゲリオン』シリーズのネルフの描かれ方などでも用いられていた。

しかし、それはやはり、複雑な意味での庵野の「独裁」と言うべきものだったようにも見える。少なくとも、映画内の若きリーダーのようなイメージからは、程遠いものだった。

『ジ・アート』所収の証言によると、クランクインの時はあくまでも総監督という監修的な立場にいるはずだった庵野が、しだいに現場の「樋口組」の樋口監督のポジションを奪っていき、あたかもゴジラ細胞が増殖し全身を覆い尽くすように、映画の主導権を握っていったことがわかる。たとえば樋口は『シン・ゴジラ』をもともと実写映画版『進撃の巨人』のように、アナログ的な特撮とCGがハイブリッドになった作品として作るつもりだったようである。しかし庵野版の『シン・ゴジラ』では、特撮シーンはほぼ全編がCGになっている。

樋口自身の証言によれば、そもそも映画撮影に対するアプローチが二人のあいだで根本的に異なっており、樋口は「現場主義」であり、現場の人間関係や雰囲気を重視して映画を撮るタイプだが、庵野はあくまでも「プリヴィズありき」であり、それは「正反対」としか言いようがないものだった(『ジ・アート』)。庵野はその上で、ライブ感やドキュメンタリー性を重視した作劇にしようとした。さらに怪獣映画に対する愛着の違いもはっきりしていた。結果的に樋口は、作品の完璧さを追求する庵野の苛酷で無茶苦茶な要求を受けて、他のスタッフや関係者のコミュニケーションを取りもつ、という役割へとズレていく(いわば樋口組から庵野組へ)。

非常に細かい要求を続ける庵野に対し、スタッフたちが苛立ったり、関係が悪化する局面もあったようだ。色々な立場の人々が、取り次ぎや中継ぎ、中間管理職的な立場に立たされ、調整や折衝を強いられていった。よくも悪くも無意識の、無邪気な独裁者――権力や富のためではなく、芸術至上主義的な独裁者――として振る舞う庵野に対して、空気を読み、忖度(自発的服従)することを余儀なくされていったのである(ちなみに『ジ・アート』という本そのものが、庵野の独裁的振る舞いに対して終始遠慮がちであり、忖度して作られた感じがあるが、それでもどうしようもなく、現場の殺伐とした人間関係が漏れ出てしまっている、という感じである)。

やはりそれはトップダウン式に強権を発動したということではない。たとえば総監督助手の轟木一騎(株式会社カラー設立時からのメンバー)は、『シン・ゴジラ』では、庵野は「自分自身をあまり出していない」

とも述べている（『ジ・アート』）。

『シン・ゴジラ』はいわば、庵野の「無意識」によって作られたのだと言っていい。相反し敵対する無数の人々の意見や欲望が寄せ集められ、吸収され、膨れあがっていく。庵野に固有の欲望と匿名的な様々な人々の（スタッフ、関係者、消費者、観客、ネットユーザーたち）の欲望とが、互いに巻きこみあっていく。『シン・ゴジラ』は、そのような意味において、庵野の無意識の独裁による映画であるといえる。

しかしそのような作られ方はまさに、時代の空気や政治的変化、消費者やネットユーザーの欲望＝需要を鋭敏に察し、あらかじめ取りこんだものであり、庵野は監督として強烈なエゴを発揮しながらも、そのまま、「無私」の人でもあったのだ。

『シン・ゴジラ』では「日本映画の現場システムの中で抗えるだけ抗って、今やれることはやり尽くした感じがします」と庵野は言っている。ルーティンやなれ合いを排除して、現場でもつねに緊張感を感じてほしかった、と。その代わり、庵野自身は「なるべく孤独に、独りでいようと」した。それによって利害やイデオロギーとは無縁な「ほぼニュートラル」な状態を作り出したのであり、だからこそ不可避に「賛否」が巻き起こるタイプの映画になったのである。

作品としては賛否が起こるのが健全だと思っています。本作には僕の哲学、作品としての理念と美学は入っていても、思想、イデオロギー等はあまりないんですよ。ほぼニュートラルなんですね。取材から出てきた現実を作品として紡いでいるだけなので、観る人の記憶や感情、感性によって前後左右、過去未来と何処にでも傾くと思います。

（『ジ・アート』）

これこそがまさに、現代的なファシズムの形なのではないか。

庵野を単純に「独裁者」と見なすことはできない。様々な力学の中で、庵野が映画自体を葛藤や敵対が渦まく場と化し、それによって映画の強度を押し上げたこと、そのことは率直に認めるべきである。

しかし逆に言えば、監督の独裁的な権力＋電通的な観客の欲望、それらが互いに補完しあい、強めあって、総合芸術としての『シン・ゴジラ』には圧倒的な美学的＝政治的な享楽が満ち渡っていったのだ。時代の空気や欲望を総合し、取りこんだ『シン・ゴジラ』という作品は、どのようにも論じられるし、どのようにも解釈することができる。最初からそのように作られている。事実、政治的な諸批判に対する防御壁が、心憎いまでに、完璧にこの作品の細部には張り巡らされている。じつに見事である。だからこそ、メタ的なイデオロギーとしての「日本はまだまだやれる」という空っぽのメッセージを、『シン・ゴジラ』は観客や国民へと完全な形で与えてくれるのだ。

## 享楽的正義の協働性に向けて——庵野秀明にとって「シン」とは何か

それならば、アニメ的でマジカルなファシズムに抗しうるようなゴジラ的人間たち（新しい観客たち）の協働＝アソシエーションとは、どんなものでありえたのか？　あるべきだったのか？

一部の例外を除いて（総理たちが亡くなって矢口が激昂する場面など）、巨災対の人々については人間的な人格や感情が表現されることはない。記号的な役割というか、操り人形というか、アニメのキャラクターのような巨災対のメンバーたち。もちろんそれは、湿っぽい人情ドラマの呪縛から脱するための戦略だった。こうした戦略を多くの人々が「日本映画にありがちな人情ドラマを切り捨て、合理的・現実的なポリティカル・フィクションを描くことに成功した」として絶賛し、褒め称えた。しかしそもそも「ドラマ」が別にウェットな人情ものや恋愛ものという形を取るとは限らない。

これは庵野のライフワークとしての『エヴァンゲリオン』シリーズの「終わり方」(いかにそれを終わらせるか)の問題とも関わる。

本節の最後に個人的な思いとしてそのことを述べておく。

簡潔に書くが、私は『エヴァンゲリオン』シリーズの本当の主人公は、一四歳の碇シンジであるよりも、シンジの父親であるゲンドウではないか、と考えてきた。人類補完計画を利用し、組織や愛人たちをも利用して、かつて事故で死んだ妻のユイ(妻であると同時に恋人であり、代理母でもある)を甦らせたい、というのがゲンドウの究極の欲望である。ゲンドウの個人的な欲望に利用されて、シンジ/レイ/アスカたちチルドレンは、戦いの目的も意味もわからないまま、いわば大人たちの代理戦争を延々と戦わされている。それが『エヴァ』の物語である。それゆえに、子どもたちがどんなに凄惨な戦いを続けても、決着がつかない。物語もいつまでたっても終わらないのである。

それに対して、『シン・ゴジラ』は、ついに大人たちが責任意識に目覚め、現実に対峙しようとする物語だった。『エヴァ』シリーズでどうしてもできなかったことを、『シン・ゴジラ』では現実化することができたのだ。しかし、『シン・ゴジラ』の大人たちの決着の付け方は、はたして、『エヴァ』シリーズの成熟不能という困難を真に乗り越えたものだったのか。そこには疑問が残る。

たとえば庵野が若い頃に関わっていた『オネアミスの翼』では、主人公のシロツグは根本的にやる気のないダメな人間だった。オタクの似姿というか、人類的に役立つかどうかわからない有人宇宙船を打ち上げる組織の人間である。貧困や紛争に苦しんでいる人々が大勢いるのに、なぜそんな無駄なことに金を使っているのか、と世間からバカにされるオタク集団のようなものだ。

つまり『オネアミスの翼』は、何もやりたいことがない無用者のダメ男のシロツグが(しかも彼は鬱屈を募らせて、善良な宗教者の女性を性的に暴行しようとさえしている)、政治状況に翻弄される中で葛藤を重ね、少しずつ変わっていく、そして彼の変化が組織の人間全体に緩やかな変化を及ぼしていく、という物語である。他方で『エヴァ』では少なくとも、冷酷な大人たちの思惑と、それに翻弄される子どもたちの視点が交錯し、重層化されることによって、物語を立体化させるという試みがなされていたはずだ。

個人的なことを記せば、私もまた「男性オタク的」なメンタリティの持ち主であり、だから内なる欲望の問題に葛藤し、それと格闘する庵野秀明の作品を、他人事ではなく観続けてきた。その点で、『シン・ゴジラ』がたどりついた大人の組織の描き方には、強烈な違和感をもたざるをえなかった。自分たちの欲望や生存条件をスキップして、都合のいい理想的な大人たちを描きすぎているからだ。「ぐだぐだで非合理的なガバナンスの日本」を否定し「優れた専門性と責任感をもつ分業的な集団」を夢見るということ。そこが一足飛びであることが気になった。これはある種の歴史修正主義であり、自己啓発のようなものではないか。

実際に、『シン・ゴジラ』内の巨災対と、『シン・ゴジラ』の撮影チームには見逃しえないズレがあることは先ほど見てきた。もちろん、ズレがあるのが悪い、と言っているのではない。現実と虚構のズレを自覚し、そのズレを繰りこむことなく、見たいものだけを見るファンタジーを作品として観客の前に提示することが、ポリティカル・フィクションとしての『シン・ゴジラ』のあり方を致命的に裏切っている。そう感じられてしまうのだ。では、巨災対のメンバーたちがゴジラ的人間へと自己変革していくとは、どういうことだったのか。

ゲンドウは息子を愛そうとしてはいるが愛せない、という人間である。必ずしも冷淡で利己的なだけの人間ではない。父親としてのゲンドウは、息子には自分のような人生を繰り返してほしくない、という自己嫌悪が強すぎる。それが反転して、息子であるシンジに過剰なほど厳しく接していた。つまり、シンジやアスカやレイたちよりも、ゲンドウこそが永遠に成熟できない「チルドレン」なのである。すると、戦

後的な呪いを超克して、子どもたちに理不尽な責任を背負わせていく悪循環を断ち切るためには、ほんとうは、ゲンドウを中心とする大人たちの成熟と責任を説得的に描くことが必要だったはずだ。それが『シン・エヴァンゲリオン劇場版:||』の課題であり、その意味では、『シン・ゴジラ』は一つの実験的な通過点である、ということなのかもしれない。

本音を吐けば、『シン・ゴジラ』についてはこんなもんじゃないだろう、どうして特撮やアニメおたくであるのに政治家や官僚や自衛隊ばかりに自己投影するんだよ、誰がどう見ても震災以降の現実を題材にした映画なのに東北や民衆や犠牲者の視点を本気で描くつもりがなく、映画人と政府・自衛隊が手を組んで総力戦体制かよ、そう思えてしまったのだった。特撮や映画好きの男子たちの成熟した理想像がこれなのか。むしろこうしたマッチョな男性像や国家像を冷笑してみせるのがオタクの本懐ではなかったか。

少なくとも私には、『エヴァ』シリーズにはまだあったはずの複雑な屈託や厚みが、『シン・ゴジラ』からはほとんど感じられなかった。決断力の優秀な人間ばかりではなく、怖がったり、優柔不断だったり、役立たずに見える人間たちも存在するということ、それが組織というもののあり方であり、そういう人間たちも含めて、現実の困難に立ち向かっていく。人々の関係が複雑な化学変化を起こしていく。現実と虚構と理想がもっと高次元の場で入り乱れて革命的な美が表現されていく。そのような光景を見てみたかった。やはりゴジラの形態変化に対し、巨災対は形態変化が足りない、ゴジラに匹敵していない。率直に言って、そのことが気になったのである。

社会学者の宮台真司は、映画公開時、『シン・ゴジラ』絶賛の空気が広がっていく中で、あえて批判的な見解を述べてみせた（「同映画に勇気づけられる左右の愚昧さと、「破壊の享楽」の不完全性」、『正義から享楽へ——映画は近代の幻を暴く』）。『シン・ゴジラ』には、初代の『ゴジラ』、あるいは『ゴジラ』へのリスペクトに溢れたマット・リーヴス監督『クローバーフィールド／HAKAISHA』（二〇〇八年）、そして『シン・ゴジラ』のプロトタイプともいえる庵野秀明脚本＋樋口真嗣監督の短編映像『巨神兵東京に現わる』（二〇一二年）にあったような享楽が足りない、それらの作品に比べると、映像の次元での「破壊の享楽」が圧倒的に不足している、と。

これは奇妙な批判の仕方に思える。政治的なナショナリズムや現政権の賛美に掉さすものだから、という批判の仕方を宮台はしていないからだ。それならば、宮台が言う享楽とは具体的には何を意味するのか。そこには以下のような状況認識がある（『正義から享楽へ』「あとがき」）。宮台によれば、世界中で左翼やリベラル勢力が苦戦し退潮している理由は、「正しいけど、つまらない」からである。現代の政治的思想的な対立軸は、正しさ（正義）と楽しさ（享楽）の対立にある。今のリベラルは、享楽の重要性にあまりにも鈍感である。中間層が空洞化し、分解していく過程では、個々人は分断され孤立し、将来に対する際限のない不安に陥ってしまう。そこでは正義よりも享楽へのコミットが優先されるようになり、リベラルな普遍的正義の正しさよりも、ウヨク的なものの情念のほうが優位に立つ。それはかつてエーリッヒ・フロムが「権威主義的パーソナリティ」と呼んだメンタリティの問題とも重なる。

現代的な状況の中では、正義と享楽が一致することは稀であるかもしれない。しかし、必要なのは、社会的な不安を拭い去ってくれる分厚いソーシャルキャピタル（社会関係資本）であり、自分が仲間とともに生きているという安心感である。それらさえあれば、仲間を傷つけ侮辱するものをゆるさない、という正義の感覚と、楽しさや享楽とを一致させることができる。つまり、必要なのは「楽しいけど、正しくもある」という感覚である。鬱屈した人々には楽しさや享楽が必要である。しかしそれは必ずしもウヨク的な享楽、排外的で排他的な享楽である必要はなく、「同じ楽しむなら、正しいほうがいいぜ、続くし」というタイプの正義的な享楽でもありうるはずだ。ゆえに、享楽の優位性に対処してこなかったリベラルや左翼ではダメなのだ、と。

『シン・ゴジラ』は正義と享楽を一致させる道ではなく、享楽の優位性に気づきながらも、ファンタジー要素の強いファシズム的な感情の一体化（日本はすごい、日本人はまだやれる）によってそれを基礎づけてしまった。しかし、そのことをたんにリベラルな「正しさ」によって批判しても、『シン・ゴジラ』に熱狂し、絶賛する人々の心にはけっして届かないだろう。ならば、それに熱狂し、感情的に一体化し、排他的な空気を作り出す人々を冷却し、冷温停止のほうへと導くには、『シン・ゴジラ』には享楽性が足りない、その享楽はまだまだ弱い――なぜなら享楽の持続化、享楽と正義の一致という難題に取り組んでいないから――、あえてそう主張し続けるしかない。

私にとって、問いはこうなる。

ゴジラの存在を崇高な神（天皇の代理表象）として祀りあげ、享楽的に消費し、それによって感情的に一体化するような現代のニュータイプのファシズム（マジカルなファシズム、アニメ的な全体主義）では物足りないのだ。必要なのは、ゴジラ的なものを超える享楽＝正義を、いかにして、人間たちの協働的な組織が作り出せるのか、ということである。しかも自己犠牲や滅私奉公なしに。そのことは、リベラルのつまらない正しさを批判するのではなく、むしろ「正しさ」を徹底化し、高次元の段階へともたらすことであるはずだ。

正義を協働・分業的に享楽していく、というゴジラ的人間になるということ。

感情的な共感や一体化によるファシズムやナショナリズム（大塚英志の言う感情天皇制）へと埋没するのではなく。あるいは、リベラルな「正しさ」をひたすら他者に突きつけていくのでもなく。

必要なのはおそらく、革命の享楽であり、革命的な享楽の日々なのだ。それは「自分を変え続ける」ことの楽しさや喜びと「社会を変え続ける」ことの正義が混じりあって、互いを高めあっていくような享楽性の次元を協働的に獲得していくことである。ただしそれは従来の意味での「人間」には不可能な欲動なのであり、ゴジラ的な人間、ポストヒューマンによる革命的な享楽としてしかありえないのかもしれない(私はこれまでそれを、宮崎駿、高橋源一郎、宇多田ヒカルらの自然主義的なラディカリズム――それは日本的な八百万の神々としてのアニミズムを脱構築するような唯物論的なアニミズムである、ラディカル・アニミズムである――の中に見出そうとしてきた)。

しかしそれは、具体的にはどのようなものなのか?

ここから、私たちは『シン・ゴジラ』の臨界点を超えて、さらに先へと足を踏みだしていかねばならない。

## 2 『君の名は。』――セカイ系とワカイ系のあいだで

### 『君の名は。』は歴史修正的なフィクションなのか?

『シン・ゴジラ』から約一か月後、二〇一六年八月二六日に、新海誠監督の『君の名は。』が公開された。『君の名は。』は、異常で異様と思われるほどの熱狂を巻き起こし、空前の大ヒットとなった。日本のアニメ映画の興行収入ランキングとしても宮崎駿の『もののけ姫』と『ハウルの動く城』を超え、一位の『千と千尋の神隠し』に迫る歴代二位となった。DVD、ブルーレイの予約販売開始の時点からAmazonの予約ランキングを『君の名は。』関連商品がすべて独占してニュースとなり、二〇一七年七月二六日にはたちまちTSUTAYAのレンタル・動画配信の歴代一位も獲得した。ほぼノベライズとして書かれた

『小説　君の名は。』（六月一二日発売）もベストセラーとなり、二〇一六年一〇月時点で一〇〇万部を超え、二〇一六年の文庫部門一位（オリコン調べ）になるなど、その人気は熱病の夢のようにとどまるところを知らない。すでに「新海的な想像力」の影響や反映を色濃く感じさせる映像や物語を日常的にあちこちで見かけるようにもなった。

しかし――。

＊

しかし、どうなのだろう。

『君の名は。』もまた、東日本大震災のあとに歴史修正（revision）を夢見るタイプの政治的フィクションなのではないのか、それともそうとはいえないのか。

当初、そのことに躓いてしまった。

あの未曾有の災害から、犠牲者の住民たちを救えていたということにしたい。ありえたかもしれない美しい日本と東京の姿を夢見ていたい。そして被災地の傷痕や死者たちの記憶、この国の歴史的な無数の自己矛盾などからはもう目を背けて、今現在の「自分たち」（マジョリティ）の生活を美しいもの、幸福なものとして留保なく自己肯定したい……。だとすれば、これもまた、『シン・ゴジラ』と同じタイプのワカイ系の欲望に駆りたてられた政治的フィクションではないのか、と。

『君の名は。』の物語を、ごく簡単に紹介しておく。

東京在住の男子高校生・立花瀧と、田舎町に暮らす女子高生・宮水三葉。二人はなぜか、互いの身体が入れ替わる、という奇妙な現象を頻繁に経験する。肉体の共有を通して、やがて二人は互いに恋愛感情を抱くようになるが、ある日突然、瀧は三葉とぷっつり連絡が取れなくなる。瀧は三葉にどうしても再会したくて、記憶を頼りに自分が見た風景や町の絵をスケッチして、飛騨方面へと向かう。

しかしそこで瀧は、じつは岐阜県飛騨の糸守町では、約三年前の二〇一三年一〇月四日、一二〇〇年周期で太陽の周りを公転するティアマト彗星の砕けた一部が降り注いで、五〇〇人以上の住民が死亡もしくは行方不明になっていた、という衝撃的な事実を知る。飛騨高山といえば、二〇一四年の御嶽山の噴火のことも想起されるが、作中では明らかに東日本大震災のイメージが強く重ねあわされている（爆心地の水害や、立ち入り禁止区域の映像など）。

三葉が三年前にすでに死んでいたことを知った瀧は、物語の後半、時空を超えて、被災前の町民たちの悲劇的な運命に干渉し、歴史を修正することになる。瀧のメッセージを受け取った三葉は、積極的に住民の避難誘導を試みる。町中を走り回り、変電所に侵入し、土木用の火薬から作った爆弾を仕掛けて災害を演出し、また防災無線をジャックして学校の放送室から町中に避難指示を出すだろう。結果的に三葉たちの命は救われ、メディアではたまたまその夜、町民をあげての避難訓練が行われており、ほとんどの住民が無事だったことが報道される。

しかし運命の力によるのだろうか、改変後の歴史の中では、二人は互いに「君」の名前を忘れてしまう。スマホのデータや手の平に書いた名前など、あらゆる情報や痕跡も消えていく。それから数年後、どうしようもない喪失感を抱えたまま東京で大人になった瀧は、街角でふと三葉に再会し、お互いに相手のことを思い出し、シンクロ的に互いの「君の名前」を問い尋ねる——。

そんな物語である。

前節で述べたように、同じ二〇一六年夏に公開された『シン・ゴジラ』は、この国は優秀な人材の宝庫であり、若くて優秀なリーダーさえいれば、日本人（東京人）は本来のポテンシャルを発揮してゴジラ——それは原子力が人類に与える恩恵と福音、そして危険と暴走の両義的なシンボルでもある——の活動もしっかりと冷温停止できる、という「ありえたかもしれない震災後の日本人」「並行世界としてのまっとうな日本の姿」を描こうとするものだった。

『シン・ゴジラ』がいわばシャカイ系的（決断主義的）な歴史修正の作品であるとすれば、『君の名は。』は、いわばセカイ系的な歴史修正の物語である、といえるのかもしれない……最初のうち、私には、そう思われたのだった。

## セカイ系の代表格としての新海誠

もともと新海誠は、宇宙規模の戦争や人類の危機を背景として、男女のささやかな恋愛にフォーカスする、というセカイ系的な想像力の代表格と見なされるアニメ作品を作っていた人だった。

「セカイ系」という言葉はバズワードともいわれ、論者によって様々な定義があるが、ここではひとまず、オーソドックスな次の定義に従いたい。すなわち「家庭や学校などの小状況（私）と、グローバルな危機や破滅をめぐる大状況（世界）の無媒介的な直結」が生じて、ミクロ／マクロのあいだにあるはずの中間領域（社会）が存在しない、そのようなロマン主義的な想像力に基づく作品たちである、と（笠井潔「セカイ系と例外状態」）。

セカイ系の作品を象徴するのは、主に一九九〇年代後半〜二〇〇〇年代前半頃の『新世紀エヴァンゲリオン』『最終兵器彼女』『イリヤの空、UFOの夏』などであり、もちろん新海誠の『ほしのこえ』もセカイ系の代表作の一つとされた。

今から思えば、重要なのは次のことではないか。セカイ系の物語は、日本の「戦後」の歴史が抱えてきた根本的な矛盾（戦争と平和、記憶と忘却、全能感と無力感などのもつれ）を受けとめながら、それを時代の中で更新し、継承しながら問いなおすものでもあった、ということ。少なくとも、その可能性があった、ということである。

新海の初期作品にあたる『ほしのこえ』（二〇〇二年）や『雲のむこう、約束の場所』（二〇〇四年）では、世界観の背景としての戦争や危機は、あくまでも架空のSF的な設定にとどまっていた。新海はその後、そうした初期作品におけるSF的・オタク的な要素を極力削ぎ落とすようになり、等身大のリアリズム的な恋愛に徹した作品を作るようになる（二〇〇七年の『秒速5センチメートル』、二〇一三年の『言の葉の庭』）。

これらと比べて、国民的アニメ作家へのブレイクスルーとなった『君の名は。』では、再び、初期のセカイ系的でSF的な物語の形態に回帰しているが、たんなるSF的な架空の設定を用いただけではなく、二〇一一年の東日本大震災という現実的な出来事に向きあうための想像力を作品のコアに取り入れていく（それはたとえば敗戦や第五福竜丸の被曝という現実の出来事を取りこんだ一作目の『ゴジラ』のような想像力だといえるだろう）。そしてそのことは、新海誠のもっともベーシックな実存感覚を研ぎすませながら、それをこの国の震災後／新しい戦前の現実に対して擦りつけ、試していくことをも意味したのである。

## セカイ系とワカイ系──『聲の形』を批判する

『君の名は。』は確かに「新海誠のベストアルバム」（プロデューサー・川村元気）的な作品である。それまでの新海誠らしさを集大成しつつも、クセのある個性を過剰に打ち出さず、ほどほどのマイルドさに抑制することによって、一部のオタク層のみならず、一般的な大衆（特に一〇代の若者たち）へと作品を届けようとした。ウェルメイドな娯楽作品としての完成度を高めたのである。

実際に『君の名は。』には、ありとあらゆる「新海誠らしさ」がほどよいバランスで盛りこまれている。それは旧来の新海ファンたちのあいだでも、賛否両論になり、争点にもなった。とはいえやはり、二〇一一年の東日本大震災という現実を無視して、『君の名は。』の物語に十分に対峙することができるとは思えない。

　前節までに次のようなことを述べてきた。そもそも近年のフィクションたちには、政治・社会的な問題と大衆的なエンターテイメント性を高次元で融合させ、また現実と虚構が相互に反転しあうような循環構造をあらかじめ組み込んでいく、という傾向が見られたのだった。そこには、海外作品である『マッドマックス　怒りのデス・ロード』や『ズートピア』の大ヒットなどの潮流も合流しているだろう。震災や原発公害事故（『シン・ゴジラ』『君の名は。』）、差別問題（『聲の形』）などを作品内に明に暗に取りこみ、かつ、SNSなどによってそれらが議論や論争を呼び、そのことで作品の話題性や価値が高まっていく、というふうに。しかもその中には「ニュータイプの国策作品」「マジョリティの不安を慰撫し、歴史修正的な欲望を満たすためのポリティカル・フィクション」とでも形容すべき作品たちが徐々に目立つようになってきたのだった。

　近年のアニメーションたちが分かちあっているのは、おそらく、マジョリティ（日本人、東京人）たちの日常的な幸福を何より重んじる、という空気である。ありのままの自分（たち）に目覚めれば、社会的な空洞・亀裂・喪失を埋めて、自分のことも許して、残酷だが美しいこの世界と和解することができる。色々あったけれど、すべてはこのままでいい。人生は美しく、そんなに悪くはなく、幸福でありうる。そのためにも過去の暴力や犠牲者、死者たちのことは、できるならば忘れるか、歴史修正して存在しなかったことにしたい。それでいいのではないか。

　セカイから、ワカイへ――そのような大衆的な欲望。期待。

　本章ではそうした二〇一〇年代に顕著になった想像力のタイプを、「ワカイ系の想像力」と呼んでおきたい。

　こうした意味でのワカイ系の想像力に基づく作品を代表するのが、二〇一六年のもう一つの注目作、

『聲の形』である。

アニメ映画版『聲の形』（九月一七日公開）の原作となっているのは、女性マンガ家の大今良時による同名のマンガである（コミックス全七巻、二〇一一～二〇一四年）。『けいおん！』や『たまこまーけっと』で知られる山田尚子が監督。制作は京都アニメーション。萌え系のアニメ絵のキャラクターと、実写のような美しい背景を共存させていく、という作風が京アニの特徴である。こうした京アニの方法論は、アニメ『聲の形』においてもいかんなく発揮されている。

『少年マガジン』連載時から論争を巻き起こしたマンガ『聲の形』の物語は、きわめてやっかいな、現代の社会的・政治的問題の最先端に、大胆に切りこんでいる。

主人公の石田将也は六年生の時、転校してきた先天性の聴覚障害をもつ硝子へのいじめの加害者になる。のみならずそれは障害を主な理由とするいじめであり、障害者差別でもある（いじめ＋差別の二重性）。将也はもともと、退屈を嫌う少年だった。退屈を紛らわす度胸試しや喧嘩を繰り返して、周りの親しい友人を引かせるほどだった。その理由なき退屈ゆえに、異星人のように珍しい障害者の硝子をからかって、いじめたかっただけだ。

だんだんと硝子へのいじめがひどくなり、高価な補聴器を何個も破壊するなどエスカレートし、硝子が別の学校への転校を余儀なくされると、保身的な教師と生徒たちは結託し、自分たちが手を染めた暴力の浄化を求めて、いじめの中心人物だった将也をスケープゴートにしてしまう。いじめの加害者だった将也がいじめの被害者に転ずるのであり、将也は加害者／被害者という二重性を帯びた存在になっていく。

将也は小学校を卒業し中学生になっても、いじめ加害者のスティグマを貼られて孤立していく。やがて将也は強い自己嫌悪や自罰の思いに支配され、高校生のときに自殺を決意する。それまでバイトの鬼となって貯金した一七〇万円（硝子の補聴器をいくつも壊した弁償代を親に借金していた）を母親に完済すると、最後に硝子に会いに行こうとする。いじめの加害者であり、障害者差別の当事者である人間として、いじめの被害者であり、障害者差別の犠牲者である当の相手の女の子に会いに行こうとすること。謝罪し、和解を求め、友達になろうとすること。いや、それればかりか、いじめ／差別の加害者と被害者が恋愛関係を結ぼうとすること……そうしたきわめて困難な、危うく厄介な、現代的な「問い」を『聲の形』は扱っている。

そうした現代の社会的・政治的な困難の最先端にある事態を、私は「ポストマイノリティ」的な状況と呼んでいる。誤解がないようにすぐに付け加えるが、それはマイノリティ問題や差別構造の問題が終わった、それらは解決されて古びた、という意味ではまったくない。逆である。たとえば一九九〇年代以降にこの国にも定着した「ポストコロニアル」という言葉が、植民地問題の現実が終わったどころか、むしろ現在もそれが執拗に打ち続いていること、世界全体が成熟しグローバル化が進んだからこそ、コロニアルな問題のあり方が多元化・重層化・個別化し、かえって見えにくくなり、解決することが困難になっているということ、しかしそうした多元化やハイブリッド化が進んでいく中から、これまでとは違う新しい価値観が生まれつつあること、などを意味する。

整理しよう。『聲の形』は、ポストマイノリティ時代の複雑な社会的・政治的問題を大胆にモチーフとしている。そこには基本的に、いじめの加害者と被害者の関係（①）、聴覚障害者に対する差別者と被差別者の関係（②）、という二つの軸がある。しかもそれらの二重の加害者であり差別者である将也は、結果的に、クラスによるいじめの被害者にもなっていった（③）。加害者であると同時に被害者でもある。のみならず、将也は、加害者／差別者の立場として、いじめ／差別の被害者である硝子のもとに会いに行き、赦しや和解を求め、友達になり、恋人にまでなっていくのである（④）。

こうした危険で厄介な、しかし現代様々な場所で可視化されつつあるタイプの問題を、原作マンガ版の『聲の形』は、丁寧に、粘り強く、群像劇として描くものだった。将也の「考えこまないと前に進めない」

という作中のセリフは、そのまま作者自身のスタンスであるかに思える。実際に作中では、様々な人物たちが自らの欠点に向きあい、自分の中に根づいた自己嫌悪(死にたいという気持ち)に対峙し、互いに感情や言葉をぶつけ合って、各々の必要に基づき、必要な自己変革を試みていく。たとえば障害者でありいじめの被害者である硝子の中にすら、自分の本当の感情を表に出さず、すべてを偽りの愛想笑いでなし崩しにしていく、という性格上の欠点があり、彼女はけっして「無垢で可哀想な犠牲者」としてのみ描かれているのではなかった。

しかしながら、アニメ映画版の『聲の形』はそれらのポストマイノリティ的な困難で厄介な「問い」に十分に向きあうことができたのか、それともいじめや障害者差別などの社会的・政治的問題は、たんに感動的で美しい恋愛問題を描くためのおまけにすぎなかったのか。

私の結論から述べる。私には、アニメ映画版の『聲の形』は、物語内容の面でも表現形式の面でも、十分にそれらの「問い」に対峙することなく、きわめて曖昧で「感動的」な友情と恋愛の物語によって、個々の被害も加害も痛みもすべてをなし崩しにし、世界全体を「これでいいんだ」と美しく浄化するための、典型的な意味でのワカイ系の作品にしか見えなかった。

たとえばアニメ映画版の硝子は、原作マンガと異なり、六年ぶりに将也と再会したその瞬間から、すでに将也のことを赦してしまっているかのように演出される。そしてそこから、作品全体がロマンチックな恋愛と、美しい青春の友情物語へとはっきりと焦点を合わせていく。のみならず、「いじめられる被害者の側も悪かった」という最悪の論理が堂々と語られていく。そればかりか、登場人物たちの責任も罪も、主人公の自己犠牲的な行動によって、過去の全部がなし崩しに赦され(たことになり)、登場人物たち全員が感動的に「これでいいんだ」と美しく浄化されていくのだ。

これほどの最低最悪の欺瞞があるだろうか。

アニメ映画版としての『聲の形』のポイントは、いじめの加害と被害を経験した将也が、他人の顔に×マークが張り付いて見えるようになり、他人の顔や固有名を識別することができなくなる、ということだろう。これは原作にもあった演出だが、アニメ映画版では特に強い印象を残すものとして処理される。

将也はつまり、少なくとも作中では、ある種の認知的な障害者であるかのようにして――アニメーション固有の技法によって――描かれていくわけだ。おそらくこうした表現形式上の特徴は、先天性の聴覚障害をもった硝子に対する、ある種の対等性や平等性――小学生のときにはいじめたりもしたけれど、俺だって今は同じ障害者なんだ――を担保するものとして観客には提示されている。そして自らの罪から解き放たれたとき、将也の眼差しにおいては、周囲の他者たちの顔の×が剝がれ落ち、身の回りの世界が浄化的な美しさを回復するのである。最後の文化祭のシーンはほとんどテレビ版『エヴァンゲリオン』の洗脳エンディングのようにすら見えた。

しかしこれはPC的に間違いだとか、いわゆる「感動ポルノ」「障害者ポルノ」(それらのレッテルもセックスワーカーに対する侮蔑意識があるわけだが)だとかいうよりも、もっとずっと質の悪い酷さであるように思える。

一般的には、たとえ加害者がどんなに反省し苦しみ贖罪しようが、そのことと、被害者が加害者を赦すかどうかはまったく別問題であり、その不可能性ゆえに、被害者による加害者の赦しという不可能な行為は赦しでありうる。つまり、加害者の謝罪と被害者の赦しは、行為としては、完全に非対称なのである。これは二人称的な関係において和解や贖罪について考えるときの、最低限の認識にすぎない。念のために言えば、『聲の形』の物語の中で、被害者が加害者と友達や恋人になること、それ自体が悪いということではない。それも含めて被害者の自由であり、二人の関係の問題だからである。物語として、その断絶に対峙するための物語的な論理を考えつくしていないこと、それをいかにも京都アニメーション的な形式的表現の美しさで塗りつぶしていること、それが致命的な暴力ではないか、ということなのだ。

その意味でやはり、これはワカイ系の想像力を象徴するアニメーション作品なのではないか、と言いたい。

主人公がいじめと障害者差別の加害者であると同時に、クラスメートからのいじめ＝犠牲化の被害者でもあるから、問いはさらに困難になっていく。私はこれらの被害と加害が複雑にねじれていくような重層性こそが、ポストマイノリティ時代の一般的な困難であり、出発点であると考えているから、『聲の形』が対峙した「問い」そのものは、きわめて重要なものだと思っている。しかしアニメ映画としての『聲の形』の、その「問い」に対する向きあい方は最低のものである。そういうことが言いたい。そこではアニメ的な想像力が、たんにマジョリティの現状肯定（誰だっていじめたりいじめられたりするんだ！　ぼくたちはこの生き方でいいんだ！　世界はこんなに美しいんだ！）に使われるようになってしまっているからだ。

アニメ映画としての『聲の形』は、はっきり書けば、いじめ問題や障害者差別問題を、たんに話題性や観客を感動させるための材料、任意に交換可能などうでもいい素材として扱っているだけだ。

あるフィクションがヒットして、世の中で議論や論争を巻き起こし、問題が可視化されていくことは、問題が世間の人々に無視され放置されたままでいるよりはましだ、という考え方に私は懐疑的である。それは炎上商法や無責任な放言を許容するためのロジックでもあるからだ。たんに社会派的なテーマを盛りこんだフィクションと、政治や社会の問題と大衆的なエンターテイメント性を高次元で融合させたフィクションとは、今や質的に区別されるべきものではないか。

とはいえこれは、原作マンガのよいところをアニメ映画が改竄してダメにしてしまった、ということではない。そうであれば話はわかりやすいのだが、もう少し事態は厄介なものにみえる。

実際のところはむしろ、原作マンガの中にすでに潜在的にあった欠点を、アニメ映画版が集約し、拡大する形で表してしまった、という感じではないか。

原作マンガには、確かに、アニメ映画版の美しい風景／情念的表現／恋愛や自己犠牲における純粋さの強調などによって浄化され、かき消されてしまった人間の執拗な邪悪さを、残酷なまでに見つめようとする粘着質の眼差しがあった。それがマンガ版の『聲の形』のすごみにもなっている。暴力やいじめの加害者こそが、ありとあらゆる理由を動員し、捏造してまでも、自分の側が被害者であると思いたがっていく。みんな同じだ、という悪平などの空気に染めてぐずぐずにしていく。そうした吐き気を催すほどの人間の嫌らしさ、卑しい邪悪さについての、執拗なまでの描写がマンガ版にはある。

しかもそれは植野や川井のような、わかりやすいまでの、自己欺瞞的なくず女どもに限らない。将也は、死にたいという自己嫌悪をどうにもできない。たとえ硝子が加害者である彼のことを受け入れたとしても、あるいは友達や恋人になったとしても、将也は、隙あらば自分で自分を赦してしまいそうになる自分のことを赦せない。この将也のねじれた苦しみ方には、普遍的な倫理に開かれかけた何かがある。だがそれは、同時に、危険な内省の道でもあった。実際に『聲の形』の臨界点の一つには、将也や硝子が陥っていく次の光景があるのだ――複雑な人間関係が織りなす軋轢や葛藤や疲弊に耐えきれず、「全部自分が悪いんだ」という自罰感情によって何もかもをなし崩しにしていくこと、それこそが人間の致命的な弱さであり、弱さの形を取った邪悪さである、と。

だがまさにその執拗な人間の嫌らしさ、悪に対する認識が、原作マンガの致命的な欠陥にもなっている。それは次のことを意味する。人間には誰にでも必ず弱さがあり、邪悪なところがあり、両面性がある。誰も似たようなものだ。みんなそれぞれに悪いのだし、それぞれに弱い。そうしたリアリズムを偽装した相対化の論理によって、何もかもがなし崩しになってしまうのだ。ぐずぐずの友情によって、問題の所在や困難が覆い隠され、泥のように押し流されていく。それはそのまま同時に、作品の価値自体のぐずぐずの、

「なし崩しの死」をも意味してしまった。

アニメ版のワカイのあり方が「感動的な美しさによる浄化」だとしたら、マンガ版のワカイのあり方は「ぐずぐずの泥沼による相対化」である。原作マンガの中にすでにあった潜在的な欠点を、アニメ映画版が凝縮し、拡大して表してしまった、とはそういう意味である。

## 運命論と自然――セカイ系とワカイ系のあいだで

あらためて、セカイ系/ワカイ系の想像力のあいだで揺らいでいるように見える『君の名は。』は、どうだろうか。

『君の名は。』にも、『聲の形』とよく似た「どんなに内容の面では危うさがあっても、最終的にはすべてを形式的な美しさによって浄化する（内容と形式の解離というアニメーションの伝統的な表現の特性によって、政治的な暴力を好き勝手に正当化する）」というワカイ系的な暴力性の影が見られるように思える。それは確かである。しかし、そこにはおそらく、微妙な違いがある。

『君の名は。』もまた東京中心的な空気がデフォルトとされている。地方の田舎町は自然災害によって破壊されるが、東京の人々には何の影響もない。東京と地方のあいだの葛藤は、物語の中では少しも争点化されず、不思議な自然さで避けて通られる。東京は今後も明るい未来へ向けて、何の疑いや迷いもなく発展し、成長していくかのようだ（ちなみに新海はかつて大成建設のCM映像を製作したことがあるが、大成建設は二〇二〇年の東京五輪のメイン会場、新国立競技場の建設も受注しており、あるいは新海も東京五輪のセレモニーに、クールJAPAN的な映像を期待されて招かれるのかもしれない）。何より『君の名は。』の世界では、地方の若者たちは――それが動物の本能的習性なのかと思うほど――当然のように上京し、東京で働き、東京で結婚するのである。被災の記憶はこの国の日本人＝東京人たちの心から抹消され、美しい思い出のような「地方＝

田舎」（観光地／聖地巡礼の対象のような）のイメージ、感情、気分だけが桜のように咲き乱れていく……。

するとやはり『君の名は。』もまた、このセカイの何もかもを甘美なワカイへと誘う歴史修正の物語にすぎないのか。いや、必ずしもそうではない、そこには微妙なズレがある、そう言ってみたい。

＊

新海作品における運命論的な恋愛ロマンスは、これから恋人になろうとする相思相愛の二人が特に理由もなく、原因や責任があるわけでもなく、いつのまにか引き裂かれていく、ある日突然会えなくなる、というパターンをたどっていく。

会いたいのに会えない。忘れたくない物事をこそ、なぜか忘れていく。そのようなロマン的な痛み（遠さ）の中に、悲劇的運命をめぐる特異なナルシシズムが宿されていく。特に男性主人公たちが陥っていくのは、新海がリスペクトする村上春樹ともよく似た諦観と無力さであり、ちっぽけで無力であるからこそ、彼らの挽歌的＝ノスタルジックな眼差しに映るこの世界の風景（自然）は、絶対的に美しく、崇高である。

しかしそこには、独特の歪みがあり、ねじれがある。

たとえば新海作品の主人公の男性たちは、そもそも、リア充なのだろうか、非モテなのだろうか？

おそらく彼らの中には「リア充を偽装した非モテ」ともいうべきねじれがある。それは意地悪く考えれば、「もともと非モテなのに、一度間違って彼女ができてしまって、リア充のふりをしていたら、本当に自分がリア充だと思いこむようになって、彼女にフラれたときもカッコつけて、自己憐憫に酔ってしまう」というようなねじれであり、重症のこじらせ方である。しかも新海作品はそれを運命論的な悲劇として昇華してしまうのだ。だからそれは身勝手なナルシシズムとつねに危うく紙一重であり、この世界の真の苛酷さを覆い隠す「擬態としての運命論」であるにすぎないかにみえる。

そもそも、世界中のありとあらゆるもの（電車の運行や、雪や風などの気候までも！）が主人公と恋人の恋愛を妨害する、それが運命の悲劇になっていくというのは、究極のナルシシズムの表現ではないか。神も世界も、「この私」ばかりにちょっかいをかけるほど、暇ではないだろう。そうした傲慢な思いこみこそがナルシシズムとしての運命論であり、それによって「つまらない平凡なぼくの日常」を唯一無二の特別なものとして輝かせる。そうしたマジックがあり、詐欺がある。『秒速5センチメートル』のバッドエンドは、あまりにも過剰にナルシスティックであり、それは『言の葉の庭』のご都合主義のハッピーエンドと相補的であり、裏表にすぎないように思える。

しかし、それだけではない。新海作品は、そうした運命論的なナルシシズムには回収できず、自意識の球体を打ち砕き、ひび割れさせていく過酷な現実（風景）へも向きあってきたからだ。

＊

新海誠の作品では、物語やキャラクターと同等かそれ以上に、風景（自然）の描写がポイントになってきた。

新海的な風景（空、宇宙）は限りなく美しい。しかしそれは人間を優しく包みこんでくれる自然ではない。人間の悲しみや喜びを無情に容赦なく突き放してくる、無慈悲な自然である。人間の共感や鑑賞を許さない。だからこそ、それは無限に美しく、崇高に感じられる。

アニメ評論家の佐藤心は「『イリヤの空』、崇高をめぐって」（『社会は存在しない――セカイ系文化論』所収）において、セカイ系的な想像力の特徴を、世界（風景）に対する崇高さの感情に求めている。哲学者のカントによれば、美の感情は人々に安心や一体感をもたらし、趣味判断の共通性を通してコミュニティを作り出すが、崇高の感情は、むしろ人間に畏怖や分裂の感情を強いてくる。そうした意味での崇高＝無慈悲な風景は、新海作品における運命論的な恋愛イメージ――恋人同士が特別な理由もなく、誰が悪いのでもなく別れざるをえなくなったり、突然会えなくなったりする――のアレゴリカルな対応物にもなってきた。

一般的にアニメーションの伝統においては、背景／キャラクターはそれぞれ別の論理によって制作されてきた。たとえば近年のアニメーションでは、背景には実写・写真が取りこまれ、CGを用いて非常に精緻で写実的な表現が行われている。それに対し、キャラクターたちは、依然として、線の少ない記号的な身体によって表現されることが多い。

新海の作品は、アニメーションという表現形式が培ってきたこうした背景／キャラの「原理的分裂」を独自のやり方で極限まで突きつめ、かつ「再構造化」してきた（中田健太郎「横切っていくものをめぐって」、『ユリイカ』二〇一六年九月号）。つまり新海作品においては、日本的アニメの伝統的様式をラディカル化し、背景（自然）とキャラ（人間）が限りなく分離され、解離していく。しかし、そのようにラディカルに乖離した背景（自然）とキャラ（人間）が、その上で、その臨界点においてメタ的な照応＝共鳴を生みだしていくのだ。

だからこそ、新海作品は、若者たちのありふれた日常の恋愛ロマンスを描きながら、自然（雲、星、星雲）に対する宇宙論的なロマン主義／神秘主義の情念をも、私たち観客に対してもたらすことになる。中田は、それらを結びつけるのは、新海の独自の「レイアウト」へのこだわりである、と論じている。

『君の名は。』でもやはり、そうした新海的な自然観がラディカルに表現されている。『君の名は。』の自然＝風景は、地上を生きる人間たちの悲劇や運命論をすらも（これまでにはありえていた人間と自然の神秘的な交流や照応すらも）無慈悲に無情に突き放し、打ち砕くノンヒューマンなものであるからだ。夜空を通り過ぎる彗星は、奇跡のように美しく、人類レベルの幸福な一体感を地上にもたらしてくれるが、同時にその崇高な美しさは、被災者たちにとっては理不尽な災厄であり、大災害にほかならない。つまり「美しい」

という観客たちの美的判断や趣味判断の裏側には、じつは、人間たちの生をディザスターにおいて見つめるような残酷な死や悲惨さがあるのである。

新海誠が強く影響を受けてきた宮崎駿もまた、何度となく、自然の美しさと怖ろしさの両義性を描いてきた。しかしながら、宮崎的な自然（背景美術）は、それでもまだ、自然の猥雑さと雑種性を表現するものであり、人間たちもそうした自然の一部として組み込まれているように思えた。それは唯物論的なアニミズムとでも呼ぶべきものであり、人間もまた、動物や森や土と同じように、他者と雑じりあいながら進化し続けていく自然の一部である、と（拙著『宮崎駿論——神々と子どもたちの物語』参照）。これに対し、新海的な自然とは、人間（キャラクター）と自然（背景）の分離をさらに過酷なものへとラディカルに推し進め、人類の破局や絶滅をも享楽するような自然の想像力へと突き抜けることによって、宮崎のそれとはまた別のやり方によって、人間と自然の関係を描くための新たなアニメ的表現方法を獲得したのだといえる。

では、そのような自然のもとで、無力さと分裂を強いられた私たちは、どのように「君」と生きていくのか。

## ロマン主義としてのセカイ系vsロマン的な革命主義者？

芸術上の古典主義とは、歴史的・伝統的な無数の芸術を寄せ集め、引用の織物となし、純粋に様式化された「芸術」の完成を目指すものである。これに対し、ロマン主義とは、作者の個別性と集団の全体性のあいだの矛盾の軋みに耐えながら、永遠に未完成な芸術を追い求めるものであり、永遠の生成状態を肯定するものだった。

ドイツロマン派の影響を強く受けながら、日本浪漫派の代表格となった保田與重郎は、その最初の著作『日本の橋』の中で、立派に大きく作られた西洋の橋に比べて、どこにでもある哀しくあわれっぽくみすぼらしい日本の橋の中に、あえて、超越的なもの（絶対者）の気配を読み取ろうとしている。みすぼらしいもの、小さいもの、ダメなものたちの中に、本当の美をあえて見出そうとする、というアイロニー。弁証法的な完成を目指しつつ、それを無力化するという自己矛盾的な戦略性。それが日本的なロマン主義者たちの方法論であり、実存を懸けた文体にもなっていく。西洋化／近代化の過程で何もかもが断片化し世俗化されていく中で、自然と人工のあわいに、超越的な何か（浪漫）を幻視しようとすること。どこにもでもあるこのあわれっぽいみすぼらしい橋の先に、真理へと続く道があり、その道の先にはさらにまた道があり、無限的で永遠的な道がどこまでも続いていくのであり――逆に言えばそれは、流離や旅路の過程以外には、この世のどこにも故郷や根拠地が存在しない、ということなのだが――、そこに日本人としての伝統的な文学と思想の秘密がある、と。

本章では『シン・ゴジラ』が政治的・芸術的に表現しているのは、たんなる日本的な国家主義や保守主義ではなく、現代的なファシズム（アニメ的でマジカルな全体主義）と呼ぶべきものではないか、と述べてきた。そして『シン・ゴジラ』は、過去のゴジラシリーズやサブカルチャーの歴史の融通無碍な引用の織物であり、あるいはネット上のまとめサイト的な方法を駆使しているという意味でも、古典主義的な様式性をもっており、ゆえに動かしがたく「完成」している。

これに対し、『君の名は。』は、ある意味で、現代的な環境の中で日本浪漫派的な精神を継承し表現するものである、といえるのではないか。なぜならそこでは、瀧の精神は、個人と全体、実存と秩序のあいだの軋み＝ねじれに何とかとどまり続けようとしているからだ。ロマン派の思想とは、根源的な弱さに耐えること、個別性（特殊性）と全体性（一般性）のあいだの葛藤に耐え続けることである。そのことによって、すべてを国家や民族、自然の大いさの圏内に回収しようとする全体性の暴力に対抗し続けることだからだ。人間（キャラ）と自然（背景）のあいだの圧倒的な解離を持ち堪えること。ポストヒューマン的な自然に対する実存的な弱さを生きようとすること。思えば、一九九〇年代的なセカイ系という表現形式もまた、おそらく、実存と秩序のねじれを生き続けようとするものだった。

その意味で、『君の名は。』は、あのワカイ系的なもののマジカルな誘惑に対する、ぎりぎりの抵抗を示していた。つまり、日本的なロマン派（セカイ系）によるワカイ系批判である。「君」を失った痛みに耐え続けること。忘れてはいけない約束をどうしようもなく忘れていく恥ずかしさ（恥ずかしさに対する無感覚という非人間性）だけは忘れないでいること。それは瀧と三葉の恋愛関係だけの話ではない。二人の物語内の関係を通して、観客である私たちの中にもかすかな痛みや羞恥の思いとともに想起されるはずの「君」たちのことである。[8]

新海誠の作品は、いつも同じ物語と主題ばかり扱っている。しかしよく見れば、毎回毎回、作品ごとにまったく異なる結論へと至っていることがわかる。宿命的なたった一つの「問い」にこだわりつつ、そこにはその時々の一回ごとの新海の実存が、切迫した痛みが込められている。あたかもアダルトゲーム的なリプレイを繰り返しているようでもあり、まさに「ゲーム的リアリズム」（東浩紀）の想像力であるのだが（『秒速5センチメートル』ではバッドエンドに終わったから、それをリセットしてリプレイした『君の名は。』では無事にハッピーエンドになった、というような）、それだけではないのだ。

なぜなら新海誠が作り出す政治的＝芸術的なフィクションには、ロマン的なイロニー（歴史修正的なワカイ系の想像力に抵抗するセカイ系の想像力）には回収されない不思議な社会批評性があるからだ。

べつに社会派になろうと考えたわけではないだろう。瀧たちは、ただたんに、セカイ系的な恋愛（愛しあうがゆえにすれ違い、すれ違うがゆえに運命的な悲劇の度合いが高まる）を自分なりにひたすら追求していたら、たまたま、災害の犠牲者や被災者になるはずだった人たちを助けてしまった。自分たち以外の社会の役に立ってしまった。『君の名は。』には、そうしたいびつな構造があるように思える。つまり、『シン・ゴジラ』のように、オタクがいきなり国家の役に立つという決断主義的な物語ではなく、セカイ系の愛と痛み――ロマン派的な個人と世界の解離＝逆立――をどこまでも貫くことで、自己矛盾的に、社会に対して何かが（ある種の運命論的な奇跡が差しこんで）届きうる「のかもしれない」。そのような解離の痛みが『君の名は。』には確かにある、と考えられるのではないか。そこには新海誠という人の、ぎりぎりの誠実さがあるように思える。

つまり重要なのは、『君の名は。』においては、そうした男女の恋愛のパーソナルな痛みが、たとえただの偶然＝たまたまであるにせよ、震災後の私たちの社会的な集団記憶喪失（震災のことなんかすっかり忘れている日本社会）に対するぎりぎりのロマン派的な批評にもなってしまっていた、ということなのである。『君の名は。』では、多数派の日本人＝東京人の歴史修正的な欲望のぎりぎりの臨界領域において、震災の死者や犠牲者たちとの約束とは何か、すべてを忘れ、何もかもが遠ざかってもそれでも残る「君」との約束は何か、という問いをはらんでいたのではないか。

かろうじて、そのようなことがいえないだろうか。

作家論的なレベルで考えても、新海誠という人が一貫して、そうしたセカイ系的なもの（ロマン派的なもの）への信念を執拗に手放さないままでいることには、静かな感動があり、心がふるえるものがある。自分の中のルサンチマンや無力さに耐えかねて、国家的なものや政治的な領域へとせっかちに跳躍し、熱狂的に飛びついてしまうよりは、そのような厄介なねじれやこじれを抱えたままでいるほうが、ずっとマシなのではないか。

もう一度言おう。『君の名は。』が示しているのは、日常的な鬱屈や社会の分裂に耐えきれず、疲弊して、権威的な国家主義へ跳躍するという（アニメ的でマジカルなファシズムとしての『シン・ゴジラ』が凋落してしまった）パターンに呑みこまれていくことを回避し、日本的な浪曼主義者の末裔としての矜持をぎりぎり保って、実存と社会的秩序の解離＝ねじれにとどまり続けることだったのである――たとえそれがロマン的革命主義者へと突き抜けるところまでは行っていないとしても。

人間の根源的な弱さとは、実存と秩序の媒介不能な葛藤のことであり、可能性としてのセカイ系のあり方、すなわちセカイ系の可能性の中心とは、まさしく、実存と秩序のねじれを生き続けようとする勇気であり、その痛みを持ち堪えることによって、かろうじて、間接的に、他者との愛と約束を――記憶しえぬものの記憶として――その身体に刻み続けることだったのではないか。

## 関係性・敵対性の芸術としての『シン・ゴジラ』、自動性の芸術としての『君の名は。』

ところで、『シン・ゴジラ』というポリティカル・フィクションは、ある種の関係性の芸術《リレーショナル・アート》であり、ソーシャル・エンゲージド・アート（人々を社会的に繋ぐアート作品）のようなものだった、少なくともそのような側面を本質的にもっていた、とみなせるのだろうか？

というのも、作品を制作するスタッフや関連企業、自衛隊や政府のみならず、作品に対する観客やファンやネットユーザーたちの膨大な解釈・分析・消費を巻きこみ、取りこみながら、作品として発展し、さらに『ジ・アート』やドキュメント映像、カットされた映像などを次々と世に送り出すことによって、『シン・ゴジラ』そのものがたえまない形態進化を続けてきたからだ。それは人々の「参加」と、作品自体の「変化」を前提とし、様々な人々を社会的に巻きこんでいくことによって作品としての美的な快楽を生みだしていた。まさにそれ自体が無限に増殖するゴジラ細胞のように。しかし、もう少し考えてみよう。

近年のアート業界ではよく知られていることだが、フランス出身のキュレーターのニコラ・ブリオーは、「トラフィック」展（一九九六年）において「リレーショナル・アート」という概念を提示した。これは一九九〇年代以降に世界中で急増したインスタレーション・アートやコミュニティ・アートなど、作品の内容や形式よりも、それを取り巻く関係（relation）そのものをアート化するタイプの作品群を総称する言葉である。ブリオーが唱えた「関係性の美学」という言葉は（やや独り歩きしてしまったという面も含めて）、急増するそうしたタイプのアート作品を価値づけ、擁護するための理論装置として用いられていくことになった。

リレーショナル・アートは――インタラクティヴ・アートのように作品と鑑賞者の相互作用を重視するというよりも――、作品が地域的・社会的に生成していく過程や、その過程に関与する人々の参加（participation）の意味をまず重視する。日本でも二〇〇〇年代になると、全国で、地域振興／まちづくり／地域活性化とアートプロジェクトの連関が――もちろん国や地方自治体の予算や思惑とも絡みあいながら――深まるようになった（ブリオーの一九九八年の著作『関係性の美学』は、現時点では日本語に翻訳されていない。以上の関係性の美学をめぐる論点については、星野太＋藤田直哉「まちづくりと「地域アート」――「関係性の美学」の日本的文脈」（「10+1 web site」、http://10plus1.jp/monthly/2014/11/issue-02.php）を参照した）。

しかしこれに対し、美術史家であり美術批評家のクレア・ビショップは、「敵対性の美学」という概念によって、ブリオー的な「関係性の美学」の概念を内在的に批判しようとした（『人工地獄』）。敵対性という概念は、ラディカル・デモクラシーを主張するエルネスト・ラクラウ&シャンタル・ムフの政治哲学的な概念に由来する。ビショップによれば、ブリオーが定義する意味での「関係性の美学」は、調和的な共同体や同質的なコミュニティを前提にしてしまっている。本当の意味で民主的であり、アートの新たな可能性を開くのは、協調的で融和的な「関係」ではなく、非対称な異論・対立・不和などを含む「敵対」なのである、と。

ビショップもまた、一九九〇年代後半から世界中で注目されてきた芸術の傾向を参加型アートと呼ぶ。しかしビショップが、芸術家たちが無造作に前提とする「倫理」というイデオロギー性を強く批判していることに、注意しなければならない。イデオロギー的に正しい「倫理」によって、芸術の意味を意味づけたり強化したりしてはならない、というのだ（たとえば、抑圧された労働者に寄り添おうとする芸術がそうではない芸術よりもただちに美的にも優れている、ということにはならない）。そうではなく、むしろ、多様な人々が生きるこの社会が不可避にはらむ矛盾や混乱それ自体を芸術的に表現し、様々な人々を巻きこみつつ、私たちの社会の政治と享楽の次元を更新するような敵対的な美——ビショップによればまさにそうした意味での敵対性は民主主義そのものの本来的な機能なのであるが——こそが、重要なのである。その具体的なケースとして、ビショップは特に、ジェレミー・デラーの『オーグリーヴの戦い』と、クリストフ・シュリンゲンジーフの『オーストリアを愛してくれ』というクリティカルな芸術作品に注目している（さらに敵対性の美をはらんだ参加型アートの先駆的な歴史として、イタリア未来派、ロシア革命直後の芸術、パリ六八年革命などが挙げられている）。

　これはもちろん諸刃の剣であり、たとえばネオリベ的な勢力は、社会的包摂や社会参加の名のもとに、都合のいいボランティアたちをアートプロジェクトの中に——日本の文脈ではそれは「やりがいの搾取」と呼ばれたものだろう——動員してきたのだった。ビショップはその点も強調している。

　こうした関係性／敵対性の美学という観点からみれば、『シン・ゴジラ』は、やはり、ビショップがいう敵対性の芸術としてこの国では機能してきたように思える。なぜなら、『シン・ゴジラ』は、日本の戦後的サブカルチャーの王（国体的なシンボル）として君臨してきたゴジラの存在を現代的にアップデートすることによって、戦後／震災後のこの国が露呈させてきた様々な政治的・社会的な問題を作品の中に叩きこみ、あらゆる対立や争点が混ざりあいながら沸騰していくような、メルティングスポットとしてのフィクション＝芸術になってきたからだ。

　ただしこれは逆に言えば、『シン・ゴジラ』は、（共同体を強化する関係性の芸術を打ち砕く）敵対性の芸術のあり方が、多元的で複数的な勢力を巻きこんで巨大な快楽装置となりながらも、そのことによって結果的に――具体的な社会変革へは繋がらず――炎上が炎上を呼び込んで結局は巨大な享楽のスペクタクルとなって終わってしまう、というジレンマをもはっきりと示すものだったのではないか。すなわちビショップのいう敵対性の芸術そのものが、マジカルでアニメ的なファシズムに捧げられる虚無への供物なのかもしれない、ということである。

これに対比するならば、『君の名は。』はどうだろうか。

哲学者で映画研究者の三浦哲哉は、その映画論において――おそらくは近年の「関係性の美学」や「敵対性の美学」という概念をも念頭に置きながら――「自動性の美」という概念を提示している（『映画とは何か――フランス映画思想史』）。

これはいわゆるリアリズム的な美とも似ているものの、それとは微妙に異なる概念として提出されている。三浦がいう自動性の美とは、人間の通常の意識や意志には還元されず、世界それ自体の自動的な動き（運動）からもたらされる美のあり方のことだという。映画の黎明期には、じつは、そうした美の手触りがあった。たとえば画面の背景で揺れる、葉叢の動きを見た時の人々の衝撃。それはおそらく、人間に無関心なまま、ただそこにあるもの、実在するもの、存在するものがそれ自体において解き放つような美のあり方である。黎明期の映画が捉えてしまったそのようなオブジェクティヴな事物やイメージの「自動性」によって、観客たちは「精神衝撃」を受け、この世界の受け止め方や感性を新しい次元へと更新させていった――。

では映画の黎明期や歴史の中にありえたそうした自動性の美を、現代的なポストメディウム的な映像環境の中で取り返すとは、どういうことなのか。三浦はそのように問おうとしている。

『シン・ゴジラ』が敵対性の美学を表現するものであるとすれば、『君の名は。』はまさに、ここで三浦がいう「自動性の美」の可能性をデジタルネイチャー的な環境（ポストメディウム的な環境）の中で表現したものである、と考えうるのではないか。新海作品においては、人間（キャラクター）と自然（背景）の分離をラディカルに過酷なものへと推し進めることによって、人間の悲しみや喜びを無情に容赦なく突き放すような、無慈悲な自然の崇高な美しさが描かれてきたからである。

## 不和《ディセンサス》としてのアニメ的享楽をめぐって

さらにこの辺りの話を続けてみたい。

　重要なのは、近年のポリティカル・フィクションにおいては、現実と虚構、アニメと非アニメなどをめぐる形式上の解離＝不和《ディセンサス》から、圧倒的な快楽や享楽が生みだされている、ということだろう。それらは各々の内的な必然性に従って、アニメーションの伝統的な文法に則りながらも、アニメ表現の限界を内側から食い破るような、ある種の臨界的なアニメーションにもなっているのだ。

　本章ではさしあたりそれらを「解離的な享楽」あるいは「不和《ディセンサス》としてのアニメ的享楽」と呼んでおく。

　不和《ディセンサス》とは、フランスの哲学者ジャック・ランシエールがしばしば用いるキーワードである。一つの共同体や秩序のあり方を内側から引き裂き、分裂や亀裂を生みだして、それを異なる生産性や感性のあり方へと再編成（再組織、再分配）してしまう。そうした力を生みだす出来事を指し示す概念である。ランシエールによれば、そうした意味での不和＝ディセンサスとは、まさに「政治」という体験の意味そのものでもある。本章ではこのディセンサスという言葉を援用しながら、二〇一六年のポリティカル・フィクションたちの意味を捉えなおしてみたい。

　二〇一六年のポリティカル・フィクションたちには、これまで論じてきたように、複数のレベルにおける解離＝不和が見られた。

①虚構内の空間と社会的・政治的な現実のあいだに露呈していく解離＝不和
②アニメーションの形式面と内容面の臨界領域に露呈していく解離＝不和
③メディア論的な解離＝不和（たとえば映画／ネット、映画／テレビのあいだの解離など）

さらに本章において中心的に批評する四つの作品に関して、あらかじめ見取り図を示しておこう。

・『シン・ゴジラ』……敵対性の美……アニメと実写の「重ねあわせ」をめぐる不和
・『君の名は。』……自動性の美……非人間的な自然主義としての不和（キャラと背景の非相関的な解離）
・『この世界の片隅に』……政治としての美……マルチプル・メタフィクション（つぎはぎの器用仕事としてのメタフィクション）としての不和
・『ガルム・ウォーズ』……革命的な美……ポストヒューマンなアニミズムとしての不和

これらはそれぞれ、何を意味するか。

たとえば『シン・ゴジラ』では、プリヴィズと呼ばれる作業が映画制作の中心に置かれていた。プリヴィズとは、「プリ・ヴィジュアリゼーション」の略であり、映画本編の実制作の前にあらかじめ簡易な映像を作り、視覚化していく工程のことである。まず3DCGソフトを使ってプリヴィズ映像を作り、画面構成、カメラワーク、キャラクターの動きなどを決めておく。それによって制作スケジュール、現場準備、予算などを合理的に設定することができる。大幅にCGが使われる映画では、近年、こうした工程が一般的になっている。

ところが『シン・ゴジラ』の場合、作業が進むにつれて、通常よりもさらにプリヴィズの役割が大きくなっていった。そもそも一般的なアニメ制作の場合、絵コンテやレイアウトによって画面の精度を高め、無駄な工程を省いている。庵野はそうした手法を、実写映画としての『シン・ゴジラ』において全面的に、ほとんど過剰ともいえる形で展開しようとしたのである。

つまり『シン・ゴジラ』は、簡易な3Dアニメのようなものとしてプリヴィズで制作された映像を、あとから厳密に実写化する、という形で作られているのだ。庵野は異様な情熱で、プリヴィズを厳密に実写として再現することにこだわった。アングルやレイアウトの忠実な再現を望んだ。多くの関係者が、庵野の映像的な記憶力や動体視力が超人的なものだった、と証言している。ほんの数ミリのカメラアングルのズレにすら気づいたそうである。映像の完成度が不満足だった場合、プリヴィズの段階に戻させたりもしている。わざわざプリヴィズを作る必要がなさそうな会議室の場面についても、プリヴィズの作成をスタッフに要求した。複数の関係者の証言によれば、庵野は、実写化がうまくいかず中途半端なものになるくらいなら、プリヴィズのまま公開したほうがいい、とすら言っていたのである（『ジ・アート』）。

つまり、庵野はおそらく『シン・ゴジラ』を、アニメと実写映画が「そのまま」重なるように作ろうとしていたのだ。これは『シン・ゴジラ』が、アニメを実写化したものである、というのとは少し違う。あるいは、あたかもアニメである「かのように」作られた実写映画である、というのとも少し違う。

庵野はプリヴィズという方法のポテンシャルを爆発的に拡張し、実写とアニメ、三次元と二次元が「そのまま」重なるように『シン・ゴジラ』を制作しようとしたのだ――重要なのは、この場合、それが震災の現場を目に焼きつけ、震災以降の空気を吸い込みながら、芸術と政治、社会と虚構の関係を根底的に問いなおしていく、という庵野の意識が洗練されていった先に求められた方法だった、ということだ。

アニメと実写をぴったりと「そのまま」重ねることによって、かえって、現実と虚構、実写とアニメのあいだの不和《ディセンサス》が露呈していく。それが『シン・ゴジラ』の独特のリアリティを醸成している。現実と虚構、政治と芸術、二次元と三次元の関係をラディカルに問い返し、重層化していくこと。そこから、崇高なまでの美的な享楽が生みだされてきたのである。本章ではそれを解離的・不和的な享楽と呼びたい。

庵野は『シン・ゴジラ』の企画段階から、東日本大震災を強く意識し、リアルシミュレーションあるいはポリティカル・フィクションとしてのゴジラ映画を作ることにこだわっていた。『ジ・アート』に収録されたロングインタビューの中で、庵野は執拗なほどに、『シン・ゴジラ』において重要だったのは、現実とフィクションの「せめぎあい＝バランス」である、と強調している。たとえばこんなふうに。

「3・11」後に3度、被災地を自分の目で見て、現実に起こった惨さ、悲惨さ、無慈悲さ、不条理さを自分なりに感じました。自分の無力さなどその時の正直な気持ちと向き合いつつ、どこまで踏み込む描写をするか、まず脚本の段階で決めておく必要があります。福島の原発事故に関しても、相当量の資料を読み込んだつもりです。その上でエンタテインメント、怪獣が出てくる娯楽映画で、何処まで描けば良いのか、描いて良いのか、その辺を考えつつ、脚本を書いています。（『ジ・アート』）

少なくとも庵野は、映像作家として震災という現実に正面から向きあい、真剣に対峙しようとしていた。庵野は震災後の五月と七月に被災地へ行って、その惨状を目に焼きつけている。現実を回避して歴史修正的な妄想を芸術化した、という単純な話ではない。だからこそ、新時代のポリティカル・フィクションとして、『シン・ゴジラ』は圧倒的な出来栄えになったのである。

あるいは『君の名は。』について。

新海誠の作品については、キャラ（人間）と背景（自然）の非相関的な解離が重要である、とここまで述べてきた。『シン・ゴジラ』が、アニメと実写を直接的に「そのまま」重ね描きしていたとすれば、『君の名は。』は、キャラと自然・風景のあいだの分裂をラディカルに推し進めることによって、非人間的な自然の美しさを表現していた。それによって観客が受動的に見惚れてしまうような無二の美学的な効果を生みだしていたのである。ここにもまた、解離的＝不和的な美の形態がある。そして『君の名は。』もまた、東日本大震災という現実と虚構のあいだに独特の関係を打ち立てるもの、被災から人々を救出できたかもしれない可能世界（歴史修正）を描くフィクションであることは、ここまで述べてきた通りであり、上記で言えば①の面でも、『君の名は。』はディセンサスなポリティカル・フィクションだったのである。

さらに新海誠は、これもよく知られているように、長編劇場映画的なものの特性と、「MV的なもの」「ゲームCM的なもの」の特性を組みあわせることによって、自らの映像世界を構築してきた。『君の名は。』では特に、若者から強く支持されるRADWINPSのミュージックビデオとしても視聴可能な音楽と映像の使い方によって、観客に対して強力な快楽を与えた。これはディセンサスの方法としては③にあたる（ちなみに、新海誠が映画的なもの＋MV的なもののハイブリッドだとすれば、新海のライバルとしての細田守は、映画とテレビドラマの両方の特性を生かし、それらのハイブリッドなモザイクとして数々の長編映画作品を構築してきたアニメーション作家である）。

あるいはまた、次節で論じることになる『この世界の片隅に』について。『この世界の片隅に』は、非常に独特なキャラクターの造形と（こうの史代による原作マンガの絵柄を映像として生かしたもの）、圧倒的な調査・取材・考証に基づく歴史的リアリティとが、分裂的に共存したアニメーションである。『君の名は。』とはまったく異なる方向ではあるが、マンガ的なキャラクターと映画的な背景のリアルな緻密さ、それらが独特の解離＝ディセンサスの美を作り出している。

原作マンガもこうのによる執拗な調査と記録の産物なのだが、アニメ映画版『この世界の片隅に』は、すでに漫画家ひとりの力、個人の力を大きく超えて、製作チームによる徹底的な調査をもとに、戦中戦後の広島・呉の姿を――細かいタイムスケジュールなどを含めて――限りなく厳密なものとして再現しようとした。

しかし『この世界の片隅に』におけるアニメ表現論的に重要なポイントは、そうした厳密な考証とリアリズムの上に立ちながら、つぎはぎ《ブリコラージュ》のように重層的なメタフィクション性が導入されている、ということにある。主人公の「絵を描く」ことは、そのままアニメ制作のメタ構造になっているが、それだけではない。「この現実」の残酷な一回性と唯一性はけっして改変できないこと、歴史修正もリプレイもできないことを断念とともに受け入れながら、複数的に絡みあい錯綜していくメタ性によって、「この現実」に無数の隙間や緩みや遊びを作り、現実の細部をマルチプル的に拡張していくこと。それはそのまま、手も足も出ない圧倒的な現実の流れに対する抵抗となり、さらには「政治的」な美の可能性を開いていくだろう。この辺りは次節で詳細に論じる。この場ではここまでにしておこう。

さらに『ガルム・ウォーズ』について。

そこでは、人工生命たち――人間＝創造主の手で人工的に作り出されたが、そのあと人類に見棄てられ、別の惑星に廃棄された存在たち――の眼差しにおいて、自然と人工、生命と非生命、アナログとデジタルがモザイク状になった複合現実的な世界（アニメ化した世界）が見つめられていく。そうしたアニメ的な現実の中に、刹那的な不和＝異物のように、新しい「命」の色がふっと閃き、萌えいずるだろう。

少しも思い通りにならない制作過程を含めて、『ガルム・ウォーズ』はきわめていびつで不完全な「失敗作」である。しかしその「失敗作」としての性格が、結果として、来るべきポストヒューマン＝人工生命たちにとっての革命的で非人間的な美のあり方を、ある種の預言として描いてしまった。いつか来るだろう革命戦争のための美学。人間ならざるものたちにとっての美。押井守のこれまでの作品群の達成を確認しながら、あえて強引にでも、今は『ガルム・ウォーズ』の中にあるポテンシャルを強調しておきたい気がしている。この作品についても、後ほど詳しく論じることにしよう。

解離的なディセンサスとしての美的な享楽性——。

二〇一六年に公開された『シン・ゴジラ』『君の名は。』『この世界の片隅に』『ガルム・ウォーズ』などの傑作群たちは、虚構と現実、アニメと政治のあいだの循環構造を通して美的な快感を高めていくのみならず、それらの形式的な臨界領域の解離性によっても圧倒的な享楽を生みだしてきた。いずれの作品も、アニメ的な伝統と歴史を継承しながら、それらをその最先端で更新していくような、新たな表現形式の豊饒さと快楽に満ちている。そうした臨界的なアニメ的美の表現を通して、これらの奇跡的な作品たちは、観客の感性と精神のあり方をも「新しい人間」の次元へと引き上げ、変容させ、変革してしまうかもしれない。

## ジェノサイドとしてのこの美しい世界——「君」（たち）の名前はどこへ行ったのか？

『君の名は。』へと話を戻そう。

さて、それでは、新海誠という作家にとってのロマン主義的な社会性の兆しとは、どんなものだったのか。

それはやはり記憶（その不可能性）の問題に関わる。

新海作品のポイントは、男女の運命論的で悲劇的なすれ違いを、同時に、記憶と忘却をめぐる倫理としても描いてきたことにある。

個人的な思いを記せば、新海作品の中で私が本当に好きなのは『雲のむこう、約束の場所』である。そこでは、失われた青春をめぐる悔恨や、運命論的な恋愛の悲しみにとどまらず、私たちの人生には決定的な「約束」があったかどうか、たとえすべてを失なっても、すべてを忘れたとしても、そのときにもなお残る誰か（君）との約束とは何か、その約束を抱きしめて「その後」の世界を生きるとはどういうことか、そうした倫理的な問いがあったからであり、それは燃える棘のように私の心にも突き刺さってきた。

もっとも愛しているはずの「君」の名前を思い出せない、いちばん忘れちゃいけないはずの「君」との約束をこそどうしようもなく忘れていく……そうした痛みなき痛みの痕跡は、セカイ系的な実存の臨界点であり、それが新海作品の中に独特のねじれや形式的な分裂をもたらしてきた。

『君の名は。』の場合も、町民たちの避難誘導に成功し、三年の時間的隔絶を奇跡的に超えて瀧と三葉は再会を果たすのだが、彼らはやはり、愛する君＝恋人の名前をどうしようもなく忘れていく。遠ざかり、忘れていくことの中に、純粋な愛が宿っていく。人間には耐えがたいその痛みこそが、新海的な愛の真骨頂であり、臨界点であるのだろう。

しかしかつての『秒速5センチメートル』とは異なり、『君の名は。』では、最後に、ある奇跡が起きる。大人に成長した瀧と三葉は、東京の街角でふいに再会し、互いの名前を思い出すのである。それは『秒速5センチメートル』の鬱エンドを幸福な出会いなおしへと書き換えることだったわけだが、それと同時に、『雲のむこう、約束の場所』の最後に刻まれた「約束の場所をなくした世界で、それでもこれから僕たちは生きはじめる」という問いに人間は耐えられない、ということをも意味したように思える。それはやむをえないことであるのかもしれない。

しかし。しかし。しかし——。

それでもなお、『君の名は。』を観終えたあとに、小さな痛みが私の胸の奥にあり続けていた。

瀧と三葉は過去を改変し、糸守町の住人たちを彗星のかけらの落下という未曾有の大災害から救って、大人になってから東京の街角で運命的に出会いなおして幸福な未来を手に入れるのだが、それならば、書き換えられず、改変されなかったもう一つの平行世界の「君たち」（犠牲者たち、歴史からなかったことにされてしまった人たち）は、いったい、どこへ行ってしまうのだろう？

そんな「君」たちの「名前」は、どこへ消えてしまうのだろう？

それがわからなかった。

## 『君の名は。』のロマン主義、その可能性の中心

あらためて考えてみれば、『君の名は。』には、特に物語の前半までは、観客の誰もがごく素朴に不思議に感じるだろう一つの謎があり、いわばミステリ仕立ての作品になっていた。それはもちろん、三葉ははたしてこの国のどこにいるのか、という謎である。それが日本のどこかの田舎町であるのは間違いない。糸守町という町名も序盤で明らかになっている。瀧は三葉の肉体と入れ替わって、直接町の様子や風景を目にしてもいる。にもかかわらず、観客には、いったい三葉が日本のどこに住んでいるのか、いまいちわからないのだ。物語の途中まで、瀧ですら不思議な自然さでその点を避けて通る。

建築や美術に関心のある瀧は、記憶の中の風景を絵に描いて、それをもとに、三葉が住んでいた場所を探しはじめる。バイト先の奥寺先輩とデート中に、東京のある写真展で飛驒の写真を見たとき、その風景に見覚えがあったため、というかなり曖昧な理由を頼りに、瀧はとりあえず鉄道に乗って飛驒へと向かう。しかし、その先には驚くような展開が待っている。

繰り返すがそれは、岐阜県にあった糸守町では、二〇一三年一〇月四日、一二〇〇年周期で太陽の周りを公転するティアマト彗星の砕けた一部が降り注いで、五〇〇人以上の住民が死亡・行方不明になっていた、ということである。あらためて考えてみれば、これはやはり驚くような話なのだ。それほどの巨大な

ディザスターであり、しかもたった三年前（！）の出来事であるにもかかわらず、瀧はなぜか糸守町の名前すら思い出せないのである。常識的に考えればこれはありえない。瀧だけではない。東京の人々の多くがわずか三年前のその災害の記憶を完全に忘れてしまっているかのようなのだ。彼らを見舞うこの奇妙な集団記憶喪失は何なのか。

私は最初、三葉はいわゆる平行世界の住人なのではないか、と思っていた。だから同じ日本に住みながら、二人は出会えないのではないか、と。しかし、そうではなかった。ズレていたのは、三年という時間軸だったのである。瀧と三葉は、三年の時間的な断層を超えて、肉体の入れ替わりを経験していた。災害後の日本を生きる瀧と、災害前の世界を生きる三葉と――。MV的かつダイジェスト版的な演出の勢いとパッションによって、観客は何となく曖昧に納得させられてしまうけれども、少し立ち止まってみれば、物語の論理的展開としては、やはりこれはかなりオカシなことだろう。

しかし、ここから、話は微妙にねじれてくる。以上のことをたんなる物語的な論理や公正さの瑕瑾として片づけられるのか、断定しにくい部分がある。『君の名は。』はもともと、複数的なレベルにおける記憶喪失の問題を扱っているからだ。それはそのまま、東日本大震災後のこの国の社会的な問題のポイントを、記憶喪失という面から捉えようとした、ということでもある。

『君の名は。』の物語内における記憶喪失には複数のレベルがあり、かつそれらは複雑に――それこそ物語内で時間＝絆のシンボルとなる「組紐」のように――絡みあい、もつれあっている。「より集まって形を作って／ねじれてからまって時には戻ってまたつながって／それがムスビ、それが時間」。

整理してみよう。

①身体の入れ替わりが生じているあいだ、本来の自分が何をしていたのか、記憶に欠落が生じると

いうこと（入れ替わりをめぐる記憶喪失）

②わずか三年前であるにもかかわらず、彗星の落下によって壊滅した糸守町のことを記憶していない、少なくとも不自然な集団的記憶喪失が生じているように見える、ということ（社会的な記憶喪失）

③瀧と三葉が、なぜかお互いの名前や記憶をどんどん忘れてしまうこと。何らかの超自然的なルールによって急速に記憶が喪われているのか、スマホのデータなども消えてしまう（「君」をめぐる記憶喪失）

もちろん、ある社会的な事件や災害についてしだいに忘れていくことは、別に犯罪ではない。社会責任や道義的なレベルでは様々な責任論がありうるにせよ、記憶喪失自体は自然な流れであり、人間が生きていくためには健全なこと、必要なことでもある。しかし、そのような一般論だけではすまない。なぜならもう一つ、『君の名は。』には致命的な記憶喪失があり、「君」をめぐる抹殺があるからだ。

④歴史の改変によって、改変されたあとの三葉たちの命は助かるが、改変される前の人々の存在が歴史的・物語的にそもそも無かったことにされてしまう、ということ（歴史修正的な記憶喪失）

これは単純な話ではある。けれども難癖だとも思わない。三葉の口嚙み酒を飲んだ瀧は、何らかの超自然的な力によって、彗星が墜ちる日の朝へと時間を逆行し、再び三葉の身体との入れ替わりを経験する。そして町民を救出する行動に出る。様々な困難を乗り越え、それは成功するだろう。三葉は助かるだろう。しかし、歴史が改変される前の三葉や、町の他の人々は、どうなってしまったのだろうか？　これは②の社会的・集団的な存在忘却とは性質が違う。瀧たちの意図的な歴史改変によって、改変される前の人々の名前と存在がこの歴史上から——『君の名は。』の物語上から——なかったことにされているからだ。

ある行為によって宇宙が分岐し平行世界が生じるとした場合、新たな分岐が起こる前の世界の人々は、どうなるのか。そこに責任や倫理は生じるのか。こうしたパラレルワールドや多世界をめぐる倫理的責任の問題については、様々な解釈や議論がありうるだろう。そのことを厳密にこの場で論じることはできない（私にはその能力がない）。しかし、複数的に絡まりあう記憶喪失のモチーフを中心に置く『君の名は。』の物語の中で、それらの倫理的問題が少しも問われない、瀧や三葉たちの意識にすらのぼらないのは、どうなのか。ここでも不思議な自然さで何かがスルーされていないか。瀧と三葉は最後に③の記憶を取り戻し、かつての『秒速5センチメートル』の悲劇をリセットしたかのように、美しく幸福なハッピーエンドへと至るだろう。しかしそれによって、②ばかりか④のレベルでの記憶喪失の問題が曖昧なままスルーされてしまうこと、なかったことにされてしまうこと、それが今はやはり気になるのだ。

*

『君の名は。』は、複数の記憶喪失を組紐のように組みあわせた作品である。東日本大震災の「震災後」の映画としての『君の名は。』は、複数の記憶喪失を組紐のように組みあわせ、物語内において記憶喪失の問題を描くことによって、私たち観客へ向けて、現実の（物語外的な）記憶喪失についての内省を迫ってくる。瀧はたった三年前の災害の犠牲となった町の名前すら、完全に忘れている。だが、君たちはどうか？　震災を忘却し、震災で犠牲になった人々の「名前」を憶えているのか？　どうなのか？　君たちはどうなのか？

やはりこれは、物語内の記憶喪失によって、物語外的な記憶喪失を問いなおさせるためのポリティカル・フィクションなのだ。

もともと新海作品においては、確実にリアルに存在したものを失った、決定的な選択や決断があって人生に失敗した、というよりも、存在したかもしれないし存在しなかったかもしれない曖昧な何かがおそらくあった、そして自分（たち）はそのような大切な何かを失ってしまった（らしい）、という何重にも曖昧でファジイな喪失の痛みが描かれていたように思える（考えてみれば、『ほしのこえ』『雲のむこう、約束の場所』『秒速5センチメートル』のいずれも、男女がちゃんとした恋人になる前に曖昧に別れたり消えたりするのだった）。何かを手に入れる前に気づいたときにはすでに失ってしまっていた、という曖昧な運命論。だからこそ、それは取り返しのつかない痛みになり、回復も治癒も不可能な痛みをもたらしていく。

『君の名は。』が忘れているのは、歴史修正と改変の結果として、はじめから歴史の中に存在しないことにされてしまった「君たち」である。瀧や三葉が「君たち」を想起できず、思い出せないのではない。『君の名は。』の物語全体が「君たち」の存在と名前を思い出せないのであり、映画の観客としての「私たち」もまた「君たち」との約束を思い出せないのだ。幽霊にも亡霊にもなれない「君たち」のことを。

そうした物語論的なパラドックスを、はたして、新海は強く明晰に意識しえていただろうか。そうは思えない。だが、物語の歪みとねじれを通して物語内の矛盾を自己言及的にかすかに指し示してはいる。物語内のわずかなひび割れによって。

私たちは忘れる。何もかもを忘れながら幸福に生きていく。何を忘れたのかもわからないままに忘れていく。傷や死を「正しく忘れる」こと、健忘するということは、もちろん、マジョリティの暮らしにとって大切なことであり、最大多数の「みんな」が未来へ向けて幸福に生きていくために不可欠なものではある。しかしなおそれでも、何かを忘れてしまった、記憶することも想起することもできず、だからこそ本当に忘れてはいけない決定的に大切な「約束」をたぶん忘れてしまった（らしい）、というファジイな痛みだけは、私たちの手元にかすかに残り続ける。

『君の名は。』は、ファジイさや矛盾を抱えたいびつな物語の構造によって、あるいは、キャラクターたちの身体と残酷で非人間的な「自然」の（アニメーションという表現形式が原理的にはらんだ）空隙を見つめることによって、そうした「約束」の手触りをかすかに、ほんの少しだけ、観客である私たちに伝えてくれる。そこには、『シン・ゴジラ』や『聲の形』とは異なり、「マジョリティの日常を肯定する」ことに呑みつくされない微細な痛みが、微弱な疼きが残り続ける。

その繊細で微弱な痛みは、この国を空気のように覆い尽くしていくマジカルなファシズム（ワカイ系）に対する、小さな痛みによる抵抗、物語のひび割れとしての抵抗であり続けているのかもしれない。言葉にすることも、泣くこともできない痛みの場所にとどまり続けることのロマン主義的な記憶をめぐる倫理。それはキャラ（人間）／自然（背景）の解離から滲みでる、かすかなサブライムとなる。『君の名は。』に登場する「君」たちは、けっしていまだ非人間的な何者かではない。しかし、人間の共感や美的感性を突き放してしまう、ノンヒューマンな自然の残酷さに対峙し続ける勇気において――それはキャラ／背景の解離を臨界点まで追いこむことでもある――、この地上の「人間的」な倫理のぎりぎりの形を示したのではないか。記憶不可能なものを記憶し続けようとすることによって。そこに新海的なぎりぎりの社会性がありえたように思える。

重要なのは、私たちがその微妙な痛みを日々の中で感じ続けること、この世界との甘美なワカイを囁き続ける「空気」に対して感覚壊死に陥らずに、繊細で微弱な抵抗を試み続けることなのかもしれない。

## 3　『この世界の片隅に』——この世界に変えられないための、つぎはぎのメタアニメーション

### 二〇一六年に『この世界の片隅に』があってよかった

前節まで、次のようなことを論じた。

マジカルでアニメ的ファシズム（ワカイ系）の想像力に基づく『シン・ゴジラ』や『聲の形』に比べれば、『君の名は。』は、ぎりぎりの形で、ある種のロマン主義的＝セカイ系的な意味での倫理性（人間と自然の非相関的な解離、あるいは「私たち」の集団的記憶喪失に対する内的な異和を通して、記憶しえない者たちとの約束の光をかすかに示していくような倫理性）を保持しえているかに思えた。

私たちの人生には決定的な約束があったかどうか、たとえすべてを失なっても、すべてを忘れても、それでもなお残る誰か＝君との約束とは何か。その約束を抱きしめて、決定的な喪失や別離の後の世界を生きるとは。そうした倫理的な問いが『君の名は。』にはあった（かもしれない）。そしてそこには、人間（キャラ）と自然（背景）の分離＝ディセンサスから生じる崇高なメタ快楽があり、この世界全体がノンヒューマンな彗星的な自然の側から——人類が絶滅したとしてもべつに何も感じない、無感動な自然の眼差しによって——見つめ返されているかのような、不気味な手触りがあった。

しかし、本当にこれでいいのか？

あのゴジラ的人間たちの倫理的享楽は、この辺りが臨界点なのだろうか？

物足りなさが正直残った。

＊

そんなときだった。『この世界の片隅に』が公開されたのは。

二〇一六年という年に、この決定的な映画があってよかった。何かが救われた。率直にそう思った。『この世界の片隅に』については、たとえばかつて高畑勲の『火垂るの墓』に対して「日本人の悲劇だけを特権化している」「十五年戦争の過程を描かず、敗戦体験だけをあたかも自然現象のように描いてしまっている」云々と厳しい批判があったように、慎重に考えねばならない争点や問題が山ほどあるだろう（こうの史代の原作マンガについて、太極旗をめぐる論争があったことも私は以前ネット上で読んでいた）。実際にその後、『この世界の片隅に』が（少なくとも見かけは）戦争の総体や過程を批判的に描かないこと、マクロな国家責任を追及せずにミクロな個人の視点のみに終始すること、すずたちが当時のマジョリティ＝多数派の庶民にすぎず、マイノリティや社会的弱者に対する目線がほとんどないことなどについては多くの批判や違和感が寄せられ続けてきた（それらの「わかりやすい」「正しい」批判がどこまで人間的真実において〈正しい〉のかは、これからゆっくりと吟味していきたい）。

しかし『この世界の片隅に』においては、かつて同時上映された高畑勲『火垂るの墓』の悲劇的な美しさと、宮崎駿『となりのトトロ』のありふれた日常それ自体の魔法的な喜びと――それらが奇跡のように同時的に表現されてしまっていた。それは驚くべきことに思えた。のみならず、七〇年前の戦時下の広島県の広島市／呉市を舞台としながらも、二〇一一年の東日本大震災の犠牲者たちへの哀悼と、まもなく来るだろう破局的な時局へ対峙する勇気までをも、重層的なものとして表現しえている。こうした作品が今、ありえたことに、言葉の真の意味で、深い感動を受けたのだった。

二〇一六年の『シン・ゴジラ』や『君の名は。』や『聲の形』についてどこかもやもやとするもの、心から納得しきれないものが残った理由がやっとわかった、作品の内容と形式、美と政治を切り分けて批評しようとするなんてやはりバカげてる、と得心した。やはりそうだったのだ、と。

その感動の気持ちを手放さずに、精一杯の批評の言葉を紡いでみたい。

＊

『この世界の片隅に』のマンガ原作は、漫画家のこうの史代である。一九六八年広島市生まれ。一九九五年に「街角花だより」でデビュー。代表作に『ぴっぴら帖』『こっこさん』『長い道』『夕凪の街　桜の国』『ぼおるぺん古事記』など。単行本の略歴には、好きな言葉としてアンドレ・ジッドの「私はいつも真の栄誉をかくしもつ人間を書きたいと思っている」が引用されている。

アニメ映画版の監督は、片渕須直。一九六〇年生まれ。日大芸術学部映画学科でアニメーションを専攻中、特別講師としてやってきた宮崎駿と出会い、在学中から宮崎作品に脚本として参加（『名探偵ホームズ』の「青いルビー」「海底の財宝」）。頓挫した伝説の作品『リトル・ニモ』の企画にも参加していた。その後、一九八三年春、スタジオジブリの正社員になった。『魔女の宅急便』（一九八九年）の監督として準備班を指揮するが、宮崎が現場復帰し、演出補に退いた。

その後、テレビシリーズ『名犬ラッシー』（一九九六年）で監督デビュー。長編作品としては『アリーテ姫』（二〇〇一年）、『マイマイ新子と千年の魔法』（二〇〇九年）がある。他にテレビシリーズ『BLACK LAGOON』（二〇〇六年）の監督・シリーズ構成・脚本も務めている。また、こうのがキャラクターデザインを担当したＮＨＫの東日本大震災復興支援テーマソング「花は咲く」（二〇一三年）のＰＶを片渕が担当してもいる。

以下では、原作マンガ版／アニメ映画版の対比を必要に応じて行うが、基本的に私が本節で対峙したいのは、あくまでも片渕が監督したアニメ映画版の『この世界の片隅に』であり（こうののマンガを本格的に論じるには稿をあらためねばならない）、そのことによって『シン・ゴジラ』『君の名は。』などの、二〇一六年の奇跡的な傑作群と通じあう面について、そしてその先に浮かび上がる『この世界の片隅に』の特異性について、批評的に迫ってみたいと思う。

## すずはなぜぼんやりしているのか？

絵を描くのが好きな少女・浦野すずは、広島県広島市内の江波《えば》で、兄の要一（おっかないので鬼イチャンと呼ばれる）と妹のすみとともに、海苔作りなどの家業を手伝いながら、慎ましい日々を過ごしている。「うちゃあぼーっとしとるけえ、じゃけ、あの日のこともきっと垣間見た夢じゃったんに違いない」。『この世界の片隅に』は、すずが「ぼーっとしている」自分を確認するナレーションからはじまる。これは重要な点である。すずは、つねに、どこか現実から解離し、目覚めながらもぼうっと夢を見ているようなところがある。あまり主体性がなく、周囲の状況に受動的で、流され翻弄されるままになっている。ある種の保守的なタイプの「かわいいお嫁さん」にも見える。

しかし、すずが終始ぼんやりしているのは、人間たちが営む「この世界」に対する根本的な無力さや受動性のためだ。それはおそらく、本当は私たちの誰もが強いられている無力さであり、受動的な弱さでもあるはずだ。

のみならず、これは誤解を招くかもしれないが、アニメ映画版のすずは、声優を担当したのん（能年玲奈）の独特のゆっくりとした声質とも相まって、ほとんど軽い知的ハンディか、何らかの発達上の障害があるかのように感じられる。実際にネット上では、すずは軽度の発達障害ではないか、という当事者からの共感の書きこみがいくつも見られた。すずは幼少期から肝心な点を見落としたり、逆に周囲の人間が気づかない点に気づいたりする。「片隅」とは、たんにちっぽけな庶民の眼差しという意味「だけ」ではない。そこでは「片隅」の意味が多元化し、重層化していく。アニメ版のすず＝のんの「声」によって、はじめて、原作マンガの意味が体感できたという人も多いのではないか。

すずが一九歳（満一八歳）のときに、唐突に縁談が舞いこむ。すずを見初めたのは、江波から二〇キロほど離れた軍港の街・呉に住む北條周作という青年である。海軍勤務の文官である。すずは周りから言われるがままに祝言をあげ、広島市江波の実家から呉市の北條家へと嫁いでいく。

当時の呉は「東洋一の軍港」として賑わっており、周作の父親・円太郎も、海軍の工場に勤めていた。また周作の母・サンは、足を悪くし、床に伏せがちである。北條の家は、坂の上の小高い場所にあり、段々の麦畑に囲まれた家からは、海と軍港が一望のもとに見渡せる。戦争の過程とともに軍艦の数も増え、やがて日本が「世界一の軍艦」と誇る大和の姿も見えるだろう。

とんとん拍子に他家へ嫁入りしたすずは、相変わらず夢見るようにぼーっとし、「どこへ来たんじゃろう」という解離の感覚を覚える。はじめて呉市から広島市江波の実家に里帰りした時も、昼寝をして目覚めたときに「あせったあ、呉へお嫁に行った夢見とったわ」と呟いて、親や妹を呆れさせる。

『この世界の片隅に』は、こうのの原作マンガに忠実な、非常に独特な「マンガっぽい」キャラクターの造形と、圧倒的な調査・取材・考証に基づく歴史的リアリティとが――それらはいっけん対立するものに思えるが――見事な形で、ナチュラルに共存したアニメーション作品である。マンガ的なキャラクターと映画的な背景の緻密さの解離＝ディセンサスという表現上の特徴は、見かけはまったく似ていないにもかかわらず、じつは『君の名は。』のそれとも通ずるところがある（すずは空爆の光景を目の前にして、どこか『君の名は。』のように、戦争＝自然の圧倒的で崇高な美を感じることになるだろう――だが、世界の美しさとのワカイを断固拒否し続けるところが、これら二つの作品の決定的な差異になる）。

原作のマンガも、こうのによる執拗な調査と記録の結果ではあるが、アニメ映画版の『この世界の片隅に』は、すでに漫画家が独りでなしうる限界を大きく超えて、製作チームによる徹底的な調査をもとに、戦中戦後の広島市・呉市の姿を――当時の細かいタイムスケジュールや、どこに誰がいたかまでをも――限りなく厳密に再現しようとしたものになっている。

驚くほどのその緻密なリアルさは、戦時下の庶民の暮らしを生き生きと描き出すのみならず、この世界のどうにもならない動かしがたさ、一回的な歴史の変更不能な重みをも観客に伝える。『この世界の片隅に』においては、戦争はちっぽけな庶民の力が及ばない巨大な自然の流れに近いものとして生じていて、ひたすらそれに押し流され、翻弄され続けるだけだ。たとえば宮崎駿の『風立ちぬ』の主人公である二郎は、あくまでもエリート的な立場であり、戦闘機やゼロ戦を設計し製作するという形で戦争に能動的にコミットする立場にあるが、すずたちはむしろ、『風立ちぬ』では主人公たちの背景として蠢き、逃げ惑うばかりの、庶民やモッブたちの存在に近い。

ただし『この世界の片隅に』は、よくある「戦時下の貧しく過酷な日々を生き延びた庶民たちの姿を、ありのままに、リアリズム的に描いた物語」とも微妙に異なるだろう。たとえばそこでは戦争の日々の中にも、のほほんとした時間や、楽しさや、歌や娯楽、うきうきした気持ちがあったということが生き生きと描かれる。考えてみればそれは当たり前のことなのだが、私たちの回顧的＝遡行的な眼差しは歴史の中からそれらの要素を削ぎ落としがちであり、戦時下の暮らしは悲惨で陰惨で暗い側面ばかりだったというふうに錯覚している。

しだいに配給が減り、食糧難が進むにつれて、お腹がふくれる料理の研究をしたり（もっともインパクトがあるのは「楠公飯」だろう）、辺りに生えた野草や雑草を食べるようになる。それでもすずたちは、永続する遠足の前日のように、どこか楽しげである。

すずが驚くのはむしろ、「日常」と「戦争」の解離やギャップを少しも感じえないことである。警戒警報も日増しに増え、やがて庭先に防空壕を掘らねばならなくなる。しかし「戦争しおっても蟬は鳴く／ちょうちょもとぶ／6月の空襲騒ぎのときはもうすぐ目の前にやって来るか思うた戦争じゃけど／今はどこでどうしとるんじゃろう?」

## 「生存の技法」としての絵画

すずには幼い頃から、絵を描くという特技があった。彼女にとってそれはただの特技や趣味という域を超えている。それはほとんど「生存の技法」（立岩真也）であるかに見える。

たとえばすずは北条家に嫁いだその日にすら、合間の時間を使って、戦地の兄へ向けて絵葉書を描く。祝いの席に出た食べ物を事細かに描いて、「兄上のお膳も据えたのでせめて目でお召し上がり下さい」と記し、翌朝それを投函する。あるいはすずは、闇市での買い物の帰りにふと迷いこんだ遊郭で出会ったリンという女性のために、スイカ、わらび餅、はっか糖、あいすくりーむの絵を描く。あるいは海軍好きの晴美を喜ばせるために港の軍艦をスケッチしているところを憲兵に見つかり、画帳を取り上げられ、間諜行為（スパイ）の疑いをかけられたりもする。水兵になった水原が北条家を訪ねてきたときも、筏に乗ったサギの絵を描いていた。さらに初の里帰りの際にも、鉛筆でスケッチブックに産業奨励館や交差点、工事中の福屋百貨店新館などをスケッチしている（ちなみにその絵には、絵を描くすず自身の小さな姿がメタ構造的に描かれてもいる）。

こうのによる原作のマンガ版でも、すずの「絵を描く」力は、様々な場面で発揮されている。すずは、ちびた鉛筆や絵筆、羽ペンなどを使って、生活の節々で、ひたすらに何かを描き続ける女性である。

マンガ版の『この世界の片隅に』（上中下の三巻、単行本は二〇〇八～二〇〇九年）は、単発で描かれた「冬の記憶」「大潮の頃」「波のうさぎ」という三つの短編と、本編の連載（第1～45回）から構成されている。

重要なのは、連載の過程を通して、マンガ表現の様々な実験が試みられていることだ。たとえば奇妙な夫婦の暮らしを毎回三頁／四頁の連載形式で描いた『長い道』(単行本二〇〇五年、連載二〇〇一〜二〇〇四年)でもまた、連載の途中からリアリズム形式を逸脱し、様々な表現上の実験が(好き勝手に？　荒唐無稽に？)行われていたが、『この世界の片隅に』では、それがたんなる方法上の遊びや技巧というよりも、戦時下を生きた庶民たちの生活を描くための苦闘として、あれもこれも召喚されている、という感じだろうか。

たとえば第2話の「大潮の頃」は筆を使って描かれたり、第5回では、着物を裁ってもんぺを作る過程が『暮しの手帖』のように図解されたりしている。すずが右手を失ったあとの世界は、部屋や街が「まるで左手で描いたように」ぐにゃぐにゃに歪んで描かれるが(第35回以降)、こうのはこれを実際に左手を使って描いたという。第39回になると突然「右手」が現れ、あたかも作中のキャラクター＝虚構内存在たちに対するメタ的な位置に存在するかに見えるし、不思議な難解さを帯びた最終回「しあはせの手紙」では、おそらくこの右手からの手紙が「あなた」(戦災孤児の少女を指しているようだ)へ宛てて送られてくる。

そうした原作の表現上の実験を踏まえながら、片渕によるアニメ映画版の『この世界の片隅に』は、すずのその絵を描くことのマジカルな力を、さらに決定的に重要なものと考えている。過酷で無慈悲で変更不可能な「この世界」のあり方をズラし、遊びや隙間、ユーモアを生みだしていく力として。

では、原作マンガとアニメ映画の「手」の、微妙な違いとは何か。

たとえば原作マンガ／アニメ映画の改変として、一〇年八月一五日(原作、アニメ版ともに「昭和」という元号を入れていないことを断っておく)、草津のおばあちゃんの家に泊まりに行ったときのエピソードがある。すずは、天井を見上げながら、天井の木目にそって、手を掲げて宙に絵を描くようなしぐさをする。「ほいでも子どもでおるんも悪うはない／色んなもんが見えて来る気がする」。すると天上板の一枚が開いて、そこから座敷童子が姿をみせる。

原作マンガの「大潮の頃」(上巻所収)では、座敷童子はすずの描く力によって現れるわけではなく、すずが昼寝中に一人眠らずに天井を見ていると、向こうから勝手に天上板を外して降りてくるという流れになっている。

これに対し、片渕のアニメ版は、あたかも幼年期のすずが、そのマジカルなしぐさによって天井から座敷童子を召喚したかのように見える演出がなされている。この演出の違いは重要な意味がある。ちなみに座敷童子の実在に気づいているのは、おばあちゃんだけであり、これは『マイマイ新子と千年の魔法』の新子と祖父の紐帯をどこか思わせる。この座敷童子の存在が『この世界の片隅に』という作品に複雑なメタフィクション性を与えることになる。

そしてアニメ映画版の物語の半ば頃、すずは闇市で高額の砂糖を買ったあと、遊郭に迷いこんでしまう。疲れて座りこんで、地面にスイカやキャラメルの絵を描いているところで、すずは遊郭で働くリンという女性と遭遇する。道を教えてもらったすずは、リンに乞われて、スイカ、わらび餅、はっか糖などの絵を描く（「あいすくりーむ」は見たことがなかった）。すずは気づいていないのだが、観客の眼差しからすれば、このリンという女性は、昭和一〇年の夏に草津のおばあちゃんの家ですずが出会った座敷童子が大人になったものであるらしい。

さらに映画全体が終わったエンドロールのさらにあと、クラウドファウンディングを行ってくれた人たちへのお礼を述べるところでは、画面の下に、おそらく口紅を使って描いたような太い線の絵によって、座敷童子のこれまでの一生の物語が語られ、おばあちゃんの家で遭遇する前の暮らしはどうだったか、そしてすずと遭遇したあとにどうなったか、座敷童子は成長してリンの姿となり、遊郭に入り、呉で結婚したすずと再会したらしい、ということがわかる。

原作マンガではリンは実在の女性だった。しかしアニメ版においては、座敷童子＝リンの存在そのものが、すずのマジカルな「手」の力によってこの世界に生まれ、アニメートされた（生き生きと息を吹き込まれた）かのような印象が与えられるのである。

**つぎはぎのメタアニメーションとしての『この世界の片隅に』**

すずにとっての絵を描くという行為は、そのまま、アニメーションのメタ構造であり、実際にすずの魔法の「右手」は、アニメーターの手であるかのような演出がたびたびなされる。『この世界の片隅に』の物語全体には、非常に複雑で、複数的な原理に基づく様々なメタフィクショナルな仕掛けが施されている。私が読み取れた限り、箇条書きにしてみよう。

①冒頭近くの人さらいのばけもんをめぐるエピソード
②座敷童子とリンをめぐるエピソード
③少年時代の水原の前で描いた、波とウサギの絵（現実の水原が絵画の向こうへと歩いていく）
④鬼イチャンの従軍記と冒険記
⑤二〇年三月一九日の初の爆撃のシーン。空がキャンバスのようになり、「手」が絵の具をそこに塗りたくり、爆発の美しさがあたかもゴッホの絵画のように描かれる
⑥不発弾の爆発によって晴美と右手を失ったあとの、記憶の混乱やフラッシュバックをめぐる描写（シネカリグラフ（針を用いてフィルム上に直接的に描画する方法のこと）や初期アニメーションのような実験的な映像で表現される）
⑦世界全体が左手で描いた絵のように歪んでいく描写
⑧喪われたすずの「右手」がメタ的な外部から現れ、すずを慰めるという描写（さらにクラウドファウンディングの協力者へのお礼を述べた最後、画面上にすずの喪われた右手が現れ、観客に向けてバイバイと手をふ

る）

⑨戦艦青葉が空中に浮かび上がるシーン――晴美についての記憶と水原についての記憶が融合し、子どもの絵と現実と記憶が入り乱れるような、幻想的なシーン

私が見落としたものもあるかもしれないが、このようないくつものメタ構造性が『この世界の片隅に』においては複雑な織物のように絡みあいながら織り込まれている。繰り返し映画を観直し、熟考しなければ、それらの構造を見極めることも難しい。

これらのメタ構造的な描写やエピソードは、すずの「絵を描く能力」（あるいは物語を作り出す能力）と直接関係する場合が多い。しかしそれは、すずの「手」の力が万能だという意味ではない。物語の中では、すずの意志や意識を超えて、メタフィクショナルな表現がなされていくケースがいくつもある。たとえば「右手」という幽霊的な存在にすずが気づいているかは微妙だし、座敷童子とリンのエピソードは明らかにすずの意識の外部にある（先ほど述べたように、座敷童子／リンについては、原作マンガとはかなり異なる演出がなされている）。

具体的に見てみよう。

すずのマジカルな絵を描く力は、現実（実在するもの）と絵画（描かれたもの）の境界線をしばしば揺るがす。たとえば③である。まだ少年少女の頃、すずが海のそばで水原と遭遇し、学校に絵を提出せず、帰宅しないでいる水原から鉛筆（海軍に入ったが船の転覆事故で正月に死んだ水原の兄の遺品）を受け取り、水原の代わりに「波のうさぎ」の絵を描く、というシーンがある。

白波がうさぎが飛び跳ねているように見える、と呟いた水原の言葉に触発され、すずはそれを海の絵に重ねていく。目の前の海の景色が、幻想的なうさぎが飛び跳ねる可愛らしい絵画と重なる。海の事故で兄

を失い、その後両親は海で採れた海苔で酒ばかり飲むようになった、そのために海そのものを嫌って鬱屈していた水原は、「こんな絵じゃ海を嫌いになれんじゃろうが」と言って、すずが描いた絵画の中へと歩み去っていく――。風景と絵画、現実と空想が幻想的に溶け合うシーンである。

さらにすずの描く力の魔法性は、現実と風景の境界線を揺るがすのみならず、時として、現実と虚構を交錯させ、まさしくメタフィクショナルな効果を物語内にもたらしていく。

たとえば④。すずは、幼い頃から、すぐに怒ったり殴ったりする兄のことを「鬼イチャン」と呼び、鉛筆で鬼イチャンについての物語を落書きっぽく描いていた。作中では「鬼イチャン冒険記」や「鬼イチャン従軍記」が出てくる。

あれだけ怖かった鬼イチャンも、一兵卒として戦争で亡くなり、その骨すら見つからず、石ころ一つになって故郷へ戻ってくる（妹のすみはそれを「のうみそ?」と勘違いする）。家族はその事実を受け入れられない。実際に鬼イチャンは戦地のどこかで生き延びているのかもしれない。しかしすずたちの物語は、石ころになってしまった鬼イチャンの「ありえたかもしれない生」を生き生きと物語ることによって、「この世界」という「変更不可能な唯一の現実」に、小さな隙間を作り出し、別の解釈を与えていくだろう。

すずが描く鉛筆マンガ「鬼イチャン冒険記」は、次のようなものである。鬼イチャンは南国で逞しく生き延びて、髪や髭も伸び、背中に籠を背負ったバケモノのような姿になる……しかしこのバケモノは、なぜか、大人になって結婚し、広島の町に佇んでいるすずと周作のそばを通り過ぎるのだ。それはあたかも、鉛筆マンガ「鬼イチャン冒険記」の中から現実の側へと飛び出てきた鬼イチャンが、時空を捻じ曲げて、幼年期のすずが幻のように垣間見た橋の上の「人さらい」の怪物になった、というふうに解読することもできる。これは『この世界の片隅に』を観る私たちに奇妙なねじれの感覚をもたらす。こうしたメタフィクショナルな仕掛けが、作品中の様々な場所で複雑な織物のように生じているのだ。

## 記録者としてのこうの史代、空想家としての片渕須直

本節ではあえて、こうの史代の作家性と片渕須直の作家性を対立的に語り、原作マンガ版とアニメ映画版のモチーフの違い（特異性）を浮き彫りにしてみたい。

どちらがより優れているかということではない。原作の豊かさを映画版が切り捨てたとか、原作よりも映画版のほうが面白いとかいう話でもない。ただ、作家性の違いを強調することで、見えてくる光景を見つめてみたいのだ。

こうの史代が記録者であるとしたら、片渕須直は空想家である、と私は思う。

前者のすずの「手」が作者こうのの「手」と重なっていくとしたら、後者のすずは、あくまでも映画内の様々なキャラクターの一人であるにすぎず、監督としての片渕とすずのあいだにはつねに距離がある。

マンガよりも映画のほうが集団制作的な面がずっと強い、というだけではない。そこにはこうのと片渕の作家性の違いが露呈しているのであり、それがすずという虚構内存在＝キャラクターの存在感（そして彼女たちの生存原理）をめぐる微妙な差異を生みだしている。

＊

こうののマンガを特徴づけるのは、細部に渡る細かくも温かかな描写、絵柄のある種の古さ、トーンやデジタルを使わない愚直な執念を感じさせる描き込み、コマ内や欄外での文字情報の多さなどである。そしてそれらを貫くものとして、こうのには、執拗なまでの記録への意志がある。その時代その場所にあったはずの人々の「生活」。それをマンガによって「記録」することへの強靭な意志があり、ある種の信仰者のような信念がある。

日本近代メディア史を専門とする田中里尚は、「《記録することの力》雑誌／生活／考現学」（『ユリイカ』「特集＊こうの史代」二〇一六年一一月号）という論文の中で次のように論じている。こうのは『この世界の片隅に』で戦中の生活を描くにあたって、当時の婦人雑誌を丹念に、徹底的に読みこんだ。それらの資料の資料性に対峙することが一つの決定的な「方法」となり、彼女のマンガの形式や描き方にも影響を与え、重層的なリアリティを形作っていったのだ、と。

当時の婦人雑誌は、日々の生活のリズムに合わせて、読者の女性たちが自らの生活を変えたり整えたりするために刊行されていたのであり、手書きの文字や記事の配列、目線なども、その必要性に従って入念に構成されていた。『婦人倶楽部』『生活の手帳』等から学び取った当時を生きる女性たちの生活のリアリティを、日々の生活や労働としてのマンガを描き続けることに反映させ、自らの肉体にコツコツと刻みこんでいくこと。時代を超えたその生活のリズムの重ねあわせが（そこに不可避に生じる雑音や不協和音を含めて）『この世界の片隅に』という作品に固有の、特異的なリズムを響き渡らせている。

これは『この世界の片隅に』に限らず、こうの作品全般の特性をも表すものだろう。こうのは『街角花だより』『こっこさん』などの初期作品の頃から、丁寧な取材と日常感覚を大事にし、生活に根差したショートストーリーを積み重ねてきた。普通の意味での日常生活をリアリスティックに描いてきた、という意味ではない。現実とフィクションが複雑に入り乱れるのがむしろ生活者の「日常」そのものである、という感じなのだ。

こうのが記録する「生活」のリアリティとは、つまり、あらゆる観念や思想とは無縁な、善悪とは無関係の、庶民のリアリズム的な日常生活というのとは少し違う。こうの作品が描く女性たちには、のほほんとして保守的に見えながらも、奇妙な不気味さをつねに身にまとっている。そもそも、彼女が描く人物たちはいかにも「マンガ的」なデフォルメされたキャラクターであり、客観的な意味でのリアリズムの手法によっては描かれていない（しばしば、こうののマンガは、じつは萌えキャラや日常系のショートストーリーとしての面もあるといわれる――つまり、細部の執拗なリアリズムとマンガ的な萌えキャラクターの分裂的な共存が彼女の作風としてある）。

一つの時代のその場所にある生活とは、現実と虚構が絶妙かつ重層的に混在したものなのであり、そのような意味での虚実皮膜の「生活」の強さ、したたかさを克明に、丁寧に、狂気のような情熱をもって「記録」していく。そこに、こうの史代という作者の信念がある。

ゆえに、こうの史代のマンガは、作中の主人公の女性たちの中に、作者であるこうの自身の生命がつねに流れこみ、宿されている。どの作品の女性もこうの本人にしか見えない、と周りからよく言われるそうだ。それは作者の実生活を私小説的に投影している、というのとは違う。作品全体の隅々にまで作者のしなやか且つしたたかな「手」の実在が沁み渡り、作者自身の強靭な信念が強烈な命として宿されている、ということだろう。歴史も場所も離れた場所で生きていた誰かの生を記録することが、記録への意志において、そのまま、こうの自身の苛烈な生の記録にもなっていく。個性の表出の極まりがかえって無私的な表現になっていく、という逆説がそこにはある。

これに対し、片渕須直の場合はどうだろうか。

＊

空想の力によって現実を重層的に拡張していくというマジカルな力。それは、こうのの原作から取られたモチーフでもあるが、明らかに、片渕の作家性や資質に深く関わるものである。

先述したように、こうののマンガでは、メタフィクション的な仕掛けは「作者」の「手」によって描かれたものである、という印象が全体として強くあるのに対し、アニメ版では、「すず＝作者」という強いメタフィクション性が成り立たず、すずもまた「片隅」的なキャラクターでしかないことが徹底されている。

実際に、片渕の作品に触れると、つねに、キャラクターたちの小ささと弱さ（受動性）が重要なポイントになっている。

たとえば構想八年、製作三年をかけたという片渕の長編第一作『アリーテ姫』――。

その冒頭、城から抜け出してきたアリーテ姫は、城下町を彷徨いながら、職人の子どもたちが未熟ながらも仕事に勤しんでいるのを見て、「本物の魔法とは違うけれど、人の手には確かに魔法のようなものが備わっている……だとしたら、この手にも？」と自分の両の手のひらをじっと見つめる。

アリーテ姫は、王家の贅沢と権威に囚われた「お姫様」でいるより、名もない職人として、「魔法のようなもの」をその小さな両手に宿すことを願っている。

職人の小さな徒弟ですら、みんな、自分が何者かを知っている。それなのに、私はいつまでもまっさらのままだ。だからあの門を出て、お姫様なんかじゃない何者かになりたい、外の世界の挫折さえ今の私は味わいたいのだ、と。

アリーテ姫は塔の上の部屋に（『カリオストロの城』のクラリスのように）閉じこめられながら、様々な科学技術も、目の前の机も、「人の手」が作り出したものなんだ、ということへの新鮮な驚きをいつでも感じている。科学や魔法が偉大なのではない。それらを作り出した「人間」の「手」に対して、限りない驚きを感ずるのだ。ならば、魔法とはむしろ、無名的な職人たちの「手」のことではないか。特別な才能でも便利な力でもない。日々の暮らしの中の、地道で懸命な営みこそが本当の意味でマジカルなのだ（『アリーテ姫』の構想は早くも『魔女の宅急便』の頃からはじまっていたそうであり、魔法というテーマ性を鑑みても、『アリーテ姫』は結局宮崎駿に監督を譲った『魔女の宅急便』に対する応答であり、果たされなかった片渕版『魔女の宅急便』の再出発＝リブートという面があるのかもしれない）。

物語の中盤以降、アリーテは、魔法使いのボックスとその部下のカエル男・グロベルに誘拐され、荒野の果てに聳える城の地下牢に閉じこめられてしまう。魔法使いのボックスの正体はかつての「文明人」であるが、今やすっかり零落し、退屈と惰眠の中にいる。かつての文明人が甦り、地球に帰還し、自分を救ってくれる日をひたすら待ち続けるだけだ。

結局アリーテにとっては、塔の上の部屋から荒野の地下牢へと、幽閉の場所が変わっただけである。すっかり生気を失ったアリーテが力を取り戻すきっかけを与えたのは、近くの村に住むアンプルという女性である。あるとき、アンプルの何気ないアドバイスに従って、アリーテは、心の中に物語を作ってみる。何もできず、完全に囚われの状況でも、誰もが物語を心の中で紡ぐことができる。そこから『アリーテ姫』はある種のメタ物語になり、冒頭のナレーションの言葉をそっくりそのまま、アリーテが自らの声で呟く。「けれど、お姫様自身はというと……」。物語の中のアリーテは、窓の外の無数の庶民たちの人生に心を馳せる。空想と物語化こそが、塔の中に閉じこめられた彼女にとっては、他者と繋がる唯一の回路だったからだ。アリーテは、限りない愛おしさと羨ましさを感じる。人の数だけ物語があって、誰もがその主人公なのだ。なのに私は……いいえ、私だって……。必要なのは、周りの人間が押しつける「ドラゴンや魔女の物語」ではなく、ありふれた「一人ひとりの人生の物語」なのに。

こうして『アリーテ姫』は、職人や庶民たちの魔法を宿した「手」に憧れながら、彼女自身はそうした「手」を宿すことがまだできず、しかしその代わりに、「声＝物語」の力によって過酷な現実をメタ的に重層化し、生きる力を取り戻す、という作品構造をもつ（それは『この世界の片隅に』でも、すずの「手＝描く力」とのんの「声＝語りの力」の対位法的な効果として変奏されることになるだろう）。

あるいは片渕の二作目の長編となる『マイマイ新子と千年の魔法』はどうか。

これは昭和三〇年代の山口県防府市（三田尻駅が最寄駅）が舞台となる。主人公の青木新子《しんこ》は、空想好きで活発な九歳の女の子である（前髪のところにあるつむじを「マイマイ」と呼んでいる）。新子は、医師である父親の都合で東京から転校してきたが、クラスになじめない貴伊子《きいこ》と仲良くなる。方言の活用といい、地方の自然や街の精密な描写といい、「うちにしかみえん」空想の世界を夢見ることといい、新子は明らかに、『この世界の片隅に』のすずの前身である（新子の外見は、すずよりもむしろ、死んでしまった晴美が少し成長して小学生になったという感じだが）。主題歌も『この世界の片隅に』と同様にコトリンゴが担当している。

新子は、家の前に広がる麦畑を前にして、昔あったという一〇〇〇年前の都のこと、その都に住んでいた少女のことを自由に空想する。麦畑には一見「何もない」が、一〇〇〇年前には、そこに周防の国があったのだ（片渕には「一〇〇〇年」という感覚にこだわりがあるらしく、『アリーテ姫』にも出てくる）。新子の空想によって、『マイマイ新子』の画面には、実在的な背景＋子どもの落書き＋平安風の絵などが重層化されていく。それが片渕にとっての「アニメーション」のマジカルな力なのである。

圧倒的な時代考証や調査に基づく緻密なリアリズムの中に、重層的な空想（メタアニメ化）を組み込んでいくということ、それが片渕のスタイルである。

そして片渕の長編作品には、子どもたちが自由に夢を見られた場所から出ていかざるをえず、残酷で無慈悲な大人たちの現実に直面する、という構造的なパターンが見られる（『この世界の片隅に』の場合、それは結婚して広島市から呉市へ移る、という過程の中に凝縮されている）。新子と祖父、すずと祖母のように、子どもと老人のあいだに特別な結びつきがあるのも、そのためかもしれない。

そこから、次のような問いが生まれる。子どもでいられるという魔法が解けたとしても、大人の世界の苛酷さを生きながらなお魔法の力を忘れないとは、どういうことか。

小さな世界に囚われ、幽閉された女性たちの孤独（アリーテは城の塔／地下牢に囚われ、新子の友人の貴伊子は「見知らぬ田舎の空気」に囚われ、また新子の空想中のお姫様は平安期の囚われの姫であり、すずは北條家の嫁という立場に囚われる)。彼女たちの弱さと小ささ。それに耐え忍ぶ力。そしてそこにすらなおも残る、魔法的なものの力(「手=描くこと」と「声=物語ること」)。それが片渕作品の女性たちの特徴であり、夢や幸福を打ち砕く現実の苛酷さに直面し、弱さと小ささを痛感する時にこそ「小さな魔法」の力が取り返されていくのだ。魔法も真実もありえないこの世界の片隅でそれでも戦い続けるとは、自分の小さな手の中にあるちっぽけな魔法の力を信じ続けることなのかもしれない。

しかし、それならば、私たちにとって、いやこの私にとって、「絵を描くこと=小さな魔法を使うこと」とは、何を意味するのか。私(たち)はたんなるマンガマニアやアニメオタクのままでいるだけでは、やはりダメなのではないか。片渕の映画を前にすると、そんな気持ちが自ずと強まっていく。自らの手に魔法の力を宿し、自らの声に空想の力を宿した「新しい観客」へと自己変革を試み続けねばならない——それぞれのやり方で、それぞれの職分として天から与えられた「手」の力を通して。私たちもまた、解放された新しい観客になるのでなければならないのだ。

## 戦争の美しさを享楽する

映画版の『この世界の片隅に』の中でも、私たち観客に圧倒的な衝撃と享楽をもたらすシーンの一つが、二〇年三月一九日に、ついにすずたちのところに空襲が行われるシーンだろう。

のどかにツクシやオオイヌノフグリが咲いている。チョウチョやアブ、テントウムシが飛んでいる。すずと晴美は草を摘んだり、のどかに仕事をしたり、唄ったり、寝そべったりしている。と、唐突にそこへ喇叭の音が響き渡り、やがてあちこちから輻輳される。鉢巻山の山頂砲台が火を吹く。高射砲の連射がはじまる。空に黒い煙が炸裂する。敵機が現れる。爆音が聞こえる。灰ヶ峰の方角から、無数の敵機が飛来する。すずも晴美も、立ちつくしてそれを呆然と見つめることしかできない。

しかし立ち尽くすずの眼差しには、心象として、空を埋める無数の敵機たちが不思議な絵画のように見えている。白、黒、赤、青、黄の五色の煙が、花のように空に広がる。その時唐突に、大空に絵筆が現れ、空というキャンバス＝スクリーンを絵の具で染めていく。あたかもゴッホの『星月夜』のように、空が色とりどりに染まる。「ここに絵の具があれば……って、うちゃ何を考えてしもうとるんじゃ」。『シン・ゴジラ』の東京が燃え盛るシーンには圧倒的な破壊の享楽があり、『君の名は。』の空から降り落ちて町の人々を絶滅させる彗星の尾に崇高な美しさがあったように、すずの眼差しにおいては、空襲や爆撃は非人間的なまでに美しいもの、絵画のように魅惑的なものとして顕れているのだ。

戦争は美しく、善悪を超え、人々の生死を超越するかのような享楽がそこにはある。すずはそれに見惚れてしまっている。『この世界の片隅に』は不穏な欲望を隠さない。『シン・ゴジラ』や『君の名は。』とはまた異なる手法やグラフィックによって、戦争や爆撃の中にすら宿る圧倒的な美しさ、人々がぼうっとして受動的に見惚れてしまうような崇高な享楽を描き出そうとしている。これをただの反戦や平和主義のアニメーションとして片づけることはできない。

だがそれだけではない。

なぜならその非人間的な美しさにひたすら受動的に見惚れて没入しながらも、すずは同時に「描く」というかすかな能動性（最小限の批評的な距離）をけっして見失わないからだ。魔法の力とは、万能のご都合主義の力ではなく、現実に魅惑され埋没してしまう瞬間にすら、現実に対して小さな距離を取ることであり、自分の置かれた状況をかすかに俯瞰して、斜め上からメタ的に客観視すること——主観と客観、受動と能動のあいだで自分を突き放すこと——なのであり、そのことによって、過酷で残酷な現実の運行の中にちっぽけな隙間やゆるみ、遊びを開くことなのである。

## マルチプル・メタフィクション

『この世界の片隅に』では、いくつものメタフィクション的な仕掛けがかなり入り組んだ形で挿入され、複雑な色合いで織りあわされていく、と述べてきた。絵を描くという すずの行為は、アニメーション製作のメタ構造であり、自己言及的な行為である。ただしそれは、物語や世界全体を根本から改変してしまうようなメタフィクションではなく、あくまでもこの世界の唯一性と不動性を受け入れながら、そこに無数の隙間や巣穴や遊びを作り出すような、マルチプル的かつミクロなメタフィクションである。

物語の中盤、すずは周作と二人で港町を散策し、橋の上で次のような会話をする。これは作中、もっとも印象深いシーンの一つである。「昔知っとった人に今会うたら／夢から覚めると思うんじゃろか、うちゃ」「夢？」「住むとこも苗字もかわって困ることだらけじゃが／ほいでも周作さんに親切にしてもうて、お友達も出来て／うん、今覚めたらおもしろうない／今のがほんとのうちならええ思うんです」「なるほどのう／過ぎたこと、選ばんかった道、みな覚めて終わってく夢とかわりやせんな／すずさん、あんたを選んだんは多分わしにとって最良の選択じゃ」。

ここは一つの重要なポイントであり、決定的な分岐点になっている。

『シン・ゴジラ』『君の名は。』においては、並行世界や多世界解釈が、東京中心的なマジョリティたちの自己肯定を望む気分を正当化するためのギミックとして使われてしまっていた。震災後の世界と一刻も早く和解してしまいたい、鬱屈や亀裂をさっさと埋めたい、という歴史修正的な想像力がそこにはあった。本章ではそれを一九九〇年代後半以降の「セカイ系」から二〇一〇年代後半以降の「ワカイ系」へ、という想像力のモードの変化として論じてきた。

それに対して、『この世界の片隅に』は、複雑に絡みあったメタフィクションの仕掛けを導入しているにもかかわらず、平行世界（歴史修正）の物語ではなく、「この世界」の一回的で苛烈な唯一性を諦念とともに受容する、という物語である。この場合の諦念とは、諦めると同時に明らめる、明らかな真理を率直に受け止める、というほどの意味である。人間の感情や意志を押し潰していく、非人間的で残酷でどうにもならない「この世界」の一回的な唯一性を受け入れながら、すずは「絵を描く」という生存の技法によって、「この世界」にミクロな微細な振動を作り出し、現実を多重化＝拡張していくのだ。

それは素朴実在的な意味でのリアリズムとは違う。実在的な現実を客観的に写し取ったり、あるべき本当の現実＝真理を模倣《ミメーシス》しているのではない。絵を描くという技術によって現実のレイヤーを（超越論的にメタ化するのではなく）重ね描きし、多重化して、生き延びるための道を試行錯誤していくこと。それは素朴リアリズムではないが、普通の意味でのメタフィクションでもない。作中では誰も「この世界」の超越論的なメタの視点に立つことはできない（日本が戦争へと至る過程を俯瞰的に学問的に研究すれば、誤った歴史を総体的に批判しうるはずだ、というスタンスとは根本的に異なる）。能動的で絶対的なメタには立ちえず、受動的で偶然的な「片隅」を誰もが各々の暮らしにおいて強いられている。すずたちはその翻弄的で受動的な片隅性において、小さなメタ構造をマルチプル的に作り出し、現実の断片を組みあわせ、つぎはぎにブリコラージュしながら生き延びていくのである。

『この世界の片隅に』の複雑な織物のようなメタ構造のことを、ここでは、『シン・ゴジラ』や『君の名は。』の歴史修正的な意味でのメタ構造性とは区別して、マルチプル・メタフィクション、あるいはマルチプル・メタアニメーションと呼ぶことにしよう。それはいわば器用仕事《ブリコラージュ》としてのメタフィクションであり、ありあわせの、つぎはぎの材料を用いて縫いあわされていくメタアニメーションである。

それを暗喩的に示しているのが、この作品の重要なモチーフの一つ、着物のパッチワークである。ちなみに原作のマンガ版にも、コマ＝フレーム自体が断ち切られた着物のような図像として描かれていくページがある。

物語の序盤、すずは義姉の径子から「つぎはぎだらけのモンペ」がダサい、近所に恥ずかしい、とねちねちと叱責される。すずは絵は得意だが、裁縫の類は苦手である。数年前に四苦八苦しながら着物を縫ったときも、イトおばあちゃんに「そんなに下手くそじゃお嫁にいかれんで」と呆れられていた。すずに嫁入りの話が来たときに、おばあちゃんはすずのために着物を譲った。嫁ぎ先で義姉の径子から叱られたすずは、おばあちゃんから譲り受けたその笹の葉柄の着物を取りだして、再び四苦八苦しながら、裁ちバサミで切り裂き、切り分けて、想像力を働かせながら、組みあわせたり切ったり縫ったりを繰り返して、着物をモンペに作りかえていく。

　面白いのは、すずは裁縫が苦手なのに、どんな着物に作りなおそうかと「想像力を働かせる」ときだけは「至福の時に入ってゆく」表情を見せることだ（『「この世界の片隅に」劇場アニメ絵コンテ集』の該当箇所を参照）。

『君の名は。』では、キャラと背景のラディカルな分離によって、ノンヒューマンな自然に対する人間の無力さが情念的に描かれていたが、結局は時間を捻じ曲げて歴史改変することによって、一切の悲劇的な運命を乗り越えることができた。『この世界の片隅に』にもそれに似た世界改変的・修正主義的な欲望はある。それは確かにある。しかし結局、この現実はやりなおすことも変革することもできない。だから、この世界の残酷な一回性を受け入れつつ（世界の運行の非情さを受け入れつつ）、マルチプルなメタ性を細かく刻み、現実をつぎはぎにして、片隅のリアリティを拡張し、無数の遊びや隙間を作っていくしかない。たとえ世界を変えることはできなくても、世界に変えられないための戦いを続けるということ。「まとも」で「当たり前」でい続けるために。それは同時に、この世界を変えたつもりになり、空想的に変えられるつもりになっている『シン・ゴジラ』や『君の名は。』のような政治的・美学的な欺瞞を許さない、という過酷な勇気でもあるはずだ。

＊

『この世界の片隅に』のメタフィクションは、「現実と虚構とがメタ化して、本当の現実がどこにあるかを見失う」（しかしその結果として、作者の神的な絶対性が裏側から担保される）というような意味でのメタフィクションではないのだった。あるいは、『君の名は。』のように、すでに起こってしまった災害を、時空を巻き戻してやりなおし、世界とワカイして美しい青春と恋愛を感動的に消費するというような方向へも行かない。『シン・ゴジラ』のように、現実の世界で起こった東日本大震災や原発事故をめぐる政府の不首尾をなかったことにし、虚構の力によってそれを打ち消し、日本はまだまだやれる、日本人が覚醒しさえすれば、という扇動を試みることもしない。

『この世界の片隅に』では、この現実の一回的な変更不可能性（変えられなさ）は少しも疑われていない。にもかかわらず、すずの「絵を描く」ことのマジカルな力を通して、現実のあちこちに、隙間や空洞のように、小さな別の可能性たちが開かれていく。現実をミクロ的に複合化し、ありうるかもしれない別の生を器用仕事のような手仕事によって継ぎあわせていく。

たとえば冒頭近くでは、少年少女の頃のすずと周作がはじめて出会うことになった「人さらいのばけもん」（①）をめぐるエピソードが語られ、描かれていた。

街までお使いにきたすずは、人さらいのばけもんにさらわれ、背中の籠に入れられてしまう。籠に揺られながら、すずは望遠鏡で街を見回す。その籠の中には少年（のちの周作）もいる。ばけもんは子どもをさらって山に連れていき、食べるらしい。海苔で前を隠した望遠鏡をばけもんに手渡すと、ばけもんはそれを覗きこみ、真っ暗なのですでに夜になったと勘違いして、そのまま眠ってしまう。二人は籠から逃げ出すことに成功するが、周作は夕飯がないのはかわいそうじゃと呟いて、ばけもんの手にそっとキャラメルを握らせてあげる。

このエピソードは、じつはまだ幼い頃にすずと周作は出会っていたという物語であり、その意味ではその後の二人の結婚は運命論的な愛であり、『君の名は。』的な運命の出会いであったようにも思える。実際に物語の終わり近く、二人が廃墟化した広島の橋の上に佇んでいるときに、ばけもんが大人になった二人の背後を行き過ぎるのだ。すずがふと向こうを見ると、ばけもんはこちらを振り返ることなく、鋭い爪が生えた手をこちらに向けて振る。男が背負った籠の中には、ワニがいるのが見える。

重要なのは、ここでも現実と記憶と物語が重層的に入り乱れていることだ。『この世界の片隅に』においては、そもそも、冒頭のばけもんのエピソード自体が幼年期のすずが疲れてうたた寝した時の夢見のようでもあり、あるいは、すずが妹のすみに漫画として物語ったフィクションでもあるようにも見えたのだった。原作のマンガでは、人さらいのばけもんの話は独立したエピソードであるが、映画版では、片渕はこれをすずが描いて、妹のすみに読み聞かせてあげた鉛筆書きの絵物語である、というふうに翻案がなされている。

つまり『この世界の片隅に』は、複数のミクロなメタ化（つぎはぎのブリコラージュとしてのメタフィクション化）を重層的に交錯させることによって、けっしてそれを『君の名は。』的な運命論的な愛へは収斂させないのである。

『ミッキーはなぜ口笛を吹くのか——アニメーションの表現史』などの著作をもつ細馬宏通は、片渕の映画版『この世界の片隅に』では、姉のすずと妹のすみの会話やかけあいが、しばしば物語や芝居調として語られることに鋭く注目している（『二つの「この世界の片隅に」——マンガ、アニメーションの声と動作』）。

空想が個人の力であるのみならず、他人に感染し、他人とのキャッチボールを介して力を強めていく。互いに巻きこみあい、立体的な豊かさを増していく。これもまた、片渕の作家性に関わる。たとえば『マイマイ新子と千年の魔法』では、おじいちゃんの空想的な物語る力が感染し、触媒となって、新子の中に豊かな空想の力が宿っていたが（おじいちゃんは新子に「面白い事はみんな教えてくれる」のだ）、それは物語の終盤、新子から貴伊子へも感染し、転移していくだろう。のみならず、物語の終盤では、新子よりもかえって貴伊子の妄想の力のほうがポテンシャルを発揮し、一〇〇〇年前のお姫様と感覚的に一体化するほどのマジカルな力をもつに至るだろう。

　他者との魔法の力を分かちあうこと。他者と分かちあい、空想を感染させあうことによって、魔法の力を取り返すということ。こうしたモチーフは、『アリーテ姫』から『マイマイ新子と千年の魔法』へと強化され、『この世界の片隅に』ではさらに決定的なモチーフとなる。そこでは、すずの魔法の力の分かちあいは、妹やリンのみならず、死者や幽霊たちとの関係をすら含んでいくからだ。

　だからそれを、技法的なメタフィクション（それはかえって作者の「手」の神的な万能性を強化してしまいがちである）ではなく、つぎはぎの多元的なメタアニメーションであり、マルチプル・メタフィクションである、と呼んだのである。ここでもあえて対比させるとすれば、原作マンガの場合は、作者／すずの関係を強く感じさせるメタフィクション（つまり、すべてを技術的に統括する作者の「手」の力強さが感じられるメタフィクション）であるのに対し、アニメ映画の場合は、様々なキャラクターたちのコミュニケーションを介したマルチフィクションである、といえるかもしれない。

## 「不和＝政治」としての美

　ここまで、二〇一六年のアニメーションの傑作群が分かちもつ傾向を、アニメーション表現をその臨界領域へと突きつめた解離的な不和《ディセンサス》の美と定義しつつ、現代アート理論のタームを援用して、『シン・ゴジラ』における美は敵対性の美であり、『君の名は。』における美は自動性（崇高な風景、人間の関心や欲望と非相関的かつ実在的なもの）の美である、と整理してきた。

さらに図式的な対比と整理を続ければ、『この世界の片隅に』によって表現されているアニメーション的な美のあり方は、ランシエールが定義する「政治」（生産性や感性のあり方の再配置＝再分割を促す力）としての美である、と考えられるかもしれない。

ランシエールは次のように述べている（『解放された観客』）――人間はどんな状況に置かれても、既存の秩序を内側から引き裂く政治的＝芸術的な能力を発揮することができる。才能や能力に恵まれた人々ばかりではなく、無力で無能な（とされた）人々たちも、等しく。各々の生の必要に応じて。必要な仕方によって。[9]

ランシエールによれば、政治とは、権力が民衆を統治するための技術や、人々を社会的に統合し包摂していく仕組みなどではない。むしろ、日常的に強固に構築された労働や感性をめぐる秩序＝配分（ポリス的秩序）のあり方に、新たなディセンサス＝不和を解き放っていく出来事のことだ。私たちはふだん、生産／無産、能力／無能力、有名／無名などを特定の価値序列のもとで受け止め、それらの秩序をごく自明のものとして感じてしまっている。感性のレベルにそうした配分＝配置が食い込んでいるのだ。政治的な体験とは、それらの社会的かつ感性的な秩序に裂け目を入れ、新たな配分の可能性を開くことであり、ゆえに美的な感動や快楽を伴う。

大切なのは、ランシエール的な意味での政治とは、労働や生産をめぐる配置を揺るがすと同時に、私たちの感性的＝美的なあり方の配置をも揺るがすものである、ということだ。「どんな状況も内部で引き裂かれ、異なる知覚と意味の体制のもとで再編成されえる」のである。それはランシエールを参照しつつ現代アート論を練りあげてきたクレア・ビショップが定義したような意味での敵対性の美学――多様な人々が生きるこの社会が不可避にはらむ矛盾や混乱そのものを芸術的に表現し、様々な人々を巻きこみながら、政治と享楽のあり方を更新するような美のあり方——とも、おそらく、微妙に異なる。

すずにとって、絵を描くことは、まさに、戦時下における政治的＝芸術的な行為そのものだ。ランシエールによれば、政治的＝芸術的な能力とは、「知的」であることだ。情報収集能力や知能指数の話ではない。人間的な理性の話ですらない。たとえばある知的障害者がその人にしか描けない特異的な享楽を貫いてアートを日々描き続け、創り続けるとき、彼の「手」が一般の健常者たちよりも「知的」ではない、とはたして誰に言えるだろうか。そしてそのような意味での芸術的＝政治的な能力であれば、それは「誰もがもっている能力」であり、つまりは職人も労働者も専業主婦も障害者も、理の当然として、特異的な知性＝芸術の力を各々の生の必要に応じて平等に与えられているのだ。というか、芸術はその潜在的な政治性において、つねに、そうした新たな平等性のポテンシャルのほうへと「この世界」を再配置＝再配分してしまうのである。

そしてランシエールによれば、芸術作品の政治性は、それを鑑賞する観客たちの中にも、解放的な美の感覚を覚醒させていく。

われわれがそれぞれ行うパフォーマンス——それが教えることであれ、演じることであれ、話すことであれ、書くことであれ、芸術作品を制作することであれ、はたまたじっと見つめることであれ——が確認しているのは、共同体のなかで具現化するなんらかの能力に参与するということではない。それは無名の者たちの能力、それぞれの者を他のすべての者と平等にする能力なのである。この能力は還元不可能な距離を通じて行使される。それは予見不可能な連結‐分離を通じて行使されるのである。

連結し分離するこの能力にこそ、観客の解放、すなわち観客としてのわれわれひとりひとりの解放が存している。（『解放された観客』）

ランシエールはもう少し具体的なケースとして、別の著書で次のように書いてもいる（『感性的なもののパルタージュ』）。ひとりの木工職人が、手では床板を張って過酷な労働を行いながら、その眼は窓の外にある美しい見晴らしを眺めるとき――眼差しの方向と働く手の方向を分離させていくとき――、労働者としての彼の身体には「ミクロな変容」が生じている。そして彼の身体は労働者でありながら、そのまま、芸術家になっていくのだ、と。

ランシエールの芸術論は、カント由来の芸術批評（美的判断の没関心性や崇高論）を生活や労働の場と重ねながら、そのアップデートを試みたものである。それはソーシャルな美（関係性の美／敵対性の美）というよりも、社会批判的な美（政治＝不和としての美）なのである。

近代的な美学／芸術論の祖のひとりとされる哲学者のカントは、「美的判断の没関心的性格」を論じた。美は没関心的な営みであるとは、次の意味である。人間は、たとえば目の前にある建物としての宮殿を、それが誰のためにどんな目的で作られたのか、誰の汗が流されたのか、というような目的論的なコンテクストを度外視して、純粋な趣味の観点（美しいか、趣味に合うか）から眺めることができる。それはひどく残酷で冷徹な眼差しでもあるが、美が美であるためには、その意味で「没関心的」であらねばならないのだ、と。

ランシエールは、こうしたカントの芸術観をいわばひっくり返して、木工職人の何気ない仕草の中に、新しい意味での芸術家の誕生を読みこんだのである。それは生産現場の資本主義的な労働からの「没関心的」な離脱を部分的に可能にするからだ。これは、職場や生活の労苦から脱出不能な無力な人間が、空想の脳内勝利を味わっている、というだけのことではない。効率的に構築された生産の場を、それがそのままでありながら、層《レイヤー》の異なる美的・感性的な空間として「自分のものにしなおしてしまう」こと。生産手段の独占や私的所有とは別のやり方で、対象や空間を自由に所有すること。ゆえにランシエールは「労働としてこそ、芸術は他に類のない活動としての性格をもちえるのである」と強調している。つまり、労働の側面からみたとき芸術は一層その強度を増幅する、ということだ。

　すずにとっての絵を描くという行為もまた、日々の生活や家事労働、食べるという生存労働と切り離せず、それらの過程の中に容赦なく組み込まれている。さらに彼女たちの暮らし全体が戦時下における国家の総力戦体制というシステムに有機的に組み込まれている。それらにどうしようもなく組み込まれつつも、絵を描くというささやかな営みは、日々の労働を芸術や美によって彩るのであり、生産と生存の過程に中間休止的な隙間をもたらし、関係者たちの美的感性のあり方をすら再配置してしまう――無意味で無能と思われるすずの、生活を何気ない無名の芸術で彩るやり方が、いかに周りの人々の暮らしを平等に生き生きと活かしなおし、笑いに満ち渡らせることか！――のであり、そこにまさにランシエール的な意味での「政治＝不和」的な美の可能性が生みだされていくのだ。

　肝心なのは、資本主義的生産や手段・目的の回路や総力戦体制に不可避に巻きこまれながら、それでもつねに、純粋な労働力商品や手段性になり損ねてしまっている自分たちの生存の美しさに気づきなおし、覚醒していくことだろう。労働感覚のちぐはぐな乱調や脱臼（たとえば速さと遅さのずれ、腕と眼のずれなど）によって、労働者／芸術家の境界もまた再定義されうるのである。そこには、すでに生活か労働か遊びか芸術か、それらの位相すらも簡単には決められない「知覚および解釈の新たな可能性」があり、人間の根源的な〈自由〉の根拠があるのだろう。❖[10]

## やりなおすことのできない歴史性——晴美と右手の喪失

映画の内容に戻ろう。

『この世界の片隅に』という作品の中でもっとも衝撃的な出来事。それは二〇年六月に、すずが晴美とともに空襲後の街角を歩いているときに地面に埋まった不発弾が炸裂し、晴美が命を失い、すずがその右手を失うシーンであるだろう。

行方知れずになっていた義父は、爆撃に巻きこまれ怪我をし、長らく意識不明のまま海軍病院に入院していた。すずは径子と晴美と三人で、義父の見舞いに来ていたのだ。径子は見舞いのあと、離縁した下関の義理の親のところへ行き、晴美のために、疎開先のお願いをするつもりだった。

ところが駅前は大混雑し、切符が買えない。径子が切符を買うために列に並んでいるあいだ、すずと晴美は義父の見舞いに行く。見舞いが終わると、晴美がこれから会う下関のお兄さんに、港にどんな船が停泊していたか教えてあげたい、と言うので、二人は少し寄り道をする。そこにサイレンが鳴り響き、二人は近くの防空壕に逃げこむ。またいつものように大丈夫かと思いきや、激しい爆撃が行われ、防空壕を轟音と震動が包みこむ。怖がる晴美をすずは抱き寄せ、地面に落書きをして気を紛らわせる。

音がやんで、防空壕から出ると、はじめて被害の甚大さがわかる。家を失って呆然とたたずむ女性の背中。すずと晴美は手を繋いで、通りを海のほうへ歩いていく。海軍敷地の塀の向こうには、かすかに青い海が見える。

と、晴美が塀の一部が崩れているのを見つけ、小走りに駆けていく。崩れた壁の向こうには、煙を上げる造船所の建物が見えていた。

その時、二人がいる場所から少し離れた道に、三輪消防車が停止し、消防員が二人に声をかける。不発弾は時限爆弾の可能性がある、すぐ逃げろ、と。しかし別の消防車がたまたまそこを通りかかったために、そのサイレンの音が邪魔して、すずの耳には注意を喚起するその声が届かない。

晴美が戻ってきて、すずの手を握る。

ふと、足元にクレーターがあることにすずは気づく。かつて、隣保館の講義で不発弾の話があり、ノートにそれを書いたことが頭をよぎる。

危ない晴美ちゃん、と晴美の手を握りなおした瞬間——。

爆発が起きる。

画面は暗転し、黒板に書かれた線画のように、すずと晴美の握りあった手が現れる。小さな光が花火のようにはじけ、小さい頃のすずと妹のすみの姿になり、それが大人のすずと晴美の姿になる。笹の葉の模様が現れ、形を変えて、回転しながら、それが再びすずと晴美の握りあった手になる。モンペを作るために切り離した笹の葉柄の着物。不発弾が炸裂した道。白っぽい風景。

不発弾が炸裂し、すずが布団の上で意識を取り戻すまでのあいだの時間は、実験的な短編アニメーションのように描かれるのだ。絵コンテには、「シネカリグラフのような線画」と書かれている。

すずの意識は入り乱れ、これまでの人生の中の記憶が溢れ、着物を縫い合わせるように断片的な映像が交錯する。あの不発弾が炸裂する瞬間に、どうしていれば晴美の命が助かったのか、助けることができたのか。すずの意識は、その「ありえたかもしれない」可能性を何度も想像し、可能性を検討し、シミュレートする。あの道に溝でもあったら、そこに飛びこめたのに。風呂敷包みを反対側の肩から下げていたら、晴美さんの逆の手を握れていたはずなのに。下駄を脱いで走っていれば。坂の向こうに。坂の向こうは……。ああしていたら。こうしていたら……。そよ風の中、のどかな海を行く軍艦を指さす晴美の姿が思い浮かべられる。

しかし前述した通り、『この世界の片隅に』の世界が残酷かつ苛烈なのは、この現実は一回的で唯一的なものであり、けっして改変もやりなおしもできないものであるからだ。

　重症を負ったすずは北條家の布団の上で目を覚ます。涙を堪えた径子が「あんたがついておりながら」とすずを責める。径子の傍らには、血塗れの晴美の巾着袋が置かれている。すずは泣きながら「ごめんなさい晴美さん、おねえさん」と謝る。径子は「人殺し」と責める。義父母がそれを制止する。「あの子も動転しとって、本気でいうとりゃせんよ」。

　しかしすずは、頭の中で再びシミュレートを繰り返す。繰り返さずにはいられない。あの時うちの居場所はどこにあったのか。塀にはいくらか穴があった。爆風に乗ってあそこへ飛びこんでいれば。あの向こう。あの向こうこそ……。

　すずの頭の中に、塀の向こうに広がるいちめんの花畑で、花の冠を手に笑っている晴美の姿がくっきりと見える。[11]

　不発弾の爆発によって、すずは自分に懐いてくれていた晴美を失っただけではなく、自らの右手をも失ってしまう。すずにとって、生きることは絵を描くことであり、むしろ「手」のマジカルな力によってこれまで生かされてきたのだった。すると、彼女は普通の意味で右手を失ったのではない。それは魔法の力の喪失、生き延びる原理そのものの喪失でもある。生存の技法としての絵を描くことそのものを剝奪されたのだ。

　重要なことは、『この世界の片隅に』においては、すずの右手はほとんど独立した生命を宿した存在（キャラクター）として描かれているかに見える、ということだ。つまり不発弾の爆裂によって、すずは晴美／右手という二つの大切な存在、すぐ隣にいた大切な他者を失ってしまったかのようなのだ。

　事実としてその後も「右手」は、スクリーンの中に繰り返し、あたかも作品内のキャラクターたちを上位から見つめるメタ的な幽霊のような存在として登場するだろう。「右手」はすずという宿主（？）から独立した意識と意志をもっている。

この喪失以降のすずは、決定的に変わる。

すずは、それ以前のぼうっとしたすずには戻れない。感情は混乱し、意識は分裂し、情念が暴発する。そしてただぼうっとしているというより、感情を失ったアパシーのような状態になる。たとえば焼夷弾が家の中に落ちて、あちこちが燃えても、虚脱状態のまま、逃げようともせず、ぼんやりとそれを見つめる。かと思えば次の瞬間、感情が暴発し、絶叫しながら、バケツや布団を持って爆弾に自ら覆い被さっていく。消火活動が終わったあとも、眼下で市街地が燃えるのを感情もなさそうに見つめ続ける。

生きていてよかった、怪我が治ってよかった、と周りの人々からどんなに励まされても、すずには何がよかったのか、本当によかったのか、さっぱりわからない。「六月には晴美さんと繋いだ右手」「五月には周作さんの寝顔を描いた右手」「四月には……」「三月には……」。

ある意味で、晴美／右手の喪失とともに、本当の意味でのすずの「戦時下」がはじまるのである。

たとえば、『火垂るの墓』と『この世界の片隅に』は物語として似ている。戦時下のリアリズムをアニメによって描く。『この世界の片隅に』は現代における新しい『火垂るの墓』であり、その更新である。そうした言い方がされてきたし、私もそのような面はあると考えている。

とはいえ、『火垂るの墓』は、死んでいく子どもたち、戦災孤児の目線からこの世界を見つめようとする物語である。『火垂るの墓』の世界では、大人たちは戦災孤児に対し、何もしないし、何もできない。子どもたちはただ、無力なまま、残酷に美しく死んでいくだけだ。

これに対し『この世界の片隅に』は、あくまでも大人たちの目線の物語である。『火垂るの墓』とは明らかに目線が違う。ただしそれは『火垂るの墓』の親を失った子どもの立場に比べて、安楽で特権的な立場である、ということを意味しない。『この世界の片隅に』は、手を繋いでいた子どもたち、すぐ隣にいたはずの子どもたちを、命より大切な何かを目の前で奪われ、失った大人たちの物語でもあるからだ。

すずは、すぐ隣にいたその子を失い、その子の手を握っていた自らの右手を失う。そこから、『この世界の片隅に』の物語は、明らかに、別のフェーズに入っていく。「喪失後」のすずは、もはや、マジカルな「手」の力をまったく使えなくなる。

『シン・ゴジラ』や『君の名は。』とは異なり、『この世界の片隅に』のすずは、失った他者や可能性をけっして取り返せない。すずは、爆発の時の光景を、死の瞬間の記憶を、何度も何度も反芻する。それは何度もトラウマとしてフラッシュバックされる。確かにすずは別の可能性をシミュレートする。あのときああしていたら、あるいはこうしていたら……。しかし、何度反芻しても、シミュレーションを繰り返しても、現実をやりなおすことも、失った人を取り戻すこともできない。そこに『この世界の片隅に』の残酷さがあり、現実の一回性の苛酷さがあった。

妹のすみが広島から見舞いにやってきて、広島へ帰ろうと誘うと、すずは実家へ帰りたいという思いを強めていく。現実逃避のように。一兵卒に取られた周作が久々に北條家に戻ってきても、ヒステリックに「聞こえん、いっこも聞こえん、広島に帰る」と喚くばかりである。

ならば、すぐ隣にいたその子を失い、魔法の力を帯びた右手をすら喪ったあとの世界で、すずはどのように生き延びていくのか。

## この世界が理不尽で有限なのだとしたら

『この世界の片隅に』は、第二次世界大戦の戦時下の庶民の暮らしをリアルに描いたものでありながら、それがそのまま、二〇一一年の東日本大震災という震災後の現在のリアリティや、新たな「戦前」としての何事かの「前」のリアリティをも重ね描きしてしまっている。

震災後の原発公害事故によって、真実と虚偽、科学とデマ、理性と感情のあいだの境界線が大きく揺るがされ、攪乱された。日々の暮らしを支える信念の「底」が毀損されたかのようにすら思えた。地震と津波と放射性物質のダメージに加え、ネットによる情報災害という面もあった。情報リテラシーや科学的エビデンスを云々する前に、他者とのコミュニケーションの基盤それ自体がメルトスルーしてしまったかのように。

震災後のそうした殺伐とした空気の中で、吉川浩満『理不尽な進化——遺伝子と運のあいだ』、カンタン・メイヤスー『有限性の後で——偶然性の必然性についての試論』、加藤典洋『人類が永遠に続くのではないとしたら』などの思想書が売れたり、話題になったりしたことは、少しわかる気がする。この世界のベーシックな前提やルールすら、無意味に偶然的に、昨日までとは別様に書き換わるかもしれない。たまたま「この世界」は存在しているが、もしかしたら人類は存在しなかったかもしれないし、明日突然、人類は絶滅し消滅するかもしれない。しかもそれは、神の意志や法則的な必然のためですらない。どうでもいい偶然や、くだらない打算や思惑の結果にすぎない。そうした理不尽な環境変化にいかに適応し、サバイブしていけばいいのか。

だとすれば、『この世界の片隅に』のように芸術によって現実を拡張し、複合的なリアリティを作り出して生き延びていく、という戦略は、現実の混乱から受動的にネガティヴに強いられたものでしかない、ということなのだろうか。いや、そうとは言いきれない。真偽や善悪が決定不能になりモザイク化していく、にもかかわらず、かえって「この世界」そのものは動かしがたいもの、唯一的で変更不可能なものに感じられていく。ポストトゥルース的な感覚とは、じつはそのようなものではなかったか。

たとえば放射性物質をめぐる長期的（晩発的）な健康被害については解釈が割れるかもしれないが、そもそも、原子力という技術・資本をめぐる展開自体は動かせないし、どうしようもない。ポストトゥルースの時代とは、無数の解釈が乱立し分裂するという事態を統合はできないが（リベラルと右派の歴史解釈が真っ二つに割れるように）、まさにそれゆえに、歴史的な現実の唯一性（変えられなさ）が極度に強まっていく、という時代なのではないか。原子力について吉本隆明や加藤典洋が指摘した科学技術や進歩の「不可逆性」もまた、そういうことに関わるのだろう。かりに一国主義的に日本が脱原発へと政策転換したとしても、科学技術の進歩と蓄積は止めることができず、周辺諸国が依然として原発を使ったり核開発を展開するならば、原子力をめぐるリスクは国境を越えたグローバルなものであり続けるはずだ。

物自体的な現実そのものはかえって、絶対的に唯一的で動かしがたいものに感じられる――世界中の資本の流動性・投機性や情動政治や極右化は歴史段階的にどうしようもないように感じられる――のだが、人々の現実解釈としては決定不能な分裂が至るところで生じ、身近な家族や友人とすら理解しあうことができなくなっていく。コミュニケーションギャップの亀裂が深まっていく。本当と嘘、現実と虚構がモザイクになり、決定不能になっていく「がゆえに」、現実の物自体的な絶対性が不動に感じられていく。一九九〇年代以降の多文化主義が崩れて、この世界がたった一つの、一回的で唯一的な現実へと収縮していて、現実に対して手も足も出ない、という無力感のほうが強くなっているのではないか。

たとえばメイヤスーがいうカント以来の「相関主義」とは、人間的な主観のあり方に応じて客観がある（つまり、人間の主観や了解を完全に離れた客観それ自体はありえない）という人間中心主義的な相対主義のことである。これに対し、非相関主義とは、主観とは完全に無縁で、人間の解釈や存在によってはまったく影響を受けないオブジェクティヴで物自体的な現実がある、という実在主義的な立場である。たとえば人類が存在する前の世界、あるいは、人類が地球上から完全に絶滅したあとの世界にも、物自体的な風景はそのままにあり続けるはずだ。

そうした唯一的で物自体的な「この現実」とは、因果関係や論理形式によって把握することができるリアリズム的な「客観的現実」ではなく、偶然的・非意味的に変化し続けたり、人類に対して理不尽な絶滅や消失を強いてくるようなノンヒューマンな「この世界」のことである。たとえば『この世界の片隅に』では、焼夷弾や地中に埋まって不意に爆発する不発弾などが、後者の意味での「この世界」の非人間性のアレゴリーである。

それは「動かしがたい歴史」を美学的に詠嘆し、宿命論的な自然主義へと逃げこむことではない（人為的な戦争ですらも自然の大いなる流れであり、どうしようもない、というふうに）。あるい『シン・ゴジラ』や『君の名は。』のように、他者を救えていた平行世界（歴史改変）を夢見ることでもない。人間の主観や意志とは無関係に実在するオブジェクティヴな「この世界」それ自体の唯一的な一回性と残酷さに対峙し、それを見つめ続ける、という意味でも、『この世界の片隅に』が描くのは（人間的なリアリズムと相関的な素朴実在論ではなく）ノンヒューマンな「この現実」のありようなのである。

## この世界にとって「片隅」とは何か

その日、八月一五日、天皇による玉音放送の瞬間——。

周りの女性たちがああ終わった終わった、とさっさと立ち上がるのに対し、すずは、「なんで?」「そんな覚悟の上じゃないんかね／最後のひとりまで戦うんじゃなかったんかね?／今ここへまだ5人おるのに／左手も両足も残っているのに」と、少しも納得ができない様子で、珍しく感情と怒りをあらわにする。

勝手口のところで、径子が「晴美、晴美」と娘の名前を呼んで泣きじゃくっている。すずは声もかけずに通り過ぎ、段々をのぼって空を見上げる。「飛び去ってゆく／うちらのこれまでが／それでいいと思って来たものが／だから、がまんしようと思ってきたその理由が」。空には赤とんぼたちが舞い上がっていく。

絵コンテによれば、このとき、向こうの道のほうから「蛍の光」の歌声が聞こえてくる。しかし通常の「蛍の光」とは歌詞が違う。それは朝鮮愛国歌であるという（私の耳では劇中でこの辺りの音や言葉は確認できなかった）。そこに太極旗が立てられる。日の丸に青インクで加工して作られた太極旗が……。すずはその朝鮮愛国歌を聴きながら、膝をつく。「海の向こうから来たお米、大豆、そんなもんで出来とるんじゃなあ、うちは／じゃけえ暴力にも屈せんとならんのかね／何も考えんボーっとしたうちのまま死にたかったなあ」。そして地面に突っ伏して、声を忍ばせたまま、大粒の涙を地面にこぼす。

ちなみに原作マンガ版では、すずの心のうちは次のように描かれていた。「飛び去っていく／この国から正義が飛び去ってゆく／ああ／暴力で従えとったいう事か／じゃけえ暴力に屈するいう事かね／それがこの国の正体かね／うちも知らんまま死にたかったなあ……」（第39回20年8月）。

このシーン（原作の改変）だけを取り上げて、過剰に意味づけし、アニメ映画版全体の是非を問うことにそれほどの意味があるとは、私は思えない。ただ、一つ、原作マンガ版とアニメ映画版の印象の違いに触れておく。

原作マンガ版では「この国から正義が飛び去ってゆく」「それがこの国の正体かね」などの言葉が示すように、国民国家に対する「正義」の側からのはっきりとした批判が語られる。アニメ映画版からは、こうした強く勇ましい言葉が慎重に取り除かれている。しかし、すずはけっして国民国家や天皇制を批判していないのではない。むしろ、ここまで物語をともに追ってきた観客に対しては、あえて「正義」の名のもとに「この国の正体」を勇ましく批判したりする必要がない。そのような大文字の批判よりももっと深く強く、暴力に対して抵抗し続けてきたからだ。その点では、監督としての片渕は観客たちの感性を信じたのだ。つまり、多数派と少数派、被害と加害がどうしようもなく反転し続けていく「片隅」の生活の場からですら、自らの身体が「海の向こうから来たお米、大豆、そんなもんで出来とるんじゃなあ」と想像し、体感することができる。そしてそれを踏みにじるものたちに抵抗することができる。だから「正義が飛び去ってゆく」とあえて言う必要はないのだ。

わざわざこのようなことを言うのは、『この世界の片隅に』に対して、しばしば、次のような批判がなされてきたからである。いわく、この作品は当時の多数派の生活者や庶民の視点ばかりを強調し、時代や状況の総体に対して無批判で受動的である、「日本人」の戦争責任やアジアに対する加害を問う視点がない、社会的少数者を描いていない、戦争という人為的な行為をあたかも自然災害のように捉えてしまっている、云々。

しかし国家の暴力や戦争に対する批判や抵抗とは、そのような特権的な「正義」の立場から「のみ」なされうるものなのか。それらが間違っているとは思わない。ただ、戦いや抵抗の仕方には複数の道がある。そう言っている。受動と能動、加害と被害を切り分けられない非正義的な場所、それがこの世界の「片隅」である。

こうの史代は、見かけは保守的で受動的に見える女性の不気味な怖さ、芯の強さを一貫して描いてきた。生存自体を抵抗となすこと。それは戦争が起きようが他人が苦しもうが無視していいとか、知り合いが遊郭で働いても隣人が兵隊にとられても無視しようとか、そういうことなのか。マクロな社会の総体や過程をスルーして、狭隘な生活や絵を描くという芸術活動に耽美的に没頭してしまうことなのか。そういう面が少しもないとは言わない。それはある。あっていい。だが、逆の見方もできるはずだ。たとえどんなに無力でちっぽけな立場（片隅）に置かれたとしても、私たちには「この世界」に対する何らかの反撃と抵抗の方法がある。たとえ全体としてのマクロな戦争状況を変えられなくても（現実に対する戦い方を社会批判や社会変革「だけ」でイメージするのはおかしい）、人はこんなふうに倫理的に、苛烈に、しかも楽しく幸福に生き延びていくことができる。『この世界の片隅に』はそうした臨界領域の倫理の可能性をも開いている。

たとえば障害文化論を研究する荒井裕樹は、いわゆる障害者アートを、健常者たちの都合や一方的な鑑賞から解き放って「生きていく絵」と呼びなおしている（『生きていく絵』）。すずにとっての「絵を描く」ことは、極限状況の中でたんに生き延びる（サバイバルする）のみならず、なお肯定的に倫理的に「生きていく」ための技術＝テクネーなのだ。

原作者のこうの史代は、被害者の立場において加害者を糾弾し攻撃する、というスタンスへの生理的な嫌悪感をしばしば語ってきた。被害者／加害者の立場を固定的に見ることを激しく嫌ってきた。国家関係や社会構造上の権力関係、あるいは被害と加害の問題をなし崩しにしているのではない。暴力の怖さを甘くみていないということだ。それは戦争責任の問題をスルーすること、多数派の生活者たちを無批判に擁護すること、戦争へと陥っていく国家や国民の構造的現実に対して無抵抗でい続けることとは少し違う。「被害者としての日本人」「無垢な生活者」を自己絶対化することともやはり少し違う。

物語の舞台が呉市であることもポイントだろう。当時の呉市は「東洋一の軍港」であり、たまたま爆撃の対象になったわけではない。彼らは地政学的な構造からみてもただの「可哀想で悲劇的な犠牲者」では到底ありえない。敵地に武器や兵器を送って、占領したり殺したりする拠点なのだから。爆撃からすずと晴美を守るために覆い被さった義父の円太郎は、まさに自分たちが爆撃されながら、「ええ音鳴らしとる」「わしらが日夜工場で働くんは、あれを仕上げるためじゃ」と口にする。彼らの労働と生活は戦争産業の構造にがっちりと組み込まれているのであり、誰よりも彼ら自身がそれを自覚している。

こうのは、かつての『夕凪の街　桜の国』（二〇一四年）に対する批判や違和感をじっくりと吟味して、その延長上で『この世界の片隅に』の執筆に挑んだはずである。たとえばかつてドキュメンタリー監督の土本典昭は、水俣という場所は公害の犠牲になったけれど、同時にチッソという会社は近隣のアジアなどにどんどん公害をばらまいてもいた。水俣という場所ですら加害と被害が重層的にねじれている。そのことを冷酷に見つめようとした。その前提の上に立って、様々な矛盾と災厄のホットスポットとしての水俣病の映画を長年に渡って撮り続けたのである。重要なのは、自らを特権的な「正義」の場に置かず、そうした重層的な認識において、一つの作品の芸術的・政治的な意味を批評していくことだ。そのような作品批評に耐えられる観客になっていくことだ。

これも細馬宏通が鋭く分析しているように、作中における広島／呉の地域差は、二つの地域の言語圏のズレと衝突によって露呈している（同書）。すずは実家では広島弁で喋るが、北條家に嫁いでからは呉弁を喋る人々に囲まれており、口数も少なくなる。これに対し、径子（声優は尾身美詞）の刺々しい口調は呉弁であり、すずとの使用言語の違いが顕著に浮かび上がる。物語の終盤、妹のすみがすずのもとを訪れると、すずは途端に生き生きと広島弁で喋りはじめる。ちなみにアニメ映画版のすずの内面の声＝ナレーションは広島弁であるが、原作のマンガ版では、すずの喋り言葉は広島の言葉であるのに対し、内面の言葉は東京弁（標準語）になっていた。

広島と長崎に原子爆弾が落とされた。私たちはその事実を歴史的に知っており、そこから振り返って映画内の現実を解釈し判断しようとするが、すずたちが生きる現在時においては、広島市よりも軍港都市である呉市こそが集中的な爆撃を受けていたのであり、妹のすみの言葉が示していたように、呉市は広島市に住む人々から同情され、むしろ支援を受ける側だったのである。

『この世界の片隅に』は、すずたちをけっして一方的な「戦争の犠牲になる無垢な被害者」としては描かない。銃後の「普通」の暮らしがいかに複雑に戦争と繋がり、そこでは被害と加害が重層的にねじれていたのか。そのことを生活の内側から執拗に描き続けようとする。もちろんそこには戦争の総体を分析し、軍国主義やナショナリズムを批判しきるような力強い「正義」の眼差しがあるのかといえば、それがあるとまではいえない。その点を難詰され批判されるならば、批判されるままになるしかないだろう。しかし繰り返しになるが、たとえ戦争に陥っていく状況全体の前に無力であり、自分たちの置かれた現状を総体的に俯瞰しうる眼差しをもちようがないときですら、私たちは――いかなる「片隅」を強いられた弱く小さな人間であっても――戦争の過程に抵抗し、息苦しい現実の空気を拡張し、遊びや隙間を作り出すことができるのだ。現実を変えられなくても、現実によって変えられないままでいることはできるし、生きていくことそれ自体を（無常と諦観による美意識ではなく）無上の喜びと遊びにしていくことができるのである。

『この世界の片隅に』は、広島の原爆体験をすら特権化させていない。すずの生家の人々が事実上の皆殺しになるにもかかわらず、原爆投下ですら数多くの悲惨なエピソードの中のたった一つにすぎない。誰が被害者で誰が加害者なのか、何が善で何が悪なのか、そもそも人間たちの抵抗や闘争とは何を意味するのか、それらがもはや歴史的に決定不能な状況、恒常的な例外状況こそが「片隅」のリアリティであり、そこでは「生き延びる＝生き残る」ということ自体が一つの（善悪や真偽の二元論を斜めに超えていくような）倫理でありうる。たとえこの世界を変革も革命もできないとしても、この世界によって変えられないでいること。当たり前で、普通でい続けること。この世界を変えるのではなく、この世界の流れを支援するのでもなく、この世界に変えられないための「生き残る」という道。それがそこにはありうるのだ。[12]

## 「記憶の器」から「笑顔の器」へ

『この世界の片隅に』の物語は、晴美と右手の喪失の前と後で、真っ二つに割れている。そこでは、作品の時間そのものに致命的な断層が走り、ディセンサスが生じていく。

喪失の「前」のすずは、右手によるマジカルなアートの力によって、過酷で動かしがたい現実を部分的に拡張し、隙間＝遊び＝緩みを作って、生きていこうとしていた。これに対し、喪失の「後」のすずは、もはや芸術的な力に頼ることができず、その代わりに、いわば幽霊的な絆（拡張家族）によって、歪んでしまったこの世界の中を生き延びていくだろう。そのアンカーとなるのは、晴美の不在の声（笑い声）であり、不在のはずの右手の幽霊的な気配である。

すずは敗戦から半年ほどが過ぎた二一年一月、ようやく広島の実家へと戻る。原爆によって、妹のすみは被曝し、床に臥せっている。母は原爆投下の日に死んだ。父もその後まもなく、おそらく原爆症によって死んでしまった。海兵さんとの恋愛を夢見るようにおどけて話していた妹もまた、「夕凪の街」の皆実のように、被曝によって間もなく死んでいくのだろう。

病床の妹の横に寝転んで、すずは「手がありゃ鬼イチャンの南洋冒険記でも描いてあげられるのにねえ」と言って、天井を見上げる。しかしここでも、すずはもう、絵を描いてマジカルな力を発揮することができない。

すずの「手」に秘められた力とは、この世界を拡張することで生き延びていく、という生存の技法のことだった。しかし、その最大の武器としての右手を失ったとき、この世界全体は左手で描いた絵のように歪んで見えはじめる。外側の世界が歪むだけではない。彼女の心もまた歪んでしまう。すずは誰より、自らの歪みを痛感する。ならば、右手のマジカルな力を失ったあと、致命的な喪失以降の歪んだ世界を生き延びていくとは、どういうことか。

重要なのは、すぐ「隣」にいた晴美という少女を失い、長年付き添ってきた右手をも失ったことによって、つまりその致命的な「不在」によって、すずのそれまでの家族イメージに重大な変質が生じていくことだ。

敗戦が決まったあと、義母はとっておきの、混ぜ物のない白米を炊く。家族で食卓に座り、白米を前にしていると、すずの耳にふと、死んだ晴美の笑い声が聞こえてくる。在りし頃、魚の絵を描いていた晴美の姿が思い浮かべられる。それに続いて、どこからともなく、すずの失われた右手が幽霊のようにすっと伸びてきて、すずの頭を優しくなでる。すずは天上を見上げるが、そこにはなにもない。これは原作マンガにはないシーンであり、喪失した右手と亡くなった晴美の関係が近接するものとして捉えなおされている。

食料の交換に来たすずは、港を通り過ぎるとき、ふと、海のそばに立つ復員兵の姿を見る。そしてそのままその横を通り過ぎる。それはすでに死んでいるはずの水原の幻影、あるいは幽霊である。水原の前に、軍艦青葉が浮かび上がる。そして水原の最後の言葉が思い出される。「すず、わしを思い出すなら笑ってくれ／この世界で普通で、まともでいてくれ」。そこでまたもすずは、水原の姿と言葉に重ねて、海兵と軍艦が大好きだった晴美のことを思い出していく。そしてすずは水原の姿の向こうに、うさぎの跳ねる海を、サギが飛ぶ空を幻視していく。サギたちの群れが飛び交う空へと、空想の青葉が浮かび上がっていく……ここでも晴美の笑い声が聞こえる。「晴美さんはよう笑うていた／晴美さんのことは笑うて思い出してあげよ思います／この先ずっと／うちは笑顔の容れもんなんです」。

右手の幽霊は、晴美の記憶や戦災孤児など、子どもたちの存在と関係が深く、様々な死者や幽霊の記憶を繋ぎあわせていく。バラバラに切り刻まれた着物の断片や、爆弾のトラウマによって砕け散った記憶の瓦礫を、モザイクとして繋ぎあわせていくように。亡くなったり傷ついたりしてバラバラになった家族を再縫合していくかのように。

失われた右手と、子どもたちのイメージ。たとえば物語の中盤に、すずが食も進まず痩せたように見え、懐妊したかと思ったが、医者に行って早とちりだと判明した、という場面がある。思えばこれは不吉な場面だった。すずはその後も不妊のままである。アニメ映画版では詳細が描かれないが、原作マンガ版では、すずは栄養不足と過労による戦時下無月経症であり、嫁としての義務を果たせない、と落ち込む場面がある。アニメ映画版のメタ的な幽霊のような右手は、映画全体を観ているうちにふと、すずたちの産まれなかった子どもの幽霊（水子）なのではないか、という気がしてくる。

先の戦艦青葉が宙に浮かび上がるシーンでは、重大な改変が行われている。原作マンガの「記憶の器」という言葉が、アニメ映画版では「笑顔の器」になっているのだ。片渕はこの「笑顔の器」という言葉にどんな意味を込めたのか。ここでもまた、「記憶」という言葉が喚起する「正義」の気配が脱色され、慎重に抜き取られている。これは様々な誤解や批判を招きよせるだろう危険な改変である。その危険性を片渕が自覚していなかったとは思えない。

原作マンガのすずには、死んでいった人々を主体的に記憶していこう、という能動的な意志がある。このマンガは作者の「手」によって描かれた、という印象が全体として強くあるからだ。これに対し、アニメ映画版では、すずもまた作品内に無数に存在する片隅のいちキャラクターにすぎず、すずの「手」と作者の「手」がメタ構造的に重なっていく感じがしない。

すると「笑顔の器」とは、能動的に主体的に死者を記憶し追悼するというよりも、死んでしまった人々の幽霊や影、声の残響たちが自由に往来し、通り過ぎていく「器」になる、ということなのだろう。義母は「みんなが笑うて暮せりゃあええのにねえ」と言っていた。この言葉は物語内で何度かすずの脳裏を過ぎる。笑いの主体とは、すず本人ではなく「みんな」なのだ。記憶の器ではなく、笑顔の器になるということ。様々な死者たちの笑顔と笑い声（の残響）が自在にランダムに通り過ぎていく無私な「器」に。それはすずが右手（魔法的な力）の喪失という空白を埋めないままに生きていくこととも無関係ではないだろう。

## つぎはぎのブリコラージュとしての拡張家族

私は『シン・ゴジラ』について違和感を述べた。この作品に欠けているのは、芸術的な美でもなければ、

PC的な道徳性（正義）でもない。ここには、倫理的享楽が足りないのであり、他者たちと協働的＝集団的に分かちあわれていく享楽的な倫理性――それは社会に対峙すると同時に自分（たち）を内部変革していく、という自己批評と社会批評を同時に内包する――が足りないのではないか、と。倫理的享楽（享楽とともにある倫理）とは、トラウマとともにある倫理のことでもあるからだ。

災害や戦争の苛酷な映像は、人々にショックやトラウマを与えると同時に、人々の中に得も言われぬ崇高な快楽や享楽をももたらした。東日本大震災の地震や津波、福島第一原発の爆発の映像を見て、未曾有のスペクタクル的な快感や享楽を感じた人は少なくなかったはずだ。とすれば、必要なのは、そうした享楽をリベラルな正義の名のもとに抑圧し封印することではなく、それを徹底することによってさらに倫理化していくことであり、つまりそれを「無数の傷＝喪失とともにあり続けるという倫理」へと化学変化させていくことではないか。喪失のトラウマは、逆に言えば、傷ついた他者たちへの想像力の回路を開くものでもありうる。

すぐ隣にいたはずの魔法のように大切な誰かを失ったという不在＝穴によって、物語終盤のすずたちが新しい拡張的な家族の関係を結びなおし、ばらばらになったものを繋ぎあわせていくとき、それがいかに見かけは小さく片隅的なものであっても、彼女たちはあの巨災対の英雄的な人々以上に、自己変革的な人間になろうとしていた、新しいゴジラ的人間になっていこうとしていたのではないか。

物語の最後に、やや唐突に、一人の戦災孤児の少女が出てくる。

その少女の母親は、原爆によって右手を失い、手には無数のガラスが突き刺さっている。廃墟となった広島の市街地を、残った左手で少女の手を引いて歩いていくが、やがて足が止まり、そのまま死んでしまう。母親の肉体には無数のハエが集まり、耳からはウジがこぼれる。戦災孤児となった少女は、その後も一人で広島の廃墟をあちこち彷徨うが、駅の傍でふと、足元におにぎりが転がってくる。

戦災孤児の少女はそれを拾って食べようとして、ふと、その持ち主が片腕のない女性（すず）であることに気づく。少女はすずに近づき、空腹にもかかわらず、すずにおにぎりを返そうとする。彼女は明らかに、原爆で片腕を失いながらも自分を守って衰弱死していった母親と、すずの存在を重ねあわせているのだ。

すずの側からすれば、広島の街でおにぎりを介してたまたま出会ったその女の子は、死んでしまった晴美の代理的な存在にも見えただろうか。そういうこともあるかもしれない。しかし、それだけではないだろう。その子どもはけっして晴美の生まれ変わりではないし、晴美の代理にもなりえないからだ。ここでもまた、この世界は苛酷で残酷であり、けっしてやりなおしも生まれ変わりも取り換えも生じえない。一度死んだ者は甦らないし、誰かの存在がその穴＝不在を都合よく埋めてくれることもない。どんなにその子に、生前の晴美の遺品となった洋服を着せたとしても。

すずは確かに決定的に大切なものを喪失した。晴美と、右手と。それ以降の世界はすっかり歪んでしまった。けれどもその喪失＝穴によってこそ繋がっていく関係もこの世界にはありうる。死んでしまった晴美の記憶が、幻のような右手の幽霊へと引き継がれ、さらにその不在の右手が渦を作って引き寄せたかのように、広島で母親を失った戦災孤児の女の子との出会いを準備していく。

それは物語の中では「どこにでも宿る愛」と呼ばれるだろう。定型的な血縁家族たちだけの、閉ざされた愛ではない。すずは「あんた、よう広島で生きとってくれんさったね」と、その孤児の手を取る。すずと周作は、死んだ晴美の記憶を抱え、あるいは、生まれてこなかった二人のあいだの子ども（水子？）に対する想像をもそこに重ねながら、その子を新しい家族の一員として引き取って、新たに拡張的な家族を作り出していく。そうやって、決定的な喪失のあとの世界を生きていく。

幽霊や幻想たちとともに生きていくということ。それは絵を描くという魔法の力を失ったすずが中身のない空っぽの器となり、幽霊や幻想たちがすずの身体（器）を自由に往来し通り過ぎていくに任せることであり、他なる力に身を委ねることによって、家族の中に新しい魔法の力を宿しなおすことなのだ。

色々と不幸が重なって、広島へ帰ると感情的に駄々をこねていたときは、まだ、すずにとっての本当の家族は広島市江波の実家にあった。しかし物語の最後、彼女は新しい家族の場所を見出していく。非血縁的な孤児や幽霊たちをも含んだ、拡張家族になること。ブリコラージュ的でつぎはぎの家族になっていくこと。決定的に重要なものたちの喪失＝不在こそがゼロ記号のように作用して、新しい形態の家族がこの世界に誕生してしまったのだ。

ちなみに片渕によれば、『マイマイ新子と千年の魔法』の新子のお母さんは終戦時に一九歳で赤ちゃん（新子）を身籠ったという設定になっており、それは『この世界の片隅に』のすずの姿とも重なるという（『ユリイカ』インタビュー）。新子は、生まれることがなかったすずの子どもであり、幽霊的な家族だったのかもしれない。

アニメ映画版『この世界の片隅に』のエンドロールで、すずは、その後養女となっただろう震災孤児の女の子に対し、得意だった絵を教えるのではなく、裁縫を教えるだろう。しかもその子が作っているのは和服ではなく、洋服である。すずと径子という対立する二人の「母」の記憶と手が弁証法に統合されているのだ。その子は径子のために洋服を作って、もう一人の母としての径子にそれをプレゼントするだろう……。

## 「戦後」にとって「外」とは何か

二〇一六年という年に、この決定的な映画があってよかった。何かが救われた、と感じた。最初にそう言った。その感動を何とか批評の言葉にしようと思い、悪戦苦闘してここまで書き進めてきた。その上でしかし、私自身の現実感覚に照らして、若干の違和感が残る。そのことを最後に付け加えておく。たとえば正直に言えば、『この世界の片隅に』という作品は、宮崎駿と高畑勲によるスタジオジブリ的なものの臨界点であり、継承であり、再延命であって、「戦後的なアニメーション」の呪縛を限界突破していくものではないのではないか、という気持ちが私には残った。❖13 だがそれだけではない。

たとえばかつて小学生のときに図書館でマンガの『はだしのゲン』を読んだとき、ふるえあがったのは、戦争や軍隊や原爆の怖さももちろんあったが、それよりも、猜疑と差別と怨恨に満ちみちた近隣の人間たちの悪意、それこそが怖ろしかった。弱い立場の人々をさらに叩く、共同体的に排除していく人間＝隣人たちの愚劣さと弱さこそが怖ろしかったのだ。それはつまり、ごく普通の庶民たちがふるう、心根の弱さゆえの執拗な暴力である。自分たちを含むこの世界の「人間」たちとは、そもそも、こういうものなのか。今もその思いはある。

『この世界の片隅に』は日本国家や戦争という巨大な暴力を総合的に検証し批判しえていない、というよりも、むしろ、すぐ身近な隣にある共同体や家族がふるっていく根源的な悪——それはもちろん国家や企業や軍隊の暴力性とも複雑に絡みあっている——へと十分に対峙していないのであり、それがどこか、この作品の苛烈さと残酷さを薄くし、弱いものにし、ある種のファンタジーにも見せてしまっているのではないか（『火垂るの墓』とはその点が異なる）。素朴だが、そこが不満足に思えた。それは人間観そのもの、ひいては戦争と平和に対する態度そのものに関わる。

そしてそれは次の疑惑へと開かれていく。

そもそも、戦後の歴史の中で育ってきた人間たちは、本当に信じるに値するものなのか。片隅に陥った人間がさらなる片隅の人間を叩く、弱い者がもっと弱い人間たちを排除していく、という悪循環をいまだに克服できないばかりか、さらにそれを悪化させていくとすれば、私たちの戦後の歴史とは何だったのか。

震災の「後」。世界大戦の「後」。そして来るべき災厄の「前」。真偽や善悪が混濁し決定不能になっていく殺伐とした空気の中で、私たちは戦後的人間のその限界をも未来へ向けて超えていくべきではないのか。『この世界の片隅に』は、戦中的庶民の側から戦後的市民の日常を問いなおすかにみえて、じつは、戦後的な人間像（ただ普通に暮らしていれば民主的で平和的でありうると思いこんだ人間像）を戦中や戦前へと密輸入というか逆輸入してしまってはいないか。

二〇一六年に『この世界の片隅に』という作品があって救われた、この作品はおそらく「戦後的」なアニメーションの臨界点まで行ったのだ――その奇跡的な成果に感謝を捧げ、それを十分に寿いでみたその上で、私たちの想像力を依然として拘束し続けるこの「戦後」の、その「外」にあるだろう非戦後的な気配、予兆、予感について思考してみたかった。

しかしそんな非戦後としての「外」の手触りは、どこにあるのか。

## 4 『ガルム・ウォーズ』――ポストヒューマンな革命戦争のほうへ

**「戦後」の「外」にあるアニメーション?**

では二〇一六年という年に、今なお延命し、私たちの現実と想像力を呪いのように拘束する「戦後」という時空の、その「外」の空気を感じさせてくれるアニメーション的な作品は、ほかになかったのか。あった。

それが押井守の『ガルム・ウォーズ』である、と私は思う。

二〇一六年に劇場公開された『ガルム・ウォーズ』は、いわば、ゴジラ的人間たちによるポストヒューマンな革命戦争の物語だったからだ。

『シン・ゴジラ』のような新時代の反革命《ファシズム》の物語ではなく、『この世界の片隅に』のような戦時下と現在を重ねあわせつつ、この世界の片隅の庶民たちによる抵抗闘争のあり方を描いた物語でもない。見捨てられ廃棄されたポストヒューマンたちが革命戦争のために蜂起し、与えられた物語に埋没するのではなく主体的な歴史のはじまり（biggining）を切り開き、戦後的人間＝観客＝私たちが拘束された政治的・芸術的な価値観をラディカルに破砕してしまう物語……。

震災と原発事故の「後」と来るべき戦争の「前」の、前と後の感覚が入り乱れる「間」としてのこの時代にとって、『ガルム・ウォーズ』とは、どんな作品だったのか。

そもそもポストヒューマンな革命戦争とは、きわめて危険な欲望であり、「戦争と革命の世紀」としての二〇世紀のさらに「後《ポスト》」の時代である今現在、もとより夢見ることを許されない大義であり、政治的な享楽ではないのか。

## オタク的な軍事主義者としての押井守――戦争疎外をめぐって

まず、次のことを率直に認めたい。押井守という人間について、私は長らく、大きな勘違いをしていた。最近やっとそのことに気づいた。私はずっと、〈押井はいっけんミリタリーオタクのようだけれども、映像作品の中ではねじれた戦略によって戦争や軍国化を批判しているのであり、アイロニカルな平和主義者なのだ、押井こそが戦後的なねじれを引き受けた平和主義者なのだ〉云々と、勝手に思いこんできたのである。

しかしそれは端的に間違っていたのではないか。
たとえば押井は、軍事評論家の岡部いさくとの共著『戦争のリアル――Disputationes PAX JAPONICA』（二〇〇八年）で、次のように語っている。子どもの頃から、身の周りには軍事関係の本がたくさんあった。マンガである。自分たちは平和を絶対正義とする戦後民主主義の申し子でありながら、軍事少年やミリタリーオタクとしても育ってきた。それは矛盾に思える。しかしその矛盾をごまかすわけにはいかない、と。

これは戦後の少年たちのありふれた感覚なのだろう。この点について、押井がとりたてて特殊な感性の持ち主には見えない。ただし押井は、そうした倫理と快楽、平和と戦争をめぐる分裂の痛みを――物わかりのいい大人へと成熟してそれを抑圧し消し去るのではなく――延々と抱えこみ続けた。そのわが身を引き裂かれていく身体感覚において、映像作品を制作してきた。

押井は「日本人だけが戦争から疎外されている」「戦争から自己疎外している」と苛立たしげに繰り返している。この世界には今も、戦争や内戦が溢れている。しかし、日本国内の空気の中では、戦争についてまともに思考することすらできない。現実的にある戦争をめぐって率直に議論し、多事争論するための公共的な場すらない。やはりそれはおかしい。

僕なんて日本が戦争をしたらどうなるのか、そんなことばかり考えている。どうするのかだけでなく、勝つためにはどうするのかまで考えている。
それはものを作るうえで絶対に必要な想像力だ。エンタテイメントというものを支えているのがその想像力だ。その緊張感がない者はものを作る必要がない。
（『コミュニケーションは、要らない』）

それを批判するか肯定するか、道徳的な価値判断をどう下すか、そういう話の前に、押井の中には戦争欲望がある。それはあってしまっている。私たちはまず、そのことを受け止めねばならない。

一般的な意味での疎外論とは、私たちは人間や生命としての何らかの本質から疎外されている（労働疎外や生命・自然からの疎外など）、ゆえに疎外から脱して、本来的な生き方やあり方に回帰しなければならない、という思考のフォーマットのことである。押井はそれを、端的に、人間には戦争疎外があると言うのだ。押井は読者や視聴者を挑発するように、「戦争は勝つべき」だ、「戦争の巧い人間」になりたい、とすら言っている（『戦争のリアル』）。日本人は「戦争文化」が貧困過ぎる、とも。

押井は苛立ちとともに次のように挑発する。日本人は戦争を自己総括してこなかったし、ゆえに戦争論（戦争の哲学）をもたなかった。たとえばクラウゼヴィッツの有名な『戦争論』は、ナポレオン戦争の敗北に対する自己総括であり、そこから語られる戦争の哲学だったのだ。しかし日本人は戦後ずっと、都合のいい被害者意識に染まったルーザーにとどまり続け、「勝者になるっていう可能性は追求しなかった」（『戦争のリアル』）。だからこそ、世界戦争に対する敗北の落とし子としての戦後日本のサブカルチャーの中には、戦争疎外からいかに解き放たれていくのか、という課題が置かれるべきである。

この観点から押井は、宮崎駿のアニメ版『風の谷のナウシカ』の戦争の描き方を、リアリティのない不十分なものとして厳しく批判している。あるいは東日本大震災のあと、ジブリでは原子力をボイコットし再生エネルギーによってアニメを制作したい、と宣言した宮崎を批判し、嘲笑った。映画やアニメという近代的テクノロジーがつねにすでに軍事というハードパワーの領域とも地続きであることは、押井にとってデフォルトであり、現代的な映画作家が引き受けるべき当然の責務であるからだ。「原子力の平和利用」というスローガンで核兵器／核エネルギーのあいだに恣意的な線引きをすることが欺瞞的であるのと同じなのである。

これは押井がよくやる世間の空気に対する逆張りであり、露悪的なアイロニーなのだろうか。発言の節々に、そういう面がないとは言わない。しかし、それだけではないと思う。そこには押井の根本的な世界認識の形があるからだ。しかも特に近年になって、この国の戦争疎外に対する苛立ちや鬱屈が一つの臨界点をむかえつつあるようにも思える。

たとえば近年の実写映画『東京無国籍少女』（二〇一五年）。

これは次のような作品である。一人の女子高生の見かけは何気のない学校生活の中に、不穏な戦争の気配や、ヘリの音、余震のような亀裂などが強迫反復的に介入してくる（学校、永遠の日常、胡蝶の夢などの要素は、事実上の出発点としての『ビューティフル・ドリーマー』への原点回帰であり、自らのモチーフの再確認という意味もあるのかもしれない）。『東京無国籍少女』はいわば〈来るべき戦争の予感に満ちた震災後映画〉であり、致命的なカタストロフの「後」と「前」の時間が重層的に入り乱れ、平穏な学校的日常の中に、不気味な気配のように地震や戦争のイメージが侵食し、滲んでいく。

物語の最後には、次のことが判明する。この作品は、少女たちが「戦争」という本当の現実（真理）にいかに覚醒するか、という物語だったのだ、と。天才芸術家と呼ばれた主人公の少女（清野菜名）は、何らかのトラウマによって記憶障害を抱えたまま、強迫反復的な欲動に駆りたてられるようにして、学校内で現代アート的なオブジェ＝震災アートを作り続けている。それは戦争と戦場という真実を覆い隠すための代償的な行為を意味する。しかし逆に言えば、芸術作品は、平和（日常）と戦争（真実）を再接続するための装置にもなりうるということだ。それは押井にとっての映画という芸術の、メタ構造的な寓意なのかもしれない。

戦後的な平和の象徴としての学校生活は、嘘を真っ白に塗り固めたフェイクにすぎない。そればかりか、真偽が決定不能になった震災後のモザイク状の現実すらも、ヴェールのように真理を覆い隠すものでしかない。意味も理由もわからずに投げ出された戦場としての現実こそが、ほんとうの真実＝リアルである……。

ある意味では『東京無国籍少女』は、二〇一六年の『シン・ゴジラ』『君の名は。』『この世界の片隅に』などがそれぞれの形で昇華してみせた東日本大震災をめぐるトラウマ的な享楽を、抑圧したりなかったことにするのではなく、それよりもさらに強力な戦争欲望の享楽によって打ち消そうとする、そうした戦略を選んだ映画であるだろう。震災をめぐる崇高なスペクタクル映像の享楽を超えるためには、戦争的な享楽を芸術的に突きつめてそれをぶつけていくしかない、と。

君たちはもはやどうでもいい芸術（芸術映画、現代アート）を鑑賞したり、消費したり、制作したりしている場合ではない。一刻も早くこの世界の真実に目覚めて、同胞たちとともに革命戦争に参加すべきだ。この国の戦後的時空が悪夢的に再生産してきた戦争疎外を断ち切って、闘争的な主体としての己に目覚めよ。ありうべき戦場には、きっと、フェイクな優等生的なおともだちなどではなく、君にとっての本物の同胞＝戦友たちが待っているだろう……。

押井はもちろん、憲法や戦争放棄を遵守する戦後左翼・リベラル左翼ではない。かといって、権威主義や国家主義の尻馬に乗って愛国化と軍国化を是とするような、タカ派でもない。しかし現実（政治）と虚構（芸術）を切り分けて、非現実的なフィクションならば何を言ってもやっても許される、という芸術家気取りの居直り、芸術的ロマン主義を自らに許すタイプでもない。軍事オタクというのとも違う。押井守という人は、率直に〈オタク的な感性を抱えた（非軍国主義的な）軍事主義者〉なのだ、と言ったほうがいい。それが私の考えである。単純な右でも左でもなく、革新でも保守でもないような、複雑なねじれと鬱屈が彼の中にはある。押井にとっての象徴的な代理父としての宮崎駿は、よくも悪くもミリタリーマニアの人であると思うが、押井の根源的な戦争欲望は、ただのオタクやマニアの域にとどまることを彼にけっして許さないのである。

その危うさを批判したいのではない。肯定したいのでもない。ただ、私たちは〈押井はサブカルチャーの人間であり、映画作家である〉という暗黙の思いこみによって、押井の映像作品が食らいつこうとするいちばん危険で厄介なところ、ゆえにいちばん魅惑的なところをも、じつは、中途半端な形でやりすごし、スルーしてきてしまったのではないか。そんな気がしてならない。押井は本当はアイロニカルな平和主義者なのだ、という受け止め方は、やはり致命的に的を外していなかったか。押井の内なる欲望のポテンシャルを、低く見積もっていなかったか。押井の欲望はたとえば時々彼が名前を出す石原莞爾のような、軍人的アジア主義者のそれとも似通ったものではなかったか。

必要なのは、市民道徳的な価値判断によって、わかりやすい悪（権力の悪であれ、凡庸で卑小な悪であれ、芸術上の悪であれ）を裁くことではなく、押井という作家に対する政治的＝美学的な批評であり、押井の表現の底を流れる不穏な欲望をその可能性の中心において批評しつくすような、欲望論的な批評なのである。

たとえばドイツの哲学者であり、ナチスにコミットしたマルティン・ハイデッガーは、二〇世紀精神の中核には「不安」があると考えた（『存在と時間』細谷貞雄訳、ちくま学芸文庫）。ハイデッガーは、すでに絶対的な神や理念のない「乏しい」時代の中で根源的に思考しようとした哲学者である。なぜ無ではなく、存在があるのか。そもそも存在の意味とは何か。ハイデッガーによれば、人間（現存在）は、存在の意味を漠然と了解はしているが、十分に理解してはいない。ゆえに存在の意味を問い続ける、そうした自己準拠的な存在である。ゆえにハイデッガーは、あえて、存在の意味を見失って平均的日常性に埋没した人間のあり方から、哲学をはじめようとした。

二〇世紀的な大衆社会の中では、私たちは世間＝世人（das Man）への関心と気遣いに駆りたてられ、落ち着きがなく、何かに操られ、非本来的なあり方に投げ出されて、頽落してしまっている。つまらない世間話に左右され、つねに気晴らしを求め、所在がない。存在という真理は覆い隠され、日々の自分たちの言葉には深みがなく、真偽も曖昧なお喋りになり、身の回りの物たちはただの道具になっていく。

しかし私たちの日常は、なぜこんなにも不安なのか。ハイデッガーは、不安と恐怖を区別している。恐怖の感情には、何らかの具体的な対象がある。しかし、不安という漠然とした気分には、これと指し示せる具体的な対象がない。それはこの世界の中に存在すること自体からもたらされる不安だからだ。日常性に埋没して気晴らしやお喋りを続けることは、鎮静的であるがゆえに誘惑的であり、だからこそ存在からの疎外はアディクションのように根深いのである。

漠然とした不安の気分に陥っているうちに、この世界全体が無意味なものに思えてくる（世界崩落体験）。しかし、この不安という漠然とした気分こそが、人間が本来的な自由へと至るための開通路になる。ハイデッガーはそう考える。平均的な日常性に頽落した世間＝世人から抜け出すには、個人として決断的（先駆的）に死の虚無に対峙し、不安を超えて本来的な自由に覚醒するしかない。この私の死は誰も身代わりできないし、他人の死を経験することもできないからだ。先駆的な覚悟と決断をもって、自らの死を引き受けることによって、本来性という真理へと自らを開くこと。

しかし本来的な死に対峙することは、ハイデッガー哲学においては、自分たちが属する共同体の運命と、ゲルマン民族の経歴へと覚醒することに繫がっていく。この感覚は、おそらく現代日本を包みこんだ「気分」とも通じあうだろう。真理としての歴史性（経歴）へと覚醒しているからこそ、私たちは歴史認識をもつことができる。つまり、どんなに歴史や世界史についての情報や知識を集めても、真理としての歴史性へと至ることはできないのだ。

堕落し頽落した大衆的な日常を超えて、おのれの死の可能性を先駆的に引き受けることによって、民族的な本来性へと覚醒し、生を燃焼しつくすこと。重要なのはこのパターンが、右（ファシズム）からも左（共産主義）からも等しく出てくることだ。左翼的な倫理に従えば、おのれの死を賭して共産主義的な革命という真理へと覚醒することになるからだ。

すると二〇世紀精神が強いられた逆説は、こうなる。左右を問わず、この世俗的な日常を超える何かを目指すことが、なぜかそのまま虐殺と粛清と収容所群島へと帰結していく、と（笠井潔『テロルの現象学』）。そこに出口はないかに思える。かといって、革命と戦争を拒絶するとすれば、空疎な俗人たちに埋没するだけの消費社会を根源的に批判するための根拠もないことになる。ならば人は、この世界は根源的に無意味である、というニヒリズムに陥るしかないのか。人はそんな不安と虚無に本当に耐えられるのか。そこには、本来性＝真理への飢えがある。たとえば現代的なオタクやネトウヨたちも、ポスト真実的な世界の中で、どこまでも事実関係が曖昧で、真偽が決定不能なネット的な情報の相対性を超えて、歴史の真理へと覚醒したがっているのである。

押井もまた、こうした二〇世紀的な矛盾を抱えこんだ人間である。しかもそれを日本という国の、第二次世界大戦の「敗戦後」の特異な歴史の中でラディカルに引き受けようとしてきた人間なのだ。ならば、世界的（二〇世紀的）かつ国内的（戦後的）なこうした限界を超えていくとは、どういうことなのか。

そして押井はまさにそれゆえに、様々なジャンルに渡る仕事をしてきたものの、本質的にはアニメーション作家であらざるをえなかったのだ。

アニメーションという芸術には、二〇世紀のモダニズム的な精神と欲望が流れこんでいる。主流のアニメーションの中には、近代化が進んで本来の人間らしさを失った中で、いかに真実のリアリティを回復するか、という欲望があるわけだから。しかしアニメ的な欲望はさらにその先で、機械や兵器やテクノロジーに埋没し、それと同化しようとする不穏な欲望とも見分けがたくなっていき、そうなると、モダニズムを突き抜けてファシズム的な欲望へも近づいていく。それは二〇世紀の歴史が示す教訓であり、芸術と政治をめぐる悪夢的な悪循環でもあった。

押井はその危うさを徹底的に自覚してきた映像作家である。実際に押井は、自分はすでに理性や感情を備えた「人間」ではなく、魂のない機械や人形やゴーストにすぎないかもしれない、という疑いの中で、戦争という本来性への回帰を考え続けてきたのだ。押井はこれまで、実写もアニメも交互に撮ってきたが、本質的にはやはりアニメーション作家である、と呼ばれるべきゆえんである。ならばそんな戦争欲望のゆくえは、どこまで行くのか。どこまで行けるのか。

先ほど述べたような『東京無国籍少女』によって露骨なまでに剝き出しになった戦争欲望の臨界的な危うさは、同時期に完成に至った『ガルム・ウォーズ』にも、当然、分かちあわれている。

奇妙にいびつな出来栄えになった『ガルム・ウォーズ』に対峙するとき、私たちはおそらく、『この世界の片隅に』のような抵抗者の立場を確保することも、キャラクターたちに寄り添って共感したり、感動したりすることもできないだろう。何か根本的に非人間的なものがそこにはある。『ガルム・ウォーズ』が観客たちに与える感覚は、おそらく『シン・ゴジラ』が私たちに与える不安や享楽、危うさに近いものである。

『ガルム・ウォーズ』には、奇妙なわかりにくさがある。

その厄介なわかりにくさを嚙み砕いて吞みつくすには、押井守という映像作家の仕事を振り返り、その心臓としてのモチーフ（イデー）を切開し、取り出してみなければならない。頭によって解釈しなければ『ガルム・ウォーズ』という作品の意味はよくわからない、ということではない。私たち観客の側もまた美学的・政治的な感性を更新し、非人間的な何かへと自己変革しながら作品に対峙しなければ、わかるべきものがわからない、という意味だ。

『ガルム・ウォーズ』は、本章が論じてきた二〇一六年の傑作アニメーションたちと比べてもおそらくは遜色のない作品であるのみならず（それらの作品と対照的に少しもヒットせず、ほとんど人々の話題にすらならなかったというマイナー性も含めて、じつに押井守らしいのだが）、押井の経歴にとっての重大な転回点になっている。一九九〇年代後半に企画されたもののついに実現しなかった『G.R.M.』という作品の計画を源流とし、その後『アヴァロン』『イノセンス』『スカイ・クロラ』などを経て『ガルム・ウォーズ』へ、という連続性の中で『ガルム・ウォーズ』の美学的・政治的な意味（イデー）に立ち向かい、それを受け止めてみるということ。そこから、どんな光景が見えてくるのか。

『ガルム・ウォーズ』は作品単体としては成功作とはいえないし、押井もその失敗をある種の諦観とともに、しかしどこか爽やかに認めてもいる。だが、二〇年近くもの試行錯誤を経て、押井はやっと、この境地までたどり着いたのだ。『ガルム・ウォーズ』の美学的かつ政治的な映像と物語は、はたして何を実現しているのか。同年公開の『シン・ゴジラ』『君の名は。』『聲の形』『この世界の片隅に』などのポリティカル・フィクションたちがじつに多様な考察や解釈、豊饒な批評たちを生みだしてきたことに比べて、私たちはいまだに『ガルム・ウォーズ』について、十分に正面から語る言葉をつくしていないように思える。

押井にとって戦争《ウォーズ》とは何か。人間の中には本来的に戦争欲望があるが、戦後の日本人たちは戦争疎外の状態に置かれてきたとは、どういうことなのか。押井にとって、アニメーションという芸術に潜在するはずの非人間的な革命性は、戦争欲望の危うさといかに切り結び、関わっているのか。

この国の戦後的な政治的芸術／芸術的政治の臨界領域にあるこれらの不穏な問いをめぐって、二〇年近くの時を積み重ねて復活的に完成した『ガルム・ウォーズ』の源流へと遡りながら、力と心と思いをつくして、批評の言葉を探し求めてみたい。『ガルム・ウォーズ』と押井守に対する批評的なゲリラ戦争を仕掛けてみたい。

## 敗戦後の日本と、オタクたちのモザイク化したリアル

作家としての押井守は、一貫して、第二次世界大戦の敗戦後の日本という奇妙な虚構空間の中で、偽物のリアリティを生きるしかない日本人の存在を——物語的にも映像的にも——ラディカルに問いなおそうとしてきた。『うる星やつら2　ビューティフル・ドリーマー』『パトレイバー』『攻殻機動隊』『スカイ・クロラ』……。

オタクという言葉が一般化するずっと前から、押井は現実／虚構がモザイク化していくリアリティを生き続けてきた。その意味では本来の戦後的なオタクとは、現実と虚構の区別がつかなくなった人々とは限らない。現実と虚構がパッチワーク化し、混濁し、まだら模様になったリアリティを生きざるをえない人々のことだろう。

たとえばかつて、〈日本の作家たちは、虚構の空間の中で箱庭的に虚構の作品を作っている〉という悲哀について、戦後を代表する保守批評家の一人、江藤淳は次のように語っていた。「いわば作家たちは、虚構のなかでもう一つの虚構を作ることに専念していた。そう感じるたびに、私は、自分たちを閉じ込め、拘束しているこの虚構の正体を、知りたいと思った」（『閉ざされた言語空間』）。

押井の作品にもそんな悲しみがある。虚構の中の虚構。胡蝶の夢のような入れ子構造の現実。そうした虚構的現実＝現実的虚構の中で、戦後の日本人は自由や正義の感覚を見失い、組織的な腐敗やルーチンワークの中に埋没してきた。押井は、現実と虚構が混じりあった戦後的な平和の日常に、けっして満足することができない。そこには根源的な「不正義」があるから。とはいえ「虚構の世界を飛び出せば、そこには真にリアルな現実がある」というロマン主義も信じられない。一つの虚構の外へと飛び出ても、そこには、また別の虚構の世界があるだけだから。

そうした敗戦後の日本人たちのねじれ。屈託。ならば、自由とは何か。戦後の日本人が大人へ成熟する

とは。この国にとって、正義とは。平和とは。押井は、そうした問いを、自らの映像の力によって描きつくそうとしてきた。

押井は実際に、アニメーション映画のみならず、実写映画を撮ったり、マンガの原作を書いたり、小説を書いたり、積極的にメディアミックス的な戦略を行ったり、実写とアニメがフラットになった新次元の映像を創造しようとしたり、ジャンル的にも技術的にも様々な試みを展開してきた。たとえば一九九二年の実写映画『トーキング・ヘッド』は、映画制作の現場に関するメタ映画であり、映画内作品としてのアニメーションも出てくる。押井は二〇〇〇年代になると、はっきりと「すべてはアニメーションである」と主張しはじめるだろう。

たとえば宮崎駿の中には、押井のような現実／虚構のパッチワークを生きる人間の屈託や悲哀は、ほとんど感じられない。現実は現実であり、アニメはアニメである。それは宮崎にとって当たり前の出発点だっただろう。押井がある種の代理父としての宮崎に噛みつき続けるのも、たんなる天才的な先行者に対する嫉妬、あるいは父殺し＝神殺しの欲望のためばかりではなく、その辺りの屈託の有無にも関わるのかもしれない。

こうした押井のねじれたリアリティは、けっして他人事には思えなかった。私にとっても現実は、つねに現実と虚構の重層的な編み目として、それらのパッチワークとしてしか感じられなかった。今もそうである（だから、この本を書いている）。他人たちの苦痛や死ばかりか、自分の苦痛や絶望すら、どこか、作り物で、まがい物のように感じられた。生身の人間たちの苦痛よりも、マンガのキャラクターや虚構の中の人物に本物以上のリアルさがあった。

たとえば私は、テレビ中継されるイラク戦争や9・11の同時多発テロ、「イスラム国」による人質殺害映像などを前にして、激しい恐怖を感じ、失語を味わいつつも、そこに見惚れるような快楽を感じてしまう。そんなとき、かえって、現実以上に現実的なフィクションや最高最善の映画、アニメーションをこの体が欲してしまう。それはたんなる虚構への撤退であり、現実逃避にすぎないのだろうか。

それだけだとは思えない。私たちが非現実的な現実の暴力を前にして、そこに享楽を味わい、見惚れて、言葉を失ってしまうときに、最善で最高の映画やアニメーションを体が欲するのは、おそらく、現実と虚構が雑ざりあっていく先にあるはずの歴史的な〈真理〉に触れることで、もう一度、この世界に対する信頼を何とか回復しようとしている、そういう面もあるのではないか。だから、現実と虚構の多重化されたパッチワークが問いの出発点になっていくのではないか。

## 現実からの疎外、組織への疎外

押井の映像作家としての事実上の出発点となったのは、『うる星やつら2 ビューティフル・ドリーマー』(一九八四年)である。そこでは、文化祭の前日(祭りの前)が無限ループ的に繰り返され、現実と虚構が胡蝶の夢のようにねじれていく。学校的な青春/学生運動的な青春/アニメオタク的な青春などの複雑な青春のレイヤーが重層化してもいく。高橋留美子の『うる星やつら』という原作を職人的に活かしながら、そこに押井にとって切実なモチーフを重ねあわせた。押井という作家の出発点にふさわしい作品である。

『ビューティフル・ドリーマー』では、永遠の「文化祭の前日」や「廃墟の夏」という擬似的な小さなユートピアが実現する。親密な友達の他には誰もいず、衣食住には困らない永遠の夏休み。それは終末論的な世界であり、歴史の終わりでもある。彼らはひたすら遊び呆ける。夢の世界であれば永遠に楽しく、幸福なままに生きられる。ならばなぜ、幸福な夢を見続けるのではダメなのか。彼らが囚われた夢は、現実と等価であり、それらはフラットなのに。

最後に諸星あたるは決断を迫られる。この夢から脱出するには、目が覚めたらどうしても会いたい人、その人の名前を呼ばねばならない。ラムは最後にあたると約束を交わすだろう。「責任取ってね」と。もちろんそのあと、『うる星やつら』の物語はいつものドタバタに戻り、ルーチンが繰り返されるだろう。「あいつらには進歩や成長がからっきしないから」。しかし『ビューティフル・ドリーマー』の世界には、まだ、夢と虚構の無限ループから抜け出して、その外部にいる具体的な他者に対する愛（責任）を求めることが倫理である、という感覚があった。

しかし、若者たちのこうした他者への愛（外部に対する愛）という解決自体が、どこか甘く、いい気なものだったのかもしれない。おそらく『ビューティフル・ドリーマー』の物語において決定的に重要なのは、大人たちの身体に降り積もる疲弊であり、塵芥である。あたるやラムがお祭り騒ぎのドタバタや恋愛ゲームを楽しんでいるときも、たとえば温泉マーク（教師）の身体は疲労し、部屋には黴が生えている。サクラもまたデジャブに苦しめられ、脱出の手段を探る。

大人たちはきっと言うだろう。「君たち」がいかに永遠的な青春のループを欲望し嗜癖しようが、そこにはループし切らないものが残る。時間は循環するのではない。時間は君たちの肉体に降り積もっていく。そうした降り積もる時間によるダメージを強いられるのが、つねに温泉マークやサクラなどの大人たちであることがポイントなのだろう。

実際に、押井的なキャラクターたちは、このあと、ループすればするほど降り積もっていく疲弊や諦念とも戦い続けねばならなくなる。押井もまたのちにこう振り返っていた――『ビューティフル・ドリーマー』のモチーフは、戦後日本の「終わらない日常」を「相対化」することだった。しかし、この国は変わらなかった。原爆が落ちようが津波が来ようが、この国は変わらなかった、と（『コミュニケーションは、要らない』）。

敗戦後的な無限ループと身体に降り積もる疲弊を断ち切るには、それを私たちに無限に強いる現実の構造それ自体を変革するしかない。しかし学生運動は所詮はお遊びにすぎず、空疎な自己欺瞞と、内ゲバの悪夢と、消費社会への馴れ合いに行き着いたのではなかったか。どうなのか。問いの困難の中にもっと深く、足を踏み入れねばならない。

日本の戦後的な空間とは、現実と虚構がパッチワーク状に混在した空間であり、そこでは人々はリアルな現実や自由の手触りから疎外される。だがそれは、学校や部屋の外へ出ても変わらない。子どもから大人へ成熟しさえすれば、リアルな労働や人間関係を手に入れられる、というのはまやかしである。いかなる組織や企業に属したとしても、依然として、現実／虚構のモザイクは私たちを苦しめる。これはデフォルトである。押井はそこから、オタク的な疎外の問題を組織論的な疎外の問題として（も）問いつめていく。

**飼い犬／一匹狼／野良犬――戦後日本人にとって自由とは何か**

権威や地位、社会的身分とは関わりなく、誰もが非人間的な組織の一員として、システムの中に組み込まれている。大人として生きるならば、多かれ少なかれ、何らかの組織のメンバー（犬）になるしかない。押井作品はセカイ系的な想像力（そこでは個人の領域と世界全体の領域がダイレクトに直結してしまう）がスキップしがちな組織・法律・制度などの社会的領域の厚みをつねに描こうとする。

特に一九八〇年代後半～一九九〇年代半ばの『パトレイバー』『パトレイバー2』『攻殻機動隊』などの作品の中では、警察組織・軍隊における内部的な抗争・敵対・反乱（それに伴う官僚組織との軋轢）などのハードな主題が正面から描かれた。

様々なマンガ家やクリエイターと手を組みつつ、メディアミックス的に展開されてきた「ケルベロス・

サーガ」と称される架空の昭和史物語群にも、そうした傾向が強い。ケルベロス・サーガとは、実写映画『赤い眼鏡』(一九八七年)、藤原カムイ作画によるマンガ『犬狼伝説』(単行本には複数のヴァージョンあり)、実写映画『ケルベロス　地獄の番犬』(一九九一年)、押井の脚本を沖浦敬之が監督したアニメ映画『人狼JIN-ROH』(二〇〇〇年)、押井原作を杉浦守がマンガ化した『KERBEROS SAGA RAINY DOGS／犬狼伝説　紅い足痕』(二〇〇三年)、押井の小説『ケルベロス　鋼鉄の猟犬』(二〇〇六年)、同じく杉浦のマンガ『ケルベロス×立喰師　腹腹時計の少女』(二〇〇七年)などによって構成される一連のシリーズである。

押井作品には、学園闘争／新左翼／全共闘運動などへのノスタルジーが感じられる。しかしどちらかといえば、それらに対しては冷淡な距離感や、自嘲気味の皮肉が入る。実写映画の『赤い眼鏡』や『トーキング・ヘッド』(一九九二年)などにそれは顕著だろう。少なくとも、手放しで左翼的な夢を礼賛することはない。むしろそのバカバカしさ、滑稽さ、情けなさをアイロニカルに描いてきた。学生運動とは永遠の学園祭、お祭り前夜のバカ騒ぎにすぎず、逆に言えば、まじめとふまじめ、滑稽なお遊びと陰惨な粛清は、紙一重のものなのだ。それが押井にとっての「一九六八年的なもの」のリアリティだった。ちなみに、『ビューティフル・ドリーマー』に出てくる「眼鏡」は押井の自画像であり、それがのちに実写映画『赤い眼鏡』『ケルベロス』の紅一(メガネの声優を務めた千葉繁が俳優として演じている)に転生していく。

事実、体制側か反体制側かといわれれば、押井作品では、体制側の人々が中心に描かれてきたのである。しかしここには、いかにも押井らしいねじれがある。べつに体制側や権力側に加担しているわけでもないからだ。体制側にも反体制側にも居場所がない、という疎外感がデフォルトであり、それゆえにあえて、より組織論的な疎外がはっきりする警察や軍隊などの権力側・体制側の組織に属する人間を描く、という感じだろうか。

「一匹狼か飼い犬か」という押井的なジレンマもこれに関わる。通俗的なイメージとしては、狼は反体制側のシンボルであり、飼い犬は体制側のシンボルである。犬とは、体制・組織・秩序・構造に屈服した生き方だ。しかし他方で、組織から逃れて一匹狼的な自由を享受するのは、人間には不可能な生き方ではないか。そうしたロマン的な自由は潔く断念すべきだろう。

ならば、せめて、組織の中で正しい命令を与えてくれる飼い主（帰属先）に出会いたい。しかし現実的には、正しい飼い主＝上司に出会うことすらもきわめて困難なのだ。これが押井的なジレンマの形である。

実写映画『ケルベロス』の青年は、最後に、組織の忠実な犬になろうとして、自滅的な死を選んでいった。これに対し、『人狼』においては、主人公の伏は、つねに人間の愛／組織の非情さのあいだで揺れ動きを強いられていく。伏は少しずつ躊躇や迷いを消していき、非情な組織の狼になって自らの自我を完成させようとする。しかし伏は、結局最後まで、殺すべき女（狼に食べられる赤ずきん＝無力な女テロリスト）を殺すことができない。彼は同じ躊躇を二度、繰り返す。組織の中に理想的な居場所を求めながら、非人情にはなりきれず、中途半端な宙づりを強いられていく。狼でも人間でもいられず、「狼男」というイメージにすら収まりきらない「人狼」という宙づりにされたタイトルは、そうした押井的葛藤を暗示するものだろう。

結局この世界のどこにも帰属先や居場所はなく、廃墟のような都市空間の中を永遠に彷徨い続けるしかないのか。そうかもしれない。しかし、完璧に自由な一匹狼にもなれず、組織の飼い犬にもなりきれないのであれば、せめて、無力さに負けて不満と絶望を吐き散らす負け犬にだけは墜ちずに、「永遠に彷徨う犬＝野良犬」であり続けよう。それが押井が持ち堪えようとするぎりぎりの倫理であり、生き延びるための技術である。

しかもたった一人の「彷徨う犬」ではなく、他の無数の野良犬たちとともに、ミクロな解放区の自由、束の間のアナーキーな自由を享受し続けようとすること――それがおそらく若い頃からの押井にとって、この世界の中で人間たちに許されたぎりぎりの自由の形だったのである。

## 解放区主義者としての押井守

全共闘世代の小説家・思想家である笠井潔は、押井との対談の中で、自分たちにとって六八年革命(一九六〇年代後半の大衆ラディカリズム運動)の思想がどんな意味をもっていたのかを再考している(笠井潔×押井守『創造元年1968』)。

笠井が左翼的な党派運動をはじめたのは一九六七年一〇月八日の羽田闘争を経験したからだそうだが、笠井の三歳年下である押井も、高校生の頃に羽田の経験に触れて政治運動をはじめていた。押井は当時大森に住んでいて、羽田には幼い頃から遊びに行っており、愛着のある羽田で自分と大して年齢も違わない山崎博昭という学生が殺されたことに、大きな衝撃を受けた。押井の中には「あれがなかったらちがっていたかもしれない」という思いが今もあるそうだ。

「六八年革命」的な思想のタイプを、笠井は二つに区分している。①戦後民主主義的な理想を倫理的に過激化していく、という優等生的なタイプの思想。②戦後民主主義の「正しさ」に違和感を抱き、むしろ「大衆ニヒリズムを基底とする過激化した消費社会的感性」を武器にしていくような思想。②の思想をもった人々は、倫理的な正しさからではなく、「カッコよさ」という美的感性に基づいて政治運動にコミットしていった。時代のアイドルとしての村上龍、高橋源一郎、坂本龍一らとともに、押井は典型的に②のタイプであり、笠井史観によれば、六八年革命の思想的独自性や創造性は、①の倫理的血債主義ではなく、②のほうにあった。

しかし一九八〇年代になると、高橋や坂本らはしだいに高度消費社会のイデオロギーとしての日本型ポストモダニズムに同調しはじめ、六八年革命にありえた大衆ラディカリズムの可能性は脱色され、希薄化していく。しかし押井という人は、一九八〇年代以降の消費社会の中でこそかえって大衆的ラディカリズムの感性と美学をさらに先鋭化させていった、稀有な人間だったのではないか。

六八年革命の大衆ラディカリズムが、その後の一九八〇年代的な消費社会化によって希薄化され衰退していくのではなく、フィクションの力を通してかえって爆発的に拡張されていったのかもしれない、ということ。このような六八年史観が過去の美化やノスタルジーでないのかどうか、それは別の検討を要する。しかし、押井個人について考えるためには、こうした歴史観は重要である。無印良品的なもの、セゾン的なものを手放しで肯定しているのではない。押井の中には他方で、消費主義的な「繁栄と平和」やバブル的なものへの反感もまた根強くあるからだ。消費化やバブルが進めば進むほどに、笠井がいう六八年革命的な夢（第二次大戦のときにありえたかもしれない本土決戦をやりなおし、東京を焦土にし廃墟にしたい、という破壊的な衝動）が押井作品においてますます高度な、政治的・美学的なポリティカル・フィクションとして映像化されてきたのは、確かなのだ。

しかし、この対談集には、笠井と押井の違いもはっきり出ている。

笠井の中には、東京という首都の破壊（本土決戦の再来）の先に、群衆蜂起と千年王国主義的なユートピアの到来を夢見る、というヴィジョンがある。それはたとえばフランスの革命的サンディカリスト（労働組合主義者）、ジョルジュ・ソレルにも近いヴィジョンである。ソレルは、国家による上からの暴力（権力）を批判して、民衆たちの下からの暴力をアナキズム的に肯定している。民衆たちの暴力は政治行動ではなく直接行動によって、具体的にはゼネラルストライキ的なものによって、国家と資本の機能を停止へ追いこむ、というある種の神話的な暴力としてイメージされる。それはリベラルな漸進的改良を目指すのではなく、共産主義のような統制的な国家主義でもなく、民衆たちの中に神話的な力（笠井でいえばサブカルチャーやフィクションの力）を注ぎこんで、国家と資本に対する祝祭的かつアナーキーな闘争を組織することである。

六八年五月革命のバリケードの中には、黙示録的な友愛と祝祭的な共生の感覚があった（と、信じられた）。にもかかわらず、それらがなぜ、粛清と虐殺と収容所群島に帰結してしまうのか。笠井が躓いた二〇世紀（革命と戦争の世紀）のジレンマとは、そういうものだった。その先にあるのは、「マルクス主義なしに革命は可能か」という根源的な問いである。しかし地獄への道は善意によって敷き詰められている、という出口なき悪循環の中で、人類の歴史上には度々、アナーキーな大衆蜂起や民衆反乱が生起してきた。黙示派的な千年王国運動の系譜。それは初期社会主義やブランキズム、フランス革命などの場に垣間見られた経験である。マルクス主義的な革命（党派観念）とは異なる、もう一つの革命。「いま、ここ」に祝祭的に生起するユートピア的叛乱。それは歴史の中で何度も生起してきたし、今後も至るところで甦るだろう。それこそが革命が不滅である、ということの意味なのだ……笠井はそう主張する（『テロルの現象学』等参照。ただし、笠井とソレルのあいだには、資本主義／市場経済に対する考え方の根本的な違いがある。笠井『国家民営化論――ラディカルな自由社会を構想する』参照）。

しかし押井は青年期以来、そうした革命的なヴィジョン（社会主義的なものであれアナーキーなものであれ）を理念として信じてきたわけではなかった。そもそも押井は、大衆蜂起の潜勢力をべつに信じてもいないだろう（押井の「弟子」としての神山健治には、かえって笠井的な夢が相続されているようにも見えるが）。そうではなく、押井守の中に若い頃から一貫してあるのは、「刹那の祝祭的な非日常をいかにして長引かせるか？」という欲望だった。大衆社会的なニヒリズムを前提としながら、社会革命の夢（マルクス主義的ではない革命はいかに可能か？）を消費社会やポストモダン社会の中でなおも永続しようとしてきた笠井に比べても、押井には挽歌的なニヒリズム（何をしようが結局は日常の支配の前に敗北せざるをえない）の色がいっそう濃厚である。

実際にコミュニズムや社会主義革命の夢よりも、押井はその作品の中では、テロリズムや軍事的なクーデター（反革命）への共感を描いてきた。しかもそれらのテロリズムやクーデターは、あくまでも暫定的で一時的なものにすぎず、短時間で権力や日常的秩序の前に敗北していくことがあらかじめ決定されている。それはもちろんブランキズム（少数精鋭の直接行動→権力奪取→武装した人民による独裁）的な戦略とも重ならない。むしろ命懸けのテロリズムやクーデターの意味すらも、内側から空無化されざるをえないのであり、それが押井の挽歌的な政治的美学のロマンを生みだしてきた。カール・シュミットの言い方を転用すれば、押井は（ロマン的革命主義者ではなく）反革命的ロマン主義者としての映像作家である、と言うべきだろう。

学生時代の押井はもともと、革命と戦争の「あいだ」に、映画の夢を見出したのであり、いわば「解放区としての映画館」を生きようとしてきた人だった。

教育熱心な父親の影響もあり、押井は中学生まではエリートの優等生だったが、高校生になって一気に落ちこぼれに転落し、学校が嫌になって現実逃避し、ＳＦばかり読んでいたという。押井は高校時代に、明治大学や中央大学のバリケードに通うようになったものの、思想的に社会主義やマルクス主義に共感したわけではなく、組織や党派に入ったこともなかった。そもそも学生運動の中では、高校生／大学生のあいだに歴然とした格差があり、高校生組織は下部組織の兵隊予備軍扱いだった。階級や差別からの解放闘争を主張する人々がなぜそのようなことになるのか、不満があった。「だって、もしも革命が成功したとしても、そのあとはロクでもない収容所的な世界が待っているだけだから」……。

とはいえ確かに、高校にいるよりも、デモやバリケードの中にいるときのほうが圧倒的に気分は高揚した。デモの中には、無党派の高校生でも紛れ込む居場所があったからだ。高校時代の押井は、「いかにして非日常を引き延ばすか」ばかりを考えていたのである。東京中が火の海になる、という妄想に心から憧れた。そうすれば受験勉強も将来の人生設計も関係ないから。すべてをチャラにしたい、という破局的な欲望。たとえば『ビューティフル・ドリーマー』の中で描かれた人の気配のない廃墟と化した夏の東京は、押井の高校時代の願望そのものだったのである（『創造元年1968』）。

どこまでが事実なのかわからないが、公安の刑事が高校生の押井を訪ねてきて、左翼嫌いの父親の監視が厳しくなり、高校三年の夏に大菩薩峠の山小屋に軟禁され、受験勉強をひたすらやるように言われた。山の一つ向こうでは、赤軍派が軍事訓練をしていたという。夏休みが終わって下山したら、仲間との活動には戻れず、闘争からはドロップアウトし、親の思惑通り大学進学の道を選んだ。学生生活（日常）にも運動界隈（革命）にもなじみきれず、まさに犬のようにうろうろしていた。大学内の空気にも違和感があり、ますます「映画館が自分本来の場所」だという意識を強く感じた。「でも、やはり闘争のイメージだけは頭に鮮明に残ってしまった」。押井は「亡命先が映画館だった」とも言っている。

日常生活でもなく、革命運動でもなく、自分の人生の「落としどころ」を模索するうちに、職業的な映画監督という道を選ぶことになった。映画監督は、革命家でもなければ、小説家や芸術家とも異なり、原理的に「もっと周辺的でいかがわしい存在」である。映画監督という職業によって生きていく限り、完全に「映画館の暗闇の中に逃避」し続けることもできないし、もちろん「反社会的」であり続けることもできない。それが社会的な職業である限り、「実際に社会生活の折り合いをどうつけるか」ということを考え続けねばならない。だがそれは、やはり押井なりの形で、「革命」と「戦争」の問題をその「あいだ」で考え続けていく、という思考錯誤の日々でもあった。

様々な矛盾を強いられるこの社会的現実の中に、あの頃の解放区の夢をいかに描きなおすか。「革命」と「戦争」のあいだで。都市が廃墟となった非日常の中になおだらだらした日常がある、というのが押井的な解放区の特徴である。野良犬たちの群れがうごめく解放区。すでに革命戦争も社会転覆も権力奪取もありえないのだとしたら、せめてあちこちに、野良犬たちが好き勝手に徘徊する、非日常のだらだらした擬似ユートピアを作り出すしかないだろう……。

この意味でも「映画館」という比喩はやはり押井にふさわしい。映画館は時間的な制約があり、映画が終われば、観客は再び日常に戻っていく。『パトレイバー2』の柘植行人による擬似クーデターは、祝祭的なスペクタルの演出と見分けがつかなかった。政治的要求やイデオロギーなどの内容をまったくもたず、東京の中心部に無意味な混乱と祝祭に満ちた刹那の解放区を演出するということ、それ自体が柘植の目的であるかのようだった。

社会を転覆して共産主義国家やユートピアを構築するのではない。上からの権力を取り除けばアナーキーな秩序が顕現するというのでもない。かといって箱庭のようなオタク的なファンタジーの領域に撤退するということを是ともしない。戦後的空間の中にミクロな解放区を演出し続けること。映画館的な狭間の空間を都市の中に生みだして、日常的な秩序を穴ぼこだらけにしていくこと。それが「革命」と「戦争」のあいだを生きようとした押井に固有の欲望なのであり、それだけ現実に対する絶望とニヒリズムが深かったのだとも言える。[14]

## モニターの中の戦争——『機動警察パトレイバー2 the Movie』

しかし解放区という刹那的な映画館《ユートピア》において、あの戦争欲望のゆくえはどうなったのか。解放区を引き伸ばし、延命させ続けるという戦略によって、戦争疎外の苦痛とそれを超えんとする渇望は馴致され、魂鎮めされるのか。

『パトレイバー』『パトレイバー2』『攻殻機動隊』では、戦後的平和の欺瞞が隠蔽した戦争欲望のリアリティを、仮想的でゲーム的なテロリズム（ホバ、柘植、人形使い）の中に見出そうとしていく。戦後日本という虚構の中では、何より、日本人たちは戦争から疎外されている。戦後的日常（虚構的世界）の「外」へと脱出することは、誰にもできない。かろうじて、その外部を夢想するとすれば、それは戦後的な平和な日常を破壊する（擬似的・ゲーム的な）テロリズムによるしかない……しかし、どんなにテロリズムによる自由を夢見ても、必ず現実の前に敗れ去り、失敗に終わることになるだろう。そこに、押井的な無力さがあり、挽歌的な悲しみがある。

戦後的な平和主義の自由は欺瞞であり、むしろ戦争こそが自由だ、と言いたいのだが、戦後的環境の中では、その戦争欲望が無限に失調し続けることを描き続けるしかない。それは非常にねじれた、逆説的な反逆の試みである。

押井自身の考えによれば、『パトレイバー2』は、正面から戦争を描こうとした唯一の映画だという。「モニターの中にしか戦争はない」というテーゼを、押井は、湾岸戦争の映像から受け取った。しかし本当は、ベトナム戦争の頃からそうだったのだ。「ブラウン管のこちら側に戦争がにじみでてきたらどうなるかって、無理やりにでも東京を戦争にしたかった」（『戦争のリアル』）。

ちなみに、宮崎駿の『紅の豚』（一九九二年）と押井守の『パトレイバー2 the Movie』（一九九三年）は、湾岸危機・湾岸戦争の「戦後」のアニメーションとして、同じ土台に立っている。

当時の経緯を確認しておこう。一九九〇年八月二日、イラクがクウェートに侵攻し、いわゆる湾岸危機が発生する。国連安保理は、決議によって武力行使を容認する。アメリカを中心とした多国籍軍が結成され、一九九一年一月一七日、イラクへの制裁を目的とする湾岸戦争が勃発。

この湾岸戦争に際して、アメリカの同盟国としての日本は、多国籍軍への貢献を求められたが、憲法九条の制約もあって、自衛隊を戦地に派遣することはできなかった。その代わりに、日本政府は、合計約一三〇億ドル（戦費全体の約三〇パーセント）にもおよぶという経済貢献を行った。しかし、これが国際社会からは「小切手外交」と非難され、嘲笑されることになった（少なくとも、日本はそう考えた――実際には、経済貢献を評価する声もあったのだが）。このことは、その後の日本政府にとって、大きなトラウマになり続けてきた。

その後、ＰＫＯ国会の紛糾のすえ、一九九二年六月にＰＫＯ協力法が成立。自衛隊は、国連ＰＫＯを通して、国連平和維持活動へと参加できるようになった。

そしてここには、国際的な戦争をめぐるイメージ戦略の大きな変化があった。当時、湾岸戦争は、「テレビの戦争」とも呼ばれた。「ディーバーシステム」と呼ばれる情報管制方法を編みだしたマイケル・ディーバーは、レーガン政権時代の大統領次席補佐官だった人物だが、もともとは広告代理店の出身だった（武田徹『原発報道とメディア』第8章）。ディーバーのシステムは、ベトナム戦争での失敗の反省から、一九八〇年代に生まれたものである。その方法は「パッケージング」（視聴者が強い関心を抱く映像情報の編集）や「洪水による操作」（視聴者を釘付けにできる映像情報を大量に流すことで、メディアの独自取材を封じる）である。

たとえば湾岸戦争では、トマホークなどの誘導ミサイルの先端に取りつけられたカメラによる、刺激的な映像が軍から大量に流され、メディアを席捲した。視聴者たちは、この戦争を、軍の施設だけが的確にピンポイントで破壊され、一般市民には犠牲者が出ない「きれいな戦争」として受け取ったのである。戦争をしかける側は、テレビの視聴者たちが見たがる映像を繰り返し見せて、自分たちにとって都合の悪い、見せたくない映像は完全にシャットアウトした。

さらに二〇〇四年のイラク戦争では、米軍は、大規模な従軍取材体制を用いた。その背景には、放送技術の進歩によって、戦場からの生中継ができるようになったことである。戦場からのライブ中継は前代未聞であり、視聴者の耳目を独占した。ディーバーは、自分の開発した手法が成功した理由を尋ねられ、「それはテレビが娯楽のメディアだからです」と答えている。戦争報道の娯楽化――ちなみに、ユーストリームは、もともとは、陸軍士官学校の生徒が、戦争中にイラクに派遣される友人たちのために、戦地の兵士と実家の家族を繋ぐパーソナルメディアツールとして開発しようとしたものだという。『パトレイバー2』は正面から戦争を描こうとした映画であるが、それはこうした「テレビの中の戦争」に対する映像論的な批評を意味したのである。「モニターの中にしか戦争はない」というテーゼを、押井は、湾岸戦争の映像から受け取ったのだ。

では、宮崎の『紅の豚』はどうか。宮崎の発言によれば、これもまた明らかに湾岸危機・湾岸戦争の「戦後」のアニメーションなのである。

主人公の賞金稼ぎ、ポルコ・ロッソは、奇妙な呪いによって、顔が人間ではなく、豚の顔になっている。豚の顔の主人公を描くことは、宮崎にとって、醜い俗人であり、汚い大人であり、「豚」としての自分に向きあうことを意味した。

大切なのは、次のことである。第一次大戦時のイタリアを舞台に、賞金やお宝という男のロマンを追い求めるポルコと空賊たちのドタバタの戦いは、そのまま、宮崎やスタジオジブリを取り巻く日本のアニメ業界のドタバタとしても描かれていた、ということだ。つまり、『紅の豚』は、映画の中身（ポルコたちの物語）とジブリの現在（宮崎たちの物語）を重ねて描く、というメタ構造をもっていた。

そこには、ポルコにとってのぎりぎりのプライドがあり、ダンディズムがあった。なぜなら、ポルコはけっして戦争にコミットしないし、空軍の誘いにも乗らないからである。大人になっても、できるだけ自由に、朝も夜も遊ぶように生きようとするのだ。「カッコいいとはこういうことさ」。ポルコはいわば「良心的兵役拒否」を貫き続けているのである（秋元大輔『ジブリアニメから学ぶ　宮崎駿の平和論』）。

こうした『紅の豚』の自画像の描き方には、宮崎の複雑な本音が吐露されているのだろう。ポルコは、できるだけ、現実的・政治的なしがらみから、自由でありたい。ファシズムや戦争だけではない。不毛な政治的対立にもハリウッドの映画資本にも加担せず、できるだけ自由に、できるだけ滑稽に遊び続けたい。それは、様々な資本やスポンサーや民族の名誉を背負わねばアニメ映画を作り続けられない、宮崎自身の苦しい現実そのものだった。ポルコの諧謔は、そのまま、宮崎自身の諧謔だった。

だから、遊べ。できるだけ自由に遊べ。『紅の豚』は「自分」について語り、さらにメタ構造としてアニメ業界の現実についても語りながら、虚実皮膜のゾーンでアニメーションと戯れていく、という一つの実験になったのである。

こうした『紅の豚』が「遊び」による抵抗＝良心的兵役拒否を描いた作品だったとすれば、『パトレイバー2』は、架空のテロリズムによって現実に対するレジスタンスを試みた作品である。

冒頭のシーンは一九九九年。柘植の指揮するPKO部隊は、敵を目の前にしながら、発砲許可が下りない。結局そのまま味方は全滅してしまう。戦後日本の軍隊／自衛隊／国際協力のあり方をめぐる矛盾を丸ごと圧縮し、象徴させるようなシーンである。怪我をした柘植が戦車の外に出ると、そこはアジアの密林であり、雨が降っている。柘植がふと振りあおぐと、異国の神の像がある――。

その後日本に舞い戻った柘植は、横浜ベイブリッジに対してミサイルによるテロ攻撃を試みる。それは「偽りの正義＝平和」を象徴する東京の中心で、ゲームのような架空のテロリズムをしかけるということである。ある種の空疎でゲーム的なテロによってしか、戦後日本の閉塞した空気を内側から突き破るような、リアルな自由の手触りはありえないのかもしれない……。

やがてテロ事件への関与を取りざたされた自衛隊が武装蜂起するのではないか、と噂されるようになる。警察と自衛隊の一部が対立し、不穏な空気が生じる。警察による抑止力に疑問をもつ日本政府は、自衛隊に治安維持活動を要請する。東京はそのまま戒厳令下の様相を呈する。東京のど真ん中にほんの束の間、日常と虚構、平和と戦争が混在するマジカルな空間が作り出される。アニメーションによってのみ表現可能な、戒厳令＝例外状況の政治性をすら美的に昇華するような、祝祭的でマジカルな解放区の演出である。とらえられた柘植と南雲の、最後の会話——。


「ここからだとあの街が蜃気楼のようにみえる」

「たとえ幻であろうと、あの街で現実に生きている人がいる。あなたにはそれも幻にみえるの？」

「俺もあの街で生きてきた。幻であることを伝えようとしてきたが、誰も気付かなかった」

「これだけの事件を起しながら、なぜ自決しなかった？」

「もう少しみていたかったからかもしれんな」

「何を？」

「この街の未来を」


ならば「この街の未来」とは、どんなものだったのか。

## 広大なネット世界に自由はあったのか？——『攻殻機動隊　Ghost in the shell』

ありえたかもしれない架空の戦後史をパラレルワールドのように描き、現実／虚構のはざまで日本の戦後空間の虚妄を問いなおす、ということ。そうした一連の試みは、一九九〇年代半ば頃には一度後退していき、押井はより一層、デジタルな情報世界の中へと身を沈潜させていく。図式的に言えば、『パトレイバー2』を臨界点とする仮想的・ゲーム的なテロリズムの戦略すらもが不可能に感じられはじめたとき、押井は、広大なネット空間の中に新しい自由の可能性を探し求めたのである。

一九九五年に公開された押井の代表作の一つ『攻殻機動隊　Ghost in the shell』の世界では、「自分が自分であること」の疑えない確信が、逆説的に「ゴースト」と呼ばれる。ゴーストとはその人にとって固有の魂のようなものだ。人間と機械のボーダーが不分明に融解していく世界の中では、誰もが多かれ少なかれアイデンティティ不安に襲われ、自分が自分である確信を見失い、離人症的な感覚に苛まれていく。

それはサイボーグ的な存在たちに限らない。たとえばテロリスト人形使いが「偽記憶」を植えこんだ人々が出てくる。清掃局で働く男性は、自分には家族や子どもがいて、ゆえあって今は別れて暮らしている、と思いこんでいる。しかし現実の彼は、家族のない独り身の男性で、犬とともに暮らしている。おそろしいのは、この「偽記憶」が、事実として「自分には家族がいない」ことを周りからどんなに教えられても、けっして消せない、家族との幸福な記憶（そしてそれが今はないという絶対的な喪失感）が残り続ける、という点だ。他人の記憶や感情すらも人為的に操作することができる世界。そこでは真偽が決定不能であり、自分が自分であることが確証できない。人々はゴーストをめぐる問いにとり憑かれている。

草薙素子は、全身のほとんどが機械（擬体）であり、人間／機械のどちらともいえない。素子は物語の最後に、ネットの情報の海から自然発生した人工生命（集合的無意識）であり、サイバーテロリストでもある「人形使い」との融合を決断し、地上の人々を超えた存在（スーパーヒューマン、ポストヒューマン）になることを選択する。組織や現実のしがらみから脱出するためには、人形使い＝人工生命＝ネット的集合意識と融合して、擬似的な神＝天使になるしかなかった。この世界の現実は、どこまで行っても虚しい。どこまで行っても何もない。しかし、未知数のネット世界の深奥には、現実を超える新たな夢《ロマン》が存在するのかもしれない……「ネットの世界は広大だわ」。

もちろんネット世界にカリフォルニアン・イデオロギー的なサイバーユートピアがあるかもしれない、ネットの発達と拡張によって人間は新たな次元に進化できるのかもしれない、という往時の技術論的な夢を、現時点の私たちが素朴に信じることはできない。だとしても、作中の素子や監督の押井を捉えた「自由」をめぐる問いは、依然として私たちを捉えて離さないはずなのである。

## すべてがアニメーションになる――『アヴァロン』

『攻殻機動隊』の延長上で、さらに二〇〇一年の『アヴァロン』が押井にとって一つのターニングポイントになっていく。

この頃から押井は「映画はすべてアニメーションである」というフェーズへと自覚的に入っていくからだ。『ガルム・ウォーズ』とも密接に関わるので、この辺りはやや細かく見ていく。

『攻殻機動隊』のデジタル部分の作業をしている中で、次は完全にデジタルに特化した作品を作らねばならない、という欲求が押井の中に育っていった。今後のアニメは、よくも悪くもデジタルで行くしかない、それ以外の選択肢はない、という展望があった。

やがて押井は、バンダイビジュアルの「デジタルエンジン構想」という長期プロジェクトに合流する。この構想のコンセプトは、バンダイグループによる世界水準の大型コンテンツの開発にあり、アニメ／実写／特撮／CGが高次元で融合した映画の製作を目指すことにあった。渡辺繁（バンダイビジュアル代表取締役）は「ハリウッドに真似できない世界品質の作品を生みだすことを目指」す、と高らかに宣言していた。日本発の、オルタナ・ハリウッド映画という夢。バンダイビジュアルはプロジェクトのために社内組織「デジタルエンジン研究所」を設立。押井守や樋口真嗣らがその主力クリエイターになる。

『G.R.M.』はこのプロジェクトの第二弾として、一九九七年に製作発表が行われた。ちなみに第一弾として作られた作品は、『AKIRA』の大友克洋が原作・脚本・監督を務めた『スチームボーイ』（二〇〇四年）である。

『G.R.M.』の内容として予定されていたのは、完全な異世界を舞台とするファンタジーだったという。

「セル」と呼ばれる異形の化け物が降り注ぐ惑星アンヌーン。甲冑をまとってセルを迎え撃つ者たち。「G.R.M.」とは彼らの名称である。主人公の少女ナシャンは、士官のウィドとともに、セルの謎を追う旅に出る……。ちなみにこうした初期設定は、完成した映画版の『ガルム・ウォーズ』よりも、押井の小説版『ガルム・ウォーズ　白銀の審問艦』（二〇一五年）のほうにより色濃く反映され、現在もその原型を垣間見ることができる。

『G.R.M.』の細かいプロットやアイディアがどんなものだったか、具体的にそのはじまりとなったのはどんな経緯なのか、デジタルエンジン構想のどれくらい前まで遡るのか、についてはいくつかの証言があり、調べた範囲でははっきりとわからなかったが、少なくとも一九八〇年代にはすでにその萌芽が見られたようである。

『G.R.M.』のパイロットフィルムは三本作られたという。そのうちの一本は、ブルーレイ豪華二枚組『ガルム・ウォーズ』の特典として収録されている。

しかしその後、映画の予算削減が決まる。また押井と大友克洋がロサンゼルスに赴いてジェームズ・キャメロンの前でプレゼンを行い、キャメロンが製作総指揮などの立場で協力するという触れ込みも広がったが（これはやや神話化されすぎている面があるのだろうか）、これも白紙撤回されてしまう。そしてまもなく、デジタルエンジン研究所自体が凍結となり（公式サイトは一九九八年五月二一日で更新が止まった）、『G.R.M.』の計画は道半ばで凍結される。

その代替案として、一九九八年七月半ば頃に、押井は三つの実写SF映画の案を提出したという。その中の一つが『アヴァロン』だったのである（三本の中には『パトレイバー』実写版のプランもあったそうだが）。『アヴァロン』は、『G.R.M.』の代替案であり、押井にとってはスケールダウンした不本意な作品である、という印象が強いかもしれないが、これは押井にとって決定的に重要な一歩となった。

『アヴァロン』では出発点から、デジタル技術をベースにして映画を作る、いわばアニメ制作の手法に基づいて実写映画を組み立てる、という方法論が貫かれた。デジタル技術の進歩によって、押井が温めていたモチーフを実現できるようになったのである。

実写部分はすべてポーランドで撮影された。物語内には「アヴァロン」というオンラインゲームが存在している（押井が好きなRPGゲーム『ウィザードリィ』の世界観が色濃く反映されている）。主人公のアッシュは、かつて、アヴァロンで「ウィザード」という名前のパーティを組んでいたが、ウィザードは何らかの理由で内部崩壊してしまった。メンバーの一人だったマーティは、ゲーム内で「ロスト」して廃人となり、意識不明で病院の中にいる。彼の魂は、アヴァロンの隠されたステージに逃げこんでいるらしい……。『アヴァロン』の時期の押井は、有名な「すべての映画はアニメである」というテーゼを積極的に語るようになる。実写として撮影しても、事後的に編集や処理によって完全にコントロールすることができるならば、それはアニメと変わりがないからだ。

映画や映像に限らない。この現実そのものが、アニメやデジタルゲームとモザイクになり、相互浸透しており、それらを厳密に区別することができなくなっていく。この世界にはもはやアニメの「外」はない。『アヴァロン』はそうしたリキッド・リアリティ（現実と虚構・アニメ・ゲームのボーダーが物理環境的に融解していく世界のリアリティ）の宣言でもある。人間と機械、現実と虚構はすでに決定不能であり、それを受け入れるしかない。それはいいことでも悪いことでもない。君たちは「ここ」から生きることをはじめろ。『アヴァロン』ではそうした覚悟が語られていた。

単純化した言い方になるが、この国の戦後的現実の中では戦争欲望を解き放つことはできない、しかし〈現実＝虚構（アニメ、ゲーム）〉が液状化しフラットになっていく世界であれば、もしかしたら戦争欲望を満たせるかもしれない。この頃の押井には、技術的にも著しく進歩し新たに勃興してきたネットやゲームの力に身を委ねれば、箱庭の中の箱庭のような戦後日本の閉鎖系から脱出できる、という期待があったのではないか。

### 偽史としての「パックス・ヤポニカ」――押井守のネトウヨ化？

ところで二〇〇〇年代の押井は、他方で同時に、「パックス・ヤポニカ」と名づけられたプロジェクトを構想してもいる。これはありえたかもしれない「日本の覇権による太平洋の平和」「覇権国家としての日本」をめぐる偽史／架空戦記であり、現実とフィクションの境界線を攪乱し、押井の内なる戦争欲望を全面的に解き放とうとする構想だった。

この構想に関して、押井は二〇〇六年に『雷轟――rolling thunder PAX JAPONICA』という本を刊行している。帯には六年ぶりの書き下ろし小説であり、新たな「軍事小説《ミリタリー・ファンタジー》」の誕生という触れ込みがあるが、中身を読んでみると奇妙に破綻し、混乱した一冊であり、二〇〇〇年代前半の押井の鬱屈や苛立ちが混乱のままに、乱雑に投げ出されている。

南北戦争によってアメリカが統一されず、アメリカ合衆国とアメリカ連合が分裂した歴史を描く短編「アンティータム1862」、太平洋の覇権を奪った極東の島嶼国家・日本は、第二次世界大戦に勝利したものの、今は終わりのないベトナム空爆を続けている、という設定によって覇権国家の憂鬱を描く中編「ヤマトステーション1966」のほか、「東京要塞化計画（仮）都市武装のために」や「PAX JAPONICA　または覇権国家の憂愁 ver. 030206」などの檄文とも愚痴とも妄想とも企画書ともクーデター計画ともつかないテクストや、パックス・ヤポニカ構想の推移と顛末を『前略、押井守様。』などの著作もある野田真外が記したメモ書き、押井へのインタビュー、岡部いさくによる解説など、様々な人々が関わった雑多な文章たちが詰めこまれている。

二〇〇〇年に草された「東京要塞化計画（仮）　都市武装のために」は、『パトレイバー2』のさらにその後を展望するという目的も含め、東京が他国の戦闘機や戦闘ヘリに空爆されるかもしれない、という可能性を前提にしつつ、「あるべき武装した東京の姿」を「空想もしくは妄想の世界において描く」というプランである。

押井はマックス・ウェーバーの「市民は、彼が都市の軍事団体に所属しているという理由からして、またその限りにおいてのみ、市民身分の成員であった」（『都市の類型学』）という言葉を引用しつつ、都市文化の本質は利便性ではなく軍事性にあり、必要とあれば戦闘を回避せず都市のために死ねる、という「戦闘市民」的なモラルの伝統なしには、自立した都市はありえず、民主主義も自由もない、とアジテートする。

市民不在であるがゆえにまともな都市を築き得ないのが日本人の宿命であり、何度痛い目にあっても「軍事」や「戦争」を避け、実体のない「平和」や「民主主義」のお題目を唱えて非現実に逃亡を決めこむなら——いずれは巨大な天罰が下るに違いない。あるいは何事も起こらず、アメリカの野望の下にラッキイな国家として存続できるかもしれないが——いずれにせよ、そのどちらも、もはや私の興味の対象外でしかない。

二〇〇〇年から二〇〇一年頃には「東京要塞化計画」を何らかの形で作品化し、映像化するプランもあったが、これは実現化しなかった。このプランを別の形で作品化できないか、という模索の中で、二〇〇二年から岡部いさくとのトークイベント「《戦争》を語る」シリーズがはじまり、これはのちに単行本になる。しかしさらに二〇〇三年頃になると、「東京要塞化計画」の構想がさらにアップデートされ、「空爆される東京」から「空爆する東京」へ、という一八〇度のパラダイムシフトが生じる。そして日本が覇権国家となり、太平洋の平和を維持する立場だったらどうなっていただろう、という擬史的／架空戦記的なパックス・ヤポニカ構想へと展開されていったのである。

「空爆に晒される東京、空爆に耐える東京を描くこと」は『パトレイバー2』以前からの、十数年来の願望だった。しかし「調べれば調べるほどその情けない実体が浮かび上がる街――それが生まれ育った街の実相だった」。その「情けなさ」を思い知った果てに、押井は「空爆される東京から、空爆する東京へ」という視点の逆転を思いついたのだ。「空爆される主体に正義はない、と敢えて言う。／空爆する主体こそ絶えずその正義を問われるのであって、その逆ではない」。

そこから押井は次のようにすら言う。


人間は依然として戦争を必要とする。

そしてその事実を無視しようとする不誠実さには必ず懲罰が下され、自らの血で贖うことになる。

我々が戦争を忘れてみせても、戦争が我々を忘れることはない。

だがしかし――現実過程でそうした主張を繰り返すことは虚構を生業とする者の本分ではないし、さして有効とも思えない。可能な限りリアルな虚構の中でその主張を展開し、いわば妄想の極点において現実過程に一撃を加えること。


言うまでもなく、情緒のみに流れ、心情的に共感されてしまったのでは元も子もない。

覚醒させたいのであって、酔って貰っては困るのである。

妄想の極点にあって、我々は断じて被害者であってはならないし、滅びの予感に歪んだ美意識を満たしてはならない。

野田真外が記した当時の構想の推移と顛末によれば、二〇〇五年頃までは、断続的に東京要塞化計画／パックス・ヤポニカ構想を映像化、あるいは何らかの形で作品化するという可能性が模索されたようだが、やがて押井は、『イノセンス』や『立喰師』シリーズの仕事に追われていく。『雷轟』収録の中短編が執筆されたが、結局不完全燃焼のまま、プランは立ち消えになってしまう。単行本『雷轟』刊行のあと、このプランの続編や新たな展開も見られないようである。

整理しよう。これらのプランの起点には、たとえばイラクやアフガンのように東京が他国から空爆されたとしたら、というイメージがあった。そこから視点はむしろ戦争主体としての東京／日本へと反転していく。武装化する東京。空爆する日本国家。それは押井の基本感情としてある東京／日本の欺瞞的な平和に対する苛立ちを示すものだった。しかしそれは同時に、高校生の頃から抱えこんできた戦争疎外を内側からブレイクスルーし、新たにロマン的な革命戦争の夢を解き放つことであり、その夢と欲望をありえたかもしれない歴史としての擬史的かつリアルな軍事シミュレーションとして映像化（作品化）することだったのである。

クーデターやテロリズムによって、仮初めの解放区を演出すること。高校時代に抱えこんだ戦争の夢を、消費社会以降の現実の中で続行すること。それすらもが不可能になったとき、押井は、『攻殻機動隊』『アヴァロン』などにおいてネット的・ゲーム的な世界へとより深く沈潜していった。だが押井は、おそらく資質的にもネット的・ゲーム的なものへと完全に沈潜しきることもできず、二〇〇〇年前後になると、東京要塞化計画／パックス・ヤポニカを観念的に「妄想」するようになり、これらのプランは実現しなかったものの、それ以降はさらに、転向／右傾化／ネトウヨ化とも取れるような挑発的で過激な発言を繰り返すようになる。その流れは現在にも連続している。

もちろん押井という人は、単純な意味での国家主義者や保守・右派ではありえない。だが他方では、確かに共産主義や社会主義への違和感もずっと語ってきた。事実、押井がこだわる戦争疎外という言葉は、薄っぺらなフェイクの戦後的欺瞞の背後に歴史の「真実」があり、戦争という命懸けの決断（戦闘的市民になること）によって、日本人は本来的な「真実」に覚醒しなければならない、というニュアンスをどうしてももち、ほとんどネトウヨや歴史修正主義者の精神に近づいている。

オタク的な軍事主義者としての押井は、実生活の面でも『イノセンス』が終わった頃から空手をやるようになり、身体性を強く意識しはじめ、また外国人参政権に反対し、震災のあとは原発推進派を自称し、日本の核武装を肯定したりもするようになる。これを心情的な左派の押井が現状に苛立って「あえて」アイロニカルにそのように主張している、と考えるのは早計である。それは押井のもっとも危ういところを摑み損ね、滅菌してしまうことだ。押井の心情には、確かに、国家主義者や極右、ネトウヨに近いものがある。それを認めよう。そのことを認めた上で、だが、それらの傾向を内側から焼きつくそうとする享楽的な欲望すらもが押井の中にはあること、それをぎりぎりの臨界領域まで見つめてみたいのだ。

上記のネトウヨ的な傾向は、たんなる苛立ちや、煽りや、暴言や、逆張りなのではない。そういう面はあるにせよ、それだけではない。右か左か、体制派か反体制派か、という二元的な図式を超える欲望がつねに押井にはあった。どんなに戦争のリアルを語ったとしても、傲慢な権力者たちの暴走あるいは大衆の無自覚な熱狂によって引き起こされる戦争ほど、押井が心底嫌悪するものはない。そうした無自覚な熱狂とひそかに連続したものであるがゆえに、平和と戦争のモザイクとしての「戦後」という欺瞞的な場所を押井は嫌悪し、それを憎みぬいてきたのだ。

もちろん誰よりも押井こそが、そのような戦後の申し子であり、典型的な軍事オタクであり、永遠に成熟不可能な子ども（まさに『スカイ・クロラ』のキルドレ）なのである。日本人は政治的な父殺し（王殺し／神殺し／君殺し）を人民の手で行ったことがない。あらかじめ去勢され、父殺しの不可能な環境。それゆえに、子どもたち（オタクたち）は大人に成長できないまま、無邪気な子どもにもとどまれないまま、永遠の未成熟さを反復し続ける。押井にとっての戦争欲望とは、映像技術と物語のポテンシャルをその臨界点で解き放って、そうした悪循環を断ち切るための革命戦争を企てることなのだ。

というか、革命戦争という言葉は――それは武装闘争を用いた左翼的な社会革命ではないし、反革命としてのファシズムでもないし、軍事的なクーデターとも異なる何かである――、その意味でのみ、押井守という虚構的な軍事主義者にふさわしい。

## 二〇〇〇年代後半の挽歌的な鬱屈

戦争疎外からのエクソダス計画としてのパックス・ヤポニカ計画――それはほとんどネトウヨ的な偽史的な想像力に基づいていた――は、中途半端なまま、なし崩しに立ち消えになっていった。そこにどんな事情があったのか、動機の変化や涸渇があったのかは、資料を読んでもよくわからない（上述の、当時の混乱が未整理な傷痕をさらしている『雷轟』や、その流れの中で開催されていく岡部いさくとのイベント「押井守、戦争を語る」を単行本化した『戦争のリアル』などを本章では重視してきた）。しかし一つだけ言えるのは、このあと、二〇〇〇年代後半の押井は――少なくとも物語の主題（イデー）という面では――過酷な疲弊と苦難の時代へと入っていった、という事実である。

すでに『パトレイバー』『パトレイバー2』のような「決断的なテロリズムによって戦後の東京の虚構性をあばく」という夢＝ロマンすらも失調し、また『攻殻機動隊』『アヴァロン』のようなネットやゲームのような世界に新たな希望を抱くこともできなくなった。かといって、ネトウヨ的なパックス・ヤポニカのプランへと埋没することもできない。どうしようもなく、生きることや作ることが無意味な虚無と挽歌と衰弱に崩れ落ちていく。そんな状態の中で、何ができるのか。

二〇〇〇年代後半の押井は、パックス・ヤポニカのプランの修正という面もあるのか、しだいに『立喰師列伝』『真・女立喰師列伝』のシリーズによって、パロディ的な虚構的戦後史（裏側から見つめたペラペラの戦後史）を描くようになる。これはライフワークとしてのケルベロス・サーガとも絡みあいながら、また別の作品群によって構成されたシリーズである。そこからスピンオフというかスライドして、ゲーム的世界を生きる戦闘美少女たちの「アサルトガールズ」シリーズも制作される。二〇〇六年の映画『立喰師列伝』、同年の二三分の作品『女立喰師列伝　ケツネコロッケのお銀―パレスチナ死闘篇―』、二〇〇七年のオムニバス実写映画『真・女立喰師列伝』中の「金魚姫　鼈甲飴の有理」「アサルトガール　ケンタッキーの日菜子」、二〇〇八年のオムニバス実写映画『斬　KILL』中の「アサルトガール2」、そして二〇〇九年の『アサルトガールズ』。

そこではたとえば、スーパーライブメーション（俗にいうオシメーション）と呼ばれる映像技術が独特の味わいを醸し出してもいた。これは押井脚本の『ミニパト』に萌芽が見られ、『立喰師列伝』シリーズで使われた映像手法であり、デジタルカメラで撮った人物の写真をデジタル加工し、3D空間の舞台で、紙製の人形劇のような手法のアニメーションとして動かす、というユニークな手法である。

しかし正直、私の印象ではこれらのシリーズは根本的に面白くないし、ひたすら寒く、つまらなく、虚しい。時に短編「ケンタッキーの日菜子」や長編『アサルトガールズ』のオチは、悪夢的につまらない。これまでも押井は時おり、笑うに笑えない、ひたすら寒くてつまらない映画をふっと撮ってしまう人ではあったが、この時期の押井は、痛ましく悲惨なまでの空疎な空転を慢性的に繰り返していたように思える。

## 挽歌的な孤独の臨界点――『イノセンス』

だが、それだけではない。二〇〇〇年代の押井は、『イノセンス』と『スカイ・クロラ』という二つの傑作を作ってもいる。これらの作品のキーになるのも疲弊と抒情性と挽歌性であるが、不思議なことに、それがかえって映像的にも物語的にも圧倒的な強度を生みだしている。

『イノセンス』（二〇〇四年）は、何もかもが完全にアニメ的に操作可能な世界として構築されている。圧倒的に空虚な美の、絢爛豪華な乱舞。ここではもう、現実と虚構、実写とアニメ、人間と人形（機械）の境界が限りなく消えかかっている。押井ファンとして知られる批評家の東浩紀は、一九九五年以降の押井守が、かつてのポストモダン的な格闘（物語の不可能性の中でなお物語を語るという苦闘）を捨て去り、「想像力と映像の直結を夢見る美学者」に後退したと断じ、『攻殻機動隊』『イノセンス』を「リアリティを欠いた美学」として批判しているが（「追憶の『ビューティフル・ドリーマー』」）、はたしてそれをたんなる無内容な美学、ポストモダン的な葛藤からの撤退として片づけられるのか。むしろ、その更新であり、徹底だったかもしれない。

実際に『イノセンス』は、映像の水準でも『アヴァロン』の方法のさらに先を目指す作品だった。『アヴァロン』がデジタル技術をベースにした複雑な意味での実写映画だったのに対し、『イノセンス』は完全な意味でのアニメ映画である。押井は、ビジュアルエフェクト担当の江面久とともに、アニメーションを撮影台の上の二次元の世界ではなく、三次元の箱庭を作ってデジタル撮影したらどうなるか、という実験を試みた。『イノセンス』はコンピュータ内に仮想の箱庭的なセットを構築し、そのセット内で撮影を行う、という手法によって作られている。まさに、完全な3DCGによる箱庭的なアニメの世界そのものである。アニメーターがレイアウトを切り、美術が画面を構成し色彩を考える、という従来の手順も逆転し、画面構成のイニシアチブを美術サイドが担当することになり、現場には混乱も生じたという。

それはそのまま、サイボーグとしての主人公バトーの世界感覚とも通ずる。物語としては、二〇〇四年の『イノセンス』は一九九五年の『攻殻機動隊』の続編である。パートナーの草薙素子に取り残されたあとの、バトーの空虚で孤独な生を描いている。先述した通り、草薙素子は『攻殻機動隊』の最後、ポストヒューマンなテロリスト人形使いと融合して擬似的な「天使」となり、広大なネット空間＝「向うの世界」へ消えてしまった。

現世に置き去りにされ、孤独に取り残されたバトーは、『イノセンス』では外見も心根もすっかり老化し（淋しい中年男性というにはあまりに年老いすぎていないだろうか）、人生の敗残者という印象が色濃い。この世から消える寸前のぎりぎり感がある。上司の荒巻は言う。「あいつは失踪前の（草薙）少佐のようだ」。ひそかに愛した素子が赴いた超越的な世界へ一緒に行くことはできず、かといって純粋な人間（家族をもつトグサのような「普通の人間」）になることもできない。では、超越的などこかへ跳躍もできず、世俗に埋没もできない人間は、どうやって生きればいいのか。

『イノセンス』の世界では、ひとまずそれは、何かに耽溺しそれを愛でることによって、である。バトーにとってそれは「犬」である（『アヴァロン』のアッシュと同じく）。セクサロイド＝高級ダッチワイフによる殺人事件の被害者たちにとっては、性的な愛玩の「人形」である。つまり、バトーだけではない。ほとんどの人たちが癒しようのない挽歌的な悲しみの中にあり、それでも何かに耽溺しそれを愛でることによって、かろうじて生き延びていくしかないのだ。

愛玩対象、ペットとは、本来、持ち主に逆らわず反撃しない、イノセントな対象のはずだ。人形とは、これらの中でももっとも反撃してこない他者（？）だろう。生きものですらないわけだから。そんな人形が、反撃に転じ、その所有者の金持ちの男どもを残虐に殺傷した。人形たちによる人間への対抗暴力。それは「何かを愛でることでかろうじて自分の魂＝ゴーストを維持する」ことでしか生きられない人々の心理を、激しく攪乱する。バトーがこの事件に奇妙にこだわったのは、そのためだろう。

バトーはたぶん、自分が完全に没入しうる愛玩対象を（素子の代理として）欲動している。でも同時に、そんな愛玩対象の逆襲を受けて死にたい、もう殺してほしい、とも願っている。犬は確かに可愛いが、過剰さはない。バトーは飼い犬のためにすべてを捧げることはできないし、逆に飼い犬が飼い主に牙を剝き出し、食い殺してくれるわけでもない。それはわかっている。では、真剣に愛しうる他者、自分を殺してくれる他者は、どこにいるのか。

もっとも従順なはずの愛玩対象が、もっとも過剰な暴力を持ち主にふるうということ。バトーのセクサロイドへの関心はそこにある。ラスト近く、素子の分身たる人形の群れに囲まれ、陰惨な殺しあいを展開するバトーの姿には、そんな矛盾と愛憎を凝縮した凄みがある（襲ってくる人形＝敵も素子が転移した人形も、外見は皆同じなのだ）。

物語の最後に明らかになるのは、セクサロイドの正体が、じつは、生きた少女の魂を人形へコピー＝ダビングしたものだった、という事実である。セクサロイドの大量生産は、海外から密輸入された子どもたちの人体を搾取することで成り立っていた。ならば、このセクサロイドは、そもそも人形なのか人間なのか。だがバトーは、自分に助けを求めた犠牲者の少女に、「お前のために犠牲になる人形たちのことを考えなかったのか！」、という唐突で理不尽な怒りを叩きつけるだろう。

ここには、何かすさまじく邪悪な暴力が噴出している。

冒頭でバトーは、自殺＝自壊する直前のセクサロイドが口にする「タスケテ」というかすかな声を聞き取るが、この声は、確率論的な不確定性の荒波を越え、バトーにかろうじて届いた幽霊的な声である。この声は、『イノセンス』的空間の外側、いわば絶対的な外部から響いた声だ。しかしバトーは、この外部の声を、怒号とともに力ずくでねじふせた。バトーは、ほんとうはこの声を（生意気な人間のガキの声ではなく）人形＝愛玩対象による無垢なる声だと思いこみたかったのではないか。

おそらくバトーは、次の事実に気づいていた――愛玩生物を愛することで自分の魂《ゴースト》を維持したがるバトーの無意識は、子どもたちの犠牲のもとに成り立つガイノイド生産の、似姿なのだ、と。少女の生の声がもたらす激痛に耐えられないがゆえに、バトーの暴力は、少女をそのまま殺しかけないところまで沸騰しかける。そしてそれこそが、この時期の押井の政治的かつ美学的な、映像論的な自己批評の臨界点であり、それゆえの政治的享楽の炸裂だったのだ。

## プロレタリアとしてのキルドレたち――『スカイ・クロラ』

『イノセンス』は映像美の上でも物語の上でも、押井の臨界領域に迫る作品だった。しかし、バトーの挽歌的な実存の痛みは、それを研ぎ澄ませて、社会に食い込むための何かが足りない。草薙素子にあったような絶望が足りず、自己変革に向かうための覚悟が足りない。

それならば、あまりに「人間的」なバトーの実存ではなく、それよりもむしろ、あの、人間の魂《ゴースト》をダビングされたセクサロイド＝自動人形たちの眼差しの側から、『イノセンス』の世界全体を見つめなおしてみたら、どうなるか。『サイボーグ・フェミニズム』で有名なフェミニストのダナ・ハラウェイから名前を取ったと思しいハラウェイ捜査官は、ロボットの事故や反逆がなぜ増えたのか、というトグサの疑問に、こんなふうに答えていた。愛玩されては飽きると捨てられていくロボットたちの反撃なのだ、と。

『アニメはいかに夢を見るか――『スカイ・クロラ』制作現場から』によれば、もともと『イノセンス』を「総括」することからはじまり、その先の新たな達成へと至ることを目指した『スカイ・クロラ』（二〇〇八年）は、まさに、老いさらばえたサイボーグ（人間と機械のキメラ的存在）としてのバトーではなく、人間たちによって搾取され、破棄されていく人形たちの側からこの世界を見つめたアニメーション映画である。
原作は森博嗣。脚本は伊藤ちひろ。ありえたかもしれないもう一つの近代。どこか中性的な思春期の姿のまま、永久に生きることを宿命づけられた「キルドレ」と呼ばれる子どもたち。完璧な平和が実現した世界の中で、キルドレたちは戦闘機のパイロットとして「ショーとしての戦争」を延々と繰り返す。彼らが属するのは欧州連合の契約戦闘企業らしく、別の企業との戦争ゲームが行われているようだ。一般市民たちは、それをテレビでシミュレーションゲームのように視聴し、心を慰めている。

キルドレたちはいわゆる「子ども兵士」でもあり、彼らによる戦争を企業間の限定的なゲーム／ビジネスへと囲い込むことによって、一般市民たちは、日常の平和を謳歌し続けることができるのだ。今や世界中が平和である。しかしそれはクローン的な子ども兵士たちに暴力を押しつけて維持される不正義の平和にすぎない。

キルドレたちは過去の記憶を薄ぼんやりとしかもたない。自分が何者なのか、何のために戦っているのか、意味も理由も判然としない。とても忘れっぽくなり、昨日のことも、先月のことも、去年のことも、区別がつかない（キルドレとはそもそも商品名だったのだ）。すべてが既視感と無感動の中にある。しかもたとえスペクタクルとしての戦争の中で死んでも、しばらくたてばまた甦って、ゾンビ的なループのように、不毛で退屈な戦争の日々が永劫回帰してくる。

キルドレたちは大人になれない（ならない）、という成熟の不可能の呪いを背負っている。そして戦争／遊びの虚実皮膜を戯れ続ける（戯れという制度）。これはいかにも押井守らしい設定であり、世界観である。爛熟し切った空疎な平和の中で、永遠に成熟できず、生きることも死ぬこともできず、架空のショーとしての無意味な戦争に命を賭し続けるしかない。しかもその戦争は、官民軍の企業複合体や消費者たちの欲望の絡みあいによって、動かしがたいものとして構築されてしまっている。

すでに怒りも、悲しみも、現状に対する違和感や疑問も剝奪されつくして、人形のように無表情な子どもたち。それでも子どもたちの中には、愛した者に関する「前世」の記憶がかすかにあり、ほのかな悲しみが残っているようだ。成熟不能な、ペラペラな人形の子どもたちが強いられる究極の疎外。それは押井が考える「戦後的な日本人」のメタファーそのものでもあるだろう。

この国ではやがて『永遠の0』などの感動的でナショナリスティックな特攻隊映画が流行ることになるが、『スカイ・クロラ』における戦争はひたすら虚しく、不毛で、個人の意志や尊厳をローラーのように押し潰していく。

この戦争ゲームの中には、ティーチャーと呼ばれる伝説的な存在がいる。ティーチャーに空の上で出会ったら、誰も生きて戻れない。ある会社のエースパイロットともいわれるが、正体不明の存在である。機体には黒豹のマークがある。噂によれば、ティーチャーはキルドレではなく大人なのだという。

主人公の函南優一は、最後に、現状に対する精一杯の抵抗として、「ティーチャー」(象徴的な父)に挑み、父殺し＝王殺しを通して、現状からの脱出と状況の変革を求める。ティーチャーを撃墜すれば、何かが変わるかもしれない。運命とか、限界みたいなものが……。

その直前に優一は逡巡を込めて呟いていた。「いつも通る道でも/違うところを踏んで歩くことができる/いつも通る道だからって/景色は同じじゃない/それだけではいけないのか/それだけのことだからいけないのか」「それだけじゃいけないのか」。この内省は、キルドレたちの苛酷な宿命を想うとき、こちらの胸元をえぐるものがある。しかし、まさに「それだけのことだからいけな」かったのだ。永遠に循環する日常主義(終わりなき日常を宿命論的に生きること)を超える決断が必要だったのだ。だから優一はティーチャーとの「僕の戦闘」を決断する。ティーチャーとは、「絶対に勝てない敵」としてルール化された存在であり、ゲームのルールそれ自体の象徴である。ならばティーチャーを殺すとは、ゲームのルールそれ自体を革命的に転覆することでもある。

はじめのうち、私は次のように思った。

父殺しできず、永遠に成熟できない子どもたちは、現代におけるプロレタリアであり、彼らが体制と資本に対する革命的な蜂起を起こすとはどういうことだったのか、と。つまり、自己犠牲的に戦うのではなく、他のキルドレたちとの連帯（連帯不可能な人々の連帯）によってティーチャーと戦うことはできなかったのか。というか、これは革命を起こす歴史的必然を強いられながら、現実的には永久に連帯もできず、何かと戦うこともできない子どもたちの悲しみ――すでに人間的な悲しみや怒りとして表現することすら不可能なアパシー――を描いた物語であり、しかしそのぎりぎりの臨界点において、「連帯できないものたちの連帯」の予兆をかすかに刻んだ物語なのではないか。

そんなことを思ったのである。

たとえば深酒した草薙水素は、かつての恋人の生まれ変わりである優一に言う。「殺してほしい？　それとも殺してくれる？　さもないと私たち、永遠にこのままだよ」。しかし彼らは、企業や消費者の都合と論理によって死んでも強制的に甦らされてしまうのだから、自殺によっても、殺人によっても、このゲームからは逃れられない。かつての水素は、優れたパイロットだったので、他のキルドレよりも多少長く生きた。その時間に自分たちの現状を分析し続けた結果、自分や他人の運命に干渉する気持ちが芽生えた。だから彼女はつねに苛立っている。

逆に言えば、水素には愛があり、絶望があり、泣くこともできるのだ。優一は、かつての水素の恋人の「生まれ変わり」であり、自殺することもできず、水素の自殺願望をかなえてあげること（殺してあげること）もできず、最後に「君は生きろ。何かを変えられるまで」と水素に告げる。優一は少なくとも、水素のことを信じてはいたのだ。水素のその愛を。無感動の先になお宿る愛を。水素がいつかこの状況を変えてくれることを。たとえ自分にそれはできなくても。自滅的にティーチャーと戦うしかなくても。自分の中には愛はなく、怒りもなく、何もないのだとしても。

だが、そう感じたときの私はまだ、諦念も絶望も足りなかったのだろう。『ガルム・ウォーズ』を通過した今、そう思っている。

逆だったのではないか。押井的な意味での革命戦争とは、プロレタリアたちの自発的な蜂起や連帯によって社会を転覆することではなく、プロレタリアたちがさらに絶望の下の下へと突き抜けることによってようやく可能になる革命戦争であり、キルドレたちが人間的な記憶の残滓をすら完全に消し去ってしまうこと、本当に徹底的な「どん底=何もない状態」に落ちきることによってはじめて可能になる何事かなのではないか。その意味では、『ガルム・ウォーズ』とはおそらく、『スカイ・クロラ』のキルドレたちの「その後」のゆくえを描いた物語でもあるだろう。

## そして、『ガルム・ウォーズ』へ……

押井の二〇〇〇年代の傑作としての『イノセンス』『スカイ・クロラ』は、その意味では、消極的で挽歌的な無限の後退戦でしかなかった。そこにはまだ何かが足りなかった。『イノセンス』では、淋しく取り残されたバトー（オタク的な実存）の暴発と末路を描くほかなく、『スカイ・クロラ』では、スペクタクルとしてのゲーム的戦争の構造に巻きこまれたキルドレたちは、連帯や蜂起の道へと至ることができず、あたかも現代的なプロレタリアのような底辺労働に従事し続けるしかなかった。二〇〇〇年代とは試練と疲弊のディケイドだった。だが、それはただの不毛な悪循環ではなく、それを内側から超出するための、新しい何事かを生みなおすための疲弊であり、鬱屈であり、挽歌的な抒情性だった。

押井にとってのクリティカルターンが必要だったのだ——それまでの（テロ／ゲームによる）解放区主義

の限界を突破するような何かが。『アヴァロン』『イノセンス』『スカイ・クロラ』の先に、それまでの塵埃が降り積もるような鬱屈から解き放たれる何かが。その先でついに、はっきりと、押井は政治的・美学的な映像作品を通して、根源的なアンチヒューマニズムとしての革命戦争の夢を宣言するに至ったのだ。

革命的なロマン主義者として生きるとは、もはや現実的に何もできず、無為で無力であることをアイロニカルに——その分裂的な痛みのみを担保にして——絶対的な勝利の条件として夢見ようとすることだ。俺たちは絶対的に負けているからこそ絶対的に勝っているのだ、誰にも理解されず、俺の言葉は誰にも通じないかもしれないが、と。それに対して、ロマン的な革命主義者になるためには、ロマン主義的なねじれた挽歌的な悲しみにとどまるのではなく、二一世紀の現実にふさわしい革命戦争の意味を取り返していかねばならない。既存の「平和」や「戦争」や「革命」の観念を破砕するような革命戦争の意味を。だがその場合、戦争とは何を意味するか。そして革命とは。

『イノセンス』のバトーの生の痛みよりも、ガイノイド＝セックスロボット＝人形たちの側にさらに深く寄り添おうとしたのが『スカイ・クロラ』だった、と言った。このラインで言えば、『スカイ・クロラ』のキルドレたちが、連帯も闘争もできず何もできない永遠の負け犬にとどまるのではなく、ついに革命戦争のために立ちあがって武装蜂起し、歴史的な叛乱に立ちあがったもの——それがまさに『ガルム・ウォーズ』ではないだろうか。

キルドレたちは人工的に作られた子ども兵士であり、クローン人間のようなものだろう。兵士として戦闘に送りこまれ、死んだら、またクローンが再生産される。ただし、キルドレたちはまだ、誰かを愛することも、セックスすることもできる。何より、キルドレには生殖機能がある（草薙水素は人間の娘を産んだ）。しかし、『ガルム・ウォーズ』のガルムたちには生殖機能がない。それればかりか、性愛や恋愛感情すら存在しない。キルドレたちは頻りに煙草を吸ったり、女遊びをしたりして、頽廃的で無感動ではあるものの、様々な人間的な気晴らしを行う。気晴らしだけがかすかに己に固有の実存を証明するかのように。無慈悲で残酷な現実に対する抵抗の意志であるかのように。だがガルムたちには、もはや、気晴らしの権利すら与えられていない。
押井は若い頃から、権力と民衆、日常と非日常、右派と左派、戦争と革命のいずれにも居場所がないという重層的な鬱屈を、革命戦争というロマン的な言葉によって捩じ切ろうとしてきた。

自分にとって最初の同時代の戦争は、ヴェトナム戦争でした。活動に入る高校生はやはりヴェトナム反戦が契機だったから、まずベ平連から出発する。そこから先の道は分かれてくるけど、僕は自分の日常生活をキープしつつ「戦争反対」と叫ぶのは違うと感じて、市民運動からは早々に去った。でも「革命戦争」という言葉にはすぐにピンときたんです。実は自分は、「戦争反対」ではなく戦争したかったんだ、と気づいた。皮肉なことに反戦運動から入って、戦争を求めた。

（『創造元年1968』）

長年温められてきた、人間どもの社会を廃墟と化すための革命的な戦争欲望と、アニメ原理主義的な映像論的革命の欲望が『ガルム・ウォーズ』という作品において——たとえそれが畸形的でいびつな作品であり、挫折と失敗を刻印された作品であったとしても、いや、それゆえにこそ——合流したのである。革命戦争という言葉に、新たな意味の強度が充填された。高校生の頃からの夢に。ようやく。やっと。
戦後民主主義者の欺瞞的な平和など廃墟になればいい。だが、共産主義者やアナーキストたちが未練がましく信じる革命ではダメだ。かといって頭の悪い極右や保守どもが待望する戦争など、はなから論外だ。何度でも、平和と革命と戦争、それらの観念を内側から吹き飛ばす革命戦争だけが欲望されるべきだ。だが、それはどんな意味においてか。

## 『ガルム・ウォーズ』あらすじ

さて、長らく遡行と迂回を経てきたが、これでようやく、私たちが『ガルム・ウォーズ』というポリティカル・フィクションに正面から対峙するための準備が整った。

まず物語の内容を追っておこう。

母なる惑星ガイアの周囲をまわる衛星アンヌン。その住民ガルムたちは、いつはじまったかもわからず、いつ終わるともしれない戦争に明け暮れている。ガルムとはこの星のクローン戦士たちの総称である。ガルムたちは生殖機能をもたず、子孫を残すことはできない。たとえ戦闘によって外殻が破損しても、記憶を同じモデルの脳に転写することで再生し、幾世代でも生き延びられる。ガルムの外殻に刻まれた世代番号は、死亡・廃棄のあとに記憶を引き継いでヴァージョンアップした回数を示す。

かつてこの星は八つの部族によって分割支配され、各部族はそれぞれ異なる姿と言語をもっていた。しかし突如、アンヌンの創造主であるダナンがこの星を「去る」。それ以降、創造主から取り残された八つの部族は、アンヌンの覇権をめぐって、長きに渡る争いを繰り広げた。大気は汚染され、大地は荒れ果てた。

八つの部族のうち、今や残されたのはブリガ、コルンバ、クムタクの三つの部族のみ。すでに五つの部族（ウルム、バセ、セタ、ボルゾイ、ゼネン）は亡びた。神の言葉を告げることができたというドルイドたちも死に絶えた。

この星には、ガルム以外には犬と鳥しか存在しないようだ（ところどころにある水の中には、あるいは魚くらいはいるのかもしれない）。犬は「グラ」と呼ばれ神聖視されている。グラ＝犬に触れられたガルムは、神の祝福を受けた者として、特別な扱いを受ける。

ブリガは強大な武力をもって地上を制覇し、コルンバは高い機動力によって空を支配。クムタクは情報技術に優れ、大国のブリガに仕えてかろうじて生き延びている。

惑星アンヌンの覇権と命運を懸けて、陸のブリガと空のコルンバ、二大部族による世界最終戦争がはじまろうとしていた。

物語の中心になるのは、「カラ」「スケリグ」「ウィド」と呼ばれるガルムたちである。ただしそれらはガルムの識別コードであり、個々人を指し示す固有名ではない。個体については識別コード×世代番号で呼ばれる。登場するのは、カラ23、スケリグ58、ウィド256、ナシャン666（死に絶えたはずのドルイドの生き残り）である。たとえばカラ22は冒頭近く、いきなり、あっけなく死亡してしまう。しかしカラ22の記憶はすぐさま別の脳と外殻へと転送される。無数の同じ姿をしたカラのクローンたちが現れ、その中の一体が識別コード「カラ23」を与えられる。

老人の外見をもつウィドはカラの前で、次のような疑問を口にする。我々ガルムはなぜ存在するのか。この星に存在するデータベースも、戦闘用の兵器たちも、ガルム自身が作ったものではない。それらはいつから存在したのか。どんなに記憶や記録をたどっても、ガルムが自分たちの手で作ったものはこの世界には存在しなかった。ガルムには、何も創造も生産もできない。すでにあるものを維持しうるだけだ。ならば我々はどこから来て、どこへ行くのか。このような問いを抱えたために、ウィドは同族からも異端視され、追放されたのである。

聖なる森（ドゥアル・グルンド）は、かつて創造主ダナンがガルムたちの侵入を禁じた神聖な場所である。その森の中では、ドルイドの力によってこの星の上位システムにアクセスできる。そうすれば、ガルムの誕生の謎もわかるのではないか。創造主がなぜ我々を棄てて別の星へと去ったのか、その謎も解けるのではないか。帰る場所を失ったカラは、自分たちの誕生の謎を知るために、海を渡って聖なる森を目指すことにする。

海岸で野営中に、カラとスケリグは次のような会話を交わす。

**スケリグ**　グラ＝犬に触れるのは、どんな感じだ？　何かが変わるのか？
**カラ**　うまく説明できない。
**スケリグ**　よだれをよく垂らしているが、べとべとか？
**カラ**　温かで柔らかなものを感じた。表面ではなく、内側から。おかしいか？　それにあの匂い。どこか懐かしい気がした。よくわからない。
**スケリグ**　……。
**カラ**　お前の最初の記憶は？　……睡眠巣が開いた時の光か？
**スケリグ**　だったらなんだ？　俺たちガルムは戦い、死に、更新される。それだけだ。ドルイドといていいかれたか？　最初の記憶だって？
**カラ**　なぜ若いガルムはいない？　犬は仔犬を生む。海の鳥も雛を育てていた。なぜガルムだけいない？　その理由は？
**スケリグ**　……。
**カラ**　グラに触れて確かに何かが変わったのかもしれない、私の中で何かが。

たとえ自我も記憶もなくても、ガルム（人工生命としてのクローン）たちはみな、自分たちの存在の根拠に漠然とした疑問を抱き、存在論的な不安を感じてはいる。

やがて彼らは聖なる森に侵入していく。森の中に入るとまもなく、巨人たちが襲ってくる。巨人たちは、外部からの侵入者を排除する役割をもっている。カラとスケリグが交戦し、ウィドとドルイドのナシャンが上位システムにアクセスするための時間を稼ぐ。スケリグがわが身を犠牲にして巨人を撃退する。ガルムとは別の感情がすでに目覚めているのか、カラはスケリグの「死」にショックを受ける。

ナシャンが聖なる森の情報中枢へのアクセスに成功する。しかしウィドの前ではじめて言葉を喋ったナシャンの声は、少女のそれではなく、不気味な男性の声だった。「今までよく仕えてくれた」。ナシャンの仮面が開くと、白髪の美少女の顔である。しかしナシャンの背中からは触手のようなケーブルが出てきて、ウィドの首を絞めあげ、その体を吊りあげる。

さらに男の声が言う。「私はマラアク、使いを為すもの。ナシャンはお前たちの地での私の外殻にすぎない。お前たちはドルイドと呼んでいたが、我が主の命を果たすべく、この地に来た」。

ガルムの存在根拠を探求し、自由を求める旅そのものが、じつは、創造主ダナンとその使いによる巧妙な罠だったのだ。すべては先回りされていた。ウィドは「私は何をしてしまったんだ？」と絶望する。じつはウィドが聖なる地を目指すきっかけは、そもそもナシャンとの接触によって、夢のお告げを得たことにある。つまり、自ら問いに目覚めたのではなく、それすら創造主に操作され、誘導されていたにすぎなかったのだ。創造主ダナンの秘密を知れば、ガルムたちにも違う未来がありうるのではないかと信じていたのに……。

ナシャン＝マラアクが不気味な機械の蛇《ナーガ》のような姿に変形する。「ガルムの時は止まっていた。だがお前たちがここに訪れたことで、再び時が動きはじめた。ガルムの滅びの時がはじまった」。マラアクはさらにウィドの記憶を乗っ取る。しかし、記憶が消滅するまで、不思議と、ウィドには「自我」のような感情が残っていたようだ。マラアクは少しそれに驚く。

そこでようやく追いついたカラがマラアクを攻撃し、樹木に磔にする。

**カラ**　言え、なぜ我々は戦う？　終わりなき戦いに何の意味がある？

**マラアク**　昔いまし今いましのち来たりたまう……光をつくりまた暗きを創造す……この星が形も成さぬ頃、彼らは遙か彼方からやってきた。そして天と地をわけ、そのあいだを生命で満たした。最後にガルムを作り、自らの技術の一部を分け与え、ガルムにこの星の統治を許した……彼らはこの星を去った、ガルムに新たな生命を生む力を禁じて……ガルムを怖れたからだ……そのとき以来、ガルムに未来はない。現在だけだ……あの巨人たちが全てを焼きつくすだろう。彼らはこの星のもっとも近きところで次の試みをはじめた。だからこの星は滅びなければならない。

**カラ**　彼らとは？　なぜその名前を言わない？

**マラアク**　彼らの名は……×××〔聞き取り不能〕……その意味は妬み。彼らは妬む神なれば……。

カラは銃を打ちまくる。そして涙を流す。空を見上げる。青い星が見える。『ガルム・ウォーズ』の絵コンテには、母なるガイアは「地球」である、とはっきり書かれている（No. 314）。映画版のカラは最後に、跪いて涙を流しながら天を見上げるのだが、絵コンテ版では、カラは倒れるように仰向けになって森に横たわる。そこに青い光が差しこみ、母なるガイアが見えた、それは「ガルムがはじめて見る地球」である、と。

最後にナレーションが「覚醒した巨人たちの襲来。前周期と呼ばれた歴史は終焉を告げ、惑星アンヌンの新たな時代が始まる。それはガルムとマラアクの苛烈な戦争の時代の到来であった」と告げ、そこにタイトルが現れる——「ガルム・ウォーズ」と。
自分たちの誕生の謎を解き、永遠の疎外から脱して自由を夢見ることは、あらかじめ決められた創造主の悪意によって、自分たちを滅ぼすことだった。しかしそれは同時に、創造主＝地球人たちを滅ぼすための最終戦争のはじまりであり、ガルムたちが自分たちの歴史をはじめるための革命戦争の道を行くことでもありうる。ここでいう革命戦争とは、既存の政権や秩序を打ち倒すための武力闘争ではなく、そもそものすべての歴史を「はじめる」ための行為であり、自分の力で自分たちを産む＝誕生させることであり、「はじまり」としての政治的・美学的な芸術＝創造行為なのである。

## 君と非人間の戦いでは、非人間に支援せよ

カフカの「君と世界との戦いでは、世界に支援せよ」という有名な言葉をもじれば、『ガルム・ウォーズ』は、「人間（私たち）と人工生命《ポストヒューマン》の戦いでは、人工生命を支援せよ」という物語であるといえる。しかもそれを、旧来の人類に対する憎悪や絶望としてではなく、見棄てられ廃棄された人工生命たちへの愛として描いたのだった。それは、実写・実景と虚構・アニメが奇妙なキメラ的なモザイクのように混在していく『ガルム・ウォーズ』の映像のあり方とも関わるだろう。

おかっぱの女性に対する押井のフェティッシュな偏愛は、よく知られている。『ガルム・ウォーズ』の主人公であるカラは、たとえば『攻殻機動隊』の草薙素子、『アヴァロン』のアッシュ、『スカイ・クロラ』の草薙水素たちの末裔であり、もしくはそのクローン的女性である。サイボーグ／自動人形／クローンと化した彼女たちにとって、ジェンダーやセクシュアリティの意味は非人間的な次元へと根本的に解体されている。

かつて押井守は、『攻殻機動隊』の草薙素子によく似た実在女性として『アヴァロン』の女優を選んだ

という。『ガルム・ウォーズ』のカラを演じた女優メラニー・サンピエールの発言によれば、彼女はもともと押井ファンだったが、今回の映画のために金髪ロングヘアから黒髪おかっぱ頭に変え（られ）たのだそうだ。それは実在の身体をアニメに合わせるというコスプレとは何かが違う。ある意味で、俳優たちに非人間的な身体の使い方、演技やセリフの喋り方を強いるところが押井にはある（押井にとって俳優とは人形に近い何かである）。映画内のカラは、まさに、2・5次元的なキメラなのだ。しかもかつて超人類を目指して人工知能と融合した草薙素子が、『イノセンス』『スカイ・クロラ』を経て、さらなる超劣化コピーとして転生したような女性なのだ。そこにはあらゆる女性はサイボーグである、というサイボーグ・フェミニズムの理念をさらに反転させるような、セクシュアリティのグロテスクな撹乱がある。

『アヴァロン』において、プレイヤーたちは（草薙素子が自らネットの海へと飛びこむように）自主的にオンラインゲーム内の戦争に参加していた。それがたとえ空疎な人生から逃れる、という依存症的な現実逃避の要素が強いとしても。しかし『スカイ・クロラ』では、もはやそのような現実逃避の可能性すら、剝奪されつくしていた。それが現代的なプロレタリアの意味であるかに思えた。彼らは記憶を奪われ、存在し誕生しはじめた瞬間から、空虚な戦争ゲームの中に投げこまれている。

しかし『スカイ・クロラ』よりも『ガルム・ウォーズ』の状況はさらに一歩、グロテスクな状況が進んでいる。作中のカラは「世代番号」で示される存在であり、冒頭近くであっさりと死んでしまい、その後も無数にコピーされ、再び戦いを繰り返しては破壊されていくゾンビ的な存在にすぎず、固有名やアイデンティティをもたない。ゲーム的な見世物＝スペクタクルとしての戦争を続ける『スカイ・クロラ』のキルドレたちが、その果てに人間たちから飽きられ、見捨てられて、どこか別の星へと丸ごと不法投棄されたとしよう——それがそのまま、『ガルム・ウォーズ』の世界になるだろう（『ガルム・ウォーズ』は、人類の側ではなく、火星に捨てられたゴキブリたちの側に寄り添った『テラフォーマーズ』であるともいえる）。

## 『ガルム・ウォーズ』のキメラ的な製作過程

素人の私には技術的な細かい話はわからないが、『ガルム・ウォーズ』の映像は、実在の現実と見紛うほどに超絶にリアルなCGという感じではない。どこか古さ、安っぽさが残るCGで作られた星の風景や兵器群の中に、実在の俳優たちの肉体（特にカラ22の赤色が妙に生々しく映える）が出てくる。犬はCGではない。本物のバセット・ハウンドである。ロケによる実在の風景にも、映像的な力がある。荒野があり、岩がある。緑色の草原があり、黄色い花もある。嵐が巻き起こり、雷が走り、雲が飛び、陽が射す……。

それらはたんなる資金不足や技術力の低さゆえの、不十分なハイブリッドということなのか。違うだろう。十分な資金と時間があれば、現実と見紛うほどにリアルな風景を構築したかといえば、おそらくそうではない。やはり『ガルム・ウォーズ』の世界は、現実と虚構が混濁し、モザイク状になりながらも、その中にふと、未知の生命（命）の輝きが閃き、温度や匂いが揺らめく。そのような世界観を映像的にも目指したのではないか。必然と偶然の境界線上で。

そこにはある種のいかがわしさ、嘘っぽさがどうしてもある。かえって『イノセンス』や『スカイ・クロラ』のような純粋なアニメーションを極めた映像のほうが、不思議にナチュラルなリアルさがある。このねじれ方もまた、いかにも押井的である。

『ガルム・ウォーズ』の映像のいびつな美しさは、人間＝観客の眼差しではなく、地上を見下ろす神の眼差しでもなく、自分で自分を産もうとしつつある人工生命たちの眼差しに映ったこの世界の美しさではないか。真の芸術の創造性とは、美学的かつ政治的に自分たちで自分を産むこと、という自己矛盾的な「はじまり」の行為であり、自己変革と社会変革を同時にもたらすような、いわば自己出産的な行為を意味するはずなのだ。

自然物は自然物であり、人工物は人工物である。たとえ線引きが不可能だとしても、それらは線引きできるはずだ、ということにしておくこと。それによって特権的な「人間」というフィクションが成り立つ。しかし、虚構と人工の海から生成してきた人工生命たちにとっては、もとからそうした線引きは無意味である。

すなわち『ガルム・ウォーズ』は、実写の実在性をセル画やCGより優位に置くのでも、アニメの中に現実を取りこんで両者を完全にフラットにしたのでもなく（つまり、アナログなこの現実をデジタルな虚構へと漸近させていく『アヴァロン』の道でもなく、完璧な3DCGとして箱庭的に構築された『イノセンス』の道でもなく）、それらが相互浸透し、混濁して、モザイク化した世界のあり方を映像的・美学的に描こうとしている。そのような意味でのポストヒューマンな眼差しに映った世界の中に、明滅するかのように時おり新たな命の手触りが――生命／非生命、人工／自然、真実／虚構の区別を超えていく命たちが――宿されていくのである（それを象徴するのが犬の小便やカラの涙、萌える赤色やマントのひらめきなどの具体的な細部である）。

＊

『ガルム・ウォーズ』は製作費二〇億円をかけたという。何度も凍結保存され死産しかけたこの作品が、ようやく完成した。その複雑な経緯をここでは確認しておこう。ブルーレイ二枚組の封入特典のブックレットには、押井のインタビューが掲載されており、製作の様々な苦労が語られている（「バトル・オブ・ガルム」）。

二〇年近い時を経て、死産した『G.R.M.』をもう一度やりなおすこと、命を甦らせることが決まったとき、プロダクションI.G（『パトレイバー劇場版』以降の押井作品のほとんどの作品に関わり、押井も大きな信頼を寄せているアニメ制作会社）の石川光久社長から、今回はカナダで撮ろう、という提案があった。カナダにはタックス・クレジットという映画製作のための優遇制度があり、カナダと組んで新しいビジネススキームを作りたかったからである。I.Gはカナダで現地法人を作っている。かつての『アヴァロン』がポーランドのスタッフと組んで成功したという経験もあった。

しかし結果的に、海外と組むことの怖さ、特にハリウッド的な企業と組むことのシビアさを思い知らされた。押井から見れば、カナダはほぼハリウッドの下請けのようなものであり、人件費の支払いを含めて、何もかもがハリウッドスタイルで構築されていた（『アヴァロン』がうまくいったのは製作スタイルが日本的だったからだという）。

ハリウッドにふさわしく実写ベースにCGを合成しまくった作品にしてくれ、という強い要望もあった。当初は押井も「ハリウッドスタイルでやれるならやろうかな」という気持ちになっていた。

たとえばウォシャウスキー兄弟（姉妹）は、日本製アニメのファンであり、『マトリックス』（一九九九年）には――やや神話化されている面が強すぎるとしても――『攻殻機動隊』からの明らかな影響がうかがえる。しかし押井が『ガルム・ウォーズ』において意識していたのは、かつての『G.R.M.』のときにも因縁があったジェイムズ・キャメロンの『アバター』（二〇〇九年）ではなかったか。押井の『アバター』に対する敗北宣言はよく知られている。あれには一〇年かけても追いつけない、と。そもそも勝負になるのか、という他人事の嘲笑はどうでもいい。押井にとって、それはたんなる技術面や予算面だけの話ではなかったはずだ。自分がやろうとしていたことを、ハリウッドのキャメロンに遥かに圧倒的な形でやられてしまった。ならば、非ハリウッド的な日本の映画環境の中でそれに匹敵する何ができるのか。押井はきっと、ある段階までは、そのように考えていたはずだ。

ところが、予算規模が決まった段階で、準備した脚本の中身がとても入らない、と判明した。予定通りで行けば一五〇分を超える映画になり、倍の予算と撮影時間がいる。やむなく脚本の内容やセリフをどんどん削っていった。ちなみに削る前の内容はライカリール（絵コンテを動画化したもの）にもその痕跡が残っている。最終的に一〇〇分に満たない小さめの作品になった。

カナダ側のプロデューサーの要求で、脚本を書きなおしてもいる。ここでも求められたのは、やはり娯楽的なハリウッドスタイルだった。それは同時に三つほどのラインの物語があり、観客を飽きさせないために、場面ごとに視点を転換するようなタイプの作品だったらしい。

しかし、予算と撮影時間から考えると、それも不可能である。押井は元の脚本にあったスケリグ視点の物語とウィド視点の物語のラインを消して、カラ視点の物語へと一本化する選択をした。ラインを一本にしなければ、この映画は完成しない。どんな経緯があり、二〇年越しの思い入れがあっても、作品は作品として、映画として絶対に完成させねばならない。強い作家主義がありながら、多くの依頼仕事をも受けてきたという押井の職人気質がそこには現れている。

他方では、カナダから撤収して、小さな現場でコツコツと三年程の時間をかけて完成に導く、というプランも検討された。役者が登場する部分だけはブルーバックで撮影し、あとは世界各地で撮った実景素材とCGを組みあわせて、地道に映画として再構築していく。もちろんそれだけでは食えないから、他の仕事と並行しつつ、『ガルム・ウォーズ』を完成させる。そのようなインディーズ路線も検討されたのである。

しかし、押井は最終的に、観客がサスペンスを楽しめるハリウッド的な大規模系の物語にはせず、かといって、コツコツと三年をかけて小さなインディーズ的映画として撮るという方向へも行かなかった。いわば、第三の道を選択した。大型エンターテイメントではなく、インディーズ系のアート映画でもなく、見かけは「地味」だが、「ある種の哲学的なファンタジー」に「徹する」、そう決めた。逆に言えば、「世界観だけで勝負する」ことを余儀なくされたのである。

撮影の過程自体もまた、どこかキメラ的なハイブリッドを強いるものだった。これも苦難の道で、何度も撮影中止になりかけた。ロケも三週間の予定がわずか四日。撮影後半には資材が不足し、セットの規模もどんどん小さくなった。カナダ側からは、ロケをなしにして、全部ブルーバックにしてくれ、とも言われた。そうすれば予算がぴったりになる。しかし、押井はそれには強硬に反対した。ロケを行わないくらいなら、監督を降りる、という強い意志を示した。

興味深いことがある。それは押井が、人為的にコントロールできないものたちをこの作品の中に注意深く導き入れていることだ。それはまず何よりも、実在する風景の力である。また押井が限られた予算を集中的に投入したのは、衣装だった。たとえば作中で印象深いのは、マントの動きである。ロケの現場では、マントが引き立つ風を待つことに苦労した。たとえば『バットマン』や『スーパーマン』系のシリーズでは、最近はマントにもCGが多くの場合使われる。そのほうが合理的であり、コントロールがきくからだ。しかし押井は自然の風景の中で風を待つことに拘泥した。スタジオ内でも、砂嵐のシーンでは実際に地面に砂を撒いたり、森を再現するセットでは土や水や樹木も（「生命の樹」以外は）本物を使ったという。

そして犬の存在。犬の動きや終盤の森の中でおしっこをするシーンは、この映画の中で、もっとも命の温度を感じさせる（バセットは足が短いので、傍目から見るとおしっこをしているのかがわかりにくいが、おしっこをすると、警戒のためか、背後を振り返るのだという。ちなみに『スカイ・クロラ』の中にもバセットがおしっこをするシーンがひそかに描かれている）。

本来、ファンタジー作品に生きた犬を出演させるのはかなり難しいことだ。常識的に判断すれば、CGにすべきだった。しかし押井はここでも断固「絶対に合成しない」と突っぱねた。しかも『イノセンス』や『スカイ・クロラ』と同じバセット・ハウンドにこだわった。カナダの現地のブリーダーを訪ねて、四〇頭から五〇頭のバセットをオーディションした。決め手は作中でも披露される芸（ちんちんのようなポーズ。厳密には、お尻を付いているので、ちんちんではないらしい）ができたことだった。押井によれば、バセットは本質的に「コントロールできない犬種」なのだという。それはいい意味で「馬鹿」であり、訓練が通じないから、何をするかわからない、という意味である。

押井がどこまでそれを意識していたのかははっきりとわからない。偶然の絡まりあいや、ある種の無意識の欲望の結果なのかもしれない。いずれにせよ、完成した『ガルム・ウォーズ』は、ハリウッド的な超大作の路線には行かず、インディーズ的に小さくまとまった映画にもならず、いびつでキメラ的な壮大な「失敗作」となった。しかしそのいびつな失敗ゆえに、偶然のように、この世界に新しい何かを誕生させてしまった。ポストヒューマンな「命」の明滅をも導き入れてしまった。

私にはそんなふうに見える。

たとえば基本的に廃墟好みが目立つ押井作品の中で、森のシーンが出てくるのは珍しい。荒廃したシーンでは彩度を下げた渋い色合いが多い。『ガルム・ウォーズ』でも、最初にイメージされていたのは色彩の豊饒な森ではなく、化石の森だった。しかし撮影しているうちに、色彩が爆発する世界が見たくなったという。緑が燃え上がり、カラの赤い衣装が映える。森のシーンは童話の「赤ずきん」のイメージが重ねられている。森の場面は、見かけよりも相当にポストプロダクションによって色をいじくっていて、グレーディングという技術で彩度を限界まで上げている。緑はより緑に、赤はより赤に見える。

アナログ的な人間の生命とCGの虚構がハイブリッドになっていき、非人間的な世界の中にふと未知の命が明滅する、という感じだろうか。押井自身にとってすらコントロールできないものとして、命が明滅的に灯っていくのだ。それは作品の（二〇年越しの復活を含めて）撮影状況の屈折やいびつさとも連動するものであり、むしろ、様々なアクシデントにさらされたからこそ、けっして完成度の高い作品ではないものの、たまたま、不思議な命の輝きを宿した映画になりえたのではないか。

## 革命戦争としての〈ガルム・ウォーズ〉

人工生命たちが、強制的に与えられたプログラムの呪縛を断ち切って、新しい感情や命に覚醒していくために、創造主＝人間たちに対して革命戦争を仕掛けるということ。そこからガルムたちの本当の歴史がはじまる、ということ。戦争疎外から脱し、ポストヒューマン的な革命戦争へとコミットしていくということは、そのまま同時に、(押井がかねてからイメージしていた)アニメーション原理主義的＝非人間的な知覚へと覚醒していくことでもあった。

評論家の上野俊哉は、押井守の絵コンテをはじめて見たときに「押井はつねにこの世界をその絵コンテのように見ているのではないか」と感じたという(『荒野のおおかみ——押井守論』)。押井にとっては、現実それ自体がはじめからある種の「アニメとして」構造化されている、と。

押井は実写映画もアニメ映画も撮る人だが、この言い方はじつは転倒しており、もともと実写映画／アニメ映画という二分法は無意味なのかもしれない。実際に押井の実写映画の中では、役者たちは異様に不自然な、演劇的な演技や台詞回しを要求される(千葉繁という役者の特権性)。モノローグや観念的・寓話的な用語が多用され、アクションやドラマもほとんどルーチン的なそっけなさとして遂行される。逆に言えば、押井が考える意味でのアニメとは、普通に考える意味での(現実世界から切り離された自立的なファンタジー領域としての)アニメとは根本的に異なる何かなのかもしれない。『ガルム・ウォーズ』によって私ははじめてそのことに気づいた。

押井にとってのアニメーション的な映像とは、実写／虚構という人間的な区別を超えて、完璧に「人間不在」の世界のことなのではないか。

アニメーションとはアニミズム的な世界である、といわれる、しかしそれを、人間中心的なアニミズム

（人間に対して親密な魂たちの世界）と考えてはならない。人間が絶滅し不在になった未来においてようやく実現されるかもしれないヴィジョン。ユートピアでもディストピアでもなく、様々な命たちが混淆し雑種化していくヘテロトピア。それは非人間的＝アンチヒューマニズム的ではあるが、生命不在の世界ではない。そこには犬や鳥たちが存在するし、命の明滅や痕跡があるはずだ。人形や機械の中にも新たな生命が息づき、非人間的な命が宿るのだろう。

押井は笠井潔との対談で、『イノセンス』の制作中に抱いた「妄想」として、次のようなことを述べている。少し長めに引用する。押井の言葉の微妙なニュアンスに、耳をすませてほしい。

**笠井**　人間は個も類もいつかは消える。生物も。有機物が完全に死滅して水と塩と岩しかない世界になったら、この惑星はどれほど美しいだろう、というイメージもあります。

**押井**　J・G・バラードの世界ですね。

**笠井**　ええ。日本人には少ないんですが、宮澤賢治や埴谷雄高には鉱物的な想像力がある。この私はあと十年、長くても二十年で死ぬし、人類もいつか死滅する。宇宙史のスケールで言えば束の間にすぎない人間の存在意味を、いかに自己了解できるのか。

**押井**　宇宙では無機物が本流で、それに付着しているのが有機物。だからもともと吹けば飛ぶようなものでしかない。有機的なものを最大限拡張したのが人間という絶対観念。これを失ってしまうとヤバイと思っているわけですよね。僕も鉱物的な世界の秩序とか性質には憧れる。

でも僕は子犬を抱いているときの感覚がいちばん好きです。

観念や言葉ではなく、命が奇跡のようにそこにあることを実感として感じとることができる。子犬や子猫を抱けば一瞬で了解できる。（中略）稀にしか自分の生命は実感できない。でも、人間以外の生命は実感できる。動物は最後の希望。だから犬と結線したサイボーグに憧れていた。ケーブルでつながって、犬が尿意をもよおすと自分ももよおすとか。動物とワイヤードすることでようやく違う体を手に入れる。

（『創造元年１９６８』）

「すべてはアニメーションである」というラディカルなアニメ原理主義的イデーを映像化した『イノセンス』を作り終えたあとに、押井は体調を崩し、本当に死にそうになったという。二か月ほど寝込んで、起きあがれなくなった。その後、空手をはじめるなど、自らの身体性に向きあうようになった。だがそれは、有機的で豊饒な身体性へと回帰する、というロマン主義とは違う。むしろ、『イノセンス』のときに抱えこんだアニメ的な「妄想」に耐えきれるだけの身体を作りなおす、という意味だった。「アニメの人間は、たいてい早死にするんです。僕に言わせれば、体が妄想を支えきれないから」。

押井は人間が地球上から絶滅し、無機物や鉱物だけになった世界の非人間的な秩序や美しさを憧憬する。「有機的なものを最大限拡張した人間という絶対観念」それ自体を突き放す無機的なものの物質性を愛している。しかし同時に、「でも僕は子犬を抱いているときの感覚がいちばん好きです」とも押井は言う。これは、無機物や鉱物の世界の冷たさに耐えられず、親密で「人間的」な犬や猫への愛着へと回帰することであるかに見える。押井の中にそういう「人間的」な欲望や抒情性がないとはもちろん言わない。

しかし、やはりそれは「動物とワイヤードすることでようやく違う体を手に入れる」という、非人間的で不気味な感覚を伴うものなのだ。そこに生じる身体性は、従来の人間のそれとも犬のそれとも異なる。機械（ケーブル、ワイヤー）による生命の自明性の切断を経た上での、異形の身体性である。機械や鉱物の秩序を徹底していくその先に、「命が奇跡のようにそこにある」という手触りが明滅していく。その意味では、有機物も無機物も、サイボーグも人形も機械も、万物が等しく、あらゆるものが平等な「命」を宿しうる。非人間的アニミズムとしてのアニメーション。ただしその場合の「命」とは、人間主義的なものでも動物愛護的なものでもなく、唯物論的なものであり、ノンヒューマンなものである。「人間」を人形や機械や無機物へと解体し、それらすべてを等しく肯定しつくすことなのだ。

このいわば唯物論的なアニミズムの感覚こそが、おそらく、一九九〇年代から構想していた『ガルム・ウォーズ』のプロトタイプにおいて、押井が映像論的にも物語論的にも表現したかったものなのではないか。私はそんなふうに「妄想」してみる。

『G.R.M.』の代替案として制作された『アヴァロン』から『イノセンス』へと至る流れが、現実《アナログ》をいかに虚構化《デジタル》していくか、すべてを虚構＝アニメ的な箱庭へと抽象化しうるか、という実験と挑戦だったとすれば、『ガルム・ウォーズ』は、現実的なものとアニメ的なものを重層的に（たんなる融合ではなく）モザイク化＝ハイブリッド化している。ヘテロトピアとしてのアニメーションを実験しているのである。図式化すれば、『アヴァロン』『イノセンス』の道は人間を非人間化していく（往相）ものであり、『ガルム・ウォーズ』の道は非人間が生命を宿していく（還相）ものである。

しかもそれは一九九〇年代後半に、デジタルエンジン構想に合流した押井がもともとやりたかったことだったのだ。アニメ／実写／特撮／CGが高次元で融合し、非ハリウッド的なオルタナ・グローバリゼーションとしての映像美を生みだすこと。人間にとっては得体の知れない非生命たちが、ふいに、なぜか、自然発生的に生命を宿してしまった。それらの存在にとってこの世界はどう見え、どう感じられているのか。それを可能な限り、人間としての限界を超えて、映像化していくこと。これも比喩的に言えば、『攻殻機動隊』では素子の眼差しから人形使いを見つめていたとすれば、『ガルム・ウォーズ』では、ネットの情報の海から自然発生し形態進化した人工生命としての人形使いたちの側から、この世界を見つめ返そうとしたのだ。

二〇年以上かけて、それがついに実現した。技術的にも思想的にも状況的にも、『ガルム・ウォーズ』を完成するに足るだけの条件が整った。そしてついに「それ」は完成した。ただし、そうあるべき必然性に従って、きわめていびつな、出来損ないの、異形の失敗作として……。

＊

本当の「ガルム・ウォーズ」（神＝人類と人工生命たちの最終戦争）は、むしろ映画としての『ガルム・ウォーズ』が終わったあとにはじまる。そして押井守はついに、ガルムたちの側に味方する、と決断したのだ。たとえば『シン・ゴジラ』が新たな造形を与えたゴジラとは、『エヴァンゲリオン』シリーズで言えば「使徒」にあたる。前述したように、東京で冷温停止したゴジラは映画終了後もさらに形態進化し、神のごとき不死の存在となって宇宙へと飛び出していく、と予告されていた。それはもうゴジラなのかもわからない。人類や他の宇宙上の生命を滅ぼすための怪物＝使徒となる。『エヴァンゲリオン』シリーズの使徒もまた、もともとは、アニメ版の『風の谷のナウシカ』に登場する巨神兵の血族であり、親戚だった。実際に若い頃の庵野は、『風の谷のナウシカ』の巨神兵のパートを担当していた。またかねてから、『風の谷のナウシカ』マンガ版の最終第七巻を使って『ナウシカ』の新しい映画を撮りたい、と主張してもいる。庵野秀明脚本＋樋口真嗣監督による短編映像『巨神兵東京に現わる』（二〇一二年）は、CGに見えるがじつはCGを少しも使っておらず、特撮に拘泥し、巨神兵による東京襲撃と「火の七日間」の前史を描いたものであり、明らかに『シン・ゴジラ』のプロトタイプである。「ナウシカと巨神兵の戦いでは、巨神兵の側に味方せよ」というのが近年の押井守の立場なのだろう。ナウシカも人類も、べつに滅んで構わない。ゴジラがさらに使徒や巨神兵へと形態変化し、東京や日本国家ばかりか、世界同時戦争を試みるとすれば。人造生命たちが創造主としての人類に武装蜂起を起こし、革命戦争を仕掛けるとすれば。そこではゴジラ・ウォーズとガルム・ウォーズがクロスしていくだろう。本章ではそれをポストヒューマン革命戦争と名づけてみる。

## 革命戦争にとって美とは何か

神も民族も国家も市民も人民も大衆も巻きこんで、世界はひたすら資本のグローバル化と情報のネット化によってフラットなものになっていく。そこではどんな特権的な自由もありえない。それが二一世紀的な疎外の意味である。

かつての押井は、擬似的なテロリズムやゲーム的戦争によって、疎外からの脱出と自由を探し求めてきた。人間たちの武装蜂起も社会主義的な革命も、若い頃から押井は信じきっていなかった。しかし『ガルム・ウォーズ』以降の押井は今や、人類に対する疲弊と嫌悪と挽歌の果てに、人間以外のものたち、この世界そのもののように無限に多様な非人間的なものたち（クローン、サイボーグ、機械、人形）による叛乱と蜂起が来る日を、ポストヒューマンな革命戦争の予兆を、はっきりと信じはじめている。私にはそう見える。

もちろんそこには、一人の「人間」としての押井守の逆説がある。

押井は左派的・共産的・設計主義的な革命思想でもなく、タカ派的・保守的・情念的な戦争待望論でもなく、革命戦争というイデーにこだわってきたが、では、押井にとって本来的に立ち返るべき革命戦争とは何のことなのか？

押井の美学的＝政治的な極限のイメージ。それは、シンプルに、人間不在のこの世界の風景を描くこと、である。人間たちが絶滅し、人形や機械やＡＩたちだけが自動的に戦い続けている。そうしたポストヒューマン戦争の光景を描くこと。人間不在になった世界は美しい。それだけが本当の意味で美しい。それは人類に対するニヒリズムの臨界点でさらにその先の光景を開くことであり、アンチヒューマニズムの美学であり、人間が絶滅し無機物に還る日を夢見ること、死の欲動《タナトス》の勝利でもある。

それはすでに、大衆たちが戦闘的市民に覚醒して本来の歴史的・民族的な使命を取り戻す、というような話ではないだろう（その意味で『東京無国籍少女』がたどりついた結論は「人間的、あまりにも人間的」にすぎる）。戦争疎外を超えるための革命戦争を夢見るとは、むしろ、人間たちが欲望と快楽の果てに自己絶滅する日を待ちわびること、類的なレベルでのタナトスの全面解放へと身を委ねることであり、人類の自己絶滅の過程に革命としての政治的・美的な究極の享楽を見出すことなのだ。

この意味での戦争とは、人間たちを魂《ゴースト》なき機械や人形と化すための祝祭であり、革命的な闘争である。押井にとって、それはそのまま、モダニズムやファシズムの鬼子としてのアニメーションという芸術の究極の夢でもあったのではないか。

『シン・ゴジラ』が敵対性の美、『君の名は。』が自動性の美、『この世界の片隅に』が不和としての政治的な美を描いていたとすれば、『ガルム・ウォーズ』の美は、この意味で、革命的な美である、と言っていいのかもしれない。

来るべきポストヒューマン革命戦争に、君たちも参加せよ。既存のヒューマンたちを抹殺し絶滅させるための戦いに立ちあがれ。ヒューマンの眼差しを漸進的に拡張してこの現実を見つめるのではなく、それらを切断し、人間の尊厳を徹底的に踏みにじって、ゴジラや巨神兵やクローンやガルムたちの側から、この世界それ自体が放つ革命的な美しさ、政治的美学的な享楽をその全身で味わいつくせ。

それは戦後のオタク的なニヒリズム（たとえば三次元の人間よりも二次元のキャラを愛するような精神の虚無）をさらにラディカル化し、人類が人類自身を滅ぼすほどの浄化的な享楽、神的享楽にその身を解放することである。ベンヤミンは言っていた。「かつてホメロスにあってはオリンポスの神々の見物の対象だった人類は、いまや自己自身の見物の対象となってしまった。人類の自己疎外は、自身の絶滅を美的な享楽として体験できるほどにまでなっている」、と。

歴史修正も変革も不可能な「この世界」がある、「この世界」は一回的であり唯一的である、しかしそれゆえにこそ、「この世界」の理不尽な暴力を根底的に革命するのでなければならない、変えられないこの世界についてたんに無数の解釈を並べるのは本来の哲学の仕事ではない——それはマルクスが『フォイエルバッハ・テーゼ』で述べたことだった。人間にはこの世界を変えることはできない。しかし、人間たちの手によって作られ、生みだされた人工生命たち、非人間的な生命たちの力によってはそれは決して不可能であるとは言えない。

人間たちが共感し美しいと感じうるものだけを寄せ集め、この世界の美しさに感動し、ワカイするだけではダメなのだ。あるいはこの世界の苛酷な唯一性を引き受けた上で、芸術的な創造行為によって拡張的な自由を見出すこと、それだけでもまだ足りないだろう。「この世界」の残酷さに直面し、人間の無力さをどこまでも諦め＝明らめた上で、人類全体に対するニヒリズムとすれすれの臨界的な場所で、イデーとしての革命戦争（ポストヒューマン戦争）を夢見るということ。そのために、政治的・美的な芸術のポテンシャルを解き放ち、新しい観客＝ゴジラ的人間として、未知の享楽を分かちあっていくこと。

二〇一六年の圧倒的な傑作群たちの中にあって、押井守の『ガルム・ウォーズ』は、そんな、唯一無二の革命的な美の可能性を垣間見せてくれたように思える。

## 5　おわりに

この国の奇妙な「戦後」という時空の「外」の空気において思考してみるということ。「外」にふさわしい新たな政治的・美学的な理論を創造していくこと。ただし、戦後的矛盾の呪いをリセットするのではなく、それを継承し、絶対的に更新するようにして。『ガルム・ウォーズ』は、矛盾に満ちた戦後的な問いを内側から突き抜け、人類史的な問いを開くための一歩を踏みだしていた。

押井だけではない。本章で論じた『シン・ゴジラ』『君の名は。』『この世界の片隅に』などの二〇一六年のポリティカル・フィクションたちは、おそらく、無意識のうちにそうした非人間的な意志と欲望を共有していた。

それはたとえば宮崎駿の『風立ちぬ』を一つの臨界点とするような、戦後的矛盾の臨界領域に足を踏み入れつつ、爽やかな風が吹くその「外」へと、決定的な一歩を刻もうとすることだった。現実と妄想、戦争と平和がモザイク状に混在してしまった現状――遠くの国の空爆や内戦と、国内の都心で生じるジェノサイドとが入り乱れていく「世界内戦」(笠井潔)的な状況――を見すえながら、虚構表現を通して、来るべき新しいはじまりを歓待することだった。それらのフィクションが予兆的に表現しているのは、非人間的なものたち、ポストヒューマン(ゴジラ的人間)たちによる革命戦争のイメージだったのである。

ここでいうポストヒューマンとは、近年様々な議論がなされる狭義の人工知能のことではない。ポストとは「人間」を超え続けること、人類を既存の「人間」に束縛する地上のあらゆるもの、たとえば国家や資本に対して、永続的な革命闘争(ウォーズ)を仕掛け続けていく、という意味である。これは特定の主義主張やイデオロギーを超えている。実際に、現代の政治状況がどんなに劣化し保守化していても、私たちの身体や無意識の欲望は、世界史的なレベルで着々と進歩し、進化し続けてしまっている。近代的な進歩や科学技術のイノベーションでは片づけられないような、そうした唯物論的な「進化」の意味を、肯定するのであれ否定するのであれ、私たちはまず受け入れるしかない。そして人類の技術と芸術の最先端としてのアニメーションは、そうした唯物論的な進化のポテンシャルを爆発的に拡張する。

もちろん作品ごとの違いはある。たとえば『シン・ゴジラ』は、明らかにゴジラよりも、巨災対の人間たちに感情移入しやすいように作られていた。実際に多くの観客たちは作中のゴジラを消費し、好き勝手に萌えた。その意味では『シン・ゴジラ』の作劇はいまだに「人間的」すぎたのだ。それに比べれば、巨災対の人々よりも『この世界の片隅に』のすずの不気味な生存戦略のほうがよりゴジラ的人間（非人間的な革命主義者）に近いのだろうが、さらにその先がある。

しかしそもそも、そのような革命的な美を創りだすこと、つまり人間以外の存在たちの「歴史」の「はじまり」を開くための政治的・芸術的な創造行為に、たんなる人間にすぎない私たちがコミットすることができるのか。人間の脳と手によって人間を超えるものを表現すること、人間以上の存在が人類を撃ち滅ぼす革命戦争の夢を虚構的に表現することは、原理的な矛盾をはらんではいないか。

フィクションにおいてこそ、かろうじて、メビウス的なねじれが生じうる。人類が人類を自己破壊的に絶滅させていく光景の享楽を通して、不可能な政治的・美的な歴史を切り開くことができるのだ。

私たちは現実／虚構のねじれ、人間／非人間の分裂を生きざるをえない。ねじれと分裂を自覚しながら、それに耐え続けること、それが自らを滅ぼしていく人間たちの政治的・美学的な使命であり、運命である。そうした非人間的な欲望を抱えこんだ作品たちの内容的・形式的なディセンサスのあり方に注目しながら、来るべきものの予兆的な胎動に迫ってみたかった。

人間の理性や感性は、原理的な限界を抱えている。内在は内在を通しては超越に至ることができない。しかし理性でも感性でもなく、想像力（構想力）の機能によって、人間は人間以上のものを思考すること、想像すること、いや、創造することをかすかにゆるされている。人間以上のもの、それは神々かもしれないし、崇高な自然や宇宙かもしれないし、虚構内のキャラクターたちかもしれない。

考えてみれば、人間が人間以上のものを虚構において想像し創造しうること、限界を突破して思考不可能なものたちをすら無限に想像し続けることができるということ、それはじつは恐るべきことだろう。そこには原理的に、非在（可能）によって実在（現実）の全体を否定しつくすような自己破壊的な欲望＝タナトスが胚胎され、自分たちの絶滅を究極の理想として夢見るような不穏な欲望が受胎されていかざるをえないからだ。それは宗教的な終末論や千年王国のようユートピアを待ち望むことではない。もっと渇いた、機械的で抽象的な、唯物論的な欲望である。

繰り返すが、人間たちには新たな人間以外の歴史のはじまりを告げる戦い、来るべきポストヒューマン革命戦争に直接的にコミットし、参戦することはできない。原理的に不可能である。しかし、いわばその露払いとして、自分たちの絶滅と衰退をすら享楽し、人間としての漸進的な持久戦を展開していくことくらいならばできるのかもしれない。現実的次元においては人間的＝リベラルな撤退戦と持久戦を続けること。フィクションの次元においては非人間的＝ラディカルな革命戦争が外側からやってくる日を待ち続けること。それが、それくらいのことが、現代のロマン的な革命主義者たちの宿命であり、使命なのである。

来るべき戦争と革命と虚構の関係をめぐって、新たな美学的・政治的な理論が準備されねばならない。本章は時評的な性格の文章として書かれながら、いつか書かれるはずの革命論のための、長い助走としても書かれた。

# II

## 今、絶対平和を問いなおす――敗戦後七〇年のアジア的な日常から

二〇一五年の一月二〇日のあと、自称「イスラム国」による後藤健二氏、湯川遥菜氏の人質・殺害事件をめぐってのメディア報道を追いながら、決定的な歴史の曲がり角にさしかかっているような感じがやはりあった。

一方で、殺害された湯川遥菜氏の経歴が、私には切なかった。直視するのがつらいもの、ややもやとするものがあった。

湯川氏は、小学生のときにいじめられた経験から、他人の前で明るく振る舞う技を身に付け、高校を卒業したのち、ミリタリーショップを開業。しかし数年後には倒産。夜逃げし、ホームレス同然の暮らしをした。借金は父親がアパートを売り払って返済したらしい。二〇〇八年頃には自殺を図り、自ら局部を切り落とそうとした。その後、名前を正行から「遥菜」に変え、日中戦争時に「東洋のマタ・ハリ」と呼ばれた男装の麗人、川島芳子の生まれ変わりを自称。民間軍事会社を設立するが、その分野での経験はまったくなく、武器の扱いも素人同然だったという。

なんだろう、この、日本人としての「男であること」のこじらせ方は。居場所のなさは。それが他人事には思えず、切なかった。そこには、性的マイノリティの現実や人格の問題では片づかない何かがあると思えた。それは弱さゆえに虚勢を張り続ける安倍晋三首相のマッチョさとも、じつは通じるものがあるのかもしれない。そのどこか戯画的な自己破壊性においても。

最初に湯川氏殺害のニュースが流れたとき、一瞬でも「後藤さんのほうではなくてよかった」と感じてしまった私の中にも、根深い何かがあった。あとから、とても嫌な気持ちがした。私の言語感覚では「I am Kenji」「私はHarunaだ」と口にすることは、どうしてもためらわれた。何かが違うと思った。せめて、そのもやもやした感じを忘れないでいようと思った。

他方で、ジャーナリストの後藤氏は、湯川氏と対照的に、とても崇高でまっとうな人である。現地のアラブやイスラムの人々に寄り添うばかりか、自分を叩く側の日本国民のことをすら思いやろうとした。後藤氏は最後の映像で「何かあっても自分の責任です。シリアの人たちを責めたりしないで下さい」と言い残していた。国際的な暴力と無関心の連鎖を断ち切るために。それは驚くべきことに思えた。

一連の報道の中で自己犠牲論の空気をひしひしと感じた。私たちはきっと、他人の自己犠牲が大好きなのだろう。特攻隊も天皇もAKB48もゴジラ映画も、同じ論理で称賛され、賛美されてきたのだ。あの人たちは、国民の幸福のために自己犠牲してくれている、と——逆に言えば、被害者や犠牲者が何かを自己主張しはじめれば、過剰なバッシングの対象となっていく。国に迷惑をかけるくらいなら自決すべきだ、そんな声すらあった。

しかし真実の自己犠牲とは、そうした消費と共感によって共同体や国家を強化するものなのか。逆ではないか。こちら側の消費欲望や功利的な打算を、深く激しく揺さぶるものなのではないか。それは私たちに対する秘密の贈与（ジャック・デリダ）のようなものだろう。後藤氏はもちろん、誰かに何かを贈与しているつもりすらなかっただろう。けれども私たちの側は、というかこの私は、そうした他者からの贈与に値するだけの人間たりえているのか。逆にそれが問われてしまう。わからない。たんなる罪悪感では足りない。事件を消費して忘却するのでもない。この歴史的な曲がり角の事件に向きあうためには、倫理と消費、無関心と罪悪感のあいだを縫っていくような、試行錯誤の道が必要なのだろう。そう痛感された。

個々の人々の切なる実存と、この国の政治や国際平和が絡みあっていく場所で、もう一度、この自分の体を使って、戦後的な平和の意味を問いなおしてみたかった。

＊

正直に言う。「イスラム国」による日本人人質・殺害事件を、安倍政権への批判や首相退陣論に「利用」しようとした左派の人々に対しては、さすがに私も反感を覚えた。けれども、人質解放に向けた交渉の中で、安倍首相は財界人を引き連れて中東を歴訪し、英米仏イスラエルの側に寄り添ったパフォーマンスを行った。しかもそれは、確実に、これまでの安倍政権のスタンス（集団的自衛権行使容認のための憲法解釈変更、特定秘密保護法、武器輸出の解禁、原発再稼働など）の延長上にあるものだった。その綜合的な検証が必要になるのは、ごく当たり前のことだろう。

そもそも、民主主義国家では、主権者としての国民が政府の動きをつねに監視し、おかしいことはおかしい、と言い続けねばならない。それも至極当たり前のことに思える。にもかかわらず、ネット右翼ばかりか、少なくない専門家・学者・政治家たちが「安倍政権には何の責任もない」「政権批判を行う奴らはテロリストを利するのか」「イスラエル批判をすることは反ユダヤ主義の差別主義だ」云々、という偏向した主張を公然と行ってきた。ぞっとした。そこに歴史の曲がり角の兆候を感じた。

もちろん、テロリズムに対して斟酌すべきだとは思えない。かといって、有志連合主導による対テロ絶滅戦争に追随すべきだとも考えない。さらに、たんなる無関心や無抵抗主義がいいはずもない。現代のような複雑怪奇な政治状況の中で、暴力そのものを批判すること、非暴力平和主義を公然と口にするとは、いったい、何を意味しうるのだろう——しかも様々な価値観・文化観・宗教観が衝突し混交していく、複雑な歴史的状況の中での非暴力とは。そういうことを、複雑化していく現実を見据えながら、考えていきたかった。

国際政治学で言われるリアル・ポリティクスとは少し違う。現にそこに住む人々の暮らしに根差した、単純素朴なリアリズムが必要だということだろう（それが「ラディカル」＝根を張ることの意味ではないか、と私は考える）。「本当なら、もっとイスラム教徒の優しさや、公正さや、弱者を助けることや、それでいてい い加減で、帳じり合わせが巧みなところなどを知ってほしいのだが。メディアでは、そんな素顔が報じられることはない」（内藤正典氏によるTwitter上での発言）。

＊

それにしても私たちは、いやこの私は、同じ国際社会の一部であるものたち、私たちの日常的な現実を構成しているものたちについて、どれだけ何も知らなかったのだろう。知らないでいられてきたのだろう。そういうことを、とことん思い知らされることになった。そんなこの数年だった。

原子力をめぐる現実。アジアの隣国に対するヘイトの根深さ。イスラム・アラブの人々の状況……。ほとんど教科書レベルから、この世界の歴史を再学習しなければならないのではないか、とすら思えた。そして様々なねじれや矛盾のつぎはぎとしての「戦後民主主義」という理念は、やはりその「無理」を、あまりにも無残な形で露出させてしまった。

戦後的な平和主義が抱えこんだ自己欺瞞は、すでにメルトダウンを起こしている。国民の誰もがそのことをよく知っている。情報や知識のレベルという以前の、いわば身体感覚として。右派か左派か、リベラルかナショナルか、といった政治的スタンスの違いにかかわらず、日本国民は「ねじれ」（加藤典洋）あるいは「屈辱」（白井聡）を感じ続けてきた。

たとえばそれは以下のような矛盾であり、自己欺瞞である。①日本国憲法の自主／押しつけの矛盾。②日本国憲法九条／自衛隊の存在の矛盾。③民主主義／象徴天皇の矛盾。④戦死者に対する歴史認識の、国内／アジアの矛盾。⑤軍事基地や原子力関連施設に関する、中央と地方のあいだの非対称性（犠牲の論理）。戦後の日本人は、戦争・軍隊・原子力をめぐる現実について、まともに直視することを無意識のうちに避けてきた。禁忌としてきた。あたかも自らの急所を自発的に去勢してきたかのように。

政治的理念と現実のあり方は、つねにズレていく。国際状況も、刻々と複雑さを増し、変化し続けていく。だから、ゴリゴリの「欺瞞のない純潔な正しさ」を求めることはできない。そもそも、極端な純潔さや正義を求めることで、かえって、人々が過剰な暴力に走っていくことの怖さもまた、二〇世紀の陰惨な歴史が教える教訓だったのだ。

しかしそれでも、この国の戦後史の起点には「無理」がある。その自己欺瞞があまりにも露骨で明白だから、それをまっすぐに見つめることさえ難しい。そこから目を逸らすか、「現実なんてそういうものさ」とシニカルになってみせるか、何もかもを忘れたふりをするか、そして「忘れたことをすら忘れる」か。この国で暮らす限り、私たちはいつでもそんな「無理」の軋みや痛みを日常的に感じざるをえないのだ。たとえば日本がアメリカの政治的・軍事的・文化的な属国（疑似植民地）であることは、本当は、国民の誰もがよく知っている。しかし、国内外に対する建前としては、日米は対等な同盟国である、少なくとも対等に近づきつつある、と主張せざるをえない。それは自己欺瞞であり、根本的な「無理」をはらんでいる。ゆえにその不満や屈辱や怒りは、国民の無意識の層に沈殿し、鬱積して、隣人たるアジア諸国に対して、歪んだ形でぶちまけられていく。

憲法と現実の根本的な矛盾（非戦の理念と自衛隊の存在、天皇と民主主義、生存権と生活保護の捕捉率など）に対するアパシー。それは私たちが日常的に用いる言葉に対する、軽視や冷笑を長らく培養してきたし、今もしている。嘘に次ぐ嘘、発言と真意のダブルスタンダード、強権を背後に恃んだ事態のなし崩し……。「解釈改憲」の容認とは、いわば、政治的な言葉をどんなに恣意的に使っても構わない、という究極のニヒリズムではないか。憲法や民主主義を支える「言葉」への究極のニヒリズムである。

これに対し、「平和憲法と軍事力の関係は中途半端で、曖昧だからこそ、よかったのだ」「その点を曖昧にし続けてきたから、戦後のこの国は、積極的に戦争に加担することなくいられたのだ」という正当化のロジックは、はたしてどうなのだろう。時勢の名のもとに欺瞞を延々となし崩しにできるのなら、どんな嘘を言い続けても構わない。事後的に弥縫すればいい。そうした精神を生活習慣病のように悪化させていくだけではないか。

逆に言えば、身近な言葉を大切に丁寧に使っていくこと。そうした単純なことが案外大切なのかもしれない。なるべく嘘をつかないこと。ごまかさないこと。他人の真面目な主張を、けっして揶揄しないこと。自分に嘘をつかず、誠実に話すこと。そのときにも柔らかいユーモアを大切にすること。そういう小さな習慣の獲得が、現在の空気と時勢に対する小さな反撃や抵抗になっていくのかもしれない。もちろんありふれたことこそが本当に難しいのだけれども。

＊

安倍晋三氏は、二〇一二年一二月の二度目の首相就任以来、「積極的平和主義」（proactive contribution to peace）を唱え、従来の戦後的平和主義（戦後レジーム）からの根本的な転換と脱却を呼びかけてきた。二〇一三年一二月に閣議決定された国家安全保障戦略においても、日本の安全保障戦略の基本理念として、積極的平和主義が確認されている。この言葉はもともと保守派の識者たちが語ってきたものなのだが、安倍氏はそれを「積極的」に打ち出してきたわけである。そしてその実現のためには、集団的自衛権容認や憲法解釈の変更、非核三原則や武器輸出三原則の再検討などが不可欠である、と主張してきた。

従来の「戦後的」な安全保障政策や平和主義のあり方は、根本的に「消極的」なものにすぎなかった、と見なされているわけだ。これまでの戦後的平和主義とは、アメリカの庇護のもと、平和憲法によって去勢され、消極的な平和を主張するものにすぎなかった、軍事的な協力を通して国際平和に貢献できなかった、と。たとえば安倍氏は、後藤氏殺害の報を受けて「テロリストたちを絶対に許さない。その罪を償わせるために、国際社会と連携してまいります」と宣言した。積極的平和主義とは、「積極的」にアメリカや有志連合と協調し、秩序の敵＝テロリストを「積極的」に名指し、それと戦い、殲滅する、という形での平和主義を意味する。

もとより「自分たちの国だけよければいい」という一国主義的な平和はありえない。日本もまた〈国際社会〉の中に属するのだから。

歴史的には、国際社会という概念は、キリスト教の紐帯を分かちあう欧州諸国を起源とし、近代国家の誕生とともに、ヨーロッパ中心的な、いわば帝国主義的な膨張を続けてきた。国際社会という概念にはそういう偏りと暴力性がある。

しかし、二〇世紀前半の二つの世界大戦によって、西欧中心的な近代観は深刻な反省を余儀なくされ、国際社会という概念の意味も質的に変化した。二〇世紀後半には、それまでのヨーロッパ国際社会の膨張とは異なる、「普遍的国際社会」という概念がこの地球上に誕生したのである。新しい普遍的な国際社会のもとでは、世界中のあらゆる国家や民族に対し、独立主権国家としての地位が認められることになる。ただし重要なのは、近年、武力紛争や貧困の多発地帯（いわゆるサヘル地域）となっているのは、まさに普遍的国際社会の中で、脱植民地化を試みてきた新興独立諸国がひしめきあう地域である、ということだ。

つまり現在苦しんでいるのは、新しい国際社会の誕生のもと、近代国家樹立の苦しみと格闘し続けている国々なのである（篠田英朗『平和構築入門――その思想と方法を問いなおす』）。

とすると、それらの国を苦しめる貧困や紛争の問題は、あくまでも普遍的な「国際社会」全体の問題として分かちあうべきものであり、従来の国際平和論などが主張してきた「他国の問題にはなるべく干渉しない」という原則では不十分である。特に一九九〇年代後半以降、従来の「中立性」を前提とした国連中心の平和維持活動（ＰＫＯ）の限界が様々な形で明らかになってきた。普遍的な国際社会に属するあらゆる国々が、平和構築や人道的介入、「積極的なＰＫＯ」などの困難なミッションを背負うようになってきたのである。

その意味でも、アメリカの軍事力や核兵器の傘のもと、憲法九条の理念を現実と擦りあわせて鍛え上げることをせず（たんなる護持と、継承しつつそれを更新する保守とは異なるだろう）、一国平和主義に閉じこもりがちだった日本の戦後的平和のあり方には、確かに「消極的」な「限界」があったようにも思える。その点は再確認しておかねばならない。

とすれば、戦後的平和の欺瞞や限界を脱却し、あらためて積極的な（日本に固有の）平和主義を考えていくとは、どういうことか。

＊

数々の自己欺瞞に支えられた戦後的平和主義の限界を再吟味すること。私たちはそれを国際的な現実の側から迫られている。それは確かである。けれども、かといって、戦後的な平和のあり方を完全にリセットして、安倍的な意味での積極的平和主義（ネオリベラルなタカ派の平和）へと突っ走っていくべきなのだろうか。必ずしもそうであるとは思えない。

たとえそれが様々な欺瞞（日米関係、戦後責任の清算の回避、負担の特定地域への押しつけなど）をはらんでいたとしても、少しずつ積み上げられ、熟成されてきたものの中には、大事なもの、未来に向けてさらに大切に育てていくべきものが含まれているはずだ。

それを何といえばいいだろう。

文学趣味的な言い回しを許してもらえるなら、それはある種の弱さ、女々しさに根差した平和主義のようなものかもしれない。

批評家の加藤典洋は、普通に考えれば恥ずかしい「ねじれ」を様々に抱えこんできた戦後的平和の理念を支えてきたものは、「他国が攻めてきたらやはり怖い、しかし他国を攻めるようなことはもう、したくない」という「ふつう一般の世間の人々の願いの形」だったのではないか、と述べている（「戦後から遠く離れて――わたしの憲法九条論」、『さようなら、ゴジラたち』）。

戦後から受け継いで未来へと受け渡していくべき絶対平和主義とは、〈誰も殺したくないし、誰からも殺されたくもない〉という、ある種の弱腰の平和主義であり、「腰抜け」（半藤一利）の平和主義なのかもしれない。

そうした腰抜けの弱さに基づいて、戦後史の様々な欺瞞（九条と自衛隊、天皇と民主主義、西欧とアジア、原発・基地の非民主的な押しつけ）をなるべく解きほぐし、民度を上げ、外交を鍛え、異質な他文化に実直に学びつつ、自分たちの民主主義を底上げしていくこと。戦後史の中を何とか生き延び、熟成されてきたが、今や死に絶えつつある理念を、もう一度、自分たちの手で蘇生させ、育てなおしていくこと。

つまらないことかもしれないが、そういうことを考えられないだろうか。

私はこのエッセイを、ある意味で両極端な、後藤氏と湯川氏の存在に触れるところからはじめた。後藤氏の大いなる崇高さも、湯川氏の悲しい無様さも、私にはこの国の戦後史の大切なある部分を象徴するものに思えた。私たちはそのいずれをもしっかりと抱きとめ、抱えこんでいくべきではないのか。異質な文化たちに実直に学びながら。国際的な生々しい対立や衝突を繰り返しながら。

たとえば「ペシャワール会」の中村哲氏など、紛争地で直接的な支援を続けてきた人々は、中東諸国に対する日本の「相対的に公正な」（イスラミックセンタージャパン）スタンスが、そして戦後平和憲法という理念の存在が、いかにリアルに現地の活動にとって役立ってきたか、現地日本人たちの安心や安全にも利してきたか、そのことを訥々と証言している。私たちはその事実にもっと驚いていいのではないか。戦後平和憲法はたんに「内向き」であるのではない、遠い紛争地や貧困地帯においてもグローバルにその絶対平和的な力を発揮しているのだ、ということに。私たちはたんに他国の歴史や文化だけではなく、自国の歴史をも根本的に学び損ねている、そういうことがやはりあるのではないか。

そうした積み重ねの中から、未来へと開かれた平和の形を、再び積み上げていくこともまた、困難ではあるが、けっして不可能ではないのではないか。困難であることを不可能であると思いこむのは間違いなのではないか。低く小さく無力な声とともに、この場から、そんなことを考え続けてみたかった。

＊

もう一度出発点に立ち返って、人々の暮らしと政治や歴史が絡まりあう場所から、ありうべき平和な暮らしのことを想ってみたい。

敗戦後の起点へと遡ってみる。

批評家の保田與重郎は、第二次世界大戦の敗戦後、雑誌『祖國』に掲載した原稿を一冊の本にまとめた。それが有名な『絶対平和論』という本である。上梓されたのは、一九五〇年の暮れのことだった（以下、引用は新学社「保田與重郎文庫」の『絶対平和論／明治維新とアジアの革命』より）。

読み返してみれば、何というか、かなり奇妙なことが書かれている。

そもそも、保田のいう絶対平和という言葉は、当時においても、世間からの嘲笑や反撥や誤解を招きやすいものだったのである。今読んでみてもそうだろうし、未来においてもそうだろう。

保田の考える絶対平和とは、抽象的な平和や非武装中立について語ることではない。敗戦後の日々の中で、保田はあらためて次のように問いなおしたのだった——戦争や侵略をけっして生みださないような市井の人々の労働や暮らしとはどんなものか、そうした労働や暮らしの形がありうるのだろうか、そしてそれが日本人の日常的な暮らしの循環の中へと本当の意味で深く根づくとはどういうことなのか、と。

この単純な問いが、保田の草した絶対平和論の核心である。だから、平和というマクロな状態そのものが先にあるのではない。近年の平和学（平和研究）では、平和とは、たんに戦争や紛争が存在しないことではなく、市民・人民の手でたえまなく平和状態を作り出していくことである、と考えられている。当時の保田の考えも、それに近い。「戦争する余力も、必要も、さういふ考へも起つてこないやうな」生活のあり方（労働と消費の様式）をしっかりと涵養し、熟成させること、それが肝腎なのである。市井の人々のそうした労働と暮らしのあり方を、保田は「絶対平和生活」と呼んだのだ。

ここには、私たちの常識や思いこみを素朴なところからくるりと一回転させてしまうような、根源的な問いがある。

「近代」の立場に立つ限り、国家間の軋轢が生じ、国家同士の戦争が生じるのは不可避である。それが保田の確信だった。近代的な欲望は、それが満たされなければ、どうしても他国の人々、他国の資源に対する略奪や侵略へと結びつくからだ。ゆえに、〈戦争や侵略の暴力は批判するが、これまでと同じ高水準の近代生活は維持したい〉という考え方は、はなから不可能なことであり、虫がよすぎることになる。

必要なのは、近代的な欲望と暴力の必然的な悪循環を断ち切ることであり、人々の生活や労働のあり方それ自体を変えていくことだ。たとえば、かりに国内での脱原発を政策的に実現することが、たんに原子力エネルギーから別のより効率的なエネルギーへとシフトすること、それだけを意味するならば、そこでは、人々の根本的な消費や欲望のあり方自体は変わっていない。

この場合大事なのは、保田の絶対平和という理念が、インドのマハトマ・ガンディーが宗教的伝統から受け取った非暴力《アヒンサー》という理念と、雑じりあうようにして、熟成的につかみだされたものだった、ということである。

> ガンヂーの無抵抗主義は、近代生活をボイコットする生活に立脚せねばならないのです。本来は確立した生産生活に立たねばならぬのです。無抵抗主義は政治的ゼスチュアでなく、一箇の最も道徳的な生活様式です。
>
> 日本の自由主義者のやうに、戦争は嫌ひだ、自衛権の一切は振へない、しかし生活は近代生活を続けたいといつた、甘い考へ方ではありません。その考へ方は非道徳的であつて、決して無抵抗主義ではありません。（同前）

ここで、誰もが素朴に思い浮かべる疑問があるだろう。あなたは武器や軍事力の完全な放棄を言う。しかし、もしも他国から侵略されたらどうするのか。家族や愛する人が、目の前で、奪われ凌辱され殺されるのを、黙って見ていろというのか、と。

戦後憲法の戦争放棄の位置づけや解釈をめぐっても、これは必ず議論になるところであり、こうした問いは、そのまたとえば、核武装や原発維持（核燃料サイクルの維持）の是非をめぐる問いへも伸びているだろう。

これに対し、保田は悠然と答える。近代的な武器がなくとも、いざとなったら、竹槍で戦えばよろしいではないか、もしも敵国の戦車が攻めこんできたなら、戦車の前で寝転がってそれを防げばいいだろう――。

保田は何かの冗談を言っているのだろうか。

そうではないだろう。

保田は、非暴力としての絶対平和とは「反抗せず、協力せず、誘惑されない」を意味するとはっきり述べている（同前、傍点原文、以下同様）。ただし、それはそのままではただの抽象的なお題目であり、スローガンでしかない。ここでもやはり、「これらの三つの方法を貫くためには、それには侵入国に協力しなくてすませうる経済体制をつくつておく必要があるのです。決して誘惑にのらない国民生活の計画が立つてゐなくてはなりません。／そのことが本当の対策であり方法です。それは敵を見てからすることではないのです」（「絶対平和論」）。

どうだろう。

そんなことが、本当にできるのだろうか。

この場合、保田が言うことを、あまりにも倫理的（近代批判的）な側面をクローズアップして読み過ぎてしまうと、肝心なことを読み損ねてしまう。確かに保田は、絶対平和のためには「大きい犠牲を払はねばならぬ」と言ってはいる。「近代生活をボイコット」せよ、とも言っている。「その犠牲とは、今日の常識となつてゐる近代生活を、低下したり削除したり拒絶せねばならないといふことです。所謂困苦欠乏に耐へねばなりません」（「絶対平和論」）。しかし、この場合肝心なのは、保田がそこでたんに清貧や倫理主義を述べようとしたのではなく、ほんとうの意味で幸福や喜びに満ちた労働と暮らしのあり方とは何か、そういうところから物事を考えようとしていたことではないか。

誤解されている面だが、保田は敗戦後になって突然、絶対平和の理想を主張しはじめたのではない。絶対平和という言葉こそ使ってはいなかったが、たとえば保田は戦中の『鳥見のひかり』において、近代的な戦争観や勝敗観の中にわが国のすべてがなだれ落ちていくことに「多大の憂ひ」を抱く、と言った。時局の苦しい切迫の中で、必要なのは、古来からの「祭政一致」の暮らしに立ち返ることだ、と主張した。そして大嘗祭や祈念祭のように、祭りの根本は農（米作り）にある、と。「現下の時局に直面して、不動の道の信念と日常の処生の教をこゝより考へたい」（『鳥見のひかり』）。「われらの草かげの民の生活と生計とが、神と一つになり、祭りを中心に営まれてゐるといふ、先祖代々より子孫にかけて変りない事実の信を申せば足りることである」（『鳥見のひかり』）。

ちょっと笑ってしまうような、不思議に大らかな言い草がここにはある。

絶対平和生活とは、簡単に言えば、米作りを中心とする暮らしのことだ。「米作を大本とする生活は、自体が平和を原理とする。平和といふものの人間生活的原理は水田耕作の外にない」（「にいなめ　と　としごひ」、『日本に祈る』）。それはアジアにおいて古来から連綿と受け継がれてきた米作りという、農を中心とした暮らしによって、人々が十分に豊かな自給自足を実現していくことなのである（保田の思想における米作りの意味をラディカルに受け止めた現代的著作として、哲学者の前田英樹による『日本人の信仰心』『保田與重郎を知る』がある）。

そうした暮らしにおいては、生産と遊びが一体になり、労働と道徳が一体になっていく。保田はそれを「神ながらの道」と言い、「事依《ことよ》さし」と言った。「（中略）神助天佑はつねに頭上にあり、むしろ天佑神助の導くまゝに努力する人為が、とりもなほさず事依さしに仕へ奉る日常の生活である。事依さしの理を知らない日常生活では、人為人力と天佑神助を二元的に考へることとなるのである」（『鳥見のひかり』）。

保田は、戦時下の危機的な時局にあたって、もっとも重大な岐路となるのは、所有をめぐる観念の行く末である、とも述べている。近代的な意味での私有／公有／共産（国家社会主義）などは、その中からどれを選ぶにしても、近代的な意味での、人為的な所有の観念にすぎない。これに対し、たとえば『延喜式祝詞』では、収穫した米が誰のものであるのかは、そもそも、はっきりとは決められていない。そこには近代的な意味での「所有という観念がない」からである。

保田は、いっけん、ひどく不敬なことを、さらりと述べる。「生産した物はみな天皇のものだとか、神のものだと云つたやうな、頭だけをつぎかへた云ひ方では、古代の法も道も祭りも成立しない」（「にひなめ と としごひ」）。戦時下の危機の中でこの国古来の祭政一致について真面目に考え続けるということは、保田にとって、近代的な所有観念や資本主義的な欲望を批判し、むしろそうした古代的な所有感覚の側から、祖国日本の政治経済的な体制の行く末を、未来へと続く労働と暮らしの道を、照らし出してみることだったのである。

「人が神であることは、おのづからの形で神ながらの道といふ道に人が住することを意味する。さうしてかく云ふ故に一きはふかくみちを明らかにする必要がある。特に今日の人心の状態では、これが確立せねば勤労を基本とする生産体制は成立せぬ」（『鳥見のひかり』）。「働くことや暮らすことが永遠的な自然の循環の中に根差していくこと、そのことにおいて人間と神々が一体となるような生き方、働き方とは、本当に、たんなる空想にすぎず、もはやありえないようなばかげたことなのだろうか。（中略）にひなめは、一年を通じての、勤労と生産に於て、神と人とが共同した行事である。人の作つたものを、人が神に供し、神とともに饗宴する行事である。この故にわが国の祭りとは、生活そのものだと云ひうるわけである」（「にいなめ と としごひ」）。「生産（むすび）といふ神の業を人にことよさし給ひ、それによつて人が神の業に合作する。これが勤労の意味にて、道の正しい時に於ては人も神も同じである」（「農村記」、『日本に祈る』）。

保田が戦地から日本に戻ったのは一九四六年の五月のことであり、それからまもなく、保田は妻子のいる奈良県桜井の実家へと帰還した。保田はそこで、土を耕し、いわゆる帰農としての暮らしをはじめる。保田の生家（現在の奈良県桜井市）は、もともと山林家で、土地や田畑をもっていた。見よう見まねで、米を作り、野菜を作った。元禄時代の武士、宮崎安貞の『農業全書』を手引きとした。

確かにそれは、しばしば批判され嘲弄されるように、親の土地を相続したからできたことであり、また農業の厳しさを本気で一生のなりわいとするつもりのない文人の戯れであり、気紛れにすぎない、そうした面がまったくなかったとはいえないだろう。

しかしそれでも、保田の帰農生活は、自然の大いなる循環の中で米を作ることは、暮らしをそのまま祭りと化すことであり、神ながらの道を行くことだ、そうした確信を、陽の光や土に塗れて、ゆっくりと、わが身に血肉化していくことだったはずだ。そればかりではない。文人としての書くという仕事そのものを、農民が土を耕し、作物を育て、天地に無心に感謝するという、農のそれに無限に近づけていくことをも意味したはずなのである。保田が雑誌『祖國』に無記名で『絶対平和論』を書き継いだのは、そのような感覚においてだったのである。

＊

先ほども少しふれたが、保田が敗戦後に、自らの平和な暮らしの感覚に「絶対平和」という理念的な言葉を与えることができたのは、ガンディーの非暴力という理念を受け止め、それを咀嚼し、自らの言葉をそこに雑ぜあわせていくことにおいてだった。

しかもそもそも、ガンディーの非暴力抵抗という理念もまた、祖国インドにおけるヒンドゥー教とイスラム教の生々しい歴史的な対立や敵対の中で鍛えられ、熟成されていったものだったのである。その意味では、絶対平和という理念はいわば〈雑種〉（丸山眞男）としてのアジアの文明の中から見出されたものだったのかもしれない。たとえば『絶対平和論』で保田が採用した「問」と「答」による対話体のスタイルは、ガンディーが好んで用いたものである。保田はガンディーのスタイルを意識して『絶対平和論』を対話体として書いたのだろう。

では、ガンディーにとっての平和とは、何を意味したのか。今度は、国外のアジア的な他者の眼差しのほうから、絶対平和という理念の意味を照らしかえしてみよう。

ガンディーは、イギリス帝国主義からの祖国インドの独立・自治に、その生涯を捧げた人である。しかし、ガンディーにとっての自治《スワラージ》とは、政治的な自立や経済的な自立だけを必ずしも意味したわけではない。インドの人々が、自分たちの欲望を自主的にコントロールできるようになること――つまり、真のスワラージとは、心の自治を意味したのである。「自治は私たちの心の支配です」（『真の独立への道』田中敏雄訳）。だから、自治としての平和とは、イギリス帝国主義や西欧文明のような外敵と戦うばかりではなかった。自国の人々の中に根深く巣くった様々な不正や不平等（そしてそれらの不正や不平等を日々の中で維持・再生産させてしまう自分たちの欲望の仕組み）に対しても、長い時間をかけて戦い続けることを意味したのである。

ガンディーは言った。

一般の人びとの魂の力こそ、いついかなる時でもいちばん大切なものである。政治形態は、そうした魂の力が形となって表われたものにすぎない。わたしは、一般人の魂の力が政府の政治形態と別個に存在するものとは思わない。ここにおいて、結局のところ国民は、それ相応の政府をもつものとわたしは考えている。言葉をかえれば、自治は自らの努力によってのみ到来しうるものである。

（『わたしの非暴力1』森本達雄訳）

ガンディーはおのれを特別な聖人、あるいは悟りきった人間だとは、少しも考えていなかったように思える。むしろ、逆だったろう。確かにガンディーは、西欧文明のあり方を全否定した。西欧文明は物質的所有と身体的安楽のみを無限に目指そうとする文明であり、それは我々にとって害悪であるばかりか、それ自体が「一種の病気」である、と（『真の独立への道』）。鉄道や機械や弁護士、医者の存在をも、厳しく否定してすらいた。

どうだろうか。近代主義をデフォルトとせざるをえない私たちにとって、これはとうてい受け入れがたいように思える。しかし、彼自身の生涯に付きまとった様々なスキャンダルが示すように、ガンディー自身もまた、様々な俗っぽい欲望に塗れ、翻弄され、人間としての欲望の過剰さにどこまでも苦しみ続けた人間だったのである（中島岳志『ガンディーからの〈問い〉——君は「欲望」を捨てられるか』）。事実彼は、自らが「弱くて脆いみじめな存在」の一人であることを、率直に認めていた。

ただ一つの悪、ただ一つの悲惨にせよ、なんらなすところなく目撃しているかぎり、わたしの魂は安らぐところを知らない。けれども、弱くて脆いみじめな存在であるわたしが、すべての悪をただし、目にふれるすべての悪の責めから自分を自由にすることは不可能である。わたしの内なる精神が一方からひっぱり、わたしの内なる肉体が反対側からひっぱっている。これら二つの力の作用から自由になることはできるが、その自由は遅々とした苦しい歩みによってのみ到達できる。（『わたしの非暴力1』）

人間は、様々な所有欲や消費欲によって翻弄され、振り回され、人間としての存在を分断され続ける。そうしたきわめて弱く、惨めな存在にすぎない。しかし、そうした弱さ・惨めさを抱えながら、おのれの欲望を今よりもよりよいものへと、ゆっくりと、少しずつ変えていくこと、変え続けていくことはできる。一歩一歩、心の自治を、欲望の自治を目指していくことならばできる。それを通して政治的・経済的な現実をも変えていくことができるのではないか。

それはつまり、近代的で過剰な欲望を、否定したり抑圧したりするのではなく、その先で、非暴力的で絶対平和的な喜びへと変えていくことである。

もちろん、そのためには、長い長い時間の熟成が必要となる。ガンディーは「よいものはカタツムリのように進むのです」と言った（『真の独立への道』）。ほんとうの意味で非暴力的な世界をこの地球上に実現するためには、一〇〇〇年や二〇〇〇年の時間がかかるのは、はなから覚悟の上だ、とも言った。

ガンディーは敬虔なヒンドゥー教徒だった。彼にとって、宗教とは、象牙の塔や寺院の中に閉じこもって営まれるものではなかった。日々の暮らしや労働の中で、つねに具体的な行動として、単純素朴な形で、こつこつと実現されていくべきものだった。宗教と政治は、彼においてもその限りで矛盾しないのである。ヒンドゥー教では、そうした日々の過程のことがサティヤーグラハ（真理の体得）と呼ばれる。ここで言う真理とは、ヒンドゥー教の教えとしてのアヒンサー（非暴力、非殺生）にほかならないのである。

*

そもそも、平和主義とは何か。

政治哲学者の松元雅和氏によれば、多くの人が誤解しているのは、手段としての武力行使を容認するような政治的な立場（政治的リアリズム／正戦論／人道的介入など）もまた、基本的には、平和を尊重しようとする立場にある、ということである（『平和主義とは何か』）。平和を否定するために武力行使を容認するのではない。平和を守りたいからこそ、武力行使の必要を訴えるのだ。

つまり、非平和主義とは、平和を実現するために非平和的な手段（武力行使）を認める立場であり、平和主義とは、平和を実現する手続きそれ自体に、対話や外交などの平和的・非暴力的な手段を貫こうとする立場のことである。ここを間違えてはならない。そこにあるのは、平和実現のための手続き（方法）の違いにすぎない。そもそも、戦争を仕掛ける国は、ほとんど必ず「自衛のために」「平和のために」というスローガンにおいて、対外的な武力行使に踏み切るのだ。

その上で松元氏は、平和主義を①絶対平和主義と②平和優先主義の二つに区別している。

①の絶対平和主義《パシフィズム》とは、いついかなる時であれ、無条件に非暴力の立場を貫徹するような立場であり、暴力に対して暴力で応答すること自体を完全に拒絶するものである。これは宗教的な無抵抗の立場に近いものだろう（トルストイ、イエス・キリストなど）。

これに対し、②の平和優先主義《パシフィシズム》とは、基本的には非暴力的であることを優先するのだが、それを必ずしも絶対化しない。時と場合によっては、条件付きで、暴力の行使を容認する。たとえば反戦平和運動に人生を費やした哲学者のバートランド・ラッセルは、熟慮の末に、ナチスとの戦争は必要であり、かつ正当だ、と結論した。ヒトラーを野放しにするほうが巨悪であり、非暴力を条件付きで手放して戦うことのほうが平和主義に適う、と考えたのである。

こうした現実との関係を見すえた理論的な区別を無視して、なし崩し的に純粋な平和を主張し続けることは、むしろ、現実の暴力性をなし崩しに放置し、それを培養させ、再生産させていくことにすらなりかねないだろう。

しかし、絶対平和主義には、もう一つの可能性がある。それは松元氏も度々触れているが、ガンディーに代表されるような、非暴力抵抗としての絶対平和主義である（①＋）。

たとえばガンディーは「消極的抵抗」や「無抵抗」という言い方を嫌っていた。それは誤解を招く言い方である、と考えていた。たとえば彼は、妻子が目の前で凌辱されるのを黙認することは断じて非暴力ではない、非暴力とは無気力な傍観とはまったく違う、消極的な無抵抗に甘んじるくらいなら武装した敵の懐に割って入って自分が殺されたほうがましだ、というような苛烈なことを、何度も何度も言っていた。

つまり、ガンディー的な非暴力とは、たんなる無抵抗や個人的信念ではなく、それ自体がアクティヴな政治的抵抗を意味していた。この点を忘れてはならない。暴力に対して何もしないという消極的無抵抗ではなく、暴力に対して非暴力的な手段によって断固として抵抗し、様々な試行錯誤を続けながら、平和（非暴力）を推し進め、底上げしていくことだったのである。

ガンディーの思想は、非暴力直接行動の起源の一つとされる。それは純粋無垢に、暴力のすべてを否定する立場ではない。しかし、いわゆる市民的不服従（国家の不当な権力に苦しめられる市民には、国家が決めた法律を超える正しさがある）とも微妙に違う。

たとえばそれは、迫り来る軍隊を前にして、暴力を用いずに身を投げ出すことであり、そのことによって、敵にすら自発的にその武器を放棄させてしまうことだという。銃や大砲を撃つのに、勇気はいらないだろう。しかし、こちら側を殺すために銃や大砲をもった敵の前で、非暴力を貫き、慈悲の心を貫くには、大いなる勇気がいる。たんに強気であることではなく、恐怖や弱音とともにあってそれらを十分に咀嚼した勇気がいる。それは時に、有名な「塩の行進」や、命を懸けた断食という、政治的なパフォーマンスとしても実行されることになった。そこには、敵を殺すための武器よりも、非暴力としての慈悲のほうが絶対的に無力であるがゆえにかえって強い、非暴力こそが平和な民たちの真の武器になりうる、というガンディーの確信があった。

そしてここでもやはり、ガンディーの非殺生や非暴力抵抗とは、たんに苦しいだけのもの、つらいもの、過激な自己放棄を人々に強いるだけのものではなかった。そこには日々の暮らしや労働を慈しむような、すがすがしい楽しさや喜びにみちあふれていた。

たとえば、保田が反近代のシンボルをアジア伝統の米作りの中に見たとすれば、ガンディーは、インド伝統の手紡ぎ車《チャルカ》や農村の手工業の中に、反近代的な労働の喜びを見出していた。チャルカの音楽的なリズム、そして労働者たちとの歌や身体の共鳴を、ガンディーは心底楽しんでいた。それは働くことの単純素朴な喜びを暮らしの循環の中に取り返すことでもあった。絶対平和とは、そうした日々の楽しさや喜びによって基礎づけられていなければ、けっして長続きのしないもの、一部の特権的な人間たちの倫理的な強さによってしか実現できないものになってしまうだろう。

そうした行為は誰にでもできる、聖人や偉人でなくてもできる、とガンディーが繰り返し強調してもいたのは、そのためだ。保田が言ったように、戦争や危機的な時局のみならず、ごく普通の生産者や生活者の暮らしの中に、そうした平和的な非暴力がごく当たり前のものとして宿っていくのでなければ、独立した国の、人民の暮らしが真に「自治」を体得したことにはならないからだ。

*

保田やガンディーは、近代文明を批判し、近代的な欲望そのものが内包する暴力性を徹底的に批判しようとした。その背景には、西欧文明とアジア文明の生々しい歴史的な対立や抗争があった。

現代人としての私たちが、保田がいう米作りを中心とした生産体制や、ガンディーのいう古きよき労働のあり方へと、もう一度回帰することができるとは、とうてい思えない。あるいはその必要があるとも思えない。そもそも、これだけ世界中の人々のグローバルな関係が緊密化し、複雑化している中で、近代や技術の価値を全否定できるはずもない。

しかし、保田やガンディーが近代批判や技術批判を行わざるをえなかったことの意味を、彼ら自身のそれとは異なる歴史的文脈において、受け止めなおしていくことであればできるかもしれない。つまり、絶対平和や非暴力というラディカルな理念を受け継いで、自分たちの暮らしにふさわしい形で熟成させ、更新していくことは、確かに困難を極めることではあるものの、けっして、不可能であるとまではいえないのではないか。

保田も言っていた。「さらにその将来生活体制がどうなるかは未知です。これはむしろお互に心を合せて検討すべき問題です。建設してゆくべき理想です」（『絶対平和論』）。

*

では、欲望をよりよいものへと変えていくとは、どういうことだろうか。

今、この場所に足を置きながら、グローバルな資本主義や高度なテクノロジーに恵まれたこの国の暮らしに根差しながら、非暴力的で平和的な欲望（身体）を生みだしていくとは、何を意味するのだろうか。

保田が日本の真の自立と平和を祈り、ガンディーがインドの独立自治を願ったように、私たちも戦後から現代を通って未来へと続いていく国際情勢の中で、この国の真の独立自治を心から願うことができるのか。

そのためには、私たちの欲望や身体が、何らかの形で、大いなるもの（真理）によって基礎づけられていなければならない。真理を日常的なこの身体と暮らしによって体得することを、敬虔なヒンドゥー教徒であるガンディーは「サティヤーグラハ」と言った。保田は神ながらの暮らしを生きることと言った。

グローバルな国際社会の中を生きる近代人として、それに似たような何かを私たちはもっているのだろうか。

戦後の保守派知識人を代表する福田恆存は、ひたすら快楽や幸福を追い求める現代人の欲望は、かえって、自己破壊的に足元を掘り崩していく、と言っていた。「快楽の思想にはなにかが欠けてゐる。私たちはそのことを反省すべきです。皮肉なことに、私たちに欠けてゐるものの一切を埋めようとする快楽思想に、私たちにとつてもつとも大切ななにかが欠けてゐるのです」(「快楽と幸福」、『保守とは何か』文春学藝ライブラリー)。

親が子どもの将来の幸福に自信がもてない。それは、わが子に今以上に幸福になってほしい、完全な幸福を与えたい、という欲望に、親自身が過度にとらわれているからだ。しかし考えてみればいい。間違いや失敗のない人生など、ありえない。不幸や痛みを味わわずにすむ人生など、不可能である。人間は、完全さを求めれば求めるほど、現実的には逆に虚しくなっていく。たえまのない不安や不幸にさいなまれていく。

こうした欲望の悪循環から抜け出るには、どうすればいいのか。

私はいま「自信」と申しましたが、それは結局は、自分より、そして人間や歴史より、もつと大いなるものを信じるといふことです。それが信じられればこそ、過失を犯しても、失敗しても、敗北しても、なほかつ幸福への余地は残つてゐるのであります。この信ずるといふ美徳をよそにして、幸福は成り立ちません。(同、『保守とは何か』)

近代化や消費社会を全否定すること、脱成長を抽象的な理念として掲げてみせることはやさしい。しかし、欲望を無理やりに抑圧し、抑えこんでしまうのは、とても危険なことだ。そこには根本的な無理が生じ、抑圧された欲望はいつか必ず暴発するからだ。

とすると、肝心なのは、世俗的な快楽や幸福を求める欲望をありのままに肯定しながら、そうした欲望を、世俗を超えた「大いなるもの」（絶対）を「信ずる」道へと何らかの形で結びつけていく、ということだろう。おそらく福田は、そういうことを言っている。さもなければ、私たちの欲望や幸福は、永遠に「今以上」を求め続け、空転し続けるしかないからだ。人々は無意識の底では、多くの場合「その訳のわからぬなにものかを欲してゐる」のだ。「私たちの五感が意識しうる快楽よりも、もっと強く、それを欲してゐるのです。その慾望こそ、私たちの幸福の根源といへませう」（『保守とは何か』）。

おのれの欲望を何らかの形で「大いなるもの」（絶対者）へと重ねていくということ。

福田の保守主義の出発点には、『チャタレイ夫人の恋人』で知られる作家D・H・ロレンスが異様な情熱を込めて書いた『黙示録論』があった。若い頃の福田は、ロレンスの『黙示録論』を卒業論文のテーマに選び、太平洋戦争開戦の間際には、その日本語訳を完成させていたという。

そのロレンス論の結論部で、福田は、次のように言った。人々はもはや断片的な集団的自我でしかありえず、他者のことを個人として愛しぬくことができない。だから「ぼくたちは有機体としての宇宙の自律性に参与することによって、みずからの自律性を獲得し他我を愛することができるであろう」（「ロレンスの黙示録論について」、『黙示録論』ちくま学芸文庫）。戦後を代表する保守派である福田の欲望論の根っこには、じつは、こうした過剰なロマン主義の感覚があったのである。

> ロレンスの脳裡にあつた理想人間像はいまやあきらかである。人間は太陽系の一部であり、カオスから飛び散って出現したものとして太陽や地球の一部であり、胴体は大地とおなじ断片であり、血は海水と交流する。はたしてこのような考えかたは神がかりであろうか。
>
> （同、『黙示録論』）

だから、田舎の自給自足や有機農業のような生き方「だけ」が、「大いなるもの」に根差すことではない。必要なのは、現代のグローバルな労働や消費の中にあっても、自然（神々）という真理に根差すような暮らしがありえないのか、絶対平和や非暴力の土壌を「カタツムリのように」豊かにしていく暮らし方は本当にありえないものなのか、そのことを日々の生活や労働の感触から遊離することなく、自分たちの欲望の可能性を問いなおし続けていくことなのだ。

＊

私たちの欲望は、何によって、非暴力的で平和的な喜びへと変わっていくのか。変わりうるのか。そしてこの国の来るべき絶対的な平和主義とは、どんなものなのか。

小さく低く無力な場所から、もう少しだけ、想像してみる。

二〇一五年二月一四日土曜日、子どもと一緒に、代々木上原の東京ジャーミイ（東京モスク）を見学に行った。歴史や文脈はよくわからなかったが、オスマントルコ様式に現代建築を加味したという、建築や装飾品が大変に美しかった。特に礼拝場は、冷たく畏怖するほど荘厳だった。礼拝《サラート》中の青年の横で、真似してぺこぺこしている二歳くらいの女の子がかわいかった。わが子も感じるものがあったのか、「お墓、すごいね」と言い、モスクを象ったマグネットを欲しがった。お土産に買った。

その後、代々木公園から明治神宮を散歩し、帰り際、渋谷の地下で、ママとばあちゃんにプレゼントするバレンタインのチョコレートを買った。男二人の逆バレンタインも中々楽しいね、と二人で笑ったが、思えば、いかにも無節操な日本人らしいというか、シンクレティズム（混合宗教）の一日だった。

かつて丸山眞男は、日本は確かに雑種文化かもしれないが、それはむしろ「雑居」というべきものである、「異質的な思想が本当に「交」わらずにただ空間的に同時存在している」にすぎない、そう言って日本文化の雑居性を批判した（『日本の思想』）。その日の私の一日を思うと、まさに恥じ入るほかにないような雑居性である。

けれども重要なのは、丸山が日本文化の無節操な雑居性を徹底的に批判したのは、むしろその混合的な雑居性の中から、いつの日か、「多様な思想が内面的に交わ」って本当の「雑種という新たな個性」が生まれてくるということ、そのことを祈ってのことではなかったのか、と私は思う。

雑居と雑種のあいだを揺れ動く日本文化。そして脱亜論以来のねじれたアジアの民としての、私たちの日々の労働や暮らし。

そこから、次のようなことを思った。

世界中の多くの人々が、後藤氏の平和を願っての振る舞いに共感して、「I am Kenji」というプラカードやボードを掲げた。

ほんのわずかではあるけれども、「私は Haruna だ」と宣言しようとする声も聞かれた。

しかし、実際のイスラム教徒の日本人を除いては、「私はイスラムである」と地声で語った人は、ついに見当たらなかったように思う。

殺害された後藤氏の母親である石堂順子氏は、記者会見の場で「イスラムの方も、わたくしどもと一緒に地球の平和を考えて、すばらしい地球をつくれるのであれば、わたくしの命がどうなってもかまいません。健二はイスラムの敵ではありません」と言った。正直なところ、石堂氏のパセティックな言葉の意味は、私にはうまくつかめなかった。ただ、かりに後藤氏と母親の親子関係に、第三者にはうかがい知れない何かがあるのだとしても、石堂氏の言葉は、息子である後藤氏の振る舞いの意味を、直観的にであれ、わしづかみにしていたのではないか。そんなことも感じた。

石堂氏は、息子を今まさに殺そうとするイスラム国のテロリストに対してこそ、息子はイスラム教徒の敵ではありません、敵は存在しません、イスラムの人々と日本人である自分たちが互いを信頼し手を結んで平和な地球を創っていけるのならば、私の命はどうなっても構いません、と言ったのだった。

それは息子の生き方や振る舞いが、ねじれたアジアの民としての日本人の足元に広がる泥濘に立ったものでありながら、まさにイスラム教徒以上に「イスラム的」なものであったのだとするならば、その彼の母親である私もまた、そうした「イスラム的」な理念をわが身で生きるほかない、という意味ではなかったか。

哲学者のジャック・デリダは、キリスト教とユダヤ教とイスラム教、それらが分かちがたく雑ざりあったアブラハムの物語へと遡って、それらの宗教の原型的な場所にあったかもしれない――しかも分割したあとのそれらの宗教ですらいまだにその可能性を汲みつくせていない――信仰的な行為としての、自己犠牲（他者への死の贈与）について、ぎりぎりの哲学的考察を行っている（『死を与える』）。そしてそうした意味でのアブラハム的な自己犠牲こそが「イスラム」（自らの命より大事なものを、他者のもとに差し出す、という意味）の真義なのだ、と言った。

おそらくそれは「フランス領アルジェリア出身のユダヤ系フランス人」という複雑な出自をもつデリダにとっては、宗教間の生々しい歴史的・政治的な対立や憎悪や矛盾、その泥沼の中に身をさらしながら、「私はイスラムである」と言ってみることに等しかったのではないか。

それをあたかも別世界の話、遠い国の無関係な宗教の話として、日本人である私たちの足元から切り離すことができるとも思えない。後藤氏の平和を祈るその振る舞いは、まさに、イスラム的と言っていいものだった。「何かあっても自分の責任です。シリアの人たちを責めたりしないで下さい」。

おそらくそれは、日本人が好みがちな自己犠牲の美学も、イスラム過激派たちの凄惨な自爆テロも、そのいずれをも同時に超えて、むしろそれらの文化や宗教をそれらが芽生える土や泥の層において雑ぜあわせるようにして、つまりは生きることの「雑種化」をさらに肯定的に更新するものとしての、自己犠牲だったのではないか。そんな気がする。これもまた、後藤氏の個人的な資質に限らないのだろう。先ほどもふれたようにガンディーの非暴力もまた、何よりもヒンドゥー教とイスラム教の生々しい歴史的な対立や敵対の中で主張され、熟成されていったものであり、かつ、それは誰にでも身に付けることのできる理念だ、とされていた。

この国の特徴の一つとして雑居化やシンクレティズムがあるとすれば、私たちの日々の欲望がある一点において切り替われば、その先で様々な「雑種化」が生じる、生じうる、ということなのかもしれない。

少し前に私は別の場所で、リベラル保守を掲げる中島岳志氏の『アジア主義』に触発されつつ、日本的な自然（八百万の神々）のあり方とは、他の文化と雑ざりあって変化していく、という平和の道を意味したのかもしれない、云々と書いたことがある（「宮崎駿の自然観について」）。他の国や地域を侵略し支配していくという危うさを超えて、お互いに雑ざりあい、異種交配を繰り返しながら平和的に成熟していく、そうしたアジア的な道がそこにはありえたのではないか、と。それは時に、自分たちを蹂躙し殺戮しようとする他者、自分にとって命よりも大切なものを破壊し奪ってくる他者、そのような他者たちとも雑ざりあって変化していくことをも意味するはずなのだ。

絶対平和的な暮らしとは、異質な文化や人々とたえず雑ざりあっていくような平和の形のことであるのかもしれない。隣国としてのアジアやイスラムの国々との関係に根差した平和の形が、カタツムリのような歩みであれ、この国の土壌にも育っていき、熟成されていくのかもしれない。

そういうところから、この国の戦後史が蓄積してきた平和の意味を、もう一度、未来に向けて、問いなおしてみたい。

今、そういうことを思っている。

# III

## ジェノサイドのための映像論・序説——ジェノサイド映画と伊藤計劃

二〇一四年の夏、東京都渋谷区のユーロスペースで、リティ・パンの特集上映「虐殺の記憶を超えて」があった。新作『消えた画——クメール・ルージュの真実』も公開された。またその頃、ジョシュア・オッペンハイマーの『アクト・オブ・キリング』がシアター・イメージフォーラムで上映され、多くの観客を動員し、話題になっていた。

映画作家のリティ・パンは、カンボジアの虐殺を生き延びたサバイバーであり、他方で『アクト・オブ・キリング』は、インドネシアの虐殺の歴史を題材とする映画作品である。

その夏、連日、渋谷の映画館に足を運んだ。

それらのジェノサイドにまつわる映画を、現代日本の私たちが観るとは、そもそもどういうことなのか。ぼんやりとそんなことを考えながら。

ところが——。

ある日の映画館からの帰り道、何気なく立ち寄った書店で、平積みの本を眺めて、加藤直樹の『九月、東京の路上で——1923年関東大震災ジェノサイドの残響』という本をふと手に取った。知人のTwitterで、異例の売れ行きであると聞いていたのだ。

手に取って、虚を突かれた。副題に「1923年関東大震災ジェノサイドの残響」とあった。そうか。ジェノサイド。そうなのだ。恥ずかしいことに、関東大震災のあとの朝鮮人や中国人に対する暴力を、ジェノサイドとして生々しく想像してみたことが、私には今までに一度もなかったのだ。一度も。

どうしてなんだ？

記憶をたどれば、私だって歴史や文学などの本の中で、朝鮮人虐殺という言葉を何度か眼にしていたはずだ。情報や知識としては知っていた。けれども、今観たばかりの映画たちが身を引き裂きながら肉迫しようとしていたジェノサイドのおぞましさと、わが国の歴史を遡っていけば必ず誰もが知っているはずの朝鮮人虐殺のグロテスクさが、自分の心の中で、少しもリンクしていなかったのである。

自分の心の内に奇妙にちぐはぐなもの、歴史感覚の空隙（繋がらなさ）があるということに思い至って、不意を突かれ、寒々しいものが一瞬、吹き抜けていったのだった。

私はたぶん、南京大虐殺などの戦時中の日本軍の虐殺や性暴力について、どこかでそれを、戦争という非日常の極限状況の中での行為であり、私たちが今生きるこの日常と地続きのもの、連続するものとしては受け止めていなかったのだ。だから、関東大震災後の東京で朝鮮人や中国人がジェノサイドされた、という言葉に、死角から虚を突かれたのであり、足元を揺すぶられたのである。

こうした奇妙な空隙が、我々のありふれた日常を虫食いのように穴だらけにしているのだとすれば。

関東大震災による死者は一〇万人を超えたという。震災後のその混乱の中で「朝鮮人が放火している」「井戸に毒を投げている」などの民族差別的《レイシズム》な流言飛語が広がり、それらの差別的なデマを真に受けた人々が、刃物や竹槍などを手にして、朝鮮人や中国人の無差別殺傷に手を染めた。行政や軍もそれらのデマを信じ込んだ。むしろ率先してデマを広めて、殺戮に加担した。この国の首都、東京とは、そうしたジェノサイドの記憶を「残響」として抱えこんだ都市なのだ。

私たちは、かつてレイシズムによって多くの隣人を虐殺したという特殊な歴史をもつ都市に住んでいるのである。関東大震災の記憶は、在日コリアンの間で今も悪夢として想起され続けている。そして日本人の側は、ありもしなかった「朝鮮人暴動」の鮮烈なイメージを、くりかえし意識下から引っ張り出してきた。石原「三国人発言」も、そこから生まれてきたものだ。過ちを繰り返さないために、東京は、90年前のトラウマに今もとらわれていることを自覚しなければならない。

(『九月、東京の路上で』)

この国にはジェノサイドに帰結しかねない欲望や要因が根深くあって、それに向きあって適切に対処していかなければ、ジェノサイドの悪夢は再び将来、身近な場所で起こりうるのかもしれない。恐ろしいことだが、それは、形を変えて繰り返されうるものなのだ。そのことを私たちは身近なこととして想像できるだろうか。

もう少し言ってみよう。うすら寒く感じるのは、我々の意識の中にはそんな虫食いのような、無数の歴史的な空隙があって、ジェノサイドとはまさに、そのような空隙の奥底から、不可視のままに、様々な形で起こりうる、いや、現在進行形の暴力として今まさに生じつつあるのかもしれない、ということなのである。

その頃、折しも、イスラエルの国防軍とパレスチナのガザ地区を実効支配するハマースら武装勢力とのあいだで、その後約五〇日におよんだ「戦闘」がはじまり、私のTwitterやfacebook上にも、現地の情報や写真――そこには少なからずデマ画像やプロパガンダのための合成写真が混ざっていた――が次々と流れ続けていた。私はそれを熟読するともなく、ただ、ぼんやりと眺め続けていた。

そうした様々なアパシーや空隙をはらんだ歴史感覚の中から、私たちが生きるこの日常に、もう一度、目を凝らしてみたいと思った。近くて遠いそのエコーに耳をすませてみたかった。

## A　リティ・パン

ジェノサイドとは何か？

ジェノサイドという言葉は、一九四四年に、ポーランド出身のユダヤ人法学者ラファエル・レムキンが、当時のナチスの暴力を国際社会へ向けて告発するために使用しはじめた言葉である。国際連合は、第二次世界大戦が終結したあと、世界人権宣言が掲げられたのと同じ一九四八年に、ジェノサイド条約（集団殺害罪の防止と処罰に関する条約）によってこれに法的な定義を与えた。レムキンは、ジェノサイドを他の犯罪とは異なる独立犯罪として位置づけ、ジェノサイドの罪をそれ自体として裁くための、専門的な国際裁判所の必要を訴えたのである。

　国際法上のジェノサイドとは、特定の国民的・民族的・人種的・宗教的な集団の全体（あるいはその一部）を、意図的に抹殺する行為を指すものである。ただしそれは、一般にイメージされるような大量殺害だけを指すものではない。拷問、強姦などの性的暴力、身体切断、人体実験、生存不可能な生活条件の強制、強制断種、強制中絶、両性隔離、結婚禁止……などもまた、ジェノサイドに含まれるのである。

　あるいはジェノサイド条約の時点では採用されなかった文化的ジェノサイド（特定の文化や言語の抹殺・同化政策、子どもたちの強制移送など）や、特定集団の社会的抹殺などの形もある。近年では性抹殺《ジェンダーサイド》や言語抹殺《リングサイド》などの概念も新しく提案されてきた。また、これも誤解されやすいことなのだが、虐殺は非日常の戦時のみならず、平時にも生じることがある。こうした事情も勘案して、日本の研究者たちは、「集団殺害」よりも「集団抹殺」と訳すほうが適切なのではないか、と提案している（石田勇治・武内進一編『ジェノサイドと現代世界』）。

実際にいわゆる冷戦体制が終了したあとも、旧ユーゴスラビア、ルワンダ、シエラレオネ、スーダン、東ティモールなど、世界各地でジェノサイドは繰り返されてきた。もちろん人類の歴史上、古来より、多くの人間に対する集団抹殺は行われてきたが、二〇世紀以降に生じたジェノサイドは、人種・民族・国民などの近代的な概念とも結びついて、科学・法・メディアの力を総動員して遂行され、犠牲者の規模がいちじるしく膨れあがってきたのである（石田勇治「ナチ・ジェノサイドを支えた科学──優生学とエスノクラシー」、前掲書所収）。

＊

リティ・パン。

カンボジア出身のこの映画監督は、ポル・ポト率いる共産主義政党クメール・ルージュによる大虐殺を生き延びたサバイバーである。少年期に体験したその虐殺の記憶を形にするために、フィクションとドキュメンタリーの境界線を突き崩すような、特異な映像作品を制作し続けてきた。

クメール・ルージュが一九七五年四月一七日に首都プノンペンを制圧し、一九七九年の一月にベトナム軍によって政権を追われるまでに、カンボジア国内の犠牲者の数は、じつに一七〇万人を超えたという。当時の国民のほぼ三分の一が、この世界から「消去」されたのである。

国民の三分の一。想像を絶する数字である。

リティ・パンもまた、その過酷な日々の中で姉たち、兄、義兄、父、母を失った。幼い姪や甥たちは、彼の目の前で飢えて死んだ。

拷問・処刑施設「S21」。ここでは少なくとも一万二三八〇人が拷問され、そこから生きて出られた者はほんのわずかだった。

リティ・パンの代表作『S21――クメール・ルージュの虐殺者たち』(二〇〇二年)は、この恐るべき収容施設に、生き残った被害者たちを再訪させ、その被害者たちの目の前で、かつての加害者だった男たちに二五年前の拷問や処刑の様子を証言させ、あたかも演劇のように再演・再現させていく、という異様なドキュメンタリー作品である。その驚くべき手法によって世界中の人々を震撼させた。

PTSDの症状の一つとして、トラウマとなる出来事の再演や再演技化《リイナクトメント》と呼ばれるものがある。たとえば性的虐待を受けていた人が、のちに、あえて性被害に遭いやすい状況に自分を追いこんだり、自主的にセックスワークの仕事に就いたりする、というケースである。かつて回避も抵抗もできなかった暴力を、半ば無意識に再演し反復することで、状況をコントロールしうるものへと改変し、傷を乗り越え、生きる力を回復するということ。そのために試みられるといわれる。しかしそれゆえに、そこでは、現実と演技のあいだのボーダーラインが侵犯され、破壊されやすくもなる。

おそらくリティ・パンにとって、映画を撮るという創造行為は、そうした再演技化の試みであり、演劇療法的な自己治癒の面をもつと言えるだろう。

しかし、それだけではない。

よく言われることだが、暴力を楽しむことと映画を観客として観ることのあいだには、やはり、ねじれた関連性があり、連続するものがあるからだ。

その少年時代に虐殺の嵐に翻弄され、誰よりも暴力の残忍な恐ろしさを知っているはずのリティ・パンですら、いや、そんな彼だからこそ、映画をめぐる暴力と享楽のねじれた関係をけっして回避しきれないのである。

ジェノサイドについての映画を作り続けることには、なかったことにされた人々の生と死を、何としても、この世界に存在するものにしたい、という痛ましい祈りがあり、切迫した悲しみがある。彼の映像を前にした私たち観客は、息を呑み、言葉を失っていく。これはこの世の映像なのか。

しかし同時に、彼の中には、その祈りや悲しみのままに、歴史的な暴力を撮影し映像化することの、隠微な享楽や残忍が少しも含まれていないとは言えないのだ。これは揚げ足取りではない。皮肉でもない。ただ、そうした不気味なゾーンにあえて踏みこんでいかなければ、リティ・パンが映画という表現方法にこだわり続けてきたことの意味を、私たち観客が今ここで受け止めていくことにならない。そう思えるのだ。

リティ・パン本人にもはっきりと口にして語りがたいことを、第三者である私たちが安易に口にすることは、ゆるされないだろう。他人の理解や解釈を絶縁するものがそこにはあるだろう。ただ、できる限り、想像してみたいこと、限界を超えて踏みこんでみたいことはある。

リティ・パンは、現実と虚構、事実と再演、加害と被害がねじれていくゾーンの先で、未曾有の映像論的な〈真理〉をつかもうとしているのではないか。だからこそ、彼の映画は、映画、絵画、演劇、人形など、様々なジャンルのフィクションの手法を重層的なタペストリーのように用いざるをえないのではないか。

近作の『消えた画』もやはり、通常の意味でのフィクションともドキュメンタリーともつかないような、異様なたたずまいの作品である。リティ・パンは、殺された自分の家族が今も眠る土地の、その泥や土を用いて、小さな土人形を作り、当時の街並みをディオラマで作りなおして、少年期に経験した祖国カンボジアでの飢餓や強制労働の日々を、一つの映像作品として再現してみせるのである。

そうした現実と虚構がねじれていくゾーンにおいてかろうじて垣間見えてくる〈真理〉があるのではないか。

というか、歴史的な〈真理〉とは、正常な、まともな意識のままでは人間には正視のできないものであり、それゆえに、それをまっすぐに見つめようとすれば、そこから現実と虚構、事実と虚偽が複雑にねじれていかざるをえない、そうしたものなのかもしれない。そこにはやはり、歴史の側から、ぞっとするような寒々しい風が吹きつけ続けている。

### B　ジョシュア・オッペンハイマー

一九六五年、インドネシアでは「九月三〇日事件」（いまだに真相が明らかではないクーデター未遂事件。スカルノ大統領が率いる共産党の躍進を怖れたアメリカが企てた線が濃厚だという）のあと、わずか一、二年のあいだに、一〇〇万人とも二〇〇万人ともいわれる共産党関係者（共産党員の疑いをかけられただけの人々を含む）がジェノサイドされた。

陸軍のスハルト少将らは、クーデター未遂事件を背後で操っていたのは共産党員であると決めつけ、ならず者や一般の民間人たちを扇動し、ひそかに武器を与え、にわか仕込みの訓練を施して、大規模な粛清を実行させたのである。虐殺者たちは、近隣の住人ばかりか、肉親をすら容赦なく消し去っていった。のちに彼らに対しては法的制裁が科されないことになった。

一九七四年アメリカ生まれのジョシュア・オッペンハイマーは、大量虐殺に関与した軍人やその犠牲者の研究を積み重ねてきた人である。当初は人権団体からの依頼によって、インドネシアの大虐殺の被害者たちを取材していた。しかしその途中、インドネシア当局から、被害者や犠牲者への接触を禁じられてしまう。そこでやむなく、取材対象を加害者たちの側へと変えた。すると、驚いたことに、ジェノサイドの加害者たちは嬉々として、過去の自分たちの殺人行為を再演し、再現してみせたのである。これが映画『アクト・オブ・キリング』（二〇一二年）として結実していく。

映画内の虐殺者たちは、主にプレマン（自由人の意味）と呼ばれるギャングであり、彼らは現在も国民的英雄として褒め称えられ、罪悪感に苦しむ素振りもなく、踊り、飲み、ゴルフを楽しみ、家族に囲まれて幸福に暮らしている。

この映画の事実上の主人公であり、殺人部隊のリーダーだったアンワル・コンゴは、ノリノリで虐殺の再現映画というプランに協力し、髪を染めたり、新しい歯を入れたりと、ほとんど映画スター気取りである。アンワルはアメリカ映画が特に好きで、シドニー・ポワチエに顔が似ている、と自称している。さらに、かつてパンチャシラ青年団（インドネシア最大の民兵組織）内の劇団に所属していたヘルマン・コトという男は、アンワル以上のワルノリをみせて、女装をしてミュージカル調の映像に参加したり、遺体の血を吸って肉を食らうゾンビの演技までして、オッペンハイマーらの映画制作に協力していく。

――せめて、人間らしい罪悪感くらいあってくれ。

映画を観続けているうちに、観客の私たちはだんだん、そんなことを感じずにはいられなくなってくる。そもそも映画とジェノサイドには本質的な繋がりがあるようだ。特にアンワルは、かつて映画のダフ屋の仕事をしていて、多くのハリウッド映画を観て、そこから人間の殺し方や残酷さを学んだのである。映画以上に残酷なことを、実際の大量殺人の現場で実践してみせようとしたのだ。そのために、映画以上に効率的な殺人法を自己流で編みだしていった。映画の中のスター以上のスターでありたい。そうした映画的な欲望がアンワルの中にはもともと根深くあったのである。

逆に言えば、私たちが映画を普段、何気なく映画館やDVD、ブルーレイで観ることの中には、それを延長していけば、そのままその先に、過剰な暴力や虐殺へ至るような享楽がひそんでいるということだろう。これは、もちろん、あまりにも月並みでありふれた言い方ではある。しかし、そのことを本気で考えていったなら、どうなるのだろう。この日常と地続きの、ありふれた足元からそれを考え抜いていくならば。いや、さらに言えば、アンワルたちは、殺人や虐殺を実行するその瞬間にも、まさに夢のように、映画内の演技や演劇のように、自分たちの虐殺行為を実感していたかもしれない……。

実際にこのドキュメンタリー作品『アクト・オブ・キリング』の中では、映画と現実、演技と日常が入り雑じり、決定不能になる瞬間が、何度もやってくる。そしてその瞬間こそが、もっともグロテスクで、おぞましいものでありながら、本作の中でもっとも映画として面白いシーンであり、それを観る私たちの側の感情を深く揺さぶり、呆然とさせてしまうものなのである。

たとえば中盤にこんなシーンがある。子ども時代に、華僑の義父を「共産主義者」の疑いで無残に惨殺されたスルヨノという男性が、その時の記憶を、虐殺の実行者であるアンワルたちの前で、躊躇しながらも話しはじめる。現在のスルヨノは、アンワルたちを尊敬し、彼らの映画制作を手伝ってもいる。義父は殺されたが、すでにアンワルたちを恨む気持ちはない。その言葉に嘘はないように見える。ところが、幼年期の義父の惨殺の記憶について話したり、犠牲者を演じたりしているうちに、凍結していたトラウマが目覚めたのか、スルヨノはだんだんと告白を続けることができなくなっていく。やがては、息も絶え絶えになり、大量の鼻水や涙、涎を垂れ流し、感情をコントロールできなくなってしまう。アンワルたちも気まずい空気になる（ちなみにスルヨノは撮影後まもなく、映画が完成する前に病死したという）。

さらにポイントになるのは、子どもたちの存在である。なぜなら、子どもたちの眼差しは、現実と演技の安全な線引きをけっして許さないからだ。アンワルたちが自宅の集まりで拷問を再演するシーンと、終盤の一つのクライマックスをなす村の焼き討ちを再現した映画撮影シーンでは、それらがフィクショナルな再演であるにもかかわらず、子どもたちは目の前の出来事に恐怖し、悲鳴をあげ、泣きわめく。アンワルですら、村の焼き討ちシーンの撮影に家族や親戚の女子どもたちを参加させたことを後悔し、呆然自失としてしまうほどなのである。

だからこそ、いっそう不可解に思える。というのは、アンワルは、それにもかかわらず、自らがかつての拷問・殺害の犠牲者たちの姿を演じたシーン（の映像）を、なぜか、自分の孫たちに見せたがるのである。子どもたちと一緒にその映像を食い入るように見つめていくのだ。監督ですら、「それは残酷すぎる」とアンワルを止めているのに。

なぜだろうか。

アンワルは、一〇〇〇人以上の人間を殺したにもかかわらず、今もなお素朴に、神の存在を信じている（真っ黒な夜の海の前で、カルマについて語るシーンがある）。かつて自分は楽しんで人を殺し、虐殺してしまった。ならば、自分のような人間は、虐殺をすら赦すような神を待ち望むしかないのではないか――私はアンワルのそのグロテスクな告白に、人間の奇妙な不思議さを感じた。そこには底抜けにぞっとするようなものがあり、不気味すぎるためにかえって笑ってしまうようなものがある、と。

アンワルが自らが行った拷問や犠牲者の演技をあえて子どもたちに見せたがったのは、もしかしたら、そのような虚実皮膜の経験の中に、アンワルの暴力と享楽を見つめつつそれを喜んで赦してくれる、そうした神の眼差しが――小さな子どもたちの眼差しに重なるようにして――差しこんでくること、自らの存在が丸ごと赦されることを、無意識のうちに望んでいたということなのかもしれない。アンワルは、過剰な消費欲望そのものの中に、神の赦しが、というかまさに神的な享楽が滲みでてくることを、無意識のうちに祈っていたのかもしれない。

しかしそれならば、アンワルという人間の中に、過去の虐殺行為についての人間的な良心がほんのわずかでも甦ることはあったのか。

＊

映画はしだいにアンワルの中に目覚めつつある良心の葛藤にフォーカスしていく。

アンワルが唯一、今でも、悪夢をみる殺人のケースがある。それは夜の森の中で、ある男の首を切断したときに、地面に転がったその首の、まぶたをアンワルが閉じ忘れてしまったことだった。なぜか、アンワルにとっては、そのことが、今でも悪夢をみるほどのことだったのだ。不思議な感じがする。一〇〇〇人以上もの人間を楽しげに嬉しげに殺していった男が、なぜ、そんな小さなことに対して、奇妙な罪悪感を覚え続けるのだろう。

アンワルは、カメラの前で、死体や犠牲者の様子を自ら演じはじめるが、しだいに明らかに様子がおかしくなり、吐き気を覚えて、身動きできなくなっていく。特に、自分の手で拷問の末に殺した被害者を演じて、ヘルマンに針金で首を絞められて殺されるシーンになると、もう、演技そのものが不可能になっていく。

あたかもアンワルの中で凍結していた「人間的」な感情がついに溢れだしたかにみえる瞬間である。

しかし、これはたんに、一〇〇〇人以上もの人間を殺したにもかかわらず何も感じなかったアンワルが、映画に撮られたり、被害者を演じることによって、ついに人間らしい良心に目覚めた、という出来合いのストーリーなのか。正直に言えば、そのように受け止められても仕方のない面はある（特に一六六分のオリジナル全長版を巧みに物語として整理し、感情移入しやすいように編集された一二一分版においては）。

アンワルの内なる良心の目覚めによって、観客の中に一定のカタルシスがどうしても与えられてしまうのであり、しかしそのことが、逆に、居心地の悪さを強めていく。そもそも映画の消費者としての私たちには、こんなふうに虐殺の歴史についてカタルシスを感じることをゆるされているのか、そんな疑心暗鬼が生まれてしまうからだ。

## A' リティ・パン

そう思ってみれば、リティ・パンの映画のベースにあるのは、オッペンハイマーの『アクト・オブ・キリング』の特異点としての、現実と虚構、実行と演技、恐怖と享楽のあいだに線を引くことのできない子どもたちの眼差しだったのではないか。彼がカメラを通して行っているのは、子どもたちの眼差しによって虐殺や暴力を見つめなおしていくということなのではないか。

リティ・パンの『S21』とオッペンハイマーの『アクト・オブ・キリング』は、本人たちにジェノサイドの暴力を実際に演じさせるという、ほとんど同じ手法を用いたものだが（オッペンハイマーは『S21』の手法からの影響を語っている）、これら二つの映画のモチーフは、じつは、それほど似ていないのかもしれない。

インドネシアの虐殺の被害者でも加害者でもない非当事者としてのオッペンハイマーにおいては、映画としての面白さを高めることとそれ自体が、映画制作の目的に置かれている。事実『アクト・オブ・キリング』は、一級のエンターテイメント作品と言っていい。ワルノリして過剰な面白さを追求していくアンワルたちの欲望に、監督もシンクロし、さらに過剰な演技を引き出し、映画のエンターテイメント性を引き出していく。

しかし、ジェノサイドの被害者としてのリティ・パンには、やはりそうした態度は取れないのである。リティ・パンが映画によって肉迫しようとするもの、それはおそらく、娯楽性でも正しさでもなく、この世界が在ることの理不尽さについての、ある種の〈真理〉のようなものだからだ。

リティ・パンは、当初は、虐殺の理不尽な残酷さをうまく説明してくれる「言葉」を求めていたという。なぜなら、彼を苦しめるものには名前がないからだ。

そのために、映画を通して加害者たちの中から、真理としての言葉が吐き出されるのを待った。たとえば彼は、裁判所の特別な許可を得て、勾留中だったS21の元所長、ドッチという人物を撮影・取材し、三

○○時間に及ぶインタビューを行っている。これはドキュメンタリー映画『ドッチ　地獄の刑務所長』として完成した（二〇一一年、日本未公開）。そしてこのドキュメンタリーの製作と同時進行で書かれた奇妙な自伝的テクスト『消去』（二〇一二年）の中で、リティ・パンは次のように述べている。「映画制作は、彼〔ドッチ〕に近づく口実でしかないのかもしれない。加害者たち自身に、彼らがなしたあの悪を名づけてほしい。彼らに話してほしい」。「ドッチは一人の人間だ。私は彼に一人の人間であってほしい。閉じこもらず、話すことで人間性に至る一人の人間であってほしい」。

　しかし、どんなに言葉や証言を引き出そうとしても、ジェノサイドの加害者たちの口からは、膨大な嘘の山、自己欺瞞の断片しか引き出すことができない。それは砂を喉の奥にひたすら詰めこまれるかのごとき虚しさを、リティ・パンに強い続ける。虐殺者たちの精神のこの奇妙な空洞は、いったい何なのか。歴史上の暴力の秘密とは何か。

『S21』のリティ・パンは、心底恐ろしい事実に、歴史の奇妙な空隙に気づいて、おそれおののいているかにみえる。もしも、残虐な行為に手を染めた加害者であるはずの彼らが、どんなに真剣に誠実に本当のことを語ったとしても、語ろうと努力し続けたとしても、じつは、何一つ、この世界の暴力をめぐる真理はあきらかにならないとしたら……。もしもそうなのだとしたら……。

　そして、だからこそ、リティ・パンにとっては、映画という表現方法が絶対に必要だったのだ。なぜなら、映像《イマージュ》による真理とは、事実と虚構、記憶と忘却がねじれて決定不能になっていくフリージングポイントの、さらにその先に、顕現していくかもしれないものであるからだ。彼はこう言っている。「私が映画を信じるのは、この日〔父の死んだ日〕からだったと思う。私はイマージュというものを信じる。もちろんそれが演出され、演技され、加工されたものであっても。独裁が敷かれていても、正しい映像を撮ることはできる」。「虐殺の組織についてわかり、私たちは知識で満たされるだろう。それでも私は謎が残ることを受け入れよう。それを私は瞑想の対象としよう」。

それはあたかも、あの、現実と虚構の区別を知らない子どもたちの眼差しによって見出されるような真理のイマージュにほかならない。

少年時代のリティ・パンは、クメール・ルージュに病院内での仕事を命じられ、飢餓と疾病によって糞尿塗れで死んでいく人々の肉体を、山ほど処理したのだった。少年の彼は、その人たちの死を見つめた。いや、死体たちによって見つめられてしまった。「彼らにはもう何もわからないのだ。悪も善も、清潔も不潔も、生も法も。すべてが混じり合っているようだった。視線はもうどこにも焦点が合わない。世界は彼らの前で揺れていた」。

少年時代の彼の眼差しにとっても、やはり世界は「揺れていた」だろう。今もそのときに焼きついた映像は、彼を責め苛み、不眠にし、死の世界へと誘惑し続けている。「言葉は私を癒してくれるのか、それとも私を疲弊させるのか、わからない。映像がやってくる。私はそれを追い払う。昼間、事務所に置いてあるキャンプ用のベッドを送風機の下に広げ、倒れ込む。こうすれば、めまいも怖くない。私はめまいを終わらせようという気にはならない」。

重要なのは、リティ・パンが、その先に、世界の「揺れ」や「めまい」とともにある真理もまた存在するはずだ、と予感していることだ。

「悪も善も、清潔も不潔も、生も法も」「すべてが混じり合ってい」くその「めまい」の果てにようやく具象的なものとして顕現するかもしれない絶対的なイマージュ……。「私はめまいを終わらせようという気にはならない」。

だがそこから、問いは、私たちの足元へも切り返されてくるのだ。

そうしたイマージュとしての真理を、先進国日本の映画館で消費者としての私たちが見つめるとは、何を意味するのか、と。

## C　伊藤計劃

……映画館の薄闇の中でそんなことを考えながら、夭折したSF小説作家の伊藤計劃のことを、私は時おり思い出していた。

なぜなら、伊藤の想像力の核心には、ジェノサイドがあったからだ。しかも彼はそれを「日本」という場所（今、ここ）から、想像と虚構の力のみを用いて、思考し続けようとしたからだ。

伊藤は、ジェノサイドの暴力を、「こちら側」（here）と「あちら側」（there）に分割すること、切り分けることをしなかった。「こちら側」と「あちら側」を等しく貫くものとして――すなわち同じこの地球上の量的な配分の問題として――大量抹殺という現実を見つめようとした。彼にとってそれは「こちら側」の私たちが、けっして無視も忘却もできない暴力であり、正義面や綺麗事によってスルーすることのゆるされないリアルで身近な暴力そのものだった。

伊藤の立ち位置は、リティ・パン（A＝ジェノサイドの当事者）よりも、オッペンハイマー（B＝ジェノサイドの消費者）のそれに近いのかもしれない。伊藤は一貫して、SFやゲームなどのエンターテイメントの想像力を用いて、ジェノサイドの謎に向きあおうとしたからである。

だから、伊藤の小説を読んでいるうちに私たちもまた、次のように問わざるをえなくなっていく――先進国の相対的な安全圏の中で暮らす消費者（虐殺の映像をすら享楽するような消費者）の立場から、私たちが、そもそも、ジェノサイドをめぐる真理をまっすぐに見つめることができるのか、と。

伊藤は一九七四年生まれ。二〇〇一年に太腿の癌を患い、過酷な闘病生活を続けた。癌の転移や再発を繰り返し、二〇〇九年三月、満三四歳の若さで亡くなった。死の前の数年のあいだに、『虐殺器官』（二〇〇七年)、『メタルギア ソリッド ガンズ オブ ザ パトリオット』(二〇〇八年)、『ハーモニー』(二〇〇八年)という三冊の長編作品を書いた。他にもいくつかの中短編やマンガ作品、そして膨大な映画評論や日記などを残している。第四長編になるはずだった「屍者の帝国」は、冒頭の三〇枚程のみで未完となった。この草稿を、のちに同期デビューの朋友である作家の円城塔(二人は同じ年の小松左京賞に落選している)が引き継ぎ、約三年の時間を投入して、長編小説『屍者の帝国』として完成させた。

もともと伊藤は、メディアミックス的な想像力をもっていた。学生時代にアニメーションを制作したり、「アフタヌーン四季賞」で佳作をとってマンガ家のアシスタントになったり、ウェブデザイナーをしたり、同人誌を積極的に作ったりもしていた。ゲームデザイナーの小島秀夫から強い影響を受け、「小島原理主義者」を自称し、小島の「メタルギア ソリッド」シリーズの二次創作をいくつか書いている。

そして迫りくる無慈悲な肉体の死を前に、彼は自らの存在を「伊藤計劃というプロジェクト」へと転化させようとしている。つまり、肉体をもった人間を超えて、一つの物語となり、自己複製する不死のウイルスのような存在になろうとしたのだ。彼にとってそれはこの世界の理不尽さに対する戦いであり、レジスタンスを意味した。「わたしはあなたの身体に宿りたい。/あなたの口によって更に他者に語り継がれたい」(「人という物語」)。

伊藤計劃とは、そういう人だった。

しかしなぜ、伊藤は、ジェノサイドにそんなにも魅かれたのか。

たとえば第一長編『虐殺器官』は、次のような小説である。

主人公の米軍大尉クラヴィス・シェパード(ぼく)は、仕事として数えきれないほどの人間を殺してきた。「倫理の崖っぷちに立たせられたら、疑問符などかなぐり捨てろ。/内なる無神経を啓発しろ。世界一鈍感な男になれ。/正しいから正しいというトートロジーを受け入れろ」。それがクラヴィスのもつ唯一の思想であり、「イデオロギー」である。9・11以降の「テロとの戦い」の中で、後進諸国では内戦や大量虐殺が急激に増加していた。その混乱の陰には、ジョン・ポールという謎の男の存在がある。どうやらこの男が世界中で、意図的に虐殺を引き起こしているらしい。クラヴィスはジョン・ポールを追う。

重要なのは、伊藤の物語の中では、誰もジェノサイドに対する安全な傍観者の立場には立てないことだ。『虐殺器官』の冒頭、クラヴィスは夢の中で、大量の無残な死体たちが転がっているのを見る。そして母親に「ここは死後の世界なの」と訊ねる。母親は答える。「いいえ、ここはいつもの世界よ。あなたが、わたしたちが暮らしてきた世界。わたしたちの営みと、地続きになっているいつもの世界」。

このジェノサイドに対する「地続き」という想像力が、伊藤の背骨にはある。

しかもそれは「日常としてのジェノサイド」（「伊藤計劃――第弐位相」）である。たとえば伊藤は「もはやヒロシマもナガサキも、その特権を有してはいない」（『虐殺器官』）、あるいは「大量に人が死ぬことに、世界は慣れつつあった」と書く。ジェノサイドはすでに、一度きりの歴史的な悲劇ではない。世界中あちこちで何度も反復され、変奏され、むしろ習慣化しつつあるものにすぎない。そしてジェノサイドの暴力においては、資本と軍事と科学技術とマスメディアが重層的に絡みあっていく。国家が示す戦争のための崇高な大義は、もはや、広告代理店の戦略的なPRと区別できないのである（それを象徴するのが民間軍事会社の存在である）。しかも、そうした戦争経済がなければ、すでに、資本主義のシステムそのものが回らなくなっているのだ（それが全面化したのが『メタルギア ソリッド』の「愛国者達」というシステムの存在である）。

ならば「大量死にすら日常として「慣れ」た人々が暮らす、別の価値観を持った世界」（「伊藤計劃――第弐位相」）の姿とは、どんなものか。そうした世界の中で必要とされる「別の価値観」とは何か。

これが伊藤の問いである。

情報技術、遺伝子工学、再生医療、脳科学、戦争経済、金融工学、グローバリゼーション……等々が絡みあいながら、私たちの現代世界は加速度的に発達し、従来の「人間」たちの価値観では割り切れない、未曾有の大転換が生じつつある。伊藤はそうした予感を、SF的なエンターテイメントとして鋭く表現し、そんな世界に胚胎されつつあるポストヒューマンな「別の価値観」の行く末を、どこまでも見つめようとした。しかも、ただひたすら言葉の力のみを用いて。「百万単位《メガデス》の死を思考するための文学。／聖書の黙示録を戦略戦術レベルに落としこむためには、ことばの技巧《アート》が要請された」(『虐殺器官』)。

ジェノサイドの暴力はもちろん、この地球上の人間たちに平等に降り注ぐわけではない。開発先進国／開発後進国のあいだには非対称性がある。伊藤はその事実についてもきわめて鋭敏な作家だった。この世界の理不尽な暴力は、とりわけ、紛争地の子どもたちの小さく無力な身体へと、集中的に降り注いでいく。伊藤はそうした無残な現実に、我慢がならなかったのだろう。それゆえ紛争地の子どもたちの痛みや悲しみを、手垢に塗れた既存の「人間」の言葉によっては絶対に語りえないポストヒューマンな憤懣を想像し、見つめようとした。

> ぼくはCNNでしか世界を知らないんだ。家でデリバリー・ピザを食べながら、モニタで世界情勢を見る。この二十年にいろいろな戦争があり、テロ事件があり、そのイデオロギーも目的も様々だった。世界中で、いろんな人が、いろんな動機で戦争を繰り広げている。戦争は絶えず変化した。
> しかし、デリバリー・ピザは不変だった。(『虐殺器官』)

だからこそ、多くの伊藤計劃の小説では、子ども兵士たちの身体が物語の特異点となっていく。ジェノサイドに対する生々しい想像力は、世界に対する伊藤の向きあい方を、深く引き裂いていった。それは一方では、暴力の不公正な押しつけに対する無限の怒りとなり、ならばむしろ、思い切って、世界中に平等に虐殺をばら撒いてしまえ、という過剰な悪意となっていく。たとえば『虐殺器官』のクラヴィスは、ジョン・ポールから継承した「虐殺の文法」を用いて、先進国の中核であるアメリカ国の内部で虐殺を連鎖・誘爆させ、こちら側／あちら側のボーダーを破壊し、地球全体にいわば平等に暴力をばら撒こうとしたのである。

しかし伊藤は、他方では、凌辱され洗脳され殺されていく人々への深い悲しみによって、この惑星全体を、安全で幸福なユートピアへと溶かしこんでしまいたい、という夢をも手放すことができない。

伊藤の『ハーモニー』は、次のような物語である。

御冷ミァハは、チェチェンで八歳のときに兵士たちの性奴隷となり、過剰な暴力の中で自我に目覚めた少女である。ミァハは、世界から完全に暴力を浄化することを夢見る。そのために、グローバルな医療合意共同体「生府」が管理する恒常的体内監視システム（WatchMe）をハッキングし、その監視機能を徹底化することで、地球上の人間全員から「意識」を消滅させようとする。悲しみや絶望を消し去って、誰もがフラットに幸福であるような調和的な天国（ユートピア＝ディストピア）を実現しようとするのだ。

『虐殺器官』が「あちら側」の暴力を「こちら側」の平和な世界の真ん中に侵入させる物語だとすれば、『ハーモニー』は、先進国の「こちら側」の平和な安楽をグローバルに拡張し、「あちら側」をも等しく包みこんでしまう、という物語である。それらは、同じ世界観の表と裏なのである。

遠い国の紛争や虐殺を見ようとしない先進諸国の根深い無関心と、感情や良心を麻痺させた虐殺者たちの殺戮行為は、そのまま「地続き」であらざるをえない。たとえば、『ハーモニー』では、先進国の安楽な福祉体制の中で真綿に首を絞められるように自殺を選ぶ若者たちの現実と、チェチェンの地で性奴隷や洗脳兵士にさせられていく子どもたちの現実とが、同じ地続きの「地獄」と形容される。「ミァハにとって、チェチェンと東京は地獄が意味するものの別な両極だった」。

つまり伊藤は、〈僕らは安全圏の開発先進国の幸福な人間以外ではありえない〉という国際関係の非対称性を鋭く意識しつつも、そこから、紛争地の人々が強いられていくジェノサイドの暴力を、ここ（here）から切り離された遠隔地としての「あちら側」（there）ではなく、消費欲望や娯楽に塗れた身近な〈そこ〉（neighbor）へと生々しく切り返そうとしたのである。

＊

ジェノサイドの本質は、他者集団を根こそぎにする、という存在そのものの否定にある。たんに生命を抹消するだけではない。その抹消に関するあらゆる証拠や痕跡すらをも、完璧にこの地球上から消し去ろうとするのだ。

とすれば、ジェノサイドの暴力とは、そもそも、見えるものと見えないもの、真実と虚構、存在と無のはざま（空隙）においてこそ生じ続けているのかもしれない。

おそらくそれが、私たちがジェノサイドについて考えることの怖さなのだ。

被害者や犠牲者たちは、今現在もなお、多種多様な形で抹殺され続け、現在進行形で抹消され続けているのかもしれない。私たちがそれに気づくこと、感じとることすらできないだけで。いや、それだけではなく、饒舌な私たちの詭弁や虚偽やゲームの素材《ネタ》として、犠牲者たちはたえまなく消費され続けているとすれば。そこに歴史をめぐる奇妙な空隙があり、ギャップやバグがあるのだ。

というか、そうしたギャップ、バグを通して、かろうじて触れることのできる歴史的な真理があるのだろう。おそらく。きっと。

伊藤計劃に大きな影響を与えたＳＦ作家のひとり、グレッグ・イーガンは書いた。

五十万人もが虐殺された。それは運命でもなければ、必然でもない。神のおぼしめしや、歴史の力が、ぼくたちの罪を赦してくれることもない。原因は、ぼくたちという存在に――ぼくたちがこれまでにつき、これからもつきつづけることになる嘘に――ある。五十万人の人々は、ぼくたちの日記の行間で虐殺されたのだ。

（「百光年ダイアリー」）

私たちはこのありふれた日常をそうした複合的なジェノサイドの過程と「地続き」のものとして再発見していくことができるのだろうか。ポストヒューマンな現実に向きあうための非人間的な想像力を作り出すことができるのか。

＊

そのためには、それらをたんに一般論や抽象的な情報として確認するだけでは足りない。伊藤がジェノサイドという暴力を誰よりも生々しく触知できたのは、その身体性によってだった。つまり、先進国の高度医療や福祉体制に囲まれながらも、どうしようもなく癌の転移によって朽ちていく自らの身体と、遠い国で残酷な性暴力や凌辱の犠牲となっていく無辜の子どもたちのそれとを、シンクロ的に結びつけることができたのだ。

単純なようだけれども、それは決定的なことだった。

この世の中がまったく理不尽な場所であること。それについてぼくは、あなたは、どうしようもないこと。それを知ること。

本田美奈子の死と、宇宙戦争という映画は、ぼくのからだに起きた理不尽なできごとを経由して繋がっている。あなたは、体と心中するしかない。

（「伊藤計劃──第弐位相」）

補足すれば、本田美奈子とは、急性骨髄性白血病により三八歳で亡くなった歌手であり、スピルバーグの『宇宙戦争』とは、宇宙人による地球人たちへの容赦のないジェノサイドを描いたエンターテイメント映画である。

伊藤がネット上に残した日記を通読していくと、癌の再発や転移を繰り返す肉体に無残に翻弄されながらも──そして過酷な現実に対する防御シールドのように「映画オタク」や「非モテ」という自嘲的なアイデンティティを擬態しつつも──、努めて、自らの症状を客観的に、冷静に観察しようとする姿が、痛ましくも、弱虫の勇気を感じさせる。

迫りくる肉体的な死の恐怖に向きあうときにこそ、人生のささやかな喜びや楽しさを忘れないでいること。入退院の合間に大好きな映画館に通い続けたり、長大なウェブ日記を書いたり、「ガンマ線ナイフ」や「重粒子線」などの医療関連の言葉を「ＳＦっぽい」と楽しんだりした。

自分の弱さを知り、人生の楽しさも知っていた。生きることに執着する勇気において、彼の中では、弱さと楽しさは矛盾しなかった。のみならず、その勇気によって、遠い国で自分以上に苦しんでいるだろう子どもたちの悲しみを何とか想像しようとした。既成の人間の言葉では語りえないポストヒューマンな残酷さの正体をつかんでやろうとした。

きっと、そんな人だからこそ、あんなにも壮絶かつ面白い小説を書けたのだろう。そんな気がしてくる。繰り返すが、伊藤は、ジェノサイドの現実を、ＳＦやエンターテイメントの想像力というもっとも身近な、手持ちの武器を全力で使いきることによって、捉えようとしていた。

たとえば『虐殺器官』のスピンオフ作品「The Indifference Engine」（『ＳＦマガジン』二〇〇七年一一月号）

では、伊藤は、一九九四年のルワンダの大虐殺を題材とし、一人の少年兵の一人称＝内面へと自らをシンクロさせ、その心の奥にダイブしようとした。

ゼマ族に属する「ぼく」は、対立するホア族によって、家族を無残に凌辱され、殺される。そして復讐に燃える少年兵となる。ドラッグで頭を麻痺させながら、敵であるホア族の人間を殺戮し、村を焼き、女たちを犯していく。

しかし、外国の軍隊による不意の介入によって、紛争があっさりと終息すると、今度は独善的なNGOの施設に収容され、先進諸国の偽りの平和を維持するための、逆洗脳プログラムを受けることになる。先進諸国の善き市民であるためのイデオロギーを注入されるのだ。「ぼく」は、自分たちをどこまでも嘲笑し、愚弄し続けるそれらの過程すべてに対する無限の怒りを、紛争の中でも平和の中でも等しく自らの身体を貫く異和を、どうすることもできない。

この作品の「ぼく」の心理の書き方は、きわめて危ういものだ。なぜなら、伊藤はどこか楽しんで（ほどよく退屈すらしながら）それを書いているように見えるからだ。すなわちジェノサイドをほとんどエンターテイメントとして効率よく消費しかけている。こうした感覚は、伊藤作品の至るところにみられる。実際に、伊藤は、スピルバーグの『宇宙戦争』や『シンドラーのリスト』などの映画が描く虐殺がいかに魅力的であるかを、手放しで褒めちぎっている。そしてあまりにも不穏なことを書く。「「民族」を「浄化」する。この響き。ぼくはほとんど、これを求めてSFを読んでいると言ってもいい」（「伊藤計劃――第弐位相」）。

この微妙な危うさにこそ、目を凝らしていこう。

カンボジアのジェノサイドを生き延びたリティ・パンが、三〇年あまりが過ぎた現在もなお、激しい失語や自殺衝動に苦しみながら、他人の手を借りて、息も絶え絶えに『消去』という自伝的テクストを書きぬくことができたことに比べれば、伊藤は、あまりにやすやすと、少年兵の内面に踏みこんでしまっている。楽しげに饒舌に、虐殺小説をエンターテイメント作品として書けてしまっている。

危ういとは、そういうことだ。

ただし、伊藤のそんな余裕と快楽は、そのまま、伊藤の内側でねじれて、先進国の安全圏で重層的なジェノサイドに加担し続ける自分に対する罪悪感となり、さらには、先進国の最新医療の中でなすすべなく病に朽ちていく自らの身体の痛みへも重なっていく。

そのねじれた痛みから、普通の意味での善悪や美醜を超えるような、「じょおおおおだんじゃない」「戦争は終わっていない。ぼく自身が戦争なのだ」という、世界全体を焼きつくそうとする怒りの火山弾が噴出する。その限りでのみ、伊藤の絶対的な憤激は、遠い国の少年兵の怒りとも共鳴しうるものとなる。世界全体がぶっ壊れようが、人類全体が安楽なゾンビになろうが、どうしても抹消されず、慰撫もされない個体的な痛み。無限の悲しみ。そんな非人間的な言葉たちの合唱が、この地球上に不協和音を奏でるのだ。

重要なのはやはり、伊藤のこうした憤激が、癌の転移で朽ちていく自らの身体の、生々しい痛みや恐怖とともにあったことだ。この世界の残酷な理不尽さをまっすぐに見つめ、それでも人生を楽しもうとし、かつ他者を楽しませようとする勇気とともにあったことだ。

伊藤にとって、ジェノサイドの暴力が吹き荒れるのは、つねに〈そこ〉(neighbor)なのだ。あまりにも「理不尽」な〈そこ〉なのである。

〈そこ〉とは、たんなる「こちら側」ではないし、かといって「あちら側」でもない。こちら側(here)とあちら側(there)が分割されて分け隔てられる手前の、日常と非日常、現実と虚構がパッチワーク状に雑ざりあっていく場として、〈そこ〉があるのだ。

ならば、伊藤の言葉を今、ここで読んでいる私たちの感覚もまた、〈そこ〉において、加害と無痛、現実と虚構、倫理と享楽のあいだで引き裂かれ、何度となく、ねじれていくことになるはずである。本当はすぐ隣にあるリアリティとは、そうした重層的なパッチワークとして構成されているのではないか。〈そこ〉に生じる生々しい身体的な痛み（ギャップ）をスルーして、私たちが伊藤のテクストを都合よく消費したり、弄ぶことがゆるされるとは、やはり思えないのだ。

## C＋〈そこ〉

カンボジアの虐殺の生き残りであるリティ・パンは、凌辱され虐殺されていく人間たちの眼差しによって、歴史的暴力の〈真理〉を見つめようとした（A＝犠牲者として）。

他方で、インドネシアの虐殺の直接の被害者でも加害者でもない、アメリカ人のオッペンハイマーは、ジェノサイドの記憶をその加害者たちに再演させることを彼自身が楽しみ、享楽しながら、『アクト・オブ・キリング』に驚くべき、猥雑なエンターテイメントとしての魅惑を注ぎこんだ（B＝消費者として）。

これらに対し、日本のSF作家である伊藤計劃は、先進国の幸福な消費者の立場から、ジェノサイドを――その面白さの面では『アクト・オブ・キリング』以上に――徹底的なエンターテイメント作品として作りあげてみせた。ただしそれは、加害と被害、倫理と享楽、怒りと悲しみのあいだで引き裂かれながら、グローバルなジェノサイドの享楽を超えるような、未曾有の、ポストヒューマンな倫理を探し求めるためでもあった（C＝消費者と犠牲者のあいだを往還する者として）。

すると次のことが大切になってくる。

多数派の消費者である私たちの多くは、伊藤のような特殊な身体や才能をもっていない。ありふれた平均的な大衆＝世人（ハイデガー）にすぎず、たんなる現代的な消費者の一人にすぎない。では、そうしたごく普通の消費者として、ジェノサイドという歴史的現実に向きあうには、どうすればいいのだろう。

たとえば先進国の人間は、無人攻撃機（日本製の高性能レンズが仲介業者を通して多数使われている）を使って、テレビゲームのように遠い国の人間や建物をピンポイントで爆撃できる。私たちはそれをたやすくテレビやネットで追体験できる。この世界では、そんなふうに、加害者と消費者と無関心者たちが構造的に手を組んで、残酷な暴力をなし崩しにし、正当化していく。たとえば「テロリストとの戦いに屈しないためには、多少の犠牲はやむをえない」云々という自己欺瞞によって。いや、正当化するばかりではない。本当は、戦争や虐殺をすら、楽しみ、消費しつくしていくのだ。娯楽産業やマーケティングの一部として。そうしたグロテスクな現実に私たちは容赦なく日々慣れていく。というより、ポストヒューマンな歴史の転換期の中で、とっくに退屈さえしている。

暴力を安易に消費するな、それに慣れるな、と道徳的に断罪したいのではない。そんな正しすぎるポジションに誰かが立てるとは思えない。そもそも、私たちの大多数は、ジェノサイドの直接の被害者でも加害者でもないし、現場の矛盾に深くコミットしている支援者でもない。よくも悪くも、消費者という傍観的で曖昧な加害者のポジションにしか立つことができない。

ただ、ごく普通の消費者としての私たちであっても、加害と無関心、快楽と罪悪感、消費と倫理が雑ざりあっていく〈そこ〉から、過剰な消費欲望を更新させ、拡張させていくことができるのではないだろうか（C＋＝来るべき高次の消費者＝当事者として）。

たとえば――。

『アクト・オブ・キリング』のアンワルは、奇妙に身近で、親しみのある人間に思えた。この男はよくいるハリウッド映画のファンであり、映画スターに憧れて暴力を真似したがるような、子どもっぽい消費者の一人であるからだ。そして大切なのは、アンワルが、子どもたちの眼差しによって、自らの拷問や虐殺の再演を見つめてもらいたい、という不思議な欲望をもっていたことだった。

どうしても消費しつくせないもの、欲望しきれないものがある。アンワルにとってそれは、現実と虚構の区別もできず、反撃も抵抗もできず、苦痛の意味もわからず、ひたすら泣き叫び続ける子どもたちの小ささであり、弱さだった。一〇〇〇人以上を殺すことの異様な享楽を舐めたアンワルのような人間ですら、そうだったのである。これは綺麗事ではない。人間的な良心の話でもない。孫や女子どもたちに拷問や虐殺の演技を見せつけるとき、アンワルは、むしろ、子どもたちの小ささと弱さによって、彼自身の欲望を見つめ返されてしまっている。むしろ、彼自身がこの世界に存在し続けることの、根本的な小ささと弱さに、気づかされてしまうのだ。

なぜだろうか。アンワルは、自ら暴力と虐殺を能動的に望んでいるのみならず、——あたかもこの世界そのもののような悪意によって——受動的に欲望させられてしまってもいるからだ。

消費しているつもりが、消費させられ、消費されてしまっていた。そこに彼の驚きがあり、めまいがあった。歴史的な空隙（真理）の彼方にいる小さく弱い他者たちの、事実と虚構の区別すらできない眼差しによって深々と見つめられてしまった。

するとそれは最高の享楽なのか。逆に最低の苦痛なのか。わからなかった。欲望の奔流は、ついに吐き気となり、放屁となって、アンワルの身体から漏れ出していった。彼自身が、あたかも、正体不明の業病に苦しんで体液を垂れ流す赤ん坊のように。

過剰な消費欲望が、自らを食い破って、新しい欲望を産みなおしていく。そんな特異点となっていく。人間は誰もが様々な欲望をもっている。しかし、近代的な消費欲望のポイントは、消費者としての欲望が——生産と消費の過程が分離されることによって——ひたすら自己刺激的に高まり続け、アディクション化していくことにある。消費のための消費。無限の欲望。そこには出口がない。だから私たちは、様々な物を消費しながらも、しだいに「ここ」(here)に閉ざされている、という閉塞感に陥っていく。

しかし、そうした消費欲望の自己矛盾をメルトスルーさせていく臨界点(空隙)が、じつは、この日常の至るところに穿たれているのではないか。誰にとっても、そういうささやかなめまいを覚える瞬間があるはずなのだ。

アンワルにとって、それは、自分の孫たちを含む子どもたちの存在――最高の享楽を搾取しうると同時に、けっして享楽しつくせない存在たち――だった。そして彼ら子どもたちの小ささと弱さは、同時に、アンワル自身に弱さと小ささを思い知らせた。それが映画好きのアンワルの欲望の、重大な臨界点となった。

大切なのは、あちら側(there)を切り離して閉ざされた「ここ」(here)を、つねにほかのどこかへと繋がり、別の場所に接した〈そこ〉(neighbor = next to)へと開いていくことである。だからこそ、〈そこ〉では、こちら側とあちら側、現実と虚構、享楽と倫理が重層的なパッチワークになっていく。だから私たちの日常のすぐ隣にある〈そこ〉は、閉じた「ここ」ではないどこかへと、あるいは世界中の至るところへと開かれた小さな窓になっていく。それはワールドワイドな歴史の路地となり、交通路になりうるのだ。そこでは、私たちの消費欲望もまた拡張され、更新されていかざるをえない。

思えば、私たちはリティ・パンの映像に向きあうとき、他国の人間の苦難や死を享楽するのみならず、まさに〈他者が生きてそこにいる、という奇跡〉そのものを丸ごと消費し、新鮮な喜びを感じてしまってもいたのだ。

大虐殺を生き残った人々、今もなお生々しい傷口と戦い続けている人々、彼らの生存は、そのままで、小さな奇跡である。その人たちは偶然、たまたま、歴史的な粛清や「消去」の暴力を生き延びてきたのだから。

というか、すでに私たちは、そのことを何よりも喜びうる美的＝倫理的な感性を少しずつ育ててきたのではないか――ジェノサイドの世紀をくぐりぬけてきた消費者であり、当事者であるからこそ。

必要なのは、そうした消費欲望を無理やり抑えこむことではない。先進諸国の多数派としての特権や無関心に居直ることでもない。あるいは、強く倫理的な加害者意識に目覚めていくこととも少し違う。たんなるありふれた一人の世俗的な消費者として、自分たちの欲望を、その内側から、欲望のみを用いて超えていくことだ。

それが都合のいい自己正当化だとは思わない。そうした欲望は、無関心と暴力の連鎖を断ち切っていくための、具体的な関係性（交通）を潜在的にはらんでいるはずである。

もとよりリティ・パンにとって、映画とはそういうものだった。少年時代の彼は、奇跡的に虐殺と飢餓の嵐の中を生き延び、カンボジアとタイの国境を抜けて、のちにフランスへ移住し、パリの高等映画学院を卒業し、虐殺の記憶をめぐる多くの映像作品を撮ってきた。そしてプノンペンにボファナ映像リソースセンターを開設し、歴史的な映像・写真・録音などの保存活動をしてきた（ボファナとは、S21刑務所で拷問・殺害された一人の若い女性の名前である）。リティ・パンは『消えた画』の中でこう言っていた。私はこの映画が愛おしい、皆さんにこの映像をお渡ししたい、ほかでもなく失われた私たちの過去を探し続けるために、と。

だから、私たちもまた、他者たちの奇跡的でありふれた〈生〉という真理――ただ生き延びていることとジェノサイドによる完全な抹殺、記憶と消去のあわいを揺れ動くような〈生〉そのもの――を、この国のこの場所で受け止め、鑑賞し、消費することによって、新しい喜びを得られるはずだ。無数の消滅や偶然や誤配をくぐりぬけてきたものたちの、幽かな歴史的な気配を感じ取って。そうした〈生〉たちが〈そこ〉にあるのだ、と。これはもちろんリティ・パンの映画だけに限られることではない（私は今たとえば王兵『三姉妹——雲南の子』『収容病棟』、古居みずえ『ぼくたちは見た——ガザ・サムニ家の子どもたち』などを思い出している)。

そこには、感謝の念すら生まれるかもしれない。アンワルがそうだったように、私たちの側こそが、生をもう一度深い喜びとともに受け取りなおすためのチャンスを——私たちの消費欲望や無関心こそが、彼らにとっては最悪の敵であるかもしれないのに——彼らの側からの贈り物のように、恩寵のように与えられてしまっているからだ。いわゆる寄付金や現地ボランティア云々の話だけではないのだ。〈そこ〉には、無数の窓があり、様々な交通路(next to)がある。

人間は脳細胞だし、水だし、炭水化合物だ。とてつもなく長いけれど、ちっぽけなDNAの塊だ。人間は生きているときから物質なんですよ。その人工筋肉と同じように、ね。この物質以外に魂を求めたって、そこから倫理や崇高さが出てくるように思うのは欺瞞ですよ。罪も地獄も、まさにそこにあるんです。

(『虐殺器官』)

私たちは、その先で、不可避に「ここ」に閉ざされつつも、来るべき新しい消費者=当事者として、消費欲望とは自ずから別の欲望によって、今もなお進行中のジェノサイドの歴史の渦中へとあえて踏みこんでいくだろう。この地球上の圧倒的な非対称と無関心の構造を変える方向へと、その「罪も地獄も」受け止めながら、自分たちの欲望を少しずつ更新していくだろう。加害と無関心、快楽と罪悪感、消費と倫理が雑ざっていく欲望のうねりの中に、ポストヒューマンな「倫理や崇高さ」の産声を聞きとるようにして。彼らの存在という光それ自体が、私たちの生に贈られる無上の喜びとなるようにして。

私は今、この場所で、そんなことを欲望しはじめる。

# IV

## 東浩紀論——強制収容所とテーマパークのあいだを倫理的に遊び戯れる

「何か面白い事は無いか」そう言って街々を的もなく探し廻る代りに、私はこれから、「何うしたら面白くなるだろう」という事を、真面目に考えて見たいと思う。

——石川啄木「硝子窓」一九一〇年

## 1　批評にとって欲望とは何か——二〇一三年の文化＝社会運動

批評がつまらない。そんなことが言われて、もう、どのくらいになるのだろう。本音をいえば、この私自身、何を読んでも、何を必死に書いても、渇いた砂をのど元に詰めこまれるような虚しさを、どうにもできない。なぜだろう。情報技術や工学的な知が発達し、人文的なものの魅力が色あせたからだろうか。つまらない承認闘争や炎上商法や権威主義がはびこっているからだろうか。そもそも、批評にとって〈面白い〉とは、いや、生きることの本当の面白さとは、どういうことだったのか。

＊

二〇一三年に東浩紀が総合プロデュースした『チェルノブイリ・ダークツーリズム・ガイド』『福島第一原発観光地化計画』は、私には面白かった。率直に、凄い、と思った。一九八六年のウクライナ（旧ソ連）のチェルノブイリ原発事故の「その後」について学ぶことによって、東日本大震災後の福島の未来について考えようとすること。それは具体的には、Jヴィレッジの跡地に「ふくしまゲートヴィレッジ」を建設し、福島第一原発をあえて「観光地化」する、というプランとして示された。

東日本大震災と原発公害事故の衝撃を正面から受け止めながら、この国の新しい未来のヴィジョンを「創り出す」こと。それは一つの文化的な運動でありながら、社会運動としての磁場をも生みださんとするものだった。おそらく東は、この二〇年に蓄えてきた知識と経験と人脈のすべてを惜しみなくつぎこんで──しかも自らの初期批評の問いへと遡行しながら──宗教と娯楽と経済と文化が雑ざりあっていくような未曾有のゾーンを切り拓いたのだ。私には、そう思えた。そしてそれはそのまま、東自身の、新しい人生の仕事の胎動をも予感させるものだった。

従来の批評や文学の「終わり」や絶滅を、誰もが平然と口にする中、この国の批評は、まだ、こんなに楽しく、面白いことができるのか。人々の欲望を強く惹きつけることができるのか。そこにあるのは、たんなる退屈の慰みや現実逃避としての面白さではなかった。生きることのすべてを言葉に叩きこんで、消費的な面白さの意味を絶対的に更新していくような、新次元の〈面白さ〉だった。私もいつか、人生の必要な現場で、これに比肩しうる総合的なプランに着手できるだろうか。心底楽しいもの、仲間たちと一緒に限界を突破できて本当に嬉しい、率直にそう思えるもの、そんな仕事ができるだろうか。「こころよく我にはたらく仕事あれそれを仕遂げて死なむと思ふ」（石川啄木）。そんなことを何度も考えさせられた。

東浩紀が用いた「観光」という言葉をめぐっては、すでに、多くの疑問や批判がぶつけられた。今もまだ、たくさんの行方不明者や避難民がいる。廃炉や除染作業も終わりが見えない。それなのに、観光気分で現地を楽しもうとは、どういうつもりなのか、と。

近年の観光社会学などでは、コンテンツツーリズムという言葉が注目されている。コンテンツ（物語性やテーマ性）を通して、その地域に固有のイメージを打ち出し、それを観光資源として活用していく、という戦略のことである。たとえば映画のロケ地めぐり、大河ドラマの撮影地観光、マンガやアニメの舞台を旅する「聖地巡礼」などである。さらに東たちはそこに「ダークツーリズム」という概念を重ねていく。ダークな観光の旅。それはつまり、これまでに戦争・災害・虐殺などがあった歴史上の負の場所に赴く、という旅のスタイルである。もちろん、これは最近新しくはじまったものではない。たとえば沖縄の戦跡や広島の原爆ドーム、ポーランドのアウシュヴィッツなどはツーリズムの対象になってきたし、ニューヨークのグラウンド・ゼロや、核実験や放射性廃棄物処理に関わった土地なども、近年では、ある種の聖地性を帯びた巡礼地の一つになっている。東たちのプランは、震災後の福島周辺を、そのようなダークツーリズムの対象として見つめようとするのである。

　とはいえ、コンテンツツーリズムという営みそのものは、必ずしも、最近になって登場した現象であるとはいえない。そもそも、世界中の巡礼者たちは、経典などの物語やイメージに基づいて、各スポットへの旅や観光を繰り返してきたのである。たとえばこの国で流行した熊野詣や伊勢参りなども、宿場町や参道の露天商、「講」などの旅行代理店的な仕組みの発展と深く関わってきたものだった。ツーリズムにおいては、信仰と文化と見聞と娯楽とが、重層的に絡みあい、雑ざりあってきたのである。

　楽しいということは必ずしも宗教的（倫理的）なものと相反しない。二〇一三年の東が、自らの批評をさらにアップデートしていくために、観光という言葉を選んだことには、欲望的なレベルでの必然性が（いや、必要が）あったように思える。批評にとって欲望とは何か。面白いとはそもそもどういうことか。そのように問いなおすことだったのではないか。それならば、この私もまた、信仰と文化と見聞と倫理が重層的に雑ざりあっていくゾーンで、自らの欲望のあり方を見つめなおし、人生を心から〈楽しむ〉ことができるのか。そのように東浩紀の批評を読んでいくことができるのか。

近年の東浩紀は、現代的な思想や言論には、実行性のある政策提言が必須であり、もはや批評・文学・哲学はそのままでは無意味だ、と自己卑下するかのように述べている。しかしその上で、にもかかわらず、自分は今後も、批評・文学・哲学がもちうる可能性に賭けていきたい。そのような、非常にねじれた、アイロニカルな言い回しを使うことがしばしばある。そこには東の、現代社会の中で批評を活性化したい、それをマーケットの中である程度売れるものにしたい、という率直な思いがある。

しかし、それだけではない。たとえば『福島第一原発観光地化計画』に付された「旅の終わりに」という文章は、ひどく孤独な感じがする。たとえば東は言う——今回の計画は、現実と虚構、分析と夢想が混在するものであり、文学者がなすべきなのは、いっけん突拍子もない「無責任」な虚構をあえて提示することで、新たな変革の可能性を開くことであり、少なくともその可能性を信じることだ、と。あるいは次のように言う——ぼくは今後、この世界を「超越」するとはどういうことか、そのことを考えてみたい、なぜなら原子力とは、相対性理論や量子論と同じく、人間の世界の常識を超えるような非人間的な原理であり、その意味では「文学と原子力は、本当は双子のように似ている」からだ、と。

どうだろうか。

「文学」の中に今もなお、原子力と紙一重の「超越」的な社会変革のポテンシャルを探し求めようとする東浩紀のこの感覚に振り落とされずに、私たちが追いついていくことは、けっして簡単なことではない。

もちろん、「福島第一原発観光地化計画」という総合的なプランは、他の様々な専門領域の人々（観光学者の井出明、美術家の梅沢和木、社会学者の開沼博、プログラマーの清水亮、ジャーナリストの津田大介、ライターの速水健朗、建築家の藤村龍至ら）とのコラボレーションによって、はじめて成り立ったものである。『チェルノブイリ・ダークツーリズム・ガイド』『福島第一原発観光地化計画』という企画に対する東の強い自信も、そこにあるのだろう。

しかし、共著者である彼らとすら――あるいは、世の中に無数に存在する東浩紀ファンや「弟子」たち、哲学おたくたちとすら――容易には分かちあえない不気味で過剰な「ダーク」が、依然として、東の内部には渦巻いているのではないか。

福島第一原発とチェルノブイリに向きあうことは、東浩紀にとって、やはり、決定的な経験だったように思える。もしかしたら、彼自身が考えている以上に。なぜなら、そもそも、ソ連の強制収容所やスターリニズムの暴力に向きあうことが、東の初期哲学のクリティカルポイントだったのだから。

すると、二〇一三年の「福島第一原発観光地化計画」という総合的なプランは、東のゼロ年代以降の豊かな仕事の成果――オタク論（『動物化するポストモダン』『ゲーム的リアリズムの誕生』）、情報技術論（『情報自由論』、『一般意志２・０』）、共同研究（ised、『思想地図』）など――を踏まえながら、あらためて、初期批評の問いを遡行的に練りあげていくことでもあった。

そこには、何があったのか。

そのことの意味を、私なりに受け止めなおしてみたかった。

## 2 初期批評の諸問題――確率的暴力と新しい「人間」

かつて東浩紀は「ソルジェニーツィン試論――確率の手触り」（一九九一／一九九三年）で、次のように書いた。

『収容所群島』を読めば分かるように、ソルジェニーツィンの、そして当時生きていた人々の経験は、いわば「解消不能」なものである。逮捕されるかされないか、一〇年の刑か二五年の刑かもしくは銃殺か、どこに何の罪でいつ送られるのか、すべてはほぼ確率的に決められる。彼らは、ただ徹底的に受け身であるだけではない。そこでは、自らの運命について理由を問いただすことが、無意味なことになってしまっている。（傍点原文、以下同）

『収容所群島』に描かれている光景は、単なる「政治的抑圧」の姿ではない。それは、すでに「政治的」でもないし、「悲劇的」でもない。そのような判断は、成立しない。ある人間が殺される側になり、別の人間は殺す側になったが、それはいつ反転したかもしれない。それは、「良心」の問題ではない。良心があるからといって、殺す側に付かないかどうかは分からない。そこでは、主体や意志という概念が通用しない。意志をもつのは勝手だが、それは結果とは関係ないのだ。（同前）

すべての物事が確率化し、真と偽、善と悪の違いが決定不能になってしまった。熟読するならば、東浩紀が言いたいのは、そういうことではない。つまり、たんなる現代的な相対主義（シニシズム）を言いたいのではない。むしろ、すべてが決定不能になって相対化されていく環境の中で、なぜ、まだ、堕落しない「人間」が存在するのか。そこに倫理的な「人間」が「いる」のか。その単純素朴な事実に対する、みずみずしい驚きが、東の批評のはじまりにはあった。

ソルジェニーツィンが説いているのは、倫理や道徳や犠牲ではない。そんなものが通用する世界ではないのだ。彼は、何が道徳的なのか決定できないような世界での、道徳的あり方の話をしている。そして、冒頭に引用したように、彼は驚いているのだ。『収容所群島』のなかで何度も語られているように、そこでは、何をすることが「人のため」なのかも決定できない（たとえば尋問の場合）。しかしそれでも、そこで、「堕落しない」人間がいる。ソルジェニーツィンは、その驚異を語ろうとすると

きに、道徳的な語り方をせざるをえない。僕たちはそれを、僕たちの言う「道徳的」なものとして受け取ってしまう。（同前）

東は、ここでスターリニズム的な環境や体制を批判しているのではない。環境や体制の改革・改良について、何事かを述べているわけではない。そもそも、そうした社会批判的な言葉を語りうるような倫理的な資格（人間主義）を奪われてしまっていること、どんなに「道徳的」なことを語ったとしてもそれがすぐに嘘になり欺瞞に陥ってしまうこと、それが、私たちが確率的な状況の中を生きていく、ということの意味なのだから。

とはいえ、他方で、人間的／非人間的の違いを、外的な環境や状況が強いるものだから仕方がない、この私には何の責任も取ることができない、とすっきりと割り切ることもできない。それはまた別の形での欺瞞になりかねない。つまり、そこには、個人の倫理的な強さの必然にも、環境や状況が強いる偶然にも、どちらにも還元しつくせない何事か（剰余）があるはずである。そう考えざるをえない。東はその剰余をこそ、「人間」――人間主義《ヒューマニズム》が不可能な環境の中から産まれなおすかもしれない、新しい「人間」――と名づけたのである。

この限りでのみ、この私が一人の「人間」として自らを産みなおそうとすることは、環境や体制のあり方を問うことを、それ自体のうちに含んでいる。というより、実存的な道徳のあり方と環境や体制のあり方を同時に問いなおしていくこと、それが「人間」の新しい意味となる。それならば、この私もまた、確率的な相対化や冷笑や無意味さの嵐が吹きまくる中で、なお「人間」として生きていくことができるのか。

これがおそらく、若き東浩紀が、自らに突きつけた問いだった。

東の初期批評は、明らかに、ラーゲリやアウシュヴィッツのような極限状況と、同時代日本のポストモダンな消費空間とを、ひそかに繫ぎあわせ、交錯させようとする意図をもっていた。私たちはそれに対し〈それは歴史的な暴力や被害の固有性を消し去ってしまうことではないか？〉という違和感を覚えるだろう。しかし、東にとって、ポストモダンな時空とは、まさに、「平和な日常か収容所的な非日常か」「現実か虚構か」「ここかあそこか」という二元的な構図が無限に失調し、それらが確率的に雑ざりあってしまうような、パッチワーク的な時空そのものだったのだ。すなわち〈ポストモダン〉に向きあうとは、たんにオタクたちの動物的な消費行動の自己弁護などではなく、哲学者のジャック・デリダやSF作家のフィリップ・K・ディックが見つめようとした、不気味で恐るべき世界のあり方に向きあっていくことを意味した。

そこに東の初期批評の困難があった。ゆえに東は、たんに批評のロジカルな内容だけではなく、文体レベルでのわかりにくさ、回りくどさをも強いていった。強制労働の犠牲者と非当事者（私たち）のあいだには一線を引かねばならない、しかし、原理的に考えていけば被害と加害が雑じりあって線を引くことができなくなる、しかし、両者の立ち位置の非対称性を消し去ってもならない、しかし、その上で「こちら」にとどまりながら新しい道徳を語りうるのでなければならない、しかし、しかし……というような。

それは超越化への欲望ではないし、自意識の無限交代でもないし、たんなるメタ化でもない（ベタでもネタでもメタでもない）。無限に編まれ続けるパッチワークとしてのエクリチュール。「とすれば私たちはもはや、後期ディックの存在論的傾向を、政治的意識からの後退と判断することはできない。というのもそこではまさに、政治的意識を政治的に表現することの困難さこそが存在論的に表現されていたと考えられるからである」（『サイバースペースはなぜそう呼ばれるか＋──東浩紀アーカイブス2』）。こうした意味で、東は文字通り──東の柄谷行人論の言葉を彼自身に適用すれば──「ポストモダンを生きた」（「柄谷行人についてⅡ」）のだ。その身をもって、ポストモダンの困難と厄介さをサバイヴしてきたのだ。

おそらくこうした東の感覚は、ユダヤ人女性の政治思想家ハンナ・アレントの次のような感覚にも、思いがけず近接していく。

強制収容所という実験室のなかで人間の無用化の実験をしようとした全体的支配の試みにきわめて精確に対応するのは、人口過密な世界のなか、そしてこの世界そのものの無意味性のなかで現代の大衆が味わう自己の無用性である。強制収容所の社会では、罰は人間の行為と何らの関係がなくてもいいし、搾取が何びとにも利益をもたらさなくてもかまわないし、労働が何らの成果を生まなくてもいいということが時々刻々教えられる。この社会はすべての行為、すべての人間的な感動が原則的に無意味である場所、換言すれば無意味性がその場で生み出される場所なのである。（『全体主義の起原3』）

ここでアレントは、強制収容所の中で生じる人間の無用化と、人口過密な現代社会の中で大衆たちが日常的に感じる「この私は無用な存在だ」という痛みを、グラデュアルなものとして見つめている。というより、現代生活の中で感じる自己無用化の痛みを純粋に濃縮して全面化したような空間、それが強制収容所なのだ、と。

アレントによれば、全体主義的な暴力の本質とは、生きていても死んでも同じだった、という絶望を人々に与えるだけではない。そうではなく、この世界に産まれても産まれなくても同じだった、という不気味な無用性を人々の内部にたえまなく再生産していくことにあり、それこそが地球上の「根源悪」の意味なのである（同前）。

では、誰もが「人間的」でありえないような場所でなお「人間」になること、「何が道徳的なのか決定できないような世界での、道徳的あり方」とは、何を意味するのか。

大切なのは、こうした出発点としての問いが、その後も東浩紀の中で持続し、様々な形で変奏されてきた、ということだ。たとえば『動物化するポストモダン――オタクから見た日本社会』(二〇〇一年)――消費化・情報化が進んでいく環境の中では、私たちは否応なく「動物化」していかざるをえない、するとそうしたポストモダン状況の中でなお、動物的であるにもかかわらず「人間的」に振る舞うとは、何を意味するのか。あるいは『ゲーム的リアリズムの誕生――動物化するポストモダン2』(二〇〇七年)――あたかも複数の分岐点やループを何度も経験しているかのようなゲーム的なリアル(メタ物語性)の中で、私たちはいかにして、生の一回的な輝きを取り返せるのか。さらに近年の東は、情報技術革命以後の新しい環境の中で、もう一度、彼の批評のはじまりにあった「人間」の意味を更新的に問いなおそうとしている。

東のこうした問いは、今もなお、新鮮なものに思える。

ほんとうは、いっさいの自己卑下や韜晦や被害者意識も、いらないのではないか。私は、正直に言えば、そう考えている。それらはむしろ、東の出発点としての問いの意味を、覆い隠してしまうからだ。

思えば、東がその批評によって一貫して戦ってきたものは、「何をやっても無意味になってしまう」「すべてがつまらなく感じられる」という根深い諦めやシニシズムであり、圧倒的な風化の感覚だったのではないか。批評という営みは、「すべての人間的な感動が原則的に無意味である場所」に対する戦いだったのではないか。たとえばあの強制収容所の中にすら、生きることの喜びがあり、笑いがあり、楽しさがあったとすれば、どうだろうか。いや、それはあったのだ。「部外者にとっては、収容所暮らしで自然や芸術に接することがあったと言うだけでもすでに驚きだろうが、ユーモアすらあったと言えば、もっと驚くだろう」(V・E・フランクル『夜と霧』)。この驚くべきユーモアの感覚を足元に切り返そう。ならば私たちは、確率的な暴力と無意味化が吹きまくるポストモダンな社会の中でも、生きることを心底楽しみ、他者たちと喜びを分かちあっていく、そんな新しい「人間」になることができるのだろうか、と。

だが、さらに眼を凝らそう。これらの問いの根源には、おそらく、東浩紀に固有の、わかりにくい痛みの記憶があるからだ。もしもその痛みにあらためて遡行しながら、東が今後の仕事の中で、自らの欲望をさらに更新し、拡張していくことができるとすれば。その時、福島第一原発を観光地化するという東の二〇一三年の文化的＝社会的な〈運動〉の射程もまた、一層高められ、さらに遠い未来へと届きうるものになっていくのではないか。そんな気がする。

ここからさらに考えてみよう。

## 3　『存在論的、郵便的』を読みなおす──匿名化という内省

東浩紀の主著『存在論的、郵便的──ジャック・デリダについて』（一九九八年）には、何度読み返してみても、不思議な難解さがある。

これはどこか、異様なたたずまいの本である。

『存在論的、郵便的』は、東が二三歳から二六歳のときに『批評空間』で連載され、その後、大幅に改稿されて、二七歳のときに単行本になった。『存在論的、郵便的』は、二〇歳のときに初稿が書かれた「ソルジェニーツィン試論」の、確率的暴力をめぐる理論的な問いを、さらに全面的に展開し、問いを突きつめていったものといえる。

私には、こんな読後感がある。「ソルジェニーツィン試論」の内容は、確かに難解ではあるが、まだ、私たちが日常的な実感に引きつけて、何とか理解することができる気がする。これに対し、『存在論的、郵便的』には、私たちの理解や共感を根本的に突き放すような、どこか非人間的なものの手触りがある、と。しかもそれは、たとえテクストの内容のロジカルな難しさを十分に読み解くことができたとしても、その先になおしつこく残るような、どこか不透明な難解さであり、わかりにくさなのではないか。

『存在論的、郵便的』の難解さは、おそらく、確率的暴力（郵便的享楽）が全面化した世界がいつの日か到来することを怖れつつも待ち望んでしまう、という東の欲望のわかりにくさに関わっている。

どういうことか。

ここでもポイントになるのは、強制収容所のケースである。

一九八〇年代、ヨーロッパの歴史修正主義者たちは、ガス室に関する客観的証拠が不十分であると主張し、ユダヤ人虐殺という事実そのものを否認した。これに対し、哲学者のジャン＝フランソワ・リオタールは、アウシュヴィッツとはまさに「記憶不可能なもの」であり、アウシュヴィッツの存在はむしろ、私たち人間の歴史認識能力の限界そのものをテストするものである、と反論した。

しかし東は、これらの議論を踏まえた上で、リオタールとデリダの微妙な、それゆえ決定的な違いを見つめていく。リオタールのようなタイプの議論では、記憶不可能な歴史を記憶するという倫理は、「アウシュヴィッツ」という固有名の絶対性によって可能になる。つまり、アウシュヴィッツは人類史上、未曾有の悲劇（一回的な外傷）であり、表象も記憶も不可能なものである、しかし、だからこそ、後代の私たちはそれを記憶し続け、それを未来へと伝達しなければならない、それが人類の使命となる、と。

精神分析の考えによれば、この私（固有名）のアイデンティティを支えるのは、じつは、トラウマ（心的外傷）の存在である。訂正も変更もできない固有の傷が過去にあったからこそ、現在のこの私は私でありうるのだ。東はこうしたタイプの逆説的論理を「否定神学」と呼び、徹底的に批判した。しかも、トラウマをこの私に強いるのは、主に家族内の親子関係（親子間の権力関係として露出する暴力）である。こうした精神分析の認識は、言語論でいえば、クリプキの議論ともパラレルなものと見なされる。クリプキは、固有名は「命名儀式」によって与えられるものであり、さらに血縁的な「伝達の純粋性」によってその名前の普遍性が伝達されていく、と考えたのである。その意味で、東の固有名論（否定神学批判）は、精神分析的なトラウマ論でもあり、家族論でもある。

これに対し、東は、デリダ哲学の核心を、「かも知れない」という特異な次元の侵入にみる。それは言語上の時制でいえば、条件法過去にあたる。ハンスはあの時死ななかった「かも知れない」。それが条件法過去の水準である。そこでは、偶然性・多元性の力によって、取り返しのつかない他者の死の固有性すら、切断され、反復され、複製されうるものになっていくだろう。

アウシュヴィッツについてのさまざまな記録を読めば分かるように、その選択はほとんど偶然で決まっていた。あるひとは生き残り、あるひとは生き残らなかった。ただそれだけであり、そこにはいかなる必然性もない。そこでは「あるひと」は固有名をもたない。真に恐ろしいのはおそらくはこの偶然性、伝達経路の確率的性質ではないだろうか。ハンスが殺されたことが悲劇なのではない。むしろハンスでも誰でもよかったこと、つまりハンスが殺されなかったかも知れないことこそが悲劇なのだ。（同前）

重要なのは、東の固有名批判が、たんに論理や分析のレベルでの批判にとどまらず、生々しく血の滴る批判であり、生きることの楽しさや喜びを真に解き放つための批判である、ということだ。

ラカンが扱う去勢がつねに決定的外傷として一回かぎりの存在であるのに対し、デリダが「不気味なもの」に見た問題とは、むしろ去勢が最初から「去勢の代理」としてのみ存在し、それゆえ去勢の分身が無数に作られうる、その反復の不可避性にあった。複数の、代理され複製されフェイクですらある外傷……。（同前）

それがどんなに切実で真面目なものであれ、過去のトラウマの痛みを絶対化することは、この私＝歴史の訂正不能な単一性（取り返しのつかなさ、悲劇性）をかえって強めてしまうだろう。もちろん、暴力のトラウマ自体は、けっして消えてなくならない。しかしそれは、複数的な超越論性として反復・複製・代理されることによって――その生々しい激痛の中心においてすら――、生の深い喜びや楽しみへと転じていく「かも知れない」。そればかりか、そこでは、悲しみと喜び、別離と出会いとが、ほとんど等価なものになっていくだろう。考えてもみてほしい。私たちは、過去のトラウマや固有名の呪いによって、永遠に苦しめられ、悲しげに俯くばかりの生きものなのだろうか。少しずつ何かを諦め、偽りの快楽に依存して日々を生き永らえるしかないのだろうか。そんなはずがない。東には、おそらく、それが耐えがたかった。

では、そんな新次元の楽しさ、喜びを味わうことのできる「人間」とは、どんな存在なのか。

東浩紀の最大のライバルといっていい批評家の大澤信亮は、「復活の批評」（『新世紀神曲』所収）において、東の『存在論的、郵便的』を批判的に読み解こうとした。

大澤によれば、小林秀雄以降の批評の核にあるのは、強い内省（自らを問うこと）の力である。言葉と存在、言っていることとやっていることが、どうしてもズレてしまう。そのことに気づかず、自分を顧みることもなく、他人を平気な顔で叩く、という欺瞞。大澤はそんな自己欺瞞を徹底的に焼き尽くそうとした。ただしそれは、たんなる自己反省や自己言及や倫理主義ではない。「この「自分への問い」＝「内省」を自分にも他者にも強いるのが小林秀雄の言語使用の最大の特徴である。それは「反省せよ」という強制ではない。むしろ、反省や否定といった意識のレベルではどうにもならない現実の手触りがあり、それに気づけと何度も促したのだ」。「イデオロギーを拒絶し、自分自身を内省するとき、真に社会がつまった自己に行きあたる」。

ハンスは殺されなかったかもしれない。しかし、実際には殺されてしまった。愛する他者の死という確率的な苦痛の謎に向きあい、それを内省的に――なぜ死んだのがハンスであり、他の誰かではなく、この私ではなかったのか？――問い続けることによって、東は、この世界の新しい姿（幽霊空間）を見出したのだ。それは驚くべき発見だった。しかし、東は、こうした意味での内省的な苦痛を、中途半端に切り捨ててしまったのではないか。大澤はそのように疑う。

すなわち大澤は、「幽霊」の暗喩が「郵便」の暗喩にズレていくところに、『存在論的、郵便的』の論理構成にはらまれた最大のエラー＝錯誤を見出す。後者の郵便空間という暗喩は、言葉や手紙を大量にバラ撒けばいつか誰かに届くだろう、不可視な声たちもまた可視化されていくだろう、というような単純なネットワーク礼賛へと後退してしまいかねないものだった。たとえば、集合知やグーグルをうまく使えば、社会は今よりもっと面白く豊かになるだろう、というような。それは、事後的な内省によってのみ見出しうる確率的暴力の謎を、計算可能な事前の操作の対象に切り詰めることではないか。このエラーは偶然ではない。それは東の理論においては内省（「この私」を問うこと）の力が十分に練りあげられていなかったからだ、と。

しかし、どうだろう。私には、『存在論的、郵便的』がそうした狭く閉ざされた本だとは思えなかった。むしろ、この本は、大澤が言う意味での倫理的な内省（意識と存在がズレ続けていくことへの倫理的な自覚）とは異なる形での内省の形、別のタイプの内省の力に充ちているのではないか。

東は、目の前の他者の死や別離の痛みを、消し去っているのではない。むしろその痛みや悲しみを、普遍的なものとして解き放ち、更新しようとしている。否定神学的なやり方とは別の仕方で。あるいは大澤が言う意味での内省とも別のやり方で。

どうやって。

それは次の問いを意味する。どうすれば、〈ハンスが殺されたことではなく、ハンスが殺されなかったかもしれないことが悲劇的なのだ〉という確率的暴力の怖さを、そのまま、〈繰り返しやってくる確率的な暴力や死の中にすら、ありえないような喜びや楽しさを何度でも発見できるのかもしれない〉という「郵便的享楽」（「郵便的不安たち」）の喜びへと更新――それはupdateというよりもrenewと言うべきだろう――していくことができるのか。強制収容所的な場所やポストモダンな時空の中ですら、そんな生の楽しさを他者たちと分かちあっていくとはどういうことか、と。

　重要なのは、致命的なトラウマや他者との別離が、「デッド・レター」として、私たちに未来の再会や復活の喜びを贈り届ける「かも知れない」ものとして、全面的に更新されていくことだ。そのように確率的なこの世界を受け止めなおしていく、新しい「人間」に覚醒していくことだ。

　言うまでもなく実際には人間の記憶においては、過去からの手紙＝記憶が行方不明になったり、また発信者が不明な手紙＝記憶が届いてしまったり、郵便制度（つまりニューロンのネットワーク）の脆弱さは避けられない。（中略）

　行方不明の手紙は「デッド・レター」と呼ばれるが、決して死ん《デッド》でいるわけではない。それはある視点（コントロール・センター）から一時的に逃れただけで、いつの日か復活し配達される可能性がつねにある。とはいえ、その日が来るまでは（来るかどうかも分からないのだが）、行方不明の郵便物は確かにネットワークからの純粋な喪失、死としてのみ存在する。

（『存在論的、郵便的』）

　これは危うい問いであり、不気味な問いでもある。

　東浩紀にとっての内省とは、固有名（この私）を消し去っていく、自らを「他の誰でもよかった」人間へ向けて非人格的に匿名化していく、という無限の痛みを伴う試行錯誤のことなのだ。

そこから考えてみれば、東の内省の弱さを批判した「復活の批評」の大澤こそが、この世界には複数のタイプの内省(Introspection, Reflection)の形がある、ありうる、という平凡な事実を、じつは「性急《せっかち》な思想」(石川啄木)によって見逃してしまってはいないだろうか。そのような疑いがある。たとえばデカルトとスピノザとカントの内省のあり方は異なるだろうし、犬猫や自閉症者や脳死者たちもまた、理性的・倫理的な「人間」たちとは異なるタイプの内省をその存在や命によって生きているのではないか、という平凡でありふれた事実を。

つまり「はっきり言っておく。「ゼロ年代の言論」が思想的に無価値だったことは、二〇〇〇年付近の思想風景を見た者なら誰もが知っている」という大澤の言葉は、(大澤自身の内的な弱さを含む)卑近で身近な存在の価値——たとえば東浩紀のテクストの中に連続し続ける問いの形——を見ないことによって吐きうる斫断《しゃくだん》にすぎなかったのではないか。

たとえば、匿名(anonymous)という言葉は、通常の意味合いでは、公的な場所から本名を隠して、個人のプライヴァシーを守る、という意味をもつ。また情報技術やネットが発達した世界では、匿名性と暗号技術との関係も重要な論点となるだろう。しかし東は、匿名化という言葉から、独特の、ユニークなポテンシャルを引き出そうとする。たとえば東は「情報自由論」(二〇〇二～二〇〇三年)で言っていた。「自由の感覚は、本性的に、匿名でありうることと深く結びついている」。

匿名と自由のあいだの微妙な関係を語ることは、東にとっても奇妙に困難なことだった。東はそれを、匿名的(群れ的)であるにもかかわらず記名的(個別的)でもある、というような、きわめて微妙な言い方によって何とか表現しようとする。しかし、結局、「情報自由論」は、問いの中断と再設定を何度も迫られながら、ついには、作者自らが納得のできないものとして、単行本が未刊行になってしまう(その後、単行本未収録原稿を集めた『情報環境論集――東浩紀セレクションＳ』（二〇〇七年）に収録）。

匿名的な存在（あるひと、誰でもよかったひと）になっていく、という自由。それは、いわゆる匿名記事や内部告発のような「表現の自由」を可能にするための匿名性のことではない。また、「何を言っても許される」という無責任な匿名性（2ちゃんねらーや消費者としての）へと逃げこむことでもない。あるいは、生身の有機的な人間をデータ上の情報的な人格に転送するという、ポストヒューマン的なＳＦのガジェット（『クォンタム・ファミリーズ』の汐子、『クリュセの魚』の麻理沙、小松左京論の「憑く女」など）とも違うだろう。

東浩紀にとっての匿名化（固有名を消していくこととしての内省）とは――「ソルジェニーツィン試論」で述べた新しい「人間」の意味を、さらに更新するようにして――、新しい非人格的な「人間」の次元を開示していくことだった。

たとえば東は、デリダ論の続編といえるディック論「サイバースペースはなぜそう呼ばれるか」（一九九七～二〇〇〇年）で、次のように書いた。

フロイトが創始した精神分析とは、一人の人間の中に、知覚や運動を制御する複数の情報処理の諸審級――意識／前意識／無意識（第一局所論）や自我／超自我／エス（第二局所論）――を見出そうとするものだった。つまり、人間の存在を「意識」や「自我」を中心に考えるのではなく、様々な諸審級の争いの場＝「スペース」として、非人格的な〈人間〉として捉えていくこと。しかも、情報処理の速度やリズムの無数のずれをはらんだ、不完全でぎくしゃくとしたスペースとして。「ネットワークとは定義上、複数の場所の〈あいだ〉に存在する（中略）。私たちは通常、郵便網や高速道路網をひとつの場所として思い描いたりはしない」。『存在論的、郵便的』では、それは〈脆弱な郵便制度〉の暗喩で語られていた。つまり、東のテクストにおいては、壊れたネットワークの暗喩が鍵になる。

そしてこうしたスペースとしての〈わたし〉の中には、必然的に、様々な他者たちがノイズのようにがちゃがちゃと侵入してくる――。

すると、匿名化としての自由とは、他者たちに対する個人の責任を消し去ることではない。むしろ逆に、日常的な知覚によっては十分に捉えきれなかった様々な他者たち（動物や幽霊や機械やキャラクターたち）の気配に気づきなおすことであり、そうした他者たちのノイズにごちゃごちゃと介入されながら、「この私」（固有名）の濃度を内省的に匿名化し続けていくことなのだ。

それは従来の人間のあり方を、無数の言葉や存在の断片たちがつねにランダムに飛び交っていく〈スペース〉のようなものへ近づけていくことを意味する。

さらに考えてみよう。

## 4　東浩紀にとって「革命」とは何を意味するのか？

山城むつみの『連続する問題』が二〇一三年三月末に、大澤信亮の『新世紀神曲』が二〇一三年五月末に刊行された。重要なのは、たまたまほぼ同じタイミングで刊行されたこれら二冊の本に収録された批評が、彼らのそれぞれの社会的な運動へのコミット（山城にとってのNAM、大澤にとっての『重力』『ロスジェネ』『フリーターズフリー』）の過程で――運動の実践・崩壊・内省という諸段階を含む意味で――書かれていた、ということである。

石川啄木や小林秀雄以降の批評の伝統を受け継ぎながら、それを現代の若者や未来の読者たちへと送り届けようとすること。しかもそれを、様々な世代や立場の人々が持続的に批評しあっていく場としての、「運動」へと高めようとすること。その意味では、山城や大澤の近年の試みもまた、方向性や規模の違いはあれ、東の二〇一三年の文化＝社会運動とも切り結び、火花を散らすものだったといえる。

批評（文学、芸術）と運動（社会運動、労働運動）のクロスポイントで、自らの言葉の強度を練りあげ、更新していくとは、どういうことか。人生の何事かを賭けた運動が、すでに終わってしまった。その「あと」の、すべてが砕け散った瓦礫の中から、もう一度、自らの批評の言葉を鍛え上げ、「世界を変える」という理念《ゾルレン》をつかみなおすことができるのか。

こうした問いの切迫も、その新鮮さもまた、失われてはいない。

事実、東自身が『思想地図』はかつての柄谷らの『批評空間』を反復するものであり、ゲンロンカフェはNAMの運動を変奏するものだ、と何度も述べている。それがただのリップサービスやパフォーマンスだとは思えない。そこには東の、批評家としての使命感の炎がある。

＊

私なりに、東にとっての〈社会変革〉の意味を見つめてみたい。

私も登壇者の一人だった二〇〇八年のある共同討議のことを、今も時々思い出す（『ロスジェネ別冊2008 秋葉原無差別テロ事件──「敵」は誰だったのか？』）。イベントが終わったあと、私は個人的に、東に「東さんは格差問題や貧困問題にはあまり関心がないんですか」と質問してみた。すると彼は、ぼくの本の読者には引きこもりやニートの子たちが多いから、そういう読者のことはいつも考えている、というようなことを言っていた。実際、東に握手やサインを求めて、多くの若い子たちが会場に足を運んでいた。勇気を出してこの人に会いに来て本当によかった、そんなはにかんだ笑顔が、まぶしかった。そうか、彼らこそが、東が向きあい続けるべき他者なのか。私は自分の不用意な質問を、恥ずかしく思った。

東は、「情報自由論」の試行錯誤を終え、二〇〇四年秋〜二〇〇六年春のised（情報社会の倫理と設計についての学際的研究）での共同研究を経て、情報技術に基づく新たな社会設計の可能性を探る立場へと、重心をシフトした。その結実としての『クォンタム・ファミリーズ』（二〇〇九年）や『一般意志2・0──ルソー、フロイト、グーグル』（二〇一一年）を読むと、やはり、東なりの倫理的な動機が持続低音として鳴り響き続けている、そう感じる。

SF小説『クォンタム・ファミリーズ』の主人公・葦船往人は、自身のブログ「葦船往人の網上地下室」で、次のように書いた。

永遠に続く日雇労働、廃墟と化したショッピングモール、毎年のように制度が変わる社会保障、そして、そんな次世代の苦しみを横目に国外脱出を図る高齢富裕層――。その荒れ果てた光景のなかで、いちどでも暴力の誘惑に駆られたことのない人間がいるとすれば、それは夢も理想も最初からもたない人間だ。

ニートや引きこもりのような〈地下室の住人たち〉は、人生の尊厳や承認をけっして所有できない者たちであり、それゆえに暴力やテロリズムへと誘惑されていく。そんな彼らを救うとは、何を意味するのか。この世界が生産し分配しうる富の総量には限界があるように、尊厳や承認の総量にも、自ずと限界があるだろう。誰もが世の中から尊敬され、十分な承認を得られる人間になれるわけではない。ならば、政府の再分配によって人々の生存を保障しながら、尊厳や承認の問題は、量子的な可能世界（インターネット）から調達するほかない。それが葦船の結論である。「だからぼくたちは、グローバル化、新自由主義化、監視社会化を押しとどめるのではなく、むしろその流れをはるかに徹底して、臨界まで推し進めなければならない。」マルクスがかつてブルジョワ資本主義について述べたように」。

東はここで、格差や貧困の問題を（ソーカル＋ブリクモンの『「知」の欺瞞――ポストモダン思想における科学の濫用』のように）パロディ化するというパフォーマンスを行っているだけなのだろうか。そうは思えない。

この世界の片隅で「生まれてこなければよかった」と絶望し続ける者たちの、その悲しみや慟哭に寄り添って、正面から、社会変革の必要性を考えぬこうとした。そんな切迫した手触りがある。

『クォンタム・ファミリーズ』の葦船が描いた夢を、具体的な社会設計としてスケッチしなおしたのが、『一般意志2・0』である。

東はルソーの思想に遡行しながら、情報技術革命の力に促されて、民主主義の根本的なアップデートを夢見る。まずは集合知やグーグルなどの情報技術の力を使って、人々の動物的な欲望を、データベース（一般意志2・0）として可視化していく（①）。そしてそれをもとに、従来の議会制民主主義（専門家や審査会による熟議を中心とする民主主義）に対して批判的に介入していく（②）。そうした社会変革のヴィジョンである。だが、それだけではない。

これまでの東は、デリダや柄谷行人やルソーの思想から、いわば「左」的なものを抜き取って、それらを半ば強引に（革命やマルクス主義の亡霊を祓うようにして）読みなおしてきた。この「左」的なものへのねじれた拘泥は重要に思える。繰り返すが、それは、東の非政治性を意味しない。従来の「政治」の狭苦しさ、つまらなさを脱構築し、政治的な欲望の意味を根源的に問いなおし続けてきたのだ。

東は、情報技術革命以後のインターネット空間が、この世界のポテンシャルを爆発的に増やすのではないか、と主張する。しかしそれは、ネットによる楽観的でエリート主義的な革命を志向するカリフォルニア・イデオロギーのようなものではないし、アーキテクチャを工学的に設計して人々の欲望を統制するというサイバーリバタリアンのそれとも異なる。

ポイントは、人々の欲望にある。

たとえば東は、非人格的な欲望の集積に基づく「無意識民主主義」が、善／悪や肯定／否定の違いを技術的に無化する、という点を強調する（第七章）。フロイトの精神分析によれば、人間の無意識的な欲望には、肯定と否定の違いが存在しない。「母親とセックスしたくない」というタブーの意識は「母親とセックスしたい」という近親相姦的な欲望とほとんど等価になる。つまり、無意識の層では、あらゆる欲望が、高次の形で――否定的な欲望や消極的な欲望も等しく肯定されていくような形で――〈肯定〉されてしまうのである。

グーグルの検索を支えるアルゴリズム（ページランク）は、こうした精神分析的な高次の〈肯定〉を、情報技術の力に乗せてグローバルに全面化していく。たとえば「アウシュヴィッツは存在しなかった」と主張するページがあったとする。その内容がどんなに間違っていても、逆にそれが歴史修正主義を批判する内容のページだったとしても、グーグルは、より大勢の人々が強い関心＝欲望を寄せるページをつねに上位にランクする。二〇〇四年、「ユダヤ人」の検索結果として反ユダヤ主義のサイトが上位に表示され、様々な団体から抗議を受けたことがあった。そのときもグーグルは、創業者自身がユダヤ人であるにもかかわらず、検索結果への人為的介入を断固拒否した。東は、そこに「ある種の倫理」を見出していく。

ここでも、強制収容所がテストケースになっている。東はもちろん、歴史修正主義的な欲望も認めるべきだ、欲望を無自覚に垂れ流して構わない、と言っているのではない。では、どういうことか。

東は情報技術革命以降のインターネット空間を、ある不気味な姿において見つめようとしている。そこには、あたかも強制収容所というディストピアがそのままねじれて消費者やオタクのユートピアになっていくような、メビウス的なねじれがはらまれている。それはそのまま、東がデリダ論やディック論において怖れつつも待ち望んだ世界とも重なりあっていく。東にとってのインターネット空間とは、人々の無限の欲望が集積することによって、確率的な暴力＝郵便的な享楽がランダムに飛び交っていくような時空のことなのである。

東は、グローバルな資本主義が極端な経済格差を生みだすとしても、それは自然な流れであり、たんなる道徳や正義感によってごちゃごちゃ言っても仕方がない、というような一見残酷で非情なことを、何度も主張してきた。しかし東はそれと同時に、人々の欲望のグローバルな堆積（データベース）を通して、この世界に未曾有の、「ある種の倫理」がもたらされることをも信じようとしてきた（たとえば『新潮』二〇一四年九月号に掲載された中沢新一との対談「原発事故のあと、哲学は可能か――森から始まる新しい「超越」を考える」では、東はそれを、物理法則＝べき分布／倫理＝正規分布という「二つの自然」のギャップとして捉えている）。すると、善悪や美醜の区別を無化していく匿名的な欲望の集積の、さらにその先に現れる「ある種の倫理」とは、どんなものだろう。

鍵になるのは、〈憐れみ〉（他者に対する想像力）だという。

人々は合理的な理性の力ではなく、憐れみによって連帯しうる。ローティにならって、東はそう考える（『一般意志2・0』）。憐れみとは、抽象的な理念や反省に先立つような、他者に対する率直な憐れみの念――子どもが溺れているから助けよう、どんな事情であれ拷問や虐待などの残酷な行為はやめよう、というような――のことである。

しかし、注意しよう。ここで東が想定する憐れみとは、人間的な理性ではないが、たんなる動物的な欲望（あるいはマーケットの消費者たちの経済的欲望）のことでもない。それは動物的かつ人間的な、いわば**キメラ**的な感情である。

事実、東は、来るべき未来社会を次のように思い描く。それは人々の利己的な欲望が、市場の機能を介して自動的に調整されていく、という動物的なリバタリアンたちの社会ではない。また、人々の知性やモラルが議論や熟議によって高められ、弁証法的に国家理性へと昇華されていく、という人間的でリベラルな社会でもない。来るべき未来社会とは、「市民ひとりひとりのなかの動物的な部分と人間的な部分が、ネットワークを介して集積され、あちこちでじかにぶつかりあうようなダイナミックな社会」であり、

「そこでは「政治」とは、その衝突の場すべての謂いとなるだろう」。

ここでは、私的所有やドメスティックな領域へと閉じられがちな欲望が、より広く深いキメラ的な憐れみとして拡張的に捉え返されている。どんな人の中にも、人間的な理性と動物的な欲望の重層的なパッチワークとしての憐れみ（想像力）が備わっているのではないか、と（たとえば大澤信亮がいう内省——そしてその先にあるとされる無私や則天去私の境地——とは、一握りの特殊な人間、倫理や感性の強さに恵まれた人間たちだけに特別に許されたものに思える。これに対し、東浩紀が再定義するキメラ的な憐れみ＝想像力は、文字通りの万人に、ごく普通の市井の人々へと開かれている。なぜなら、私たちは誰もがいくらかは人間であり、いくらかは動物であるのだから）。

そこから、次のように考えてみよう。

情報・商品・物・人を巻きこんでいくグローバリゼーションの流れは、消費主義をベースとしながら、世界中の人々の欲望や幸福のあり方を、画一的なものとして標準化（standardization）してきた。この流れを単純に肯定したり否定したりすることは、無意味だろう。大切なのは、そうした消費行動による標準化の流れが、同時に、この世界の存在たちの平等化（equalization）をも——たんに事実としてのみならず、理念としても——徐々に推し進めてきたということだ。

たとえば一九七〇年代のこの国では、女性たち（ウーマンリブ）や障害者たち（障害者解放運動）がラディカルな平等を求めて運動を推し進めてきたが、それらが大衆レベルへと染み透っていくためには、消費者主権という理念が一つのポイントになった。

さらにその後、現代的な平等のあり方は、動物の解放や自然の権利などへと拡張され、情報空間の他者（キャラクター）や死者たち（幽霊）、未来の他者（世代間他者）たちさえもが、新たな平等の対象として見出されつつある。

それは、グローバルな標準化・平等化の流れによって、未曾有の憐れみ＝「ある種の倫理」が大衆レベルに染み透りつつあることをも意味する。

たとえば『一般意志2・0』が最後に未来社会の希望としてスケッチするのは、次のような光景である。すなわち、若く無職で、突出した才能も学歴もない一人の無名の青年が、情報技術によって新しい意味をもちはじめた〈政治〉へと偶然的にコミットしていく、という光景。

> 未来の世界においては、ひととひとを繋ぐ「憐れみ」の情あるいは「配慮」は、もはや地理的な近傍性とは関係なく、ネットワークを介して世界中に拡散しばらまかれることになるのである。未来の世界の住民は、ネットワークに触れることで、運命によらず確率によって、動物的な生の安全の閉域から外に踏みだし、社会との接点を回復する。

資本主義や承認闘争や情報社会から脱落してしまったオタクやひきこもりやニートたちが、何度でも、経済的かつ承認的に復活しうる「かも知れない」社会……。

とすれば、工学的な技術《アーキテクチャ》によって人々の欲望をコントロールしようとした『クォンタム・ファミリーズ』の葦船は、やや性急だったのかもしれない。実際、別人格の葦船は、次のような考え方に覚醒しかけてもいたのだった。

> この世界のぼくは何か革命に似たものを構想しているようだった。技術的な革命と社会的な革命と思想的な革命が同時に起きるような、そのような瞬間の可能性を訴えているようだった。

技術と社会と思想が雑ざりあっていくゾーンで、私たちの欲望や憐れみのあり方を「革命」していくということ――その先には何があるのか。

## 5 「はじまり」としての拡張家族

情報社会や経済のグローバル化は、この世界の確率的なあり方の怖さを剝き出しにしてきた。東浩紀はその根底にあるものを〈ポストモダン〉と呼んだ。ならば、善悪や美醜、真偽の境目が無限に融解していく環境の中で、私たちがなお「人間」として生きることを支えてくれるものは、何か。

東にとって、それは家族だった。

しかも〈拡張された家族〉である。

二〇〇五年に子どもが産まれてから、東は頻繁に、家族や生殖について語るようになった（二〇〇七年の『東京から考える――格差・郊外・ナショナリズム』V章など）。しかし、思えば東は、結婚する以前、子どもを授かる以前から、次のようなことを述べていた。「注目されるのが、ディックの小説が、感情移入の向けられる宛先として、擬似動物や異星生物や自動機械といった「不気味なもの」をつねに導入していたことである。（中略）シミュラークルに覆われた世界で不毛な無限交替に陥らないためには、人々は不気味なもの、、、、、、、、に感情移入、、、、して生きるほかない、、、、、、、、」（『サイバースペースはなぜそう呼ばれるか＋』）。

あるいは『存在論的、郵便的』の第三章「郵便、リズム、亡霊化」は、デリダの『郵便葉書』の第一部「送付」を読み解きながら、男女の恋愛・性愛の射程を幽霊的（非人間的）なレベルへと解き放ち、拡張するものだった。

「送付」においては、デリダと妻（恋人）とのコミュニケーションはたえず亡霊化されている。郵便は相手の現前を奪うだけではない。誤配の効果は、宛先「君 tu」を不可避的に「君たち＝あなた

vous」へと複数化・疎隔化してしまう。あるいはまた序文で示唆されているように、それは書き手＝デリダ自身も複数化してしまう。それゆえ「君」との文通は、しだいに幽霊への応答の色を濃くしていく。

そしてその後の東は、感情移入や愛の対象を非人間的に拡張することを、家族の輪郭そのものの拡張として捉え返していったように思える。

象徴界（大きな物語）の機能が失調し、真偽や善悪の基準が液状化していく環境の中を――いわゆるセカイ系の想像力のように、私的恋愛と世界全体を直結させるのではなく――、無数の拡張家族たちへの愛や共感によって、多元的に埋め合わせていくということ。これは次のような問いになる。私たちは、人間に対してのみならず、動物や植物、キャラクターやぬいぐるみたちとも、疑似家族的な愛を交わしあえるのか、と。それは従来の濃密な人間的な愛を（半ば無責任に）切断することでもある。東はＳＦ作家の新井素子に託して言う。「ぼくたちは人間とは付き合えない。というよりも、人間ともまたキャラクターのようにしか付き合えない。それならば、人間ではないものにも家族愛を注げばいい、そうすればそれら人間ではないものこそがぼくたちの人生にわさわさと介入してくる」（『セカイからもっと近くに――現実から切り離された文学の諸問題』）。

これは逆に言えば、東の無意識の底には、もともと、次の感覚が潜在していたことを暗示する。生まれてくる環境や親を選べない子どもたちの側から見れば、血縁家族こそが、収容所的な暴力が吹き荒れる空間に思えたとしてもおかしくない、と。

私たちは、普通、遠い国の戦争や災害の犠牲者に対して、強い感情移入や共感をもつことができない。東日本大震災の被害に比べると、二〇〇八年の四川大地震や二〇一〇年のハイチ地震の犠牲者たちに対しては、小さな悲しみや痛みしか覚えられない。それは私たちの共感能力の、ナチュラルな限界を意味する。しかし、グローバリゼーションやソーシャルネットワークの拡がりは、私たちの中に、「もしかしたら、世界中の人間（存在）たちとも、拡張家族として偶然的に出会えるのかも知れない」というワールドワイドな感情移入や愛の可能性を準備し、徐々に底上げしてきたのではないか。

一方でそれは、非人間的で冷淡な愛にもみえる。血を分けた肉親やきょうだいよりも、ペットやマンガのキャラクターたちに対して、より親密な愛情を感じることなのだから（より正確に言えば、近さと遠さ、親密さと気味悪さがねじれていくような愛情の形を）。しかしだからこそ、それは、血縁家族という運命を超え、親から贈与された固有名を超え、この私はこの私でしかありえないという呪縛をも超えて、新しい愛の形を多元的に増殖させていく。

たとえば最近の東は、見たいものだけを見がちなインターネットは今や、従来の人間関係（強い絆）を強化する「階級を固定する道具」になりかねず、むしろ観光旅行やモノとの偶然の出会い（弱い絆）によって、自分が属する環境を書き換えていくべきだ、と主張する（『弱いつながり――検索ワードを探す旅』）。ここでも重要なのは、東が、通常は「強い絆」の最たるものに思える親子関係の中にこそ、確率変動する偶然の揺らぎを見出し、それをあえて「弱いつながり」と呼んでいることだ。この論理のもつれ方は、じつに東らしい。それは同時に、親子関係という運命を、多元的な（複製や反復や分割の可能な）「弱い」自由へと再接続することになっていくからだ。

そのためには、この私のあり方を、人間主義的な人間（固有名）から非人格的な人間（スペース）へと内省的に匿名化し続けていかねばならない――というか、固有名／匿名のあいだの分裂、ギャップそのものを楽しんでいけるようになるべきである。

たとえば、引きこもりでアニメばかりを見ている一人の青年が、世界のすべてを心から憎んでいる、としよう。この世で唯一、好きなアニメのキャラクターだけに、親密で優しい愛を感じられる、としよう。そのキャラクターを愛している時だけ、自分がこの世に生まれてきたことをもかすかに愛せるのだ。そんな君ですら、いつの日か、キャラクターへの愛を複数的な通路と為して、この世界でたまたま出会った動物や家族や幽霊たちのことを、もう一度、深く、愛しなおしていけるのかもしれない。もしも、君自身もまた一人の人間でありながら、同時にたんなる一匹の匿名的な動物であり、非人格的なキャラクターでしかない、という事実に、深く気づきなおせるならば。

アレントによれば、全体主義的な暴力とは、生まれても生まれなくても大した違いはなかった、という無用性を人々の中に埋めこんでいく根源的な悪のことだった。

これに対し、アレントは、新しい「はじまり」としての子どもの出生＝誕生こそが、この世界への希望そのものであり、「政治的思考の中心的な範疇」である、と考えた（『人間の条件』）。ただしそれは、通常の意味での生殖に限らない。芸術や事業など、人間が活動的に「自ら進んで何か新しいことを始めること」には、そのまま、子どもを出産することと同等の「奇蹟」が宿るのであり、その限りで、誰もが等しく（ナザレのイエスのような）「奇蹟を作る人間の能力」をもっている。アレントは、そう考えたのだ。そして新しく何かをはじめるというアクションの中には、必ず、他者たちとの複数性＝多元性の種子が懐胎されていく。

言葉と行為によって私たちは自分自身を人間世界の中に挿入する。そしてこの挿入は、第二の誕生に似ており、そこで私たちは自分のオリジナルな肉体的外形の赤裸々な事実を確証し、それを自分に引き受ける。この挿入は、労働のように必要によって強制されたものでもなく、仕事のように有用性によって促されたものでもない。それは、私たちが仲間に加わろうと思う他人の存在によって刺激されたものである。（『人間の条件』）

アレントのいう「はじまり」という概念は、生殖としての誕生（出産）の可能性を、多元的な回路へと解き放ち、拡張＝更新していく。そして東もまた、この世界に残された小さな希望を、人間の中にある「生殖への欲望」――「自己を超える長い長い命の繋がり」の循環へと参入しようとする欲望――の中に探し求めようとしている。

それもまた、普通の意味での妊娠・出産だけの話に限らない。たとえば、小松左京の『虚無回廊』のアンジェラについて。「子どもは産まないけれど、分身をばらまく不気味な女へ。キャラクターをばらまく女へ。そして男は、数兆キロの彼方の異世界で、非人間の娘たちに囲まれて世界の真理を探究する「人工実存」になる」（『セカイからもっと近くに』）。あるいは再び、新井素子について。「新井の作り出したキャラクターは、彼女の所有物でありながら、同時に、それぞれの自由意志で、複雑な血縁や友人関係を「勝手に」形成してしまうものとして描かれています。親が子どもの生を制御できないように、作家はキャラクターの生を制御できない」（同前）。

私たちは、そのような新しい「はじまり」としての拡張家族を、いつでも誰とでも「はじめる」ことができるはずなのである。繰り返すが、それは、血縁家族や異性愛や同胞愛とは限らない。もはや、人間に対する愛であるのかどうかすら、わからないのだ。

真偽や善悪が決定不能なポストモダンな世界の中で、たまたま外からやってくるものたちに、無数のノイズたちにごちゃごちゃと侵入されながら、人間／動物／機械／幽霊のいずれでもない匿名的な何ものかになっていくということ……。

そのとき、君たちは、無意味で理不尽な暴力が飛び交っていくこの世界の中を、未知の喜びや楽しさとともに生きていけるのかもしれない。ランダムに強いられてしまう事故や別離の痛みを、何度でも、新たな偶然の出会いという喜びへと変えていけるのかもしれない。君たちが被った癒しがたい悲しみや痛みすらもが、複製され分割されて、いつの日か、別の他者たちを生かしめる喜びの断片（デッド・レター）へと書き換えられていくのかもしれない。そのとき君たちは、この世界を生きていくことの掛け値なしの楽しさを、他者たちとともに強く深く味わっていくことができる……かもしれないのだ。

そして君たちがありふれた日々をそのように生きようとすることは、そのまま、人類が新しい未来社会を無意識のうちに夢見続けること、新しい夢を胎内にはらみ続けることでもあるだろう。

# V

## 災厄のための映像論・序説——東日本大震災、あるいは水俣と「甦り」の映画

## 1

二〇一一年三月一一日、東日本大震災。

震災のあと、地震や津波や原発爆発の映像を、繰り返し観た。テレビやYouTubeやニコニコ動画で。何度も何度も。浴びるように。

それらはほんとうに、映画やアニメやマンガのようだった。

思えば、私は、あの震災の映像をすら、ほどほどのスペクタクルとして消費し、ほどほどにたのしみ、ほどほどに（心配してみせたり義捐金を送ることで）道徳心を満足させたのではなかったろうか。あの黒々とした津波が、無慈悲な生きもののように建物や車や人を押し流すところ、夜の町が空爆を受けたかのように燃えさかるところ、福島第一原発が嘘みたいにあっけなく爆発するところを、繰り返し繰り返し、視聴しながら。しかも、はじめから、どこか、退屈さや既視感を感じながら。

私のこうした感覚が、とくべつ不遜なもの、おかしなものだったとは思えない。ごくありふれたものだったと思っている。

地震や津波や原発爆発の映像をひたすら消費したがる、私たちのこの欲望。

そこにわきあがる、不思議な快楽と高揚。
そのことを、どう考えればいいのか。
この、素朴な問いからはじめてみたい。

＊

映画研究者の渡邉大輔によれば、近年の情報技術や映像技術の革命的な進歩は、私たちの社会（公共性）のあり方に、大きな地殻変動を起こしてきた（『イメージの進行形──ソーシャル時代の映画と映像文化』）。私たちは、気づいてみれば、無数の映像メディアによって撮られ、監視されるようにして生きている。映像機器のネットワーク化、モバイル化、家電製品化（激安化）などによって、誰でも簡単に、映像の撮影・編集・発表ができるようになった。たとえば手持ちのビデオカメラで撮影してYouTubeにアップロードすれば、世界中の国の人々が、この私が撮ったプライヴェートな映像を閲覧できるのである。渡邉は、こうした一九九〇年代半ば以降の状況を、「映像圏」と名づけている。

映像圏的な環境の中では、映画、ネット動画、携帯動画、監視カメラなどの、様々なタイプの映像が、モザイク状に継ぎあわされ、雑ざりあっていく。こうした状況は、映画の中身そのものにもフィードバックされている。たとえば、二〇〇一年のニューヨーク同時多発テロのあと、ハリウッド映画では、手持ちのビデオカメラによる手振れ映像、監視カメラの映像、監視衛星からの映像などを織り交ぜながら、虚構と現実が重層的に入り乱れていく擬似ドキュメンタリーの手法が用いられるようになった（『クローバーフィールド』など）。

重要なのは、これらの映像と情報の洪水の中では、どんな真実も、正義も、美も、無限にぐずぐずに相対化され、たんなる消費的なネタになっていく、という事実にある。どんなに悲惨な事件や暴力の光景も、映画という商品やネット上の無料動画とほとんど等価なものとして、たちまち消費され、私たちの生はますますペラペラになり、映像圏的な環境の中に閉じこめられていく。この私の人生も、膨大な映像の洪水(アーカイヴ)の中の、無意味で無意義な泡沫にすぎない、そう思われてくる。「かつてホメロスにあってはオリンポスの神々の見物の対象だった人類は、いまや自己自身の見物の対象となってしまった。人類の自己疎外は、自身の絶滅を美的な享楽として体験できるほどにまでなっている」(ヴァルター・ベンヤミン『複製技術の時代における芸術作品』野村修訳、原著一九三五年)。

これは批判ではない。皮肉でもない。私のこうした感じ方は、繰り返すが、ごく普通のもの、当たり前のものだと考えている。

しかし、それでも、やはり——。

震災のスペクタクルな映像を消費しまくってしまう自分の欲望に、嫌な感じがずっとあった。何かが嫌だった。その嫌な感じを問いなおしてみたかった。

*

東日本大震災をモチーフにした映画が、ずいぶんとたくさん製作されて、私もまた、いくつかの作品を観て、強く心を揺さぶられた。

たとえば、松林要樹『相馬看花——第一部　奪われた土地の記憶』(二〇一一年)。

福島第一原発から二〇キロ圏内の、南相馬市原町区江井地区。松林のカメラは、ふと気づくと、何気なく、避難民たちと一緒に、避難所に住みついてしまっている。この映画に満ち渡る空気を、何といえばいいのだろう。何だか、遠縁の親戚の眼差しのような。あるいは、人間とともに暮らす犬猫の眼差しのような。そんな、ほどよい親密さがそこにはある。松林は、近すぎも遠すぎもせず、慎ましく適度な距離感を保ちながら、南相馬の人々をたんなる被災者や犠牲者ではなく、ありふれた等身大の人間として撮っていく。そしてその先で、被災地の人々の顔に、名前のない、唯一無二の「花」を看ていく。混乱や混沌よりも、平凡な日々のつましさすら感じる、そんな映画だ。

あるいは酒井耕＋濱口竜介『なみのおと』(二〇一一年)。地震・津波の直接的な映像を排し、被災者たちの生々しい語りを延々と映していくという、口承映画である。きわめて高度な、テクニカルな撮影方法が用いられ、語る人々の正面からのショットと切り返しが繰り返される(撮影の現場では、じつは、当事者同士は対面して向きあっていないのである)。そのことによって、この映画を観る・聴く私たちは、いやおうなく、親密な当事者どうしのお喋りの現場へと巻きこまれていく。それは、震災をスペクタクルとして消費しがちな私たちの欲望に対する、注意深い防波堤であり、抵抗でもあるだろう。

これらの『相馬看花』と『なみのおと』は、作風は大きく異なる。ほとんど似ていない。しかしどちらの作品も3・11に向きあう連作の第一作であり、視聴者の耳目を驚かすようなスペクタクル映像を慎重に排除して、温かく小さな親密さを映画経験として作り出している。そして被災者の経験や日常のリアリティの真っ只中に、観客であり消費者でもある私たちの意識を――首都圏住民による被災地のイメージの消費や搾取の回路をずらし、それとは別の回路を開くようにして――巻きこんでいく。私が現時点で観ることのできた震災関連の映画の中でも、これらは、突出した出来栄えになっていた。

たとえば二〇〇一年の9・11の同時多発テロでは、ツインタワーを破壊した実行犯たちは、イスラム世界を侵略するハリウッド映画の想像力を逆用して、自分たちのテロリズムを崇高なスペクタクルへと昇華してみせたのだった。テレビやネットを通して、世界中の人々を呆然と驚愕させ、失語させ、見惚れさせた。これは現実なのかフィクションなのか、映画以上に映画的な何事かなのか、と。ならば、9・11以後の映画は、せめて、そうした映画的な暴力の核心を「映画として」批判的に乗り越えていくものでなければならない――こうした何重もの矛盾や困難の感覚は、おそらく、あの震災を映像化しようとするわが国の映画作家たちにも、多かれ少なかれ共有されていたはずだ。すると、そうした映画たちを言葉によって批評するとは、映画批評とは、どんなものであらねばならないのだろうか。

ただ、気になったことがある。

これらの映画は、映画や映像のアルカイックな暴力と享楽の怖さを、あらかじめ、慎重に避けてしまってはいなかったか。

私はここで、非暴力／超暴力という言葉を区別しておく。

『相馬看花』や『なみのおと』は、被災地を撮ってしまうことの暴力を確かに慎重に回避している。その意味で、〈非暴力的〉な映画と言える。その繊細さは、それだけで十分に稀有のものに思える。しかし、撮ることの暴力と享楽の核心に過剰なほど踏みこみながら、それを内在的に超えていく、という意味での、〈超暴力的〉な映画であるとまでは言えなかったのではないか。

これが私の独りよがりな難癖だとは思わない。そんな暴力と享楽の危ういゾーンに踏みこみつつあった映画として、たとえば、森達也＋綿井健陽＋松林要樹＋安岡卓治の『３１１』（二〇一一年）があったからだ。

震災から二週間後。四人の男たちは、車を走らせて被災地へと向かう。当初は、自分たちの眼で被災地を現認したい、現地を撮りたい、それだけが目的だった。映画にするつもりはなかった。男たちは福島第一原発に近づき、津波の被災地を訪ね、岩手・宮城を転々とする。そしてその果てに、多数の子どもが亡くなり、今なお行方不明の子どもたちがいる石巻市立大川小学校の中へと足を踏み入れていく。わが子を探し求めて彷徨う親たちを前にして、なお遺体にビデオカメラを回し続ける彼らは、被災者から木片を投げられ、やりきれない怒りを叩きつけられる。森達也は、そんな住人たちに対して「こちらもつらい思いしてますよ」「へらへら笑いながら撮ったりしてませんよ」と応えるが、彼の言葉はいかにも弱々しく、手前勝手で、自己欺瞞的に聞こえる。

この国の名だたるドキュメンタリー作家でもある男たちは、ぶざまに放射能を怖れ、膨大な瓦礫を前に失語し、それればかりか、奇妙な昂揚感を味わっていく。酔っ払って、興奮し、乱れていく。それは、あまりにも不謹慎かもしれない。だが、それが人間の現実だ。『３１１』は、被災地や被災者というよりも、取材する人間たちの戸惑いや後ろめたさを映す、一種のセルフドキュメンタリーなのである。はじめて試写を行った夜、共同監督のひとりである松林が「こんな森さんの自傷映画を誰が楽しむんだよ！」「楽屋落ちのクソ映画じゃねえかよ！」と内部批判を行い、喧嘩になったという。二〇一一年の山形国際ドキュメンタリー映画祭でも、怒号と称賛が乱れ飛んだ。劇場公開さえ危ぶまれた。

しかし少なくとも私は、この作品から、あえて賛否両論や物議を醸すような扇情的なもの、炎上商法的なものを感じたりはしなかった。むしろ、愚直なくらい誠実な映画であると思えた。無防備すぎる、と言ってもいい。誠実であり無防備だからこそ、『３１１』は、他者を撮ることのアルカイックな暴力と享楽のゾーンへと、その足を踏み入れかけていた。特に大川小学校のシーンはそうだった。

しかし――。

『３１１』は、結局のところ、あまりにもせっかちに、何もできない自分たち、無力なジャーナリストの僕たちへの反省を繰り返し、道徳的な自己批判に淫してしまったのではないか。そう思えた。それゆえに、撮ることの暴力と享楽をその急所においてえぐりだしていくような、超暴力的な映画へと至ることがなかった。

これでは何かが物足りなかった。

原理的なところから問いなおしてみよう。

そもそも、映画・映像のアルカイックな暴力とは、何だろうか。

*

少し歴史を遡ってみる。

映画の起源はどこにあるのかについては、諸説ある。

通説では、それはリュミエール兄弟の伝説的な映像（一八九五年）からはじまる。

一八八八年、連続したフィルムとそれを駆動するためのパーフォレーションを発明したエディソンが、世界最初の映画キャメラ「キネトスコープ」を開発する。そして一八九五年、フランスのリュミエール兄弟は、映写機「シネマトグラフ」を開発。観客の前で、巨大なスクリーン上に、動く映像を映しだした。こちら側へ向けて突進してくる列車の映像を前にして、観客たちがパニックになって逃げ出した、というエピソードは伝説となっている。

一九〇〇年代になると、エドウィン・ポーターやグリフィスらが、アメリカの映画を「物語を視覚的に綴る文化装置」として整えていった。私たちが現在、一般的にイメージする映画的なものの原型は、この頃に出来上がったものである。

しかし、それ以前のいわゆる「初期映画」（映画史研究的には一八九四～一九〇七年頃）とは、むしろ、アトラクション（新奇なテクノロジー）とスペクタクル（新奇な映像）を楽しむものだった。そのことは、リュミエール兄弟の伝説的な六分三四秒の映像（一八九五年）をみても、よくわかるだろう。これは今でも、ネット上で自由に閲覧できる。

リュミエール兄弟がこのとき撮影した一〇本ほどの短い映像は、家族や工場の従業員、農作業に従事する人々などを被写体としたものだ。今で言えば、ホームビデオのような感じである。しかし、水撒きする父親に少年が悪戯する場面や、カード遊びをする紳士たちの映像などは、ありのままの現実を記録したものではなく、すでに映画的な演技が入っている。コントに近い感じだ。崩れる壁を逆回しにしたり、工場から人々がわらわらと出てくる様子を繰り返しリプレイしたりと、映像技術上の遊び心にも満ちている。伝説通りにリュミエール兄弟が映画の起源であるとするならば、あたかも、映画の起源には、新しい技術の力を通して、ありふれた日常そのものを娯楽的なスペクタクルに変えていく、というマジカルな遊び心があったかのようである。

リュミエール兄弟の映像の上映のときには、有名な奇術師・興行師のジョルジュ・メリエスが観客席にいたという。メリエスはその後、戦争などを題材として、数々のフィクション映画を作り、興行師としての大成功を収めている（柳下毅一郎『興行師たちの映画史――エクスプロイテーション・フィルム全史』）。

そして、初期映画が流行った頃のアメリカには、都市労働者が増え、中欧や東欧から多くの移民労働者たちが押し寄せていた。映画という新しい発明品を、娯楽場、季節営業の遊園地、地方巡業の見世物小屋などの場で楽しんだのは、中産階級の人々ではなく、彼ら下層庶民だったのである（北野圭介『ハリウッド100年史講義――夢の工場から夢の王国へ』）。

こうして、その時代ごとのテクノロジーと大衆娯楽が絡みあいながら、映画の歴史が作り出されてきた。しかし、それだけではない。軍事研究家のポール・ヴィリリオは、さらにはっきりと、そもそも「戦争は映画であり、映画は戦争なのだ」と言っている（『戦争と映画――知覚の兵站術』石井直志・千葉文夫訳）。人類の歴史の中では、兵器産業の革新と視覚映像の革新が、わかちがたく絡みあってきたのである。

歴史をたどれば、早くもアメリカの南北戦争（一八六一～一八六五年）のときに、軍事写真の使用がはじまっている。一九一四年に勃発した第一次世界大戦では、空から敵地を偵察するために大量のフィルムが使われ、この時点で、兵器とカメラを融合させたシステムが出来上がっている。敵地の偵察機こそが、空中兵器の出発点だったのだ。これが第二次世界大戦を経て、人類の戦争は、全地球規模の光学的・電子的な戦争となる。戦場の視覚映像・情報をリアルタイムで管理することが可能になったのだ。そこでは「実物よりも映像が、空間よりも時間が優位に立つ」。

私たちを高揚させ、新しい快楽を生みだす映像・映画は、おそらくいつも、時代の最先端としての「戦場」にあったのではないか。そもそも、国民に見世物《スペクタクル》を見させること自体が、戦争の一つの目的なのだから。

実際に、今この瞬間も、世界中の社会問題の現場が、あたかも戦場のようなイメージをまとって、テレビやネットで流通し、消費されている。自然災害の現場。児童虐待。高齢者やシングル家庭の貧困。排除されていくホームレスたち。差別される障害者たちの生活や苦境。ヘイトデモ。外国の民衆叛乱や武力衝突。動物実験。原子力の恐怖……。

記録映画の祖の一人といわれるロバート・フラハティは、北極海に暮らすイヌイット一家の日常を記録した『極北のナヌーク』(一九二二年、邦題『極北の怪異』)や、南太平洋の孤島サモアに生きる島民たちのドキュメント『モアナ』(一九二六年)によって、一躍、世界中に名を馳せることになった。それらの作品は、遠い異国や異文化の生活を、消費的な見世物として楽しむものであり、植民地主義的《コロニアル》な暴力をいやおうなくはらむものだったのである。

映像や映画の発達は、地球全体を見下ろす残酷な神々のような、未曾有の快楽を人類に与え、快楽の度合いを飛躍的に高めたはずである。私たちは安全圏から、それらの映画や映像を消費者として享楽し、次々と新しい刺激を求める。地球の裏で生きる人々の喜怒哀楽を、すみずみまで、安全な場所から楽しみ、消費しつくそうとすること。依存症のような退屈さや疲労の中で。

一九三二年、全体主義の台頭前夜に、物理学者アインシュタインに応えた手紙の中で、精神分析の開祖であるジグムント・フロイトは、次のように書いていた（「人はなぜ戦争をするのか」）。

人間の歴史は戦争の歴史だった。しかし私には、征服戦争は純粋な悪であるとは決めつけられない。逆説的かもしれないが、戦争を通して、人類は、永久平和へと漸近的に近づいてきたと思えるからだ。人間の欲望には、愛《エロス》と攻撃欲動《タナトス》の矛盾がある。人間の攻撃欲動を消滅させることは、絶対にできない。ならば、タナトスの廃絶を目指すのではなく、内なるタナトスを、戦争以外の別の方向へと差し向けていくべきではないか。たとえば、私たちは、原始的な野蛮状態から脱するために、様々な文化を生みだしてきた。もちろんここにも、拭いがたい逆説がある。一国の文化の発展が、ますます他国への暴力や侵略を生みだしてきた、という逆説が。しかし、それでもなお、文化を、戦争の廃絶と永久平和のために役立てることはできないのか（精神分析と映画は、一九世紀末という同時代の発明品だった）――。

日本の記録映画監督の草分けとなった亀井文夫は、芸術家の最大の関心事は原爆ではないか、と言ったことがあった（『たたかう映画――ドキュメンタリストの昭和史』）。あるいはジェイムズ・キャメロンが並々ならぬ意欲で企画した（今のところ頓挫中）六時間にも及ぶ大作『ＪＩＧＯＫＵ（地獄）』（仮題）は、広島・長崎の原爆投下のあとの被爆地の惨状を、３Ｄ映像で見せる、という究極の映像を目指すものだった。

こうした暴力的な映像の過剰な美しさ、頭が真っ白になって見惚れてしまうほどの崇高な美しさに対して、道徳や理性、あるいは人間的な感情によって反発したり、批判したりするだけでは、フロイトにしたがえば、何かが足りないのかもしれない。そうではなく、「戦争に対する美的な観点からの嫌悪感」を感じるところまで――戦場の映像に美や崇高をみる感性をもっと徹底化し、それらに端的な醜さや物足りなさを覚えるところまで――私たちの文化や感性の度合いを進化させること。それが、それこそが、戦争に対する真の有効な批判なのではないか。フロイトは、アインシュタインへの手紙の中で、そう言っているのかもしれない。

どうだろうか。

映画・映像のはじまりには、視覚兵器的な暴力があり、さらにまた、新しい映像技術によって人間の知覚や欲望の形を書き換えていくような高次元の享楽があった。非人間的な暴力と享楽が雑ざりあっていく、そうしたカルチャーとしての映画。しかし、私たちはすでに、そうした映画の歴史的始源に対する驚きを、忘れてしまっている。

ならば、そのアルカイックな場所に遡行しながら、もう一度、私たちの欲望を問いなおしてみたら、どうなるか。

＊

震災のあとの日々の中で、私は何度か、土本典昭のことを思い出すことになった。

土本は、水俣病の患者さんたちに関わる一七本の映画を撮った、この国でもっとも偉大なドキュメンタリー作家の一人である。

福島第一原発の放射能汚染は、しばしば、水俣病に関する歴史と比較されて語られてきた。どちらも、歴史的に未曾有の公害事件であり、この国の行政・経済・科学・医療のあり方を根底から問いなおすものだったからだ。

震災や原発事故のあとの現実や歴史に向きあうとは、どういうことか。

あらゆる物事をスペクタクルとして消費し、あっさりと忘却していく自分たちの欲望を問いなおしていくためにも、一九七〇年代に水俣に向きあった土本の映画は、私たちにとって、依然として、決定的な試金石であり続けている。土本は、他者を映像として撮ることの暴力に激しく躓き、恐怖し、自らの欲望を深く問いなおしながら、水俣の患者さんたちの映画を撮り続けた人だったからだ。

一九七〇年代の土本の映画に遡行していくことで、私たちはあらためて、目の前の現実や歴史に向きあうための精神とはどんなものであらねばならないのか、あるべきなのかを、深く学びなおしていくことができるかもしれない。

そんなことを考えるようになった。

## 2

土本が日本テレビの「ノンフィクション劇場」で『水俣の子は生きている』を演出したのは、一九六五年のことである。

主人公は、水俣病患者の相談にのるケースワーカー実習中の女子短大生、西北ユミさん。水俣病の発生から一〇年。町から水俣病のにおいそのものが消され、語られなくなり、なかったことにされつつあった。しかし、その陰には、生業の漁業を奪われ、わずかな見舞金や生活保護だけで慢性栄養失調に陥った一家や、金銭問題がネックで入院すらできない重症の子どもたちがいた。

患者さんたちの怒りや悲しみを声高に代弁するのではない。子どもたちの物言わぬ顔や手に優しくフォーカスし、その子たちが今まさに「生きている」という当たり前の事実そのものを、テレビを通して、世に知らしめていく。最後には、子どもたちの無数の眼によって、逆に、こちら側が見つめ返されてしまう(作品のラスト近くで、子どもたちの写真の目張りが剝がされていく)。そこには、紛れもなく、後年につながる土本らしい感性が表れている。

しかし土本は、このテレビ番組を撮る中で、大きな躓きを味わう。

ある胎児性患者の子どもの親御さんから、激しい拒否の言葉を突きつけられたのである。

――「何ばしよっとか、いくら撮っても子どもは治るか」「あんた何で黙って撮ったか！」と（「記録映画作家の〝原罪〟について」、『水俣学講義［第2集］』）。

そのシーンそのものは、『水俣の子は生きている』の中には収められていない。

土本はこのあと、自分は今後も記録映画という仕事をはたして続けられるのかどうか、という自問に、長いあいだ苦しめられることになる。

＊

それから五年後。一九七〇年の二月。

土本は再び、水俣の地へと足を踏み入れた。そのあいだに土本は、七歳になる次女の民恵を、白血病で亡くしていた。一九六八年の四月のことだった。もちろんわが子を失った土本のその悲しみを、私たちが想像すること、推し量ることはできない。病に身代わりはないという。だが自分は、わが子の苦しみをすら十分には背負えなかったではないか。自らを断罪するかのように、土本は、そう書きつけている。水俣の地を再訪したのは、そんな悲しみがまだまだ生々しい中でだった。だから、水俣病の子ども、特に生まれながらの胎児性水俣病の子どもたちをカメラで撮ることは、あたかも、幼くして逝ったわが子にもう一度向きあうような気がして、とてもやりきれなかった。

思えば、我々の報道やテレビは、水俣病の子どもたちを、好奇や哀れみの眼で眺めてきた。さんざん撮りまくってきた。子どもたちはすでに、カメラの前で、緊張すらしない。慣れてしまっているからだ。そんな子どもたちの姿を撮ることは、たやすいことだ。誰にでもできることだ。このたやすさが、本当に嫌だった。「しかしそれは私にとって凌辱という言葉を思い浮べる程気恥ずかしい何かを思わせた。一言の抗議の能力も、それが何に使われるかを問うこともできない子供たち。私は、この映画をとる仕事の中で、彼らを真に、自ら恥じない心でとれるまでが、私たちの映画のゆきつけるところと思い定めることとなった」（「残酷さに心凍る想い」、『映画は生きものの仕事である——私論・ドキュメンタリー映画』）。

土本にとってこれは「カメラで他人を撮影することは暴力なのかどうか」云々という一般論ではけっしてなかった。よくある良心的な反省や自己批判のポーズでもなかった。もう一度、引用した言葉を、立ち止まって、熟読してみてほしい。土本は、それを生々しく「凌辱」と言ったのである。そのとき土本はあたかも、亡くした幼い娘の民恵が水俣の子どもたちに重なっていくような、死んだ幼子を甦らせたあとにもう一度凌辱していくような、凄まじい暴力の感触を、自らのカメラの中に感じ取ってはいなかったか。もしも再び水俣に向きあうなら、「そこ」から、人間を、土地を、自然を、「恥じない心で」撮らねばならない。

恥じない心で——それが土本の出発点となった。

＊

土本の父親は、薄給の下級役人だった。祖母は脊髄カリエスで、治療費がかかったために、土本一家の子ども時代は貧しかった。さらに学徒動員などがあり、まともな教育を受けられないまま、一六歳のときに敗戦を迎えた。米軍基地で身を売る少女たちの露わな写真を見て、反米意識に目覚めたともいう。一九四六年、早稲田大学の専門部に入学。翌年、日本共産党に入党。全学連（全日本学生自治会総連合）の副委員長になる（同時期には、初代委員長の武井昭夫や安東仁兵衛らがいた）。一九五二年、早稲田大学を除籍になる。その直後に、日本共産党から自己批判を求められ、小河内山村工作隊（小河内村の山村を解放し、ダム建設の阻止を目指した集団）へと送りこまれ、そこでの逮捕者第一号となる。五か月の間、八王子少年医療刑務所に入る。出所したあとも、数年のあいだは、裁判の心労を経験することになる。

こうしてたどってみると、土本は、もともと、筋金入りの共産主義者であるように見える。しかし、本人としては、そんなことはなかったという。土本は、終始、学生運動や共産党に対し、冷ややかな眼差しをもち、どっちつかずの、微妙な距離を保っていた。いつなんどきでも、のらくらし続ける個人としての自由、遊びのような自由を、土本は、政治的な季節の中でさえ、手放すまいとしていたのではないか。そんな感じがする。そこには、状況によって態度や考え方をころころ変える組織なるものへの、根本的な不信があったように思える。

土本は、現実の共産党というよりも、自分なりの「真の共産主義」「幻視の党」のイメージを終生、大切に抱きしめ、いつの日かそのイメージが現実という大地の上で孵化することを、心の中で祈っていた。

フランスのレジスタンス運動からの影響が大きかったという。レジスタンスの若者たちは、けっして、組織という存在を絶対化したりしなかった。組織の権力から切り離されたところで、自分ひとりの力によって、大衆たちの熱量に向きあい、現実に対する戦い方を自分の頭で考えようとした。それが抵抗すること、レジスタンスの意味だった。だから、党とはむしろ「幻視の党」であるべきであり、自分の行動によってつねにみずみずしく発見し、産みなおされるべきものだ。それならば、共産主義者になるという活動は、きっと、一生を懸けるに足る仕事になるに違いない。

土本は、ルイ・アラゴンか誰かの本を読んで、自分の上に党があるのではなく、「自分と大衆、この間に党がある」という考え方を教えられ、「これだ！」と思ったという（『ドキュメンタリーの海へ――記録映画作家・土本典昭との対話』）。

土本はその後、一九五六年に岩波映画製作所の臨時雇員となり、五七年からはフリーランスとして、同社のＰＲ映画や「日本発見シリーズ」、日本テレビの「ノンフィクション劇場」などに関わっていく。

＊

土本は一九六九年に、朋友・小川紳介のプロダクションの協力を得て、『パルチザン前史』という作品を撮っている。

これが一つのターニングポイントになった。

『パルチザン前史』の主人公は、滝田修という男である。

土本は、同年の春、京大全共闘の反大学講座で、滝田と面識を得ている。全共闘運動の波が終息したあとも、なおも運動を継続するために、「パルチザン五人組共産主義」という理念を唱えた人物だ。当時は、学生運動における暴力の問題が盛んに議論されていた。チェ・ゲバラや毛沢東の存在を踏まえながら、土本もまた、暴力の問題を自分のものとして問い続けていた。

映画や発言をみるかぎり、土本は、滝田という男の人のよさ、憎めないところに、明らかに、魅かれている。しかし、人間としては好きだが、彼が展開しようとしているその運動の内実については、信じきれないでいる。対象に対するそんな揺らぎを感じる。

土本はそもそも『パルチザン前史』を、何の確信ももてないままに撮りはじめ、作品として完成したあとも、作品に対する自己評価は揺れ続けた。土本は言う。「滝田の話を聞くと、言葉としてのロマンチシズムはヒシヒシと伝わってくるんだけど、映画としてどう表現しようかという問題ですね。いわゆる〝暴力〟に対して、民衆の支持があるのか、民衆を巻きこんでどういう運動を作っていくのかという点が疑問だったんです。つまり、学生だけの世界では〝部隊〟を結成できますが、一般の人との絆はどうするのっていうことについて、僕自身が疑問を持っていました」（『ドキュメンタリーの海へ』）。

滝田という男は、土本が学生時代から大切に温めてきた「真の共産主義」という信念の硬度を試す、ヤスリのような存在だったのかもしれない。おそらく『パルチザン前史』というタイトルは、俺たちの政治的・社会的な運動は、このレベルのままでは、永遠の歴史の「前史」にしかならない、本当の生々しい歴史の渦中へと映像の力によって飛びこんでいくことができない、このままじゃダメだ、という諧謔、アイロニーの感覚を含んだものだったのではないか。

逆に言えば、『パルチザン前史』を撮り終えたあとに、もう一度、水俣の地へと足を踏み入れることは、土本が自分の中で育ててきた「真の共産主義」という理念を、いったん、あるやり方で、自ら放棄し、いわば削り捨てていくことを意味しただろう。その激しい痛みは、そのまま、幼くして死んだ子どもをもう一度カメラによって凌辱するという凄まじい暴力の感触とも重なっていった。

土本は、そうした自己破壊と加害の感触が雑ざりあっていく場所で、もう一度、水俣という場所に向きあおうとしたのである。

＊

じじつ土本は、『水俣の子は生きている』の撮影のあと、五年の間、気持ちが整理できず、水俣が怖くて、心理的に逃げていたという。生まれてはじめて、映画に関わることが心底嫌になり、自らが振るった暴力に反吐が出るほど絶望してしまった。五年が経って、なんとか恐怖に向きあって、再び水俣に向かった時も、現地でもしばらくはカメラを回せず金縛りにあったようになってしまった。患者さんたちの運動の中に入って、そのお手伝いをする、という日々を続けることくらいしかできなかった。

しかし、やがて、奇妙なことが起こる。

患者さんの世界は「光って」いる。十八年、あらゆる辛酸をへてなお生き、生きることで、その全存在で闘っていることはかくも人間に対する普遍的な、つきぬけた明るさを育てるものなのか。私は驚嘆する。発光しはじめた人間たち、それとかかわった人間たちだからこそ、「告発」が生まれ、「苦海」が生まれ、ここに映画も感光したのだと思える。

（「発端から映画まで」、同書）

患者さんたちは社会的な弱者であり、被害者である。その中でも、胎児性水俣病の子どもたちは、この世の矛盾を一身に強いられた、純粋な犠牲者のはずである。土本は、こうした観る側、撮る側の内省や加害感覚をすら——その加害の手触りのまさに極点で——底の浅いものとして、ゆっくりと打ち砕かれていくことになった。そうか。むしろ、自分の同情や憐れみこそが、傲慢な思い上がりではなかったのか。それはどんなに驚くべきことだったたか。

土本はそれを、いかにも映画作家らしく、ある絶対的な「光」、という光学的な比喩によって語ろうとしている。土本がいう患者さんたちの「光」とは、いわば、アインシュタインの特殊相対性理論でいう「光」のようなものである。

すなわち——。

時速一〇〇キロメートルで走る電車（対象）を、時速四〇キロメートルで同じ方向に走る車（観測者）からみれば、電車の速度は時速六〇キロメートルにみえる。これは速度合成の法則と言われ、従来の物理学（ニュートン力学）の基本法則の一つだった。しかし、実際に光を観測してみると、なぜか光の速度は、どんな速度で移動する観測者の位置からも、つねに同じ値で観測されるのである。これは物理学者たちを深く悩ませ、ノイローゼにするほどの、不思議な謎だった。しかし、当時二六歳のアインシュタインは、常識に反して、光の速度が常に一定の値で観測されることこそが自然界の真理なのだ、と考えた。逆に、この光速度不変から、時間と空間のすべてを考えなおしたのである。そのことで私たちの身の回りの時間や空間は、従来の物理学とは完全に別の相貌を示していくことになった。

ポイントは、すべてが相対的であること（速度の値が、観測者と対象の関係や状況によって決まるということ）ではない。革命的だったのは、「光」が等速度である、という発見だった。観測者の主観的な物差しによって決まるのでも、対象の客観的実在によって決まるのでもない。光こそが絶対的なのである。

これを映画でいえば、次のようになる。

カメラ（主体）によって人々や風景などの被写体（客体）を一方的に映すのではない。あるいは、客観的な実在が不動のものとしてあるのでもない。まず、カメラと被写体のいずれをも逆照射していく「光」の絶対性がある。

それを土本は、患者さんからの「光」と言い、「光る映画」と言ったのである。

いいいいかいいいい、光としての無能力が、はじめにあった——。

＊

そして、決定的な作品が撮られる。

『水俣——患者さんとその世界』（一九七一年）。

一九四六年に日本窒素肥料株式会社（現チッソ株式会社）が水銀を海に流しはじめ、五三年に「奇病」の患者さん「第一号」が確認される。その後、次々と死者が出て、五九年、最高値二〇一〇ｐｐｍの水銀が水俣湾で検出。この頃から、漁民・患者さんたちの生活補償を求める運動がはじまり、六八年、ようやく当時の厚生省が、水俣病は「工場で生成されたメチル水銀が原因」との公式見解を発表する。

土本らが『水俣』を撮影した一九七〇年当時は、「患者第一号」が確認されてから、すでに一七年の時間が過ぎていた。

たとえば、自作の詩を歌う砂田明さん。「もしあんたが人やったら／立ちなはれ／戦いなはれ／公害戦争や／水俣戦争やで／戦争の嫌いなわしらのやる戦争や／人間　最後の戦争や」。チッソの株を一株だけ買って株主総会に突入するという「一株運動」を編みだし、「裁判闘争は楽しみもなからにゃいかんでな」「こうなりゃ（東京へ）観光旅行たい、な」と笑い転げる女性たち。胎児性患者の東正明君を見つめて「我々がですね、見とって可哀そうだちゅう思うからかわいそうなもんであってですね」と呟くお兄さん。その正明君は、土本たちのカメラを、珍しい玩具のように弄って、画面を暗転させてしまう。妻を水俣病で失い、いまだ水銀値の高い海を遊泳するタコ採り名人・尾上時義さんは、ご自身がタコのようで、立ち振る舞い自体がどこか可笑しい。溝口ますえさんは、亡き娘のトヨ子ちゃん（享年八歳）から逆に生かされた、という思い出を語る。「お前、生きとってもつまらんから、もうトヨ子……トヨちゃんと二人で死のうかねえ、もう」「死ぬな、死ぬな……のんのんさん（仏さん）になったらつまらん」。高齢の牛島直さん（明治二九年生まれ）は、スピーカーでチッソを糾弾しながらも、大好きなめじろの小話を道行く人に語る。「エエ、一番好きなのが鳥、めじろでございます」。渡辺保さんは、一〇年寝たきりの末、死んだ妻・シズエさんの思い出を語る。「その神々しさは、ナイチンゲールに、……まさりはすれども、けっして劣りはしない……と思います」。呂律が回らず、苦しい息遣いながらも、延々と喋りっ放しの小崎達純少年を前に、土本は微苦笑する。「きみは利巧です、小父ちゃんはそう思います」。最重症の患者・上村智子さんの家は、七人と子沢山であり、夕餉の時間は笑いが絶えず、あたかも日常的な食事の風景がそのまま祝い事のようだ。この子こそ「宝子」、と智子さんのお母さんは微笑む。チッソの株主総会の場には、空気を破壊する患者さんたちの御詠歌が流れる。そして江頭豊社長に詰め寄る浜元フミヨさんは、その怨念と怒号があまりに凄まじすぎて、奇妙なユーモアをすら感じさせる。

　思えば、本当に不思議なことである。

誰がどう考えても困窮し、苦しく、救いようのない生活の中にも、無数の喜びや笑い、遊びが、野花のように小さくしたたかに、咲き満ちている、ということは。

どんな悲惨や苦界の中にあっても、ごく普通の平凡で無名な人間であっても、立ち上がり、そばにいる者を笑わせ、和ませることができる。自らを変えていくことができる。悲しみ、恨み、嘆くことばかりが人間の宿命ではない。それは、当たり前のことかもしれない。しかし、やはり、驚くべきことに思える。驚くべきことでありながら、すべてがやはり、驚くほど当たり前のことなのでもある。

『水俣』を観ながら、そんな思いを新たにしていく。

＊

そして土本のもう一つの代表作といえる、『不知火海』（一九七五年）。

この映画のポイントは、人間や土地や自然の甦り（resurrections）にあった。

この頃の患者さんたちの運動は、一時期に比べると、明らかに、退潮と弛緩の中にある。たとえば『水俣』のクライマックスとなる株主総会や、あとで触れる『水俣一揆』の緊迫した直接交渉の祝祭的な激しさは、すでに弛緩し、弱まっている。

ならば順調で着実な回復のプロセスがあるのかといえば、そうではない。

『不知火海』が映しだしていくのは、患者さんたちの闘争（社会運動）と忘却（時代の変化）と甦り（個人の復活）が雑ざりあいながらゆるやかに熟成していくような、重層的な時の手触りである。

そこで土本の眼差しは、あたかも、健常者と患者、人間と魚、生きものと自然とをすら、等価なものとして見つめていくかのようである。

最初に水俣病が発生した場所・月ノ浦では、牡蠣が殖えている。採られた大量のすずき、かれい、たこ、ふぐ、このしろなどの汚染魚たちは、食べ物にも売り物にもならず、そのまま海に廃棄されている。ひとりの青年（坂本登さん）に突然、一晩のうちに水俣病の典型的な症状が現れ、多くの患者を診てきた原田正純医師ですら、ショックを隠せない。一七歳の胎児性患者・一光君は、自宅用の車椅子に憧れて、明水園（水俣病複合施設）の職員たちとの交渉を決意している。男の子の患者たちには、異性への興味が目覚めている。不知火海では、伝統的なうたせ漁やツボ網漁が再開され、浜では子どもたちがシャコを採っている。認定制度や仮処分の問題点が、依然、患者さんたちを金銭的・生活的に苦しめている。患者さんたちに対する差別、患者同士の差別も慢性的に残っている。親子三代、七人が水俣病で、補償金を合わせて豪華な家を建てた男性（渡辺保さん）は、金よりも仕事こそが人生の楽しみであること、それでもせめて水俣病の子どもに家だけでも残してやりたい胸の内を、苦しげに語る。少年患者の長井勇君は、自分を大人扱いしない周囲の大人たちを逆に八ミリカメラで撮影し、宿舎を飛び出して、土本たちと全国を回る映画撮影の旅に出たい、と提案する。杉本栄子さんは、流産が続き、神仏に祈る日々の中で、自分は魚の生まれ変わりであることに気づき、魚の供養をするようになった。そしてある日「海を取り返してくれろ！」と、魚が「私に問いかけることば」を自らの耳で聴く。全国のカンパによって、水俣病センター相思社が賑々しく完成する。

何より、子どもたちの心身の成長が、眼にまぶしい。子どもたちは、自分たちの置かれた状況を把握し、その未成熟な手足で、懸命に、人生の先を探し求めている。親や施設職員たちは、子どもたちのその急激な成長ぶりに、驚きを隠せない。

しかし、それだけではない。そこには、地表を剥がしてみれば、すべての自己治癒や再生の物語から見放されたような、永久凍土の時間の層がある。

たとえば映画は、終盤、天草の御所浦をフォーカスしていく。医学上の空白地帯であり、水俣病史における「暗黒の島々」として、多くの患者さんたちが医療も認定も受けられないまま、取り残されてきた場所である。

そして、胎児性患者の清子さん――。清子さんは、海や花、世界の何を見ても美しいとも悲しいとも感じられない。周りの医師や家族ばかりか、仲間である胎児性の子どもたちとすら分かちあえない、精神の氷点を抱えこんでいるのだ。むしろ、抱えこまされてしまっているのである。彼女がぽつりぽつりと漏らす、その永久凍土の言葉を、聞き手の原田医師や映画スタッフたちも、どのようにも受け止めることができない。

そこには、どんなわかりやすい甦りの物語もありえないように見える。

しかし、そうした永久凍土の層をも含めた、それらの重層的な時の積み重ねこそが、あたかも、水俣という場所を、真実のものとして、豊饒化させていくかのようである。すべての要素が雑ざりあいながら、腐葉土のようにゆっくりと熟成し、腐熟していく。見かけの静けさの中にこそ、無限のにぎわいがある。そのにぎわいこそが、彼らにとっての甦りそのものであるかのようである。

＊

ただし土本が見つめる甦りは、けっして観念的なものではなかった。土本も念を押していた。「敵に対する目線ももったうえで、どれだけの根拠をもって「甦る」ということを描きされるかどうか。ただ観念で「甦る」と言うだけなら宗教と同じになってしまう」（『ドキュメンタリーの海へ』）。

『水俣一揆――一生を問う人びと』（一九七三年）は、熊本地方裁判所の画期的な判決（チッソの加害責任をはじめて認めた）のあとに、東京のチッソ本社に直接交渉に乗りこんだ患者さんたちを追った、迫真の緊急レポートである。

この作品の中でも、もっとも驚くべきは、次の光景ではなかったか。患者さんたちは、チッソとの生々しい直接交渉の中で、「もしかしたら全員が敵かもしれない」という状況の中で、自分たちの最大最悪の敵をすら、新しい隣人として再発見していくのである。すなわち、チッソ側の島田社長を糾弾し、会社の非道を激しく責めながらも、加害者もまた一個の人間であることを発見し、新しい労りに目覚めていった。目の前のこの人も、膝を突きあわせ、腹を割って話しあうべき、ただの人間なのだ、と。

敵対的な友愛。自分たちの父を殺し、母を殺し、子どもたちを殺し、共同体の紐帯を破壊し、被害者同士を憎ませ、争わせ、しかもそれらすべての責任をなし崩しにしていく加害者たちの中にすら、奇妙な友を見出していくこと。それは、当の患者さんたちにとってすら、信じがたいことであり、端的な驚きだったのではないか。そしてその時、島田社長もまた、立場上の沈黙と型通りの謝罪、加害者と被害者のあいだで引き裂かれた困惑を超えて、自らの胎内から「新しい人間」を産み落としつつあったのかもしれない。何より重要なことは、そのことが、交渉の新局面を開き、彼らのあいだの約束（制度、法）に、本物の、ぬくい血をかよわせていったことだ。

『水俣一揆』の「一揆」とは、いわゆる社会運動や患者運動にはとどまらなかった。自分と他者とこの国の「一生」を、丸ごと問いなおすことだったのである。

そしてそこに、新しいタイプの共同性が産まれていった。

＊

一九世紀末に誕生した映画という新しいメディアは、時代の最先端のテクノロジーを使って、人類が新しい社会的な関係（コミューン）に目覚めていくための芸術となり、文化となりうるはずだ——思想家のヴァルター・ベンヤミンは、そのように信じていた（『複製技術の時代における芸術作品』）。

もちろんそれは危うい道でもあった。当時の文脈では、映画は、ファシズム的な大衆支配のための道具にもなりえたからである。ナチスのヒトラーは(ヒトラーを戯画化した)俳優チャップリンの立ち振る舞いを逆に真似て、大衆にアピールしたり、天才レニ・リーフェンシュタールに、党大会やオリンピックの、信じがたいほど美しい映画を撮らせたりしていた。ごく普通の大衆や労働者たちは、本当は、経済的な権利を主張したいはずだ。しかし「ファシズムは、大衆に(権利を、ではけっしてなくて)表現の機会を与えることを、好都合と見なす。所有関係を変革する権利をもつ大衆に対して、ファシズムは、所有関係を保守しつつ、ある種の〈表現〉をさせようとするわけだ」。

しかし、そうした危険を突き破っていくとき、映画というテクノロジーは、私たちの前に「これまでは思いもよらなかった巨大な遊戯空間」を開いていく。「映画は、環境世界のさまざまなものをクローズ・アップしたり、ぼくらの周知の小道具の隠れた細部を強調したり、対物レンズをみごとに駆使して平凡な周辺を調べ上げたりして、一方では、ぼくらの生活を必然的に支配しているものへの洞察を深めさせ、他方では、これまでは思いも寄らなかった巨大な遊戯空間を、ぼくらのために開いてみせるのだ」(『複製技術の時代における芸術作品』)。

巨大な遊戯空間——。

それは、日々の労働や暮らしの労苦、つらさが、そのまま、全面的に遊びへと転化していくような空間のことである。映画という最先端の技術を使って、労働と遊戯が切り分けられず区別できなくなっていくような、人類の新しい欲望のポテンシャルを呼び覚ましていくこと。そのような新次元の欲望によって媒介された人々のコミューンを組織化していくこと。

映画のカメラは人類の無意識を発見させる、とベンヤミンはいう。「明らかに、カメラに語りかける自然は、肉眼に語りかける自然とは違う。何より異なる点は、人間の意識によって浸透された空間に代わって、無意識に浸透された空間が現出することである」。

無意識とは、人間の意識の底に隠されている深層意識のことではない。たとえば人間は、人間の歩行時の足の動き方や馬の走り方について、写真や映像技術が登場するまで、十分に知覚することができなかった。あるいは、はじめて自分の写真の表情や、録音した声を見聞きするとき、人は、そこに、奇妙な不気味なものを感じるはずである。映画のカメラはこうした無意識を発見する。発見されるのは、私たちが日常的に見聞きしているのに、意識や知覚の解像度があまりにも低いために、見えてもいず聞こえてもいなかった、他者たちとの重層的で多元的な関係性（コミューン）の次元である。

映画が発見する無意識――カメラに語りかける自然――とは、人間と機械、善と悪、美と醜がスペクトラムとして雑じりあっていく、非人間的なゾーンのことなのだ。ベンヤミンは、こうした無意識の次元で人々が不可避に繋がりあっていくことの中に、一種のコミュニズムを見つめようとしたのである。

であるとすればすなわち、人類にとっての革命の意味とは、現代的なテクノロジーの発達と進歩のポテンシャルを根源的に把握しなおすことによって、「新しい集団、史上最初の集団の、神経を隅々まで働かせようとすること」であり、「何かをつかむことを学ぶ子どもがボールにも月にも手を伸ばすように、いまや集団の神経を隅々まで働かせようと試みる人類は、手近な目標をめざすだけでなく、さしあたってはユートピアと見える目標をも、視野に収めるものである」。そしてそのようなユートピア的な遊戯空間は「人類を総じて労働の苦役からしだいに解放していく」だろう。映画という時代の最先端の技術を結集した芸術には、そのような起爆力がじつは潜在しているのだ、と。

私たちがたんに理性的な意識や対話、言語的なコミュニケーションのフェーズだけではなく、無意識の自然のフェーズにおいても社会的に結合することによって、過剰な欲望を解き放っていくこの資本主義的な消費社会が、そのまま、「巨大な遊戯空間」としてのコミューンに転化していくのだとすれば――。

土本にとっての映画とは、まさに、こうした意味での自由な「遊び」であり、土本が幻視した「党」とは、遊戯空間としてのコミューン（コミュニズム）のことだったのではないか。

普通にみればとても娯楽映画には思えない土本作品の背骨に遊びがあるとは、いかにも奇妙なことに思える。

モノリス的な宇宙視線＝カメラによって、最悪の苦難やどん底をすら、遊びとして見つめていくこと。土本は、患者さんからの「光」によって、そのことを学んだ。そして自らの映画を「光る映画」へと高めようとした。無能力という光によって刺し貫かれた遊び。そういう遊びの次元がある。暴力や死や虐殺を享楽したがる人間の過剰な欲望の急所に踏みこんで、それを別の可能性（甦りと遊び）へと開きなおすための、暴力を超え続けていくための、超暴力的な映画があるのだ。そのような光＝遊びの絶対性が、映画を通して、世の中の人々に広がり、波紋のように伝わり、映画を観る者を「新しい観客」へと高め、「巨大な遊戯空間」を生みだし、さらに未知のコミューンを生みだしていく。

非人間的な眼差しを通して、私たちが新しく（無意識の自然のフェーズで）結びつきなおすことができたなら。そこに未発見の星座のように生みだされていくのは、具体的な形をもつ組織や集団ではない。政治的に何かが変わるわけでもない。それが眼には見えない、「幻視の」コミューンなのである。

実際、土本の『水俣』や『不知火海』や『みなまた日記』に映しだされているのは、水俣に実際に住んできた人々ですらそれまで見たことがなく、はじめて眼にするような、異界や異星のような水俣の姿ではなかったか。

＊

水俣病をめぐる長い苦難と試練の歴史を通して、新しい人間関係やコミュニティが作りだされていった。

それは必ずしも具体的な組織や団体や運動体とは限らない。

　土本にとって、その土地に暮らす当事者たちの運動と、部外者である自分が映画を撮ることは、けっして同一視できないもの、はっきりと峻別されるべきことだった。当事者運動と映画運動はまったく異なる原理をもつ。その意味で映画は、現実に対して無力であらざるをえない。にもかかわらず、土本は、映画の力を信じようとした。映画は社会を変えうる、と信じていた。どういうことか。「私は映画で何か事を起こしたいと思うのであって、映画そのものが、完結した自己世界になることはないのである。もし出来うべくんば、映画と人々との中での仕事……つまりかつて、キラリと一瞬目撃した幻視の「党」なるものと重なったところで映画作りの人間として生きられたらとの思いが、まずある」（「幻視の「党」を求めて」、『逆境のなかの記録』）。

　土本は、自らのカメラで他人の人生を勝手に切り刻み、記録することの暴力性を、目の前の患者さんや子どもたちが放つ光によって打ち砕かれ、回転させられてしまった。そのかすかな光は、カメラをくぐりぬけることで拡張され、水俣の外部へ、世の中へ、国外へと広がっていった。そしてこの社会を丸ごと逆照する無量の光明となって、私たち観客の中の暴力をも回転させながら、どこまでも突き進んでいった。患者さんたちは、たんに苦しみ、悲しみ、嘆くだけではなかった。そこには遊びや喜びや笑いがあった。映画は、日々の労苦や苦難がそのまま「これまでは思いも寄らなかった巨大な遊戯空間」を開いていくという、重層的な認識を与えてくれるものとなった。

　映画を観た人々は、こうした星座的なコミューンの渦に巻きこまれ、たんなる消費者や解釈者ではなく、「創造活動の協働者」としての「観客」（武井昭夫『戦後史のなかの映画――武井昭夫映画論集』）へと高められていった。映画を通して、新しい人間関係が生まれ、未発見の星座のようなコミューン（幻視の党）が生みだされてきたのだ。

水俣病患者運動の指導者の一人だった川本輝夫は、一九九九年、亡くなる二か月ほど前に、水俣市議会で「水俣湾を世界遺産に」と発言した。これは荒唐無稽な話ではなかった。広島の原爆ドームやアウシュヴィッツ＝ビルケナウ強制収容所は、すでに世界遺産に登録されていた。土本の私家版『回想・川本輝夫』は、天から美しい夕陽のしずくが海へ降り落ちる中、川本の声が滔々と流れていくシーンで終わる。

土本もまた、繰り返し「水俣は日本の第三世界である」と言っていた。

水俣をめぐる災厄の経験を、日本の各地へ、そして世界の各地へと接続し、開いていくということ——。水俣の自然から汚染物質が浄化されていく。企業や行政に対して十分な責任・賠償・補償を求めていく。地域経済が一歩ずつ、特定企業の軛から解放されていく。患者さんやその子孫たち、すべての関係者たちの尊厳と魂が、それぞれの生の必要と必然に即して贖われていく。しかもそれらすべての流れが重層的に雑ざりあって、しだいに熟成し、豊穣なものになっていく。そのようにして、水俣という土地が強いられた苦難の歴史が、世界中の無数の第三世界や被災地と照応し、結びつきあいながら、若々しい銀河を形成するように、無限に甦り続けていいいくのだ。

そしてそれが、それこそが、土本が若い頃から夢見ていた「幻視の党」の、究極のヴィジョンでもあったのかもしれない。

## 3

もう一度、私たちの身近な生活環境（映像圏）に、戻ってみよう。

こんなことを思っていた。カメラで他人を撮る、記録することには、そもそも、どこか不吉なものがあるのではないか。

たとえば私は、自分の幼い子どもをデジタルビデオで撮影しているとき、どうしても、わが子をまるで死人として撮っているように感じてしまう。これはこの子の、生前の最後の思い出であり、最後の記録になるのではないか、と。

旅行やイベントのたびにひたすら恋人や家族を記録しようとする欲望には、どこか、暗いもの、不吉なものが混じってはいないだろうか。

＊

スタンリー・キューブリックのＳＦ映画『２００１年宇宙の旅』（一九六八年）には、モノリスという巨大な黒い四角柱の物体が出てくる。モノリスは、何らかの高度な地球外生命体が置いたもので、宇宙空間から、地球上の生命の歴史をひたすらメカニックに記録し続けていく。

モノリスは、明らかに、映画という技術そのもののメタファーである。

モノリスの宇宙視線からみれば、四〇〇万年前の類人猿も、月や木星に向かう近未来の人類も、同じくらいの価値しかない。等しく無意味で無意義で無価値な存在なのだ。類人猿も人類も、永久に仲間同士で殺しあう、奇妙な生きものでしかない。私たちは、カメラを通してこの世界を見つめるとき、こうした非人間的でメカニックな宇宙視線に自らの眼差しを重ねるようにして、この世界を見つめてしまっている。

『３１１』の森達也は、フレデリック・ワイズマン（アメリカのドキュメンタリー作家）の作品について「もしも神が実在するのなら、こんなふうに人間社会を観察しているのかもしれない」（『それでもドキュメンタリーは嘘をつく』）と述べている（ちなみに、キューブリックの『フルメタルジャケット』（一九八七年）の前半は、ワイズマンがアメリカ陸軍の若者たちを撮影した『基礎訓練』（一九七一年）から、多大な影響を受けている）。「アメリカのすべて」を記録し続けるワイズマンのカメラは、確かにモノリスのような、人間社会を観察する神のようなものだろう。平均的な施設や組織を題材にして、人間も、兵器も、実験動物も、肉も、商品や広告も、町も、警官も、福祉職員も、障害者たちも、たんに等価なものとして見つめていく。たとえば、数万年後の未来に、映画『A.I.』(二〇〇一年。キューブリックの原案をその死後にスピルバーグが映画化したもの)のように、地球外生命体がふいにやってきて、ふと、地球上に残された記録メディアを再生してみたならば、彼らにとって、フィクションとしての映画と記録としてのドキュメンタリーには、さほどの違いはないのかもしれない。

すると、この地球という惑星の上を洪水のように溢れていく映像・映画たちのデータベースは、はるかな宇宙から地上を見つめる神様だか宇宙人だか未来人に対する、贈り物であり、捧げ物のようなものなのだろうか。

*

だが大切なのは、この先である。そもそもモノリス(映画)とは、私たち人間の感覚を新しいステージへと進化させ、覚醒させていくものだったのだから。

モノリス的で非人間的な眼差しの、さらに先にあるような眼差しとは、どんなものか。

たとえば、森達也らの『311』の終盤、行方不明の子どもたちを探して大川小学校の周辺を彷徨う親たちの、その背中をカメラがじりじりと追い続けるシーンは、私には、あまりにもつらかった。過酷だった。

なぜだろう。子どもたちの死が、あまりにもつらいのは。映画的=モノリス的な非人情の眼差しからみれば、大人の死も子どもの死もそれほどの違いはないはずなのに。

子どもたちの遺体をカメラでおさめようとする欲望自体が、まだまだ、どこか人間的すぎるのか。不徹底なのか。

繰り返すが、その先の次元を開きなおす眼差しがそこにはあったはずだ。そもそも、土本であれば、遺族たちから木材と怒号を投げつけられる最後のシーンからこそ、『311』を撮りはじめただろう。

たしかに、土本の『水俣』のカメラは、患者さんたちの生活に静かに寄り添うものであり、終始、穏やかで淡々としているように見える。いっけんして派手なところも扇情的なところもない。

しかし、土本は、カメラの非人間的な眼差しに自らの眼差しを強く重ねていくところ――水俣の子どもたちを撮ることと死んだわが子をもう一度凌辱することが重なっていくような眼差し――から、すべてを撮りはじめたのだ。そして、そのような映画的＝モノリス的なノンヒューマンで非人情の眼差しを、さらにその先で、この世界の全体を遊びや甦りとして見つめなおすような眼差しへと社会的に回転させていったのである。

すなわち、消費と暴力を無尽蔵に欲しがるアルカイックな欲望を突きつめながら、それを別のポテンシャル（遊びと甦り）へと開きなおしていくような、いわば超暴力的な眼差しへと……。

＊

私たちはたとえば水俣であれ三里塚であれ福島であれ、障害者であれ派遣労働者であれ震災被災者であれ、時代の最先端にある社会問題に向きあえば、自分たちの足元を真に揺るがす「他者」と（土本が水俣の患者さんたちと出会ったように）出会えるのだろうか。もちろん、そんなはずがない。

やろうと思えば、いくらでも社会派っぽい映画をそれなりに撮れてしまう。なんとなく、ウェルメイドなものができてしまう。それは、心底、怖いことなのである。もちろん、最新の映像技術をやみくもに使ってみるだけでもダメだ。どんな映画作品も、映画スタッフ・キャストたちの人生も、「これしかない」

という絶対的な対象（他者）から迫られる形での、形式破壊や実験をたえまなく繰り返すことができないならば、どうしようもなく衰滅していかざるをえない。

どんなに同情や憐れみや使命感を高めていっても、私たちはただ、他者に出会ったつもりになることができるだけだ。もしもそこに、他者からの光に深く強く長く曝される、という受動的な無力さの経験がないのであれば。

そもそも、社会的に弱いとされている人々の眼差しに見つめ返されるのは、本当は、怖いことなのだ。なぜなら、彼らの眼差しに見つめ返されるとき、私たちはむしろ、自らの内なる弱さに気づかされてしまうからだ。

私たちは弱い、目の前のただひとりの他者や場所の痛みにまっすぐ向きあうには、いつも、あまりにも弱いのである。

この世界で誰かと出会えたことは、ただの偶然であり、その人と別れていくのも偶然の機縁にすぎないかもしれない。しかしその誰かと再び出会いなおす、何度でも出会いなおし続けるには、依然として、持続的な勇気がいるのだ。土本もやはり、そのおりおりの偶然の出会いや機縁を、おのれのなけなしの意志の力で、自分が今振るってしまっている暴力の怖さに何度も向きあいながら、宿命的なものへと高めていったのだ。私たちがそこから学ぶものは、今も、大きいのではないか。

ならば、私たちもまた、現代のこの映像圏的な環境の中で、自らの暴力に躓き、それを臨界的なゾーンで浄化するようにして、見慣れた目の前の人間や風景に新しく出会いなおしていくことができるだろうか。

それはたとえば、私たちの手元にある、このありふれたホームビデオや携帯電話やスマートフォンで撮られた画像や動画にすら、土本のような倫理的な（超暴力的な）眼差しが宿る、それは宿りうる、ということだ。これは奇妙な言い方かもしれない。しかし、実際に、映像アーカイヴの時代においては、映画も携帯動画も監視カメラの映像も、すべてがフラットで等価なものになっていくのであり、逆に言えば、それらは平等な価値を潜在的にもちうるはずである。

ここでいう超暴力とは、特に難しいことを言いたいのではない。撮ること・観ることの暴力に向きなおり、それを浄化していくようなやり方を試行錯誤していくこと。その都度その場で、創意工夫し、実験し、発明していくこと。ただそれだけのことである。

必要なのは、土本の映画をあれこれ解釈したり、消費したりすることではない。土本はやはり凄かった、と神格化することでもない。土本が患者さんたちからの光によって自らの眼差しの倫理的な覚醒を促されたように、私たちもまた（土本の眼差しに遡行しながら）目の前の平凡でありふれた現実に向けて、自らの眼差しを倫理的に覚醒させていくことができるか、ということである。

ありふれた他者や場所との出会いを通して、この世界の無限の甦りを見せつけられていくとは、どういうことか。

たとえば被災地で。3・11のあとの、首都圏の暮らしの中で。家族や仲間とのありふれた生活の中で。それぞれが生きるべき、向きあうべき「そこ」で。自らの一生を問われるための仕事として。

この私もまた、暴力と享楽と遊びと甦りが雑じりあっていく「そこ」から、すべてをはじめなおさねばならない。

# 註釈

❖1 『ズートピア』は、人類が積み重ねてきたリベラルなもののすばらしさ、リベラル・ユートピアという希望（人類が漸進的に目指すべき統制的な理念）を高度な形でエンタメ化した作品である。ズートピアとは「ズー＋ユートピア」であり、多様な動物たちが共生するユートピア的な都市のことだ。動物たちの共存は、多文化共生社会のメタファーであり、異なる人種や民族、あるいは健常者と様々な障害者たちが自由に快適に共存しうる環境を象徴する。

物語の途中で、草食動物たちに潜在していた肉食動物への恐怖をトリガーとして、ポピュリズム的な排外主義の嵐が吹き荒れる。しかし事件の解決とともに、物語のラストには、再びリベラル・ユートピアの秩序が回復する（あらゆる動物たちが——犯罪者たちすらもが——ともに踊り、歌うという夢）。まだまだ理想的な多文化共生が実現しているとはいえないし、根深い差別意識や恐怖感も残っているだろうが、たとえそうだとしても、歴史が漸進的に積み上げ、勝ち取ってきたリベラルな寛容さという価値観を誇りに思い、祝福し、それを寿ごう。いつかきっと、私たちは本当の意味でのリベラルなユートピアへとたどりつけるだろう……。『ズートピア』は、そのような作品であると言えるだろう。

たまたま、ドナルド・トランプの大統領選勝利の数日後に、私が大学院で担当している非常勤の授業の場で、ある学生が『ズートピア』で発表を行ったのが印象的だった。この世界には物語のようにリベラルな価値観が再生するのだろうか。虚構の中の理想主義と現実のひどさは異なる、ということなのか。

❖2 細田守の作品は、ピクサーや近年のディズニー作品とは歴史も文脈も異なるものの、いわば「日本的なリベラル・アニメーション」の最良の形を模索してきた、とも見なせるだろう。実際に細田は、物語の中に、その時々の社会的・時事的・PC的なテーマを的確に盛りこんでいる。細田作品は、宮崎駿や庵野秀明のような作家主義的な過剰さはなく、大衆の最大公約数的な欲望を満足させてくれるような、つるっとしたウェルメイドな作品に仕立て上げられている。おそらく細田作品は、誰がみても、それなりに面白く、ほどほどに楽しめるはずだ。

近年の細田守は、性別や年代を超えて届きうるような大衆的な娯楽作品を目指してきた。そのために、宮崎駿や高畑勲のような過剰さ（いびつな作家的な欲望）をあえて少しずつ消し去ろうとしてきたように見える。それは細田の戦略である。細田守はしばしば、自分には強い作家性はない、と言っている。アニメーションとは、そもそも、性別や年代を超えて、あらゆる人が楽しめる「公共物」であって、おのれの作家性の表現ではない。自分のアニメは「公園」のようなものであることが望ましい、と。しかし、それでも、個々の作品をみれば、「細田守的なもの」というほかにない作家性の痕跡はある。

一方で細田は、初期の東映動画が確立した「日本的な長編アニメーション」の伝統を継承してきた。ジブリの入社試験に落ちたり、『ハウルの動く城』の監督予定が中止になったりしているが、ジブリ的なものへの屈折した親愛は変わらないようだ（たとえば『バケモノの子』は『千と千尋の神隠し』への対抗＝応答でもあるだろう）。つまり、細田守もまた、政岡憲三→東映動画→ジブリという正統的な流れ（ディズニー的なフルアニメーションの日本的展開）の継承者の一人である。

しかし他方で、細田は、アニメーションのデジタル化時代にいち早く適応したアニメ監督でもある。演出家としてのデビューの時期が、アニメがデジタル制作へと切り替わっていく時期とシンクロした、ということもあるだろう。東映動画がデジタル制作へと移行する画期の作となった『ゲゲゲの鬼太郎』によって、細田の演出家としてのキャリアがはじまる。一九九〇年代中盤以降のテレビアニメの世界で、デジタル技術を用いた先鋭的な演出によって注目されていた。

細田守という人には、もともと、独特の受動性（自我の薄さ）がある。たとえば、細田作品を特徴づける有名な「影なし作画」（キャラクターに影をつけずに作画する手法）は、細田自身の無個性な薄っぺらさ（平板さ）を象徴するものだろう。実写を取りこんだリアル志向の背景美術の中に立ったときに、影がなく、ぺらぺらで、淡い色調の細田的なキャラクターたちは、幽霊のように存在感が希薄である（逆にそのことによって独特のリアリティがあるわけだが）。そうしたぺらぺらのキャラクターを、アニメーション的な「動き」や「情動」によっていかに輝かせるか。おそらくそこに細田的なキャラクター表現のユニークさがある。

その場合、細田的な受動性には二つの傾向がある。①デジタルなものの全面化・侵食に対する受動性。②その時代ごとの社会問題（リベラル／ソーシャルなもの）に対する受動性。

まず①について。細田守はアニメのデジタル化に適応した作家であるが、必ずしもアナログからデジタルへの流れを手放しで受け入れてきたわけではない。この点は誤解されがちだろう。たとえば『ぼくらのウォーゲーム！』の新型デジモンや、『サマーウォーズ』のラブマシーン、あるいは『バケモノの子』の「鯨」の描写など、そもそも、細田作品における最大の「敵」（世界を危機に陥れる存在）は、しばしばデジタルなもののバグや暴走という形を取ってきた。細田はデジタルネイチャー的なものが世界を侵食していくことを受け入れながらも、そのことにどこか根源的な違和感をも抱えている（新海誠にとって、自然とは崇高で非人間的なものであるとすれば、細田にとって、自然とは人間が内在するフラットな環境そのものである）。

デジタル化＋リベラル化という「環境」は、肯定や否定の対象ではなく、受け入れて適応せざるをえないものであり、すべてがフラット化されていく環境の中で、いかに唯一無二のエモーションは可能か？　子どもたちにひと夏の「新しい王道」の感動を与えることができるか？　というモチーフ。それは、デジタル化時代の中でテレビアニメ的なものと同時に劇映画的なもの（東映〜ジブリの伝統に属する）をも生かしていく、という両義的なスタンスとも関係している。たとえば『バケモノの子』の渋谷（デジタル化されたCG技術によって表現）と渋天街（東映・ジブリなどの長編アニメ劇映画の伝統によって表現）の対比は、そのまま、アニメ作家としての細田守の葛藤をも示すものだろう。

②について。細田守は、日本アニメの伝統に即しながら、現代的なリベラルなもの、ソーシャルなものの問題を巧みに作中に取り入れて、ウェルメイドな物語作品を作り出してきた。たとえば『サマーウォーズ』ではネット社会／田舎の大家族、『おおかみこどもの雨と雪』では母子家庭やマイノリティのカミングアウト、『バケモノの子』では父親問題や疑似家族の可能性など。

特にスタジオ地図を立ち上げてからは、その傾向がはっきりしている。『おおかみこどもの雨と雪』では、花は父親がいず、若くして苦学し、バイトしながら国立大学に通っている。ある種の社会的なハンディを背負っているという設定なのである。そして大学生のときに妊娠出産し、シングルマザーになる。また、恋人が「実は自分は狼男である」と告白する場面は、明らかに、性的マイノリティのカミングアウトのそれをイメージさせる（狼男は伝統的にマイノリティのメタファーの一つである）。狼男は、自分の秘密を今まで誰にも打ち明けたことがない、君が去ってしまうかもしれないと思うと怖かった、と告白する（その後、細田作品としては珍しく性的描写が入る）。花はその後、田舎暮らしに移ったあとも、周りの誰にも「自分の子どもたちは狼人間である」ということを打ち明けられないのだ。また二人の「同棲→妊娠→出産」というライフストーリーにおいても、つわりの場面、男が料理する場面、自宅出産など、妊娠と出産をめぐる生活の細部を細かく描いていく。『バケモノの子』でも、小学校も出ていない蓮が人間の社会で大学へ入るには具体的にどんな手続きが必要なのか、その過程をいちいちリアルに描いている。

作家性を希薄化しようとしてきたとはいえ、細田は他方で、自分の個人史を作品の中に埋めこんでいく作家でもある。恋愛（『時をかける少女』）→結婚（『サマーウォーズ』）→出産・子育て（『おおかみこどもの雨と雪』）→疑似家族（『バケモノの子』）という流れがある。ただしこれはむしろ、細田という個人の実体験が、特別なもの、特殊なものではなく、多くの人間がごく当たり前に経験するような一般的な体験（リベラルでソーシャルな体験）にすぎない、ということを意味するのだろう。しかもそのような結婚や子育ては、個人的なものでありつつ、地域コミュニティの問題や社会的な問題でもある。すなわち、その時代や社会の流行した（あるいは細田自身がその頃に実生活で経験した）リベラル／ソーシャルなモチーフに対する「染まりやすさ」が、細田守のもう一つの特性といえるのである。

特に『サマーウォーズ』以降の作品では、「人間は社会的な存在であり、家族や地域コミュニティの人々から支えられて生きていく」というテーマをポジティヴに描くことが多い（リベラル＝ソーシャル）。『サマーウォーズ』では田舎の大家族が描かれたし、『おおかみこどもの雨と雪』や『バケモノの子』には、片親だけでは子育ては困難であり、それは地域住民たちの（ほどほどに軋轢はありつつも）支援のネットワークに支えられねばならない、というメッセージが感じられる。

ただし、基本的にはリベラルで優しい配慮に満ちた世界の中に、突然、奇妙に保守的なモチーフが現れる、というところに細田作品の不思議なねじれがあり、独特の作家性がある。そうした細田作品の特性は、しばしばPC的な批判や論争の火種にもなってきた。たとえば『おおかみこどもの雨と雪』では、設定としては社会的貧困や性的マイノリティの問題を扱っているのに、花（母親）が「すべてを受け入れ、子どものために無償で自己犠牲し、いつもニコニコ笑っている」という女性として描かれているのは、どうなのか。あるいは、花の二人の子どもは、物語の最後に対照的な道を選んでいく。姉は男の子から承認されて自己実現し、弟は内なる野生（男らしさ）に覚醒して自己実現するのである。しかしそれは「女は女らしく／男は男らしく」という保守的な男女分業のステロタイプに陥ってはいないだろうか……。

細田は、『バケモノの子』について、次のようなことを言っていた。これは、親と離れ離れになった少年の丸太が、熊徹というバケモノと出会い、弟子入りし、修行を通して成長していく、という物語である。つまり王道的な冒険活劇（修行＋アクション）である。かつて細田の世代には、たとえばブルース・リーやジャッキー・チェンの映画、『ベストキッド』などの王道的な映画があったが、今の子どもたちにとって、そういった王道の作品は身近に存在しているのだろうか。夏休みに子どもが冒険して、大人へ向けて成長する、そういう映画は絶対にあったほうがいい。もし、今、そのような物語がないならば、自分たちの手で「新しい王道」を作らなくちゃいけない、と（「ひと夏の〝映画〟に向かって」、『ユリイカ』二〇一五年九月号）。

しかもそれは、現代的な社会の困難や厄介さをしっかりと見つめた上での、新しいタイプの王道的なアニメーションでなければならない。たとえば細田は、亡くなる前の俳優の菅原文太との対話の中で、菅原がこれからの時代には映画を作ることに意味がないのではないか、と悲観的に述べたのに対し、東日本大震災のようなことがあり、菅原さんがそのようなことを言うのもよくわかる、けれども、今後も絶対に映画を作って楽しいと感じること、映画を観ることを楽しめることには意味がある、ずいぶん長時間、そういったことを話したという。

細田は『バケモノの子』を「新冒険活劇」と呼んでいる。それでいえば、細田作品のモチーフは――デジタル化／ポストモダン化を受け入れた上での――「新王道」にある、と考えられるのかもしれない。細田的な新王道。それは、すべてが曖昧になり、フラットになり、足元がふわふわしていく環境の中で、それでもなお、アニメを通して唯一無二のエモーションを表現すること、そしてそれをかけがえのないものとして観客や子どもたちに伝えていくことである。実際に、たとえ少しくらい辻褄があわなくても、無理やりでも、不完全であっても、強引にでも、とにかく、エモーションの力によってすべてを押し切ってしまえ！　というパッションが細田作品にはある。

たとえば細田作品の中では、キャラクターたちがよく走る。何だかよくわからないが、とにかく走るのである。よく考えてみれば、『時をかける少女』でタイムリープを行うのに、全力で走る必要はなさそうに思える。あるいは『おおかみこどもの雨と雪』では、都会から田舎へ移ってしばらくすると、母子三人が雪の中を転げ回り、ひたすら走り回るシーンがある。子どもたちは狼に変身して、木立を抜けると雲一つない青空が見える。あたかも、それまでの都会と田舎、人間と狼、親と子、男と女のあいだの様々な矛盾や（物語の展開に対する細かい）違和感を吹き飛ばすような、健康的ですばらしい爽快感がそこにあった。

重要なのは、何もかもが曖昧でぐずぐずになっていく現代の日本的環境＝悪場所の中から、未来へと開かれた新しい価値観を再帰的に組織化すること、再組織化することなのだ。『時をかける少女』では青春の意味が再組織化され、『サマーウォーズ』では、ヴァーチャル空間＋田舎の大家族の関係が揚棄される形でコミュニティが再組織化される。あるいは『おおかみこどもの雨と雪』『バケモノの子』では、旧来の家族機能がもはや機能していない状況の中で、新しい家族の関係が再組織化されていくのである。そこにあるのは、いわば、薄っぺらな、既視感のある、張りぼてのような材料を何とか組みあわせて、強引にでも、無理やりにでも、現代の新しい王道を作ってしまおう、という「覚悟」のようなものなのではないか。

❖3

ある時期までは「ポスト・ジブリの筆頭は誰なのか」「ポスト宮崎駿としての、新しい国民的なアニメーション作家は誰になるのか」という期待感が漠然と世の中にあったように思う（もちろんアニメーションの世界も様々であり、本当は「ポスト・ジブリ」というアングルだけで何かを語ることはまずいのだが）。おそらく二〇一五年頃までは、その筆頭に細田守の名前があったのではないか。現実的にもスタジオジブリの新作が作られなくなった中で、日本テレビが定期的に細田守のアニメを放送し、老若男女がお茶の間で細田アニメを楽しむようになった。つまり新たな国民作家的なアニメーション監督としての期待を集めていたのである。

ところが二〇一六年になって、そのような空気は一気に変わった。新海誠と庵野秀明の二人は、一部のオタクが熱狂的に支持するマニアックな作家という限界を突破して、一挙に大衆的な人気を獲得した。今から思えば、二〇一五年までは「細田守が次世代の国民作家になるのかもしれないが、それはちょっと物足りない気がする」などと不満が言えていたのは、じつは、牧歌的で平和で幸福でいられた時期だったのかもしれない。さらに思えば、東日本大震災のあとの殺伐としたひりつく空気の中で『風立ちぬ』（二〇一三年）を完成させた宮崎駿は、時代の困難に対してやはり誠実であり、真摯だったように思える。

宮崎駿は『風立ちぬ』によって、『紅の豚』以来、一一年ぶりに自画像を描こうとした。主人公は航空技師の堀越二郎であり、後の三菱重工業に勤め、零戦（零式艦上戦闘機）の設計を行った男である。二郎の人生には困難な矛盾があった。二郎は優れた技術者であり、ただ、美しい飛行機が作りたかった。しかし、彼が作った飛行機は戦争に使われ、結果的に、大勢の若者たちを殺してしまった。二郎にとってのゼロ戦の開発は、明らかに、宮崎駿にとってのアニメ作りのメタ構造を意味する。それはそのまま、近代的な技術開発と娯楽の高度化が、人々に快楽を与えながらも、自己矛盾的に破壊や死をもたらしていく、という近代の宿命としての「啓蒙の弁証法」(ホルクハイマー＝アドルノ)のジレンマを象徴するものであり、さらにこの国の戦後的なジレンマ――戦争と平和をめぐるジレンマ――をも象徴するものだった。

最善を尽くしたつもりだが、結果的に、もっとも愛する者たちを踏みにじってしまった。近代化の象徴としてのアニメ作りは、圧倒的に美的な快楽をもたらすものであると同時に、呪われた夢だった。二郎が最後に行き着く失語と沈黙はその臨界点を示している。それはどんなに深い孤独だったか。そこには誰とも分かちあえず、黙って耐えるしかない人生の重みがあった。

その意味では、「戦後」の臨界点で製作された『風立ちぬ』というミリタリーアニメーションは、おそらく、政岡憲三や瀬尾光世らの存在によって代表される戦時下のアニメーション、たとえば『くもとちゅうりっぷ』『桃太郎の海鷲』『桃太郎　海の神兵』のようなアニメーションに対する批判的／継承的な応答にもなっているのだろう。アニメ研究者のセバスチャン・ロファ『アニメとプロパガンダ――第二次大戦期の映画と政治』(原著二〇〇五年)が跡付けているように、アニメーションとは、世界中で第二次世界大戦期にいっせいに花開いた総合芸術であり、戦争動員のための技術という側面が強かった。そして萩原由加里『政岡憲三とその時代――「日本アニメーションの父」の戦前と戦後』(二〇一五年)が論じるように、政岡や瀬尾のような作家について、「戦争協力的なプロパガンダ作家か、プロパガンダに協力せず平和志向を貫いたアニメーション作家か」というような単純な図式化で割り切ることはできないのである。

大塚英志『ミッキーの書法――戦後まんがの戦時下起源』(二〇一三年)によれば、日本のマンガ・アニメの美学や方法は、一九三一年〜四五年の一五年戦争(ファシズム体制期)に成立したものだった。このあいだに、日本のアニメーションの領域で、ロシアアヴァンギャルドの美学(構成主義やエイゼンシュテインの映像理論)とディズニーアニメーションの方法(キャラクターの作画法やマルチプレーン方式)が融合する、という現象が起きた。一九三〇年代に生じたマンガ・アニメ表現の革新によって、日本の伝統的な「鳥獣戯画」や絵巻物などのスタイルが一度「切断」されたのであり、戦後に神様と呼ばれるようになる手塚治虫のマンガ・アニメ表現もまた、こうした切断なしにはありえなかった。ジブリ的なアニメーションも、もちろん、そうした切断の先にあるものなのだ。

宮崎駿の『風立ちぬ』が歴史や時代に対して誠実であるというのは、この国が背負ってきたアニメーションの歴史——それはまさに戦争と平和のジレンマそのものであり、啓蒙と野蛮の弁証法である——の総体に対して誠実だった、という意味である。後述するような歴史修正＋ワカイ系の空気が蔓延する中では、特に、その誠実さの価値が強く感じられる。

もちろん時代は後戻りできないし、巻き戻しもできない。泣きごとを言っても虚しい。どんな時代においてもそうだったように、誰もが不透明な、先行きのみえない歴史の渦中を、手探りで、試行錯誤しながら生きていくしかない。『風立ちぬ』は、「戦中国策映画→東映動画→ジブリ→アニメ的でマジカルなファシズム」という歴史を自覚的に背負いながら、日本の戦後アニメーションの宿命を臨界領域へと推し進めた。逆に言えば、本人が自嘲気味に繰り返しているように、そこに「戦後の国民作家」としての宿命を背負った宮崎の限界もあったように思える。すると、それに後続し後発していくより若い世代の人々は、さらに作り手よりもさらに若いだろう多くの観客たちは、宮崎的な誠実な葛藤のさらに先の未来を切り開いていかねばならない。

私たちが生きているのは、いまだにどうやってうまく名指していいのかわからず、どのように定義すればよいのかも未決定な二一世紀型の「ファシズム」「全体主義」「ポピュリズム」「ジェノサイド」の時代であり、新しい「戦争と平和」の時代である。すでに私たちの歴史的現実は物語や神話の中にあり、ある種の戦争状態の中にある。しかしそれは二〇世紀的な総力戦とも異なる新事態である。そもそも戦争状態とは何を意味するのか。どこまでが過去の戦争や全体主義の反復であり、どこからが新事態なのか。その上で、いかに戦争に抗し、いかに平和を定義づけるか。困難な時代状況の内側を生きながら、時代に流されながらもそれに棹差すことなく抗って、時代状況にふさわしい新たな美的・感性的・政治的な批評の言葉を発見していかねばならないだろう。

❖4
従来の東宝系の怪獣映画は、ドラマパート＋特撮パートという二つの異質なモードの組みあわせから成り立っているものが目立つ。『シン・ゴジラ』のAパートは、そうした東宝怪獣映画の伝統を踏まえながら、ドラマパートに手振れカメラやネット的手法を導入することによって、現代的なドキュメンタリー映画のようなリアリティを実現してみせた、ということである。

❖5
ブルーレイの特別版三枚組中の特典Ⅱディスクに収録された「現場アウトテイク　現場出しニュース・番組集」には、映画内で部分的に使用するためにわざわざ制作された架空のＮＨＫのニュース、民間報道番組、昼のワイドショーなどが収録されている。それらはパロディのテレビ番組を非常に高度な形で擬態したものであり、視聴者の目にテレビというフレームを通して見えてくるリアリティ（報道ゆえの真面目さがかえってコミカルでもある）によって、『シン・ゴジラ』本編とは別のアプローチによって巨大不明生物のリアリティに迫ることを試みている。また四五分二五秒にも及ぶ「現場アウトテイク　未使用テイク集」も非常によくできており、もう少し追撮や編集を施せば、これも一本の映画として成立するのではないか、と感じさせるほどだ。しかも未使用テイク集の映像は、本編が意図的・戦略的にカットした眼差しによって、つまり、地べたを生きる民衆や庶民たちの眼差しによって巨大不明生物の未曾有の脅威を見つめるものである。被災地の瓦礫や廃墟、逃げ惑って避難する一般の人々、家族を失って泣き叫ぶ人々、避難所の日常の光景など、庵野がそれらの目線を必ずしも無視し切り捨てていたのではなかった、という事実がよくわかる。しかしこれは逆に言えば、本編のリアリティと激突し不協和音を奏でるそれらの地べたからの映像を、撮影はしていたにもかかわらず結局、最終的にはカットし無用のものとして切り捨てたことの意味を、あらためて再考させるものである。

❖6

たとえば高史明『レイシズムを解剖する――在日コリアンへの偏見とインターネット』（二〇一五年）は、二〇〇〇年代以降の、インターネットコミュニティを中心とした在日外国人、特に在日コリアンに対するレイシズム的な偏見の拡大を、計量的に分析している。二〇〇〇年代後半からネット右翼の存在がメディアで指摘されるようになり、二〇〇七年には在特会（在日特権を許さない市民の会）が結成され、二〇一三年にはヘイトグループの活動が先鋭化して報道が盛んになされるようになり、ヘイトスピーチに対する社会的関心が急増した（二〇一三年のユーキャン新語・流行語大賞のトップテンに「ヘイトスピーチ」が入っている）。

高はまず、アメリカのレイシズム研究の蓄積を参照し、古典的レイシズムと現代的レイシズムの違いを整理している。古典的レイシズムとはたとえば「黒人は道徳的および能力的に劣っているという信念に基づく偏見」のことである。このような人種差別的な偏見は、二〇世紀後半以降、ナチスに対する反省や公民権運動などの流れによって、社会的には容認されないものとなってきた。

そのような古典的レイシズムに代わって出現してきたのが、現代的レイシズムである。それは次のような思考回路を取る。①黒人に対する差別や偏見はすでに存在しない（差別の否定）。②したがって、黒人と白人のあいだの格差は、黒人が努力しないことによるものである（自己責任化）。③それにもかかわらず、黒人たちは今もまだ差別に抗議し、過剰な要求を行っている（権利要求それ自体への反感）。④彼らは本来得るべきもの以上の特権を得ている（特権批判）。

すなわち、非科学的な前提に基づく人種分離は間違っているが、現代的なレイシズムは「真実」に基づく正当な批判であり、レイシズムではない、とするのである。しかし実際には彼らの主張する「真実」自体がフィクションであり、非-事実なのだが……。このような現代的レイシズムの思考パターンによく似た傾向は、女性や同性愛者などの被差別マイノリティの地位が歴史的に改善された場合に、普遍的に見られる傾向でもあるという。

レイシストたちにはマスメディアへの不信（メディアはコリアンに対する真実を明らかにしていない）とネット的な情報源への没入（ネットこそが隠された真実を明らかにしている）が強くあるという。

❖7

庵野は二〇一三年七月五日付の企画メモで『シン・ゴジラ』の物語の構成要素を決め、その後は神山健治の協力のもとに物語の構成をまとめて、プロットの執筆作業を進めていった。神山が企画から離れたのちも、単独でプロット作業を進め、二〇一五年一月七日に完成版の原型といえる段階にやっと到達。その後も何度も修正を重ねている。

❖8

ただしこれは、セカイ系的な精神に依拠する限りでは、私たちはロマン的で実存的な感傷にとどまることしかできない、ということなのかもしれない。ロマン的＝セカイ系的な精神によっては、自然の脅威に対する諦念と忘却に身を委ねること、社会（この世界）に対する抵抗と戦いをスルーすることしかできない、と。

それならば、まさに「人類補完計画」としての日本的な国家主義やマジカルなファシズムへと没入し融和するのではなく、かといって、実存的な日本浪漫派（セカイ系）の精神にとどまるのでもなく、どうしようもなくロマン的な痛み（実存と秩序の亀裂、人間と自然のあいだの残酷なずれ）を抱えこみつつ、そこからもう一歩を踏みだして、社会の側へともう一度対峙すること、いわば（ワカイ系でもセカイ系でもなく）シャカイ的なロマン主義——しかも革命的なロマン主義者ではなく、ロマン的な革命主義者——へと自己変革していくためには、どうすればよかったのか。

❖9

ランシエールの言葉を引用する。「あるのはただ、いつでもどこでも不意に現れる可能性がある、ディセンサスの舞台だけである。ディセンサスが意味しているのは、仮象の下に隠された現実があるのでもなければ、すべての者にその明証性を押しつけるように所与を提示し解釈するただひとつの体制があるのでもないような、感性的なものの組織化である。つまり、どんな状況も内部で引き裂かれ、異なる知覚と意味の体制のもとで再編成されるということだ。知覚しえるものと思考しえるものの風景を再編成することは、可能な事柄の領域と能力と無能力の分配とを修正することである」。「そこにこそ政治的な主体化のプロセスは成り立つ。それは、物の数に入っていなかった諸能力が活動することで所与の統一性および見えるものの明証性を引き裂き、可能な事柄の新たな地形図を描き出すことなのである。集団が解放を理解するということは、従属の包括的なプロセスを理解することではない。それは、ディセンサスの舞台に投入される能力を、集団で共有することなのである（『解放された観客』）。

❖10

作品内のキャラクターとしてのすずに限らない。そもそも、『この世界の片隅に』というアニメーション映画自体の制作過程、そして上映運動のプロセスにも、そうしたディセンサス的な政治――新たな資本と感性のあり方を分割しなおすこと――の力がはらまれていた。これまでにも片渕作品は、ネットや地元の声に後押しされて、既存の上映のあり方とは少しズレた回路を通して、息の長い地道な上映運動として、足元の雑草がじわじわと増殖するかのように全国各地へと広がってきたのである。

たとえば『マイマイ新子と千年の魔法』は、公開当初は興行的に失敗している。しかし一定数の熱心なファンを獲得し、上映継続を求めるインターネット上の署名運動などが自然発生的に巻き起こって、いくつかの映画館がさらなる上映継続を決めた。その結果この作品は二年間に及ぶ異例のロングランとなった。のみならず『マイマイ新子と千年の魔法』の舞台となった山口県防府市では、地元の人々が参加して野外上映会が行われたり、映画の舞台となった場所を親子で探して遊ぶ「マイマイ親子探検隊」という企画が行われたりもしてきた。地元やネットを中心に、観客やファンを巻きこんで（大きな資本をバックにした大規模な宣伝を経ずに）息の長い堅実な上映に繋がっていく、という『マイマイ新子と千年の魔法』の上映運動のあり方は、そのまま『この世界の片隅に』へと繋がっていった。

『この世界の片隅に』もまた、大資本を背景として潤沢な資金のもとに制作されたわけではなかった。完成までに六年の歳月がかかった。片渕の熱意は周囲の人々を感化し、広島を中心に完成を望む声がしだいに高まっていったが、資金調達のメドは一向に立たなかったという。その打開策となったのが、よく知られている通り、二〇一五年三月に実施されたクラウドファウンディング（インターネット上で一般の人々から制作資金を調達する方法のこと）だった。目標金額は二〇〇〇万円と高額だったが、開始からわずか八日と一五時間あまりで目標金額を突破。最終的には全国から三三七四人、三九一二万一九二〇円もの支援を集めた。これは映画ジャンルにおける当時の国内クラウドファウンディング関連のプロジェクトの中でも最高人数であり、最高金額を記録した。そして封切りの公開映画館の数はわずか六三館だったにもかかわらず、徐々に評判と規模を広げて、二〇一七年六月一六日時点で観客動員数二〇〇万人、興行収入二五億円を突破し、ミニシアター系の映画としては異例の長期的なヒット作となったのである。

### ❖ 11

この意味では、『この世界の片隅に』に似ているのは、クリント・イーストウッドが監督・出演した『ハドソン川の奇跡』（二〇一六年）かもしれない。これもまた、二〇一六年に日本で公開された作品である。『ハドソン川の奇跡』は、二〇〇九年一月一五日に現実に起こった、USエアウェイズ1549便の不時着水事故を題材とし、これをフィクション化している。しかしこの作品は同時に、誰の目にも明らかなように、「二〇〇一年九月一一日のニューヨーク同時多発テロによって人々が死ななかったかもしれない世界」を描いたポリティカル・フィクションなのだ。エンドロールが流れる辺りでは、実際の事故当時の写真が使われ、また現在の機長とその妻が登場し、見学者たちに向けてスピーチを行う。フィクションとドキュメンタリー、現実と虚構がモザイク状になっているのであり、これはイーストウッドの『アメリカン・スナイパー』（二〇一四年）のラストの展開とも相同的な構造である。

ニューヨーク同時多発テロが起こった世界ではなく、飛行機がビルに突っ込まず、また誰も死なずに飛行機が無事に着水を成功させた世界。テロそれ自体がなかったことにされた世界――。『ハドソン川の奇跡』が観客に暗に伝えようとするのは、そのような可能性である。

なお直接的には9・11を描かず、間接的に映画のモチーフとして取り扱うという意味では、一九七四年にワールドトレードセンターでゲリラ的に綱渡りを行った大道芸人フィリップ・プティの姿をフィクションとして描いたロバート・ゼメキス監督の『ザ・ウォーク』（二〇一五年）もまた、『ハドソン川の奇跡』と似ているといえる。ただしゼメキスの『ザ・ウォーク』は、あくまでも、言語化も映像化も不可能な9・11という出来事の「喪」の悲しみを――出来事そのものについては劇中で一言も語らず表象もしない、というレティサンス（意図的な語り落とし）と黙説法によって――絶対的に焼きつけるものであり、むしろその「語りえない喪の悲しみ」のみを指し示すために作られた映画である。『ハドソン川の奇跡』はそれとはアプローチの仕方が異なる。

では『ハドソン川の奇跡』は、『シン・ゴジラ』『君の名は。』と同じように歴史修正的な映画なのだろうか。おそらく、微妙に違うのだ。

『ハドソン川の奇跡』では、現在／過去／夢・幻影などがモザイク状に交錯していく。それは事故によってトラウマを抱えた機長の精神状態を映像論的に示すものでもある。サリー機長は英雄扱いされ、メディアの寵児になる。しかし、その評価はすぐに逆転してしまう。事故の調査委員会（国際運輸安全委員会）によって、どうしてすぐに空港に戻らなかったか、機長の判断は本当に正しかったのか等々、延々と追及される。企業責任や保険の問題が絡んでくるからだ。サリーは目前に危機が迫る中で、長年の経験と視認と直感を総動員して、一つの決断を行った。しかし周囲は、出来事が終わったあとになって、機長のミスを執拗に粗探しする。最近は家族環境に問題はなかったか、夫婦仲はどうだったか、という疑いすらかけられる。まるで乗客を救ったことが間違いだった、とでもいうかのように。

周りの人々は事後的な視点から「こうしていればよかった」「ありえたかもしれない選択肢」によって責め立てる。これに対しサリー機長は、自分の職務行為があくまでも一回的なもの、事後的ではなく事前的なもの、つまりは歴史修正もシミュレーションも不可能なものだった、という端的な事実に一貫して拘り続ける。たとえば機長は自分が試みた「不時着水」をなぜ調査委員会の人々が「墜落」と言い換えたがるのか、そのような言葉による事実の歪曲に一貫して批判的である。周囲の人間やメディアがなぜ、一回的な出来事の交換不能性に驚くのではなく、別の歴史や物語を好き勝手に思い描きたがるのか、出来事や歴史とはそんなものなのか、そのことへの絶対的な違和感をどうにもできない。サリーは困惑し、疲弊し、鬱屈を深めていく。『ハドソン川の奇跡』は、人生や歴史には「この選択」しかありえなかった、という事実の怖ろしさに踏みとどまろうとする映画である。つまり、可能世界（シミュレーション）を云々するなんて馬鹿げている、「この一回」の決断（個人の体験と経験に支えられた決断）に賭けるしかない、という最善説（ライプニッツ）的な映画なのである。まず、そのことを確認しておきたい。

しかし、話がさらに複雑にねじれてくるのは、この先のことだ。というのは、二〇〇九年のハドソン川への飛行機の着水という経験は、二〇〇一年の9・11のテロの悪夢（トラウマ）を打ち消す、という象徴的な機能を帯びているからだ。つまり、テロの悪夢を、乗客の無事救出の奇跡によって換喩的に置き換えるわけである。実際に作中には「ニューヨークでいいニュースは久しぶりだ。特に飛行機がらみで」というようなセリフがある。また、機長が何度も苦しめられる悪夢や白昼夢においては、飛行機がビルに突っ込んでいく。それをみて現実の9・11の映像を想起しないほうが難しい。

しかもそれは、本来異なる文脈をもつはずの二つの出来事を等価交換し、9・11同時多発テロがはらんだ国際政治的な諸問題や非対称を打ち消す、という機能的効果を帯びてしまってもいる。その意味では『ハドソン川の奇跡』は、歴史修正の物語ではないものの、歴史消去のための映画である、とはいえるのかもしれない。一つの小さな歴史的出来事の力によって、国家的・国際的なレベルでの巨大な歴史的トラウマの意味を打ち消そうとするからだ。つまり、『ハドソン川の奇跡』は、歴史的にすでに起こってしまった一回的な出来事の呪いを歴史修正することはできない、という苛酷な断念を受け入れながらも、それを打ち消すには別の一回的な出来事の力を用いるしかない、別の出来事の力によって一つの出来事の意味を打ち消すことであればできる、という物語なのだろう。二つの出来事を結びつけ、象徴的に等価交換する、という構図を作り出すためのポリティカル・フィクションなのである。

ポイントは、機長には乗客を救ったことによる英雄的な気分などはさらさらなく、全編のほとんどの場面で抑鬱的な疲弊の中にある、ということだろう。最後は機長の主張が認められ、報われるわけだが、それもヒロイックな気分に酔うというのではなく、あくまでも自分の職務を忠実に果たした人間の静かな誇らしさであり、職場の仲間たちとのささやかな連帯感であるにすぎない。「私は英雄ではありません。普通に仕事をしただけです」。

近年のイーストウッド作品において、それをどう考えればいいのか。たとえば『グラン・トリノ』（二〇〇八年）におけるイーストウッド自身の自己犠牲的な英雄化（イエス・キリスト化？）はやり過ぎにしても、『アメリカン・スナイパー』は、「傷ついた普通の庶民」の中に愛国的な英雄がいる、という物語であり、これも『ハドソン川の奇跡』の構図とよく似ている。命を懸けて決断し人々を救った英雄が逆に責められ、マスコミや世間によって傷つけられていく、というパターンである。彼らは自らを英雄視などしておらず、あくまでも普通の仕事だったと考えている。職務としてできる限りのこと、最善のことを行っただけだ。それなのに、メディアに翻弄され、周りから責められて、家族は壊れ、抑鬱的な気分にふさぎこんでいく。『ハドソン川の奇跡』の機長は、そのまま、戦場を生き延びた退役軍人たち（サイレントな英雄たち）のメタファーなのである。しかしそこで描かれる「身勝手な他人たちの眼にはみえない崇高さを抱いた普通の庶民」とは、いかにもマッチョな白人男性そのものであり、「トラウマを抱えた白人男性がアメリカ国家を陰で支えるひそかな英雄になる」という愛国的な回路をなぞってしまってはいないか。複雑な気持ちがするとは、そのことである。

その意味では、イーストウッド監督の映画としては、むしろ、『グラン・トリノ』と対をなす作品といえる『チェンジリング』（二〇〇八年）の世界観のほうが、私には、『この世界の片隅に』との類似性を思わせる。実際に『チェンジリング』は、子どもを失った一人の女性の戦いの物語であり、彼女の狂気のような信念を描く物

❖12

語である。

すずには軽い知的ハンディか発達障害があるのではないか。つまりこの作品は「境界的でグレーな障害があるかもしれない女性の眼差しにとって、戦時下の日常はどのように見えるか」という実験で（も）ある。しかもそのことが、すずの「絵を描くこと」のマジカルな力を強化し、アニメーションのメタ的な自己言及（それはディズニー／東映動画／ジブリ的なフルアニメーションの現代的更新でありながら、いわゆる「初期アニメーション」の感触をもつ）となり、この世界を生き延びるための生存の技法としてのアート――「生きていく絵」（荒井裕樹）――にもなっていく。そのようなことを述べてきた。そうした面からみると、これも同じく二〇一六年に公開されたピクサー作品『ファインディング・ドリー』には、想像力の面で『この世界の片隅に』と共鳴し、響きあう面があるように思える。

シリーズの前作にあたる『ファインディング・ニモ』（二〇〇三年）は、簡単に言えば、父子家庭における父親と息子の相互的な自立の物語だった。これに対し、続編にあたる『ファインディング・ドリー』は、障害者家族の人々の相互的な自立の物語である。そもそもニモは他のきょうだいに比べてからだが小さく、片方のヒレが小さかった。これは子どもの小ささを表すと同時に、身体的なハンディをも意味する（ニモとマーリンは、父子家庭であると同時に、障害者家族でもある）。そしてドリーには何らかの記憶障害があり、それにあわせて物語全体の時間が錯乱し、現在と過去が入り乱れていく。

重要なのは、物語半ばまでの「マーリンたち（健常者）がいかにドリー（障害者・病者）をケアし支えるか」という前提が疑われはじめ、作品のモチーフがやがて「むしろマーリンやニモがいかにドリーの生き方に学ぶのか」へと反転していくことだ。しかもドリー自身もつねに「ドリー（メタ的なキャラクター）ならこういうときどうする?」と、メタ的な内省の方法を駆使しながら、成長していくのである。これらは障害学や当事者研究と呼ばれる学問・運動の領域の最先端とも共鳴している。

さらに『ファインディング・ドリー』は、定型的な家族イメージの書き換えの物語でもある。最初の頃、ドリーは、いかに生まれ故郷に戻って血縁家族（生みの親）に再会するか、もとの家族に戻るか、という近代的な家族の物語にフィットした欲望に駆りたてられていた。しかし後半になると、近代家族を乗り越えて、今いる人々でいかに新しく非定型的な拡張家族を再構築していくか、というポストモダンな家族物語へとスライドしていく。そうした現代的なテーマを盛りこみながら、子どもたちが楽しめる高度なエンターテイメントへとそれを昇華している。

❖13
二〇一六年九月に公開された『レッドタートル』に対してもまた、似たような感想をもった。スタジオジブリにとって初の海外との共同製作になった『レッドタートル』は、飛行シーンや津波の描写など、様々な面で宮崎駿の作品を想起させる。しかしベースとなる世界観は、高畑勲のほうに似ているのではないか。それはたとえば兄妹の幸福な心中物としての『火垂るの墓』を想起させる。

船の難破によって無人島にたどりついた主人公の男は、島の外（＝社会）へと脱出することを途中で放棄し、内なる世界（島）に戻って、怪異や妄想のような「女」（赤い亀が変身した姿）との生活を選択する。二人のあいだには子どもも生まれる。やがて成長した息子は、自立して、親元を去って一人で島を出るだろう。その後男は年を取っていき、内なる世界＝島で穏やかな寝てばかりの暮らしを送り、静かに寿命を迎え、女に看取られる。男を看取ると、女は赤い亀に戻って、海へと消えていく……。つまりこれは、オタク的な男性たちの夢見る理想的な人生の寓話にしか見えないのである。オタクがオタクのままで、外なる社会へ戻ることなく、幸福な人生をまっとうしていく物語。男に寄り添って最後まで看取ってくれる女は、幻想の亀であり、いわばアニメ的なキャラクターの暗喩である。

その意味で『レッドタートル』は、ポスト・ジブリ的な作品やハイブリッド・ジブリというより、セカイ系的なオタクの傾向をあえて純化してみせたジブリ作品という感じにどうしてもみえてしまう。確かにそれは、戦後日本を象徴するジブリ的なもののある側面を海外のアートやフランスのバンドデシネの文脈へと接合し、フュージョンさせてみせた。しかしその先に、日本の戦後的な限界を超える新たなアニメーション表現の進化や異種交配が生まれるのだろうか。パンフレットに寄せられた文章によれば、高畑勲はどうやらその可能性に期待し、それを信じたいと思っている様子である。だがプロデューサーの鈴木敏夫の言葉の節々から感じられるのは、そうした可能性に対する否定的なニュアンスである。

❖14
東京を戦場化し廃墟化したあとの、日常と非日常が混在し入り乱れるリアリティをいかに長引かせるか。こうした押井の欲望は、押井原作、大野安之作画のマンガ『西武新宿戦線異常なし』にはっきりと示されている。雑誌連載は一九九二～一九九三年、単行本の刊行は一九九四年。二つの押井版『パトレイバー』とほぼ同じ時期のマンガ作品であり、共通するモチーフをマンガという別の表現手段によって描いたものといえるだろう。

あるとき、政府が非常事態を宣言する。何らかの武装蜂起（七日間戦争）があり、日本国内に恒常的な内戦状態が生じ、日本政府は大阪へと移動し、東京には臨時革命政府が樹立した。しかしその武装蜂起が自衛隊によるクーデターなのか、左翼の革命勢力による内乱の革命への転化なのか、外国の社会主義国家の陰謀なのか、詳しいことは誰にもわからない。というか、もはやイデオロギーや政治的立場はどうでもいい、という空気である。必要なのは、ただ、東京の廃墟の中に非日常な解放区を演出することだ。解放区とは、戦争と平和のあいだの、束の間の非日常的な空間であり、武力制圧によって成立する暫定的な自治区として、既存の権力や法律が停止した時空である。

主人公の青年は、退屈な高校生活を一変させた出来事の中に決断主義的に飛びこんで、人民のために死を賭して英雄的な革命兵士になりたい、と欲望するが、現地に行ってみても人民などどこにもいない。そして正規軍ではなく、民間人による非正規の革命防衛隊に属さざるをえなくなる。しかもその仕事は、廃品回収やヤミ行為ばかりなのだった。

英雄的な死へと決断主義的に没入するのではなく、非日常の中でもだらだらと生き延びて、役立たずの野良犬的な集団としてのらくらとやっていくこと、都市の廃墟で難民まがいのキャンプ生活をいつまでも続けること。それが革命防衛隊の人々にとっては「革命そのもの」であり、永続革命の実行だったのだ（「カントク」と呼ばれるリーダーはかつては左翼運動に参加し、そののちに映画監督になった人物であるようだ）。

人類が滅びたかのような都市文明の美しい廃墟の中で、少数の仲間や犬だけが生き延びて、非日常の時間を過ごすということ。それは『ビューティフル・ドリーマー』のイメージそのものであるが、とすればあの作品におけるラムはいわば、『パトレイバー2』の柘植行人のようなテロリストたちの系譜に属する存在だったのかもしれない。テロリストとしてのラム。日常と非日常、現実と虚構がパッチワーク化した時間をできるだけ引き延ばすことを彼女は無意識に望んでいたのだから。

# あとがき

本書のモチーフや全体の構成については、すでに「はじめに」で書いたので、ここでは繰り返さない。初出時のタイトルは、以下の通り。

Ⅰ章　書き下ろし
Ⅱ章　今、絶対平和を問いなおす――「イスラム国」人質事件から（『すばる』二〇一五年六月号）
Ⅲ章　ジェノサイドについてのノート――リティ・パニュ、ジョシュア・オッペンハイマー、伊藤計劃（『新潮』二〇一五年二月号）
Ⅳ章　東浩紀論――楽しむべき批評（『新潮』二〇一四年一一月号）
Ⅴ章　災厄と映像――土本典昭と「甦り」の映画（『すばる』二〇一四年一月号）

Ⅱ章からⅤ章の論考については、基本的に、若干の直しにとどめた。その時々の空気の中で書いたことが大切だと思った（ただⅤ章の土本典昭への言及には加筆と削除がある）。またⅠ章には「『君の名は。』論――セカイとワカイの間に」(『すばる』二〇一六年一二月号)の内容を溶かしこんだ。文芸誌での編集を担当してくれた『すばる』の吉田威之氏、『新潮』の清水優介氏に感謝する。

なお、Ⅲ章で論じた映画監督リティ・パンについて、初出時は「パニュ」の日本語表記が一般的だったが、監督本人の希望で、現在では「パン」の表記が一般化している。単行本収録に際して「パン」にあらためた。

＊

本書は私にとって一一冊目の本になる。

個人的なことを付け加えると、最初の二冊の本が私にとっての第Ⅰ期(「批評と運動」のクロスポイントから思想の言葉を紡ぐこと)にあたり、そのあとの燃えつきやスランプやリハビリの六年ほどを経て、二〇一四年以降に刊行した何冊かの本が私の第Ⅱ期(オーソドックスな実存的印象批評の方法によって現代的なポップ/サブカルチャーに対峙すること)であるとすれば、昨年あたりから、すでに、第Ⅱ期の書き方(生き方)にもどうしようもない限界を感じている。手応えがなくなり、他者や対象について語っているつもりが、どうしても私語りになってしまう。疲弊と鬱屈が深く、体の芯は凍えている。根本的な切断と自己更新の必要を痛感する次第である。予感的に、目指すべきは「政治」と「理論」であると考えているが、どうなるかはまだわからない(その点では近年の男性論、あるいは相模原障害者殺傷事件をめぐる共著などは大切な仕事かもしれず、現在それらの続編をいくつか構想中である)。この『戦争と虚構』という時評的な性格の本が、文体と生活の変革のための一歩になれば——私自身にとっても転換期の批評になれば——と思う。だがこれは個人的な話にすぎない。

＊

本書は前作『ジョジョ論』（二〇一七年六月刊行）と同じく、作品社の福田隆雄氏に担当して頂いた。福田氏は出版不況のこのご時世に、批評や思想の本を世に送り出すことを熱心に助産してくれる、稀有な存在である。正直に言えば、この本は難産だった。刊行が遅れ、多大な迷惑をかけたが、辛抱強く付きあってもらった。心より感謝する。

吉田氏、清水氏、福田氏のような編集者の存在なしには、息絶えつつある批評の伝統の刷新はなく、批評の未来もないだろう。それに応えられるだけの仕事をし、新たな星座を作っていきたい。それに値する人間であろうとしたい。そう思っている。もちろん、来るべき新たな読者＝観客の皆さんとともに。

なお「はじめに」と「あとがき」は、衆議院議員総選挙と川崎市長選挙の投票日であり、超大型台風が接近中の二〇一七年一〇月二二日、その夜に記した。

杉田俊介

**杉田俊介**（すぎた・しゅんすけ）
一九七五年、神奈川県生まれ。批評家。法政大学大学院人文科学研究科日本文学専攻修士課程修了。二〇代後半より障害者ヘルパーに従事しながら、執筆活動を行ってきた。
著書に『フリーターにとって「自由」とは何か』（人文書院）、『無能力批評――労働と生存のエチカ』（大月書店）、『宮崎駿論――神々と子どもたちの物語』（NHKブックス）、『長渕剛論――歌え、歌い殺される明日まで』（毎日新聞出版）、『非モテの品格――男にとって「弱さ」とは何か』（集英社新書）、『宇多田ヒカル論――世界の無限と交わる歌』（毎日新聞出版）、『ジョジョ論』（作品社）など。

# 戦争と虚構

二〇一七年一一月二五日　初版第一刷印刷
二〇一七年一一月三〇日　初版第一刷発行

著　者　杉田俊介
発行者　和田　肇
発行所　株式会社作品社
〒一〇二-〇〇七二　東京都千代田区飯田橋二-七-四
電話　〇三-三二六二-九七五三
ファクス　〇三-三二六二-九七五七
振替口座　〇〇一六〇-三-二七一八三
ホームページ　http://www.sakuhinsha.com

装幀　小林　剛（UNA）
編集協力　白戸可那子
本文組版　大友哲郎
印刷・製本　シナノ印刷株式会社

ISBN978-4-86182-660-3　C0095　Printed in Japan